FOLIO POLICIER

Carlene Thompson

Le crime des roses

Traduit de l'américain
par Mireille Vignol

La Table Ronde

Titre original :

LAST WHISPER

Carlene Thompson est américaine. Elle est l'auteur de onze romans tous parus aux Éditions de La Table Ronde dont *Présumée coupable, Ne ferme pas les yeux, Les secrets sont éternels* ou *Perdues de vue.* Elle a enseigné l'anglais dans l'Ohio, vit désormais en Virginie et est considérée comme l'une des émules les plus talentueuses de Mary Higgins Clark.

Prologue

Brooke Yeager se renversa sur le dos, une main posée sur son ventre douloureux, le regard fixé sur les étoiles du plafond de la chambre, dont la peinture iridescente reflétait la lueur nocturne et l'aidait à repousser son intense peur du noir. Sa mère avait peint les étoiles au plafond six mois auparavant. Quand Greta, la grand-mère de Brooke, les avait remarquées la première fois, elle avait claqué la langue en décrétant qu'elle n'avait jamais rien vu d'aussi ridicule dans la chambre d'une fillette de onze ans. Mais Brooke avait noté l'esquisse d'un sourire sur le visage rond de sa grand-mère.

Après de longues années aux États-Unis, Großmutter Greta n'avait pas perdu l'accent allemand cher à Brooke, surtout lorsqu'elle lui racontait des histoires. Brooke aurait aimé en entendre une maintenant, mais les visites de Greta s'étaient espacées depuis deux ans, depuis que son ancienne belle-fille, la mère de Brooke, avait épousé Zachary Tavell.

Brooke roula sur le côté et remonta ses genoux contre son ventre. Elle pouvait comprendre que sa grand-mère n'ait pas envie de fréquenter Zach. Il était poli, mais Brooke le trouvait toujours froid envers elle et Greta. Elle se disait qu'il était peut-être jaloux de son père, qui avait été un bel homme joyeux possédant de nombreux amis. Zach parlait peu, ne connaissait que deux ou trois types qui ne plaisaient pas à Brooke et il semblait vivre dans un monde où il n'y avait de la place que pour lui et sa femme. Papa avait été si différent ! Son absence était encore terriblement douloureuse pour Brooke, même s'il avait été emporté par un cancer trois ans auparavant.

À l'époque, Brooke avait cru qu'Anne, sa belle et douce mère, allait le suivre dans la mort. Elle ne se nourrissait plus, ne dormait plus et pleurait sans cesse. Brooke adorait sa mère, qui était jeune et aurait pu passer pour sa sœur, et elle avait eu peur de la perdre elle aussi. Greta avait réussi à convaincre sa belle-fille d'aller voir un docteur ; il avait prescrit tout un tas de pilules à Anne qui sembla aller beaucoup mieux. Puis, sans que Brooke ait eu le temps de le voir venir, sa mère se mit à fréquenter Zachary, qui avait un petit studio de photo où il les avait photographiées à Noël. Quelques mois plus tard, Zach et Anne s'étaient mariés. Brooke avait été — plutôt désagréablement — surprise, mais Zach la traitait avec gentillesse et il réussissait à refaire rire sa mère. Au début, tout du moins.

Après leur première année de vie commune, Zach avait changé. Il passait le plus clair de son temps devant la télé, ignorait Brooke, buvait constamment de la bière ou du whisky et s'était mis à se chamailler avec Anne. Rarement et à propos de petits riens au début, puis de plus en plus fort et de plus en plus fréquemment. À présent, les disputes étaient devenues carrément effrayantes, prêtes, en ce qui concernait Zach, à dégénérer en violences physiques, et Brooke avait peur de ce qui risquait de se passer.

La dispute de ce soir avait été particulièrement violente. Zach avait lancé une figurine en verre sur le mur, injurié Anne, puis il était parti en claquant la porte. Anne avait crié qu'elle allait divorcer. Anne ne criait jamais, mais ce soir, sa voix était éraillée par le chagrin et la colère. C'est à ce moment-là que le mal de ventre de Brooke s'était déclaré. Elle devait aller dormir chez une copine, mais elle avait utilisé un prétexte quelconque pour ne pas y aller. Brooke avait voulu rester chez elle pour réconforter sa mère, mais plus Anne avait pleuré et fulminé, plus Brooke s'était sentie impuissante et plus son mal de ventre avait empiré. Pour finir, vaincue et écœurée, elle s'était retirée, mais depuis une heure qu'elle était au lit, elle ne se sentait pas mieux.

Brooke se demanda soudain si elle risquait de mourir comme papa, et même si celui-ci lui manquait et qu'elle pensait le revoir au paradis — ou « Himmel », comme l'appelait Großmutter —, elle n'était pas prête à mourir.

— Je t'en prie, Dieu, ne me laisse pas mourir, murmura Brooke. J'ai besoin de rester pour m'occuper de maman.

Elle entendit alors de la musique venant d'en bas. Surprise, Brooke sursauta, puis se relaxa en entendant *Cinnamon Girl*, de Neil Young. Son père avait adoré cette chanson, il la jouait pratiquement tous les jours, et il appelait souvent Brooke sa « Cinnamon Girl » à lui, sa « Fille Cannelle ». Dans sa chanson, Neil Young parlait de courir dans la nuit, à la poursuite du clair de lune. En cet instant précis,

Brooke aurait voulu pouvoir courir dans la nuit à la poursuite du clair de lune avec papa. Elle aurait voulu pouvoir s'enfuir avec papa et maman, quitter cette petite maison sombre qu'elle en était venue à détester. L'idée était si plaisante qu'elle fit du bien à Brooke. Elle eut un minuscule espoir, peut-être que les choses allaient s'arranger ce soir. Peut-être que Zach rentrerait — sobre — et que maman et lui s'embrasseraient et se réconcilieraient, et demain, tout irait mieux.

Elle roula à nouveau sur le dos, se remit à fixer la lueur des étoiles et s'endormit d'un sommeil léger. Elle rêva d'un des contes de sa grand-mère, avec une belle princesse qui vivait dans la Forêt-Noire en Allemagne. La princesse avait attendu son prince charmant, mais les années s'étaient écoulées et elle avait pratiquement abandonné tout espoir, quand son père et ses serviteurs transportèrent un énorme cerf que son père avait transpercé d'une flèche. « Ce cerf n'est pas comme les autres », avait dit le père à la princesse. « Au fond de moi, je sais que je n'aurais pas dû lui lancer de flèche. Mais il n'est pas mort. Nous allons le soigner jusqu'à ce qu'il aille mieux, ma fille, puis nous le relâcherons dans la forêt. » Cette nuit-là, la princesse avait compris pourquoi ce cerf n'était pas « comme les autres ». Grâce à la tendresse de ses soins, il s'était progressivement transformé en homme et lui avait expliqué qu'en fait, il était un prince transformé en cerf par une sorcière éconduite. Il avait erré dans la forêt pendant des années, attendant de rencontrer sa princesse, mais il fallait d'abord entrer dans son château et lui montrer qui il était vraiment. Le cerf-devenu-prince et la princesse s'étaient embrassés et puis…

Brooke se réveilla en sursaut. Quelque chose clochait. La maison semblait trépider et vibrer de tension. Le corps de Brooke se raidit tandis que ses sens s'aiguisaient. Elle entendait des voix, mais elles étaient partiellement couvertes sous les notes de *Cinnamon Girl*, que sa mère avait dû passer et repasser. Brooke tendit l'oreille, mais elle n'entendit que la voix de maman, avec cette stridence que Brooke haïssait. La musique continua. Les voix continuèrent.

« Oh non, c'est reparti, pensa Brooke avec désespoir. Ne les laissez pas se disputer une nouvelle fois. » S'ils remettaient cela, quelque chose de terrible allait se passer. Elle ne savait pas comment elle le savait, mais elle en était certaine. Elle se mit en boule, se débattant avec l'abominable certitude qu'un sombre désastre avait pénétré dans sa maison à pas de loup.

Elle se couvrit les oreilles de ses mains. « Arrêtez, arrêtez ! » récita-t-elle sous la lueur de ses superbes étoiles, essayant de couvrir la cacophonie des sons qui montaient les escaliers. « Arrêtez de crier. Arrêtez de vous battre ! »

Brooke ferma les yeux. Elle se força à réintégrer son rêve de prince et de princesse dans la Forêt-Noire, mais en vain. Elle n'arrivait pas à s'échapper du chahut du rez-de-chaussée, ni à s'extraire de l'ambiance menaçante qui avait envahi la maison, et s'était emparée de son âme.

Puis, alors qu'elle couvrait encore ses oreilles, elle *l*'entendit — un son fort qui ressemblait à un pétard. Suivi d'un autre. Et d'un autre. Mais ce n'était ni la fête nationale ni le réveillon du premier de l'an. Personne ne faisait exploser des pétards début octobre, surtout dans ce quartier tranquille. Grâce à la télévision, Brooke savait qu'elle venait d'entendre un coup de feu. Suivi d'un autre et d'un autre encore.

Elle ôta ses mains tremblantes de ses oreilles. Elle n'entendit que de la musique. Puis la musique s'arrêta et plus rien. Un « plus rien » atroce.

Elle glissa du lit et s'approcha de la porte. « Je ne devrais pas faire ça, se dit-elle. Si je retourne au lit et que je m'endorme, je me réveillerai demain matin, le soleil brillera et tout ira bien. »

Mais Brooke ne réussit pas à se convaincre de retourner au lit. Le silence du rez-de-chaussée l'attirait aussi irrésistiblement que le chant fatal des sirènes avait attiré les marins dans les histoires de la Grèce antique de sa grand-mère. Elle tourna lentement la poignée et entrouvrit la porte de quelques centimètres. Toujours ce silence. Puis quelques centimètres de plus. Le silence persistait, mais il n'avait rien d'apaisant.

Elle fut parcourue de frissons, même si la nuit était seulement fraîche et si elle portait un pyjama en flanelle. Mais elle savait qu'elle devait aller voir ce qui se passait en bas, sans se préoccuper du froid, ni du tremblement de ses mains, ni des palpitations douloureuses de son cœur.

Elle se força à suivre le couloir de sa chambre, agrippée à la rampe d'acajou, et elle descendit les escaliers. Sa mère lui demandait toujours de ne pas courir dans ces escaliers où elle risquait de tomber et de se casser la jambe ou le bras, mais personne n'avait besoin de lui recommander de ralentir ce soir. Son appréhension augmentait à chaque marche, mais elle poursuivit. Quand elle fut en bas, une sueur froide lui perlait au front, sous sa frange blonde.

Puis elle le vit, ce qu'elle avait craint, ce qui lui avait provoqué les frissons et la sueur, ce qui était trop atroce pour qu'elle puisse le comprendre en un seul regard.

Sa mère était étendue dans l'entrée, baignée de l'air froid de la nuit, qui pénétrait par la porte ouverte. Son corps mince était déformé, la partie inférieure tournée sur la gauche avec une jambe dépassant sur le côté, tordue au genou, la partie supérieure, depuis la taille, tournée sur la droite. Des roses blanches étaient éparpillées sous son corps — une douzaine de roses délicates à longue tige que Zach lui avait offertes hier — à présent écrasées et barbouillées de sang vif et cramoisi. Mais pire que tout, il ne restait rien du beau visage d'Anne — rien qu'une masse floue, rouge et écrabouillée, tournée vers sa fille.

Et au-dessus d'Anne : son mari, Zachary Tavell, avec à la main un revolver braqué sur Brooke.

CHAPITRE I

Quinze ans plus tard

1

— Je n'arrive pas à croire que quelqu'un veuille vraiment acheter cette maison, dit Mia Walters. La dernière visite remonte à quand ?

— Tu veux dire de quelqu'un d'intéressé, pas quelqu'un qu'on y a traîné en faisant le tour d'autres maisons ? demanda Brooke Yeager en hochant la tête et en souriant. Au moins six mois. Jamais depuis que tu as commencé à bosser pour Townsend Immobilier.

De la voiture de Brooke, Mia observa le crépuscule tardif qui descendait sur le quartier South Hills de Charleston, en Virginie-Occidentale.

— J'aurais préféré éviter une visite de nuit. J'avais d'autres plans.

— Un rendez-vous galant ?

— Non. Je devais me faire teindre les cheveux. On voit les racines foncées, ricana Mia. Et il est HORS de question que mes cheveux ne soient pas de la même couleur que les tiens. Tu as vraiment de la chance d'être naturellement blonde comme les blés.

— C'est mon ascendance allemande et scandinave.

Brooke marqua une pause et se força à ajouter d'un ton léger :

— Mes parents étaient blonds tous les deux. Ils auraient pu passer pour frère et sœur.

Mia, qui savait que le père de Brooke était mort jeune et que sa mère avait été assassinée, ne sut pas quoi dire et commença à tripoter le lecteur de CD.

— Tu écoutes de la country ? Je croyais que tu avais horreur de ça.

— Patsy Cline n'appartient à aucune catégorie. Et puis, je peux faire une version rock de *Walking after midnight*.

— Je t'ai entendue chanter au bureau, Brooke, dit Mia avec une pointe d'ironie. Rappelle-moi de ne jamais aller à un karaoké avec toi.

Brooke éclata de rire. Mia avait vingt et un ans et elle avait débuté avec Townsend Immobilier seulement deux mois auparavant. Le propriétaire, Aaron Townsend, avait demandé à Brooke de s'occuper de sa formation. Elles s'étaient tout de suite bien entendues. Brooke savait que Mia l'admirait — elle avait commencé à s'habiller comme elle et avait même teint ses cheveux châtain clair en blond — mais Brooke l'appréciait pour son intelligence et son sens de l'humour, pas pour son admiration flagrante. Elle espérait que dans quelques mois, Mia serait plus sûre d'elle et qu'elle aurait trouvé son propre style.

— C'est Aaron qui aurait dû faire visiter la maison, dit Brooke en parlant du patron qu'elle n'appréciait guère. Après tout, il fait nuit. En tout cas, il fera nuit quand nous y serons.

— C'est bien pour ça qu'il nous y a envoyées, annonça tristement Mia. Il a des plans. Des vrais plans, pas pour se teindre les cheveux. Lui et une de ses pimbêches ont probablement prévu de recevoir d'autres frimeurs, ou d'aller à l'opéra ou de manger des escargots et du bœuf cru dans un restau branché.

— Connaissant Aaron, il n'avait tout simplement pas envie de perdre sa soirée à faire visiter cette cause perdue, répliqua Brooke. Je dirais qu'il est chez lui tout seul ou avec sa sœur, devant la télé en train de siroter une bouteille de ces grands vins pour lesquels il dépense une fortune. Je crois que sa vie est bien moins prestigieuse qu'il ne veut le faire croire.

Mia sourit.

— Je préfère ça. J'ai horreur de penser que le reste du monde est en train de s'éclater tandis que je suis…

— Coincée avec moi ? l'interrompit Brooke.

— Je ne voulais pas dire ça.

— Je sais, dit Brooke en riant. Je ne suis pas idiote, Mia. Je suis sûre que rien ne pourrait être plus divertissant que de passer la soirée à faire visiter cette maison de cauchemar avec moi.

Elle ralentit un peu, et observa attentivement en passant devant une charmante maison en pierre sur Fitzgerald Lane. Un numéro blanc était peint sur un morceau de bois sombre qui dépassait d'un montant en brique proche de la rue : *7313*.

— Cette maison n'est pas à vendre, si ? demanda Mia.

— Non, mais j'y garde de bons souvenirs. J'y suis

allée souvent quand j'étais petite. Je la trouvais vraiment belle, et les gens qui y habitaient étaient merveilleux, j'avais une envie folle d'y habiter. Ça a failli se faire.

— Comment ça ? Que s'est-il passé ?

Brooke se reprit et revint au présent.

— C'était pendant cette période atroce après le décès de ma mère. Je ne vais pas te barber avec tous les détails. Je suis simplement heureuse de voir que la maison est toujours aussi belle.

Elles tournèrent à droite dans Sutton Street. Ce n'était qu'un pâté de maisons plus loin, mais le quartier était mal entretenu et quasi désert. Mia grogna :

— Mon Dieu, voici notre mastodonte qui sort des bois. Qui diable a bien pu concevoir une telle maison, franchement ?

— Je ne sais pas. Je crois que l'architecte a oblitéré son nom de tous les plans, puis s'est suicidé peu après la fin de la construction.

— Ah bon ? demanda innocemment Mia.

— Non, mais il aurait dû.

Brooke s'engagea dans la longue allée.

— Je ne vois pas de voiture. On dirait qu'on est arrivées avant notre acheteur éventuel.

— On en a de la chance.

Brooke s'approcha de la maison et elles sortirent toutes deux de la voiture. « On ressemble à des jumelles », pensa Brooke. Elle portait un tailleur bleu pervenche, et avait attaché ses longs cheveux en chignon. Mia avait choisi un tailleur bleu-vert coupé comme celui de Brooke et avait relevé ses cheveux blonds légèrement moins longs. « L'acheteur éventuel va se dire que c'est l'uniforme de Townsend Immobilier », songea Brooke, amusée.

Au moins, Mia ne portait pas des boucles d'oreilles en perle et il lui manquait quelques centimètres pour atteindre son mètre soixante-huit.

— Cette maison est vraiment moche, dit Mia en observant les espèces de murs en longs tubes gris et les fenêtres minuscules. On dirait un sous-marin. Je me demande ce que la femme du propriétaire en pensait.

— Il n'était pas marié. D'après Aaron, il était très bizarre et vivait en reclus. Il avait acheté près d'un hectare de terrain autour de chez lui et aussi en face de chez lui, pour échapper aux regards indiscrets. C'est pour ça qu'il n'y a aucune maison à proximité. Il refusait de vendre le terrain.

— Je ne pense pas qu'il ait eu beaucoup de propositions. Qui aurait envie de vivre dans le voisinage d'un sous-marin ? On a l'impression d'être dans un parc d'attractions. Enfin, on est bien obligées d'entrer, non ? demanda Mia en hochant la tête.

— Oui, si on veut la vendre, il le faut. Et essaie de coller un sourire sur ta petite frimousse et de mettre en valeur tous les avantages de la maison pour notre acheteur.

Mia se renfrogna.

— Cette maison n'a aucun bon côté.

— D'accord. Alors, contente-toi de sourire, Mia, et je me chargerai des bons côtés. Ces cinq dernières années m'ont rendue experte : je peux présenter une propriété abominable comme s'il s'agissait d'une pierre précieuse.

— Si tu arrives à vendre cette splendeur, Aaron te devra un énorme bonus.

En sentant l'air renfermé de la maison, Brooke se félicita qu'elles soient arrivées avant leur client.

— Ouvrons quelques fenêtres et aérons.

— Tu veux dire ces hublots qui servent de fenêtres ? Même un jour de grand vent, je ne pense pas qu'elles laissent entrer beaucoup d'air.

— Alors, nous ouvrirons aussi la porte d'entrée et la porte arrière. Et allume la clim. Il doit faire une trentaine de degrés ici. Si Aaron ne nous avait pas largué cette affaire au dernier moment, je serais venue plus tôt pour préparer la visite.

— Ça ne changera rien. Elle ne se vendra pas.

Mia ouvrit en forçant une petite fenêtre.

— Cette maison est une cause perdue.

— Sottises, ma jeune amie ! Chaque propriété a son acheteur, il suffit d'attendre le bon ! lança Brooke avec enthousiasme.

Mia grommela.

— Oh non ! Quand tu te mets à citer notre patron, l'estimé Aaron Townsend, je sais qu'on est vraiment dans la poisse.

Elles se mirent à rôder dans la maison, allumant la lumière, ouvrant les placards et les armoires pour s'assurer qu'aucune vermine n'avait eu le courage de venir y mourir.

— Les souris en décomposition ne font jamais bonne impression sur un acheteur potentiel, dit Brooke à Mia avec solennité, provoquant un ricanement de la jeune fille.

Après avoir inspecté toute la maison, elles s'assirent dans la cuisine, dans une alcôve jaune et laide.

— Il fait encore chaud, se plaignit Mia.

— Je sais. On aurait dû acheter quelque chose à boire au passage, mais on risquait d'en renverser sur cette belle moquette grise.

Brooke consulta sa montre.

— On avait rendez-vous avec l'acheteur à neuf heures. Il est neuf heures vingt.

— Il ne peut pas mettre ça sur le compte de la circulation. Il n'y a personne sur les routes à cette heure.

— Mais il pourrait rejeter la responsabilité sur le labyrinthe des rues en sens interdit de Charleston. Ou sur le fait qu'il connaisse mal le quartier de South Hills.

— Ou alors il ne savait pas que South Hills était séparé du centre-ville de Charleston par la rivière Kanawha.

— Exactement. Il a eu du mal à trouver un pont. On lui accorde un quart d'heure pour ça.

À dix heures moins le quart, Brooke se tourna vers Mia.

— Trois quarts d'heure de retard sans prévenir sur mon portable. Il ne viendra plus.

— Alors on est restées tout ce temps ici pour rien.

— Pour rien ! Allons, j'ai passé une soirée merveilleuse à suer dans mon beau tailleur, à me creuser les méninges pour trouver des aspects positifs à cette maison et à avoir envie de gifler Aaron pour nous avoir imposé ce supplice.

Brooke se leva.

— Il est temps de sortir d'ici.

— C'est pas moi qui vais te contredire. Est-ce que je peux conduire ta voiture ? J'adore les voitures neuves.

— Bien sûr.

Brooke fouilla dans son sac et sortit les clés.

— Essaie seulement de ne rien renverser et de ne

pas nous précipiter dans la rivière. L'eau de rivière est très mauvaise pour cette bonne odeur de voiture neuve.

— C'est ce qu'on dit. Je te promets de ne pas dépasser les cent trente kilomètres à l'heure.

— Et c'est toi qui paies le PV, répondit Brooke en riant. Allez, ma petite, abandonnons le navire.

L'air humide et lourd d'une nuit de fin août s'abattit sur elles dès qu'elles sortirent de la maison légèrement plus fraîche. Brooke ferma la porte d'entrée à clé et en se retournant, vit Mia se hâter vers la porte du conducteur de sa Buick Regal. Brooke aurait préféré le modèle plus sport, mais celui qu'elle avait choisi était parfait pour transporter des clients, il avait des sièges confortables et beaucoup d'espace pour les jambes.

Brooke passa devant la voiture juste avant que Mia se mette en pleins phares.

— J'essaie de me familiariser, dit Mia, préoccupée. Je ne veux pas mettre les essuie-glaces à la place du clignotant.

Brooke monta dans la voiture et ferma la portière.

— Okay, dit Mia gaiement. Je crois que je sais où tout se trouve. Je serai très prudente…

L'explosion se produisit alors que Brooke s'était penchée pour écraser un moustique accroché à sa cheville. Du verre pleuvait sur sa tête. Du verre et de grosses boules de quelque chose. Elle tendit la main et en attrapa une.

« Tiens, mais c'est du sang, pensa Brooke calmement. Ça alors ! »

Le deuxième coup de feu fit reculer le corps de Mia. De là où elle était encore accroupie, Brooke vit les pieds de Mia sursauter sur les pédales. « Ce n'est pas possible, pensa Brooke avec une certaine distance, c'est tout simplement impossible… »

Un troisième coup de feu projeta Mia sur elle. La tête de Brooke percuta le tableau de bord, entre les sièges. Elle était toujours consciente, mais avant qu'elle puisse émettre le moindre son, elle sentit le sang de Mia lui couler sur le visage, dans ses cheveux et dans le cou de son tailleur.

Brooke resta baissée pendant ce qui lui parut une éternité, attendant le quatrième coup de feu qui l'achèverait. Mais il n'y en eut pas. Finalement, ne supportant plus de ne pas savoir si Mia était encore en vie, Brooke essaya de la repousser doucement, mais elle n'obtint rien en la tiraillant légèrement. En fin de compte, elle dut la pousser brutalement et l'envoya contre la portière.

— Je ne voulais pas te pousser aussi fort, dit Brooke d'une voix chevrotante, tout en essayant de dégager sa jambe et de détendre les muscles de son dos qui semblaient s'être grippés. Tu as très mal ? Tu m'entends ?

Mais maintenant que Mia était redressée, Brooke comprit qu'elle ne l'entendait pas. Qu'elle ne la voyait pas. La belle fille qui était entrée en riant dans sa voiture cinq minutes auparavant n'était plus qu'une enveloppe sans vie, son épaule gauche arrachée, du sang dégoulinant de la blessure dans son cou, le côté gauche de son visage disparu. Disparu. « Comme celui de maman, pensa Brooke tandis que tout se mit à tourner. Son visage a disparu comme celui de maman. »

Brooke descendit de voiture, ferma bien la portière derrière elle, s'approcha d'un massif d'arbustes à une dizaine de mètres, se pencha et vomit. Elle tomba à genoux et vomit à nouveau, si violemment cette fois-ci que tout se mit à tourner dans le noir pendant quelques instants. Elle ne savait pas combien de temps avait passé quand elle revint à elle, désorientée. Elle respira profondément et toucha ses lèvres, qui étaient pleines de sang.

Elle se passa la main sur le visage sans réfléchir, se remit difficilement sur pied et reprit le chemin de la voiture tandis que son esprit s'éclaircissait. « Mon sac, mon portable », pensa-t-elle vaguement. Puis elle s'arrêta. Elle ne pouvait absolument pas s'approcher de la voiture. Elle tentait de diriger ses pas dans cette direction, mais son corps refusait d'obéir. Mia était à l'intérieur. Pauvre Mia, fracassée…

Les mains de Brooke se mirent à trembler et sur des jambes qui semblaient avoir la consistance de l'eau, elle parvint à faire demi-tour et à s'en aller. Elle savait qu'elle devrait faire quelque chose de plus utile, mais elle n'arrivait à penser à rien. Il n'y avait aucune maison à proximité. Elle ne vit personne, mais ça ne voulait pas dire que l'agresseur n'était pas dissimulé dans les parages. Elle envisagea brièvement de faire demi-tour et de courir se réfugier dans la maison sous-marin, mais les clés étaient dans le carnage de la Buick. Et puis, quelqu'un voulant vraiment entrer dans la maison trouverait un moyen. Elle décida qu'elle serait certainement aussi vulnérable à l'intérieur qu'à l'extérieur.

Le corps de Brooke se mit à trembler. Son esprit bouillonnait, ses pensées emportées dans un tourbillon d'images grotesques. Une seule phrase faisait clairement écho dans sa tête : Fitzgerald Lane. Je dois aller à Fitzgerald Lane.

Et qu'y avait-il à Fitzgerald Lane ? Pendant quelques instants, elle ne parvint pas à se rappeler pourquoi Fitzgerald Lane était important. Puis elle se représenta la charmante maison de pierre et sut instinctivement qu'elle y serait en sécurité.

Mais comment s'y rendre sans prendre le risque de se faire à nouveau tirer dessus ? songea Brooke. Impossible. La seule manière d'y aller, c'est à pied.

Elle remarqua soudain un mouvement dans des buissons sur sa gauche. Le temps sembla ralentir et presque s'arrêter. Elle sentit un danger si proche qu'il l'empêchait presque de respirer. Elle ferma les yeux et toucha un médaillon en forme de cœur, un ancien cadeau de sa mère. Elle ne pria pas. Elle se contenta d'attendre.

Puis une voiture passa, les phares allumés, jetant une lumière crue sur la rue, les arbustes et sur Brooke. Elle était trop surprise pour bouger. La voiture ralentit et Brooke resta plantée, bien droite, à fixer le visage grossier du conducteur qui la dévisagea à son tour, puis arrêta la voiture et descendit la vitre.

— Je peux vous amener quelque part, ma petite dame ? demanda-t-il.

Brooke refusa d'un signe de tête, mais il ne reprit pas la route. Il continuait à la dévisager, et finit par dire :

— Je me sens bien seul dans ma voiture.

Il lui lança ce qu'il devait considérer comme un sourire séduisant, dévoilant de longues dents tordues.

— C'est sympa ici et il fait frais.

Il se pencha et entreprit d'ouvrir la portière du passager.

— Une jolie dame comme vous ne devrait pas se promener dans le noir comme ça.

Il poussa la porte pour l'ouvrir complètement. La lumière intérieure éclaira Brooke et le sourire de l'homme disparut abruptement.

— Hé, c'est du sang que vous avez sur vous ?

Il avait la bouche bée de surprise.

— Comment vous avez fait pour vous couvrir de sang ?

— Quelqu'un essaie de me tuer, répondit froidement Brooke. Je suis poursuivie par quelqu'un d'armé.

— Nom de Dieu…

L'homme la regardait d'un air éberlué.

— Vous êtes… vous devez être folle ! lâcha-t-il.

Puis il observa à nouveau le sang éclaboussé sur elle. Il claqua la porte et s'en alla si rapidement qu'il laissa des marques de pneus sur la route. « Aurais-je dû dire ça ? se demanda Brooke. Aurais-je dû partir avec lui ? » Mais tout au fond d'elle-même elle savait qu'elle était plus en sécurité dans la rue avec quelqu'un à ses trousses qu'elle ne l'aurait été avec cet homme.

Elle rejoignit tranquillement l'intersection de Sutton Street et de Fitzgerald Lane et resta un moment immobile ; elle avait un terrible mal de tête et le sang séché de Mia lui avait raidi les cheveux. Elle se sentit seule et terrifiée, persuadée que la mort planait au-dessus d'elle et n'attendait que le moment opportun pour s'abattre sur elle. Terrifiée mais surtout désespérée, elle ferma les yeux, respira à fond et son regard se porta sur Fitzgerald Lane, en direction d'une maison en pierre dont elle gardait le vieux souvenir d'un sentiment de chaleur et de sécurité.

2

Dans cette nuit humide, quasiment sans étoile, le mal de tête de Brooke empirait à chaque pas et les moustiques féroces lui piquaient le visage et les mains. Elle était consciente de commencer à trébucher sur ses talons hauts quand elle vit enfin le chiffre écrit en gros et en blanc sur le bois sombre : *7313*. Elle avait trouvé la maison de Fitzgerald Lane.

Quelques petites lampes éclairaient une allée sinueuse jusqu'à la maison en bois et en pierre, le bois peint en jaune et les volets d'un bleu ardoise. Des balsamines roses bordaient l'allée et à l'intérieur, les lumières donnaient une lueur chaleureuse.

Elle resta dehors quelques minutes, attendant de voir si quelqu'un de connu passait devant les fenêtres, mais elle ne vit personne. Puis elle s'approcha un peu de la maison, prise de la peur soudaine que les anciens habitants aient maintenant déménagé.

La douleur lui perforait la tempe gauche et en la touchant, elle sentit du sang séché. Elle crut un instant qu'elle allait s'évanouir. Elle vacillait lorsque la porte d'entrée s'ouvrit. La silhouette d'un homme se découpait dans l'encadrement.

— Puis-je vous aider, mademoiselle ?

La gorge asséchée, en prise au vertige, elle ne put répondre. L'homme alluma la lumière du porche et sortit :

— Mademoiselle, vous ne vous sentez pas bien ?

Brooke se força à avaler le peu de salive qui lui restait dans la bouche.

— J'ai besoin d'aide, murmura-t-elle.

Elle s'approcha à contrecœur, en tremblant. Quand l'homme vit ses habits, son sourire disparut et il eut l'air atterré.

— Mon Dieu, que vous est-il arrivé ?

Elle parvint à prononcer un seul mot.

— Accident…

Il l'examina dans la lumière.

— Vous avez eu un accident ? Quel genre d'accident ? Un accident de voiture ?

— Non. Arme à feu.

— Une arme à feu ?

— On m'a tiré dessus, mais c'est Mia qu'ils ont tuée à ma place.

Secouée par un violent frisson, elle se mit à sangloter. Quelqu'un rejoignit l'homme. C'était un autre homme, beaucoup plus âgé, à la chevelure épaisse et grise. Brooke les vit murmurer. Elle réussit à contrôler ses sanglots, se tint pratiquement silencieuse et entendit l'homme le plus âgé dire :

— Si elle est blessée, nous devons la faire entrer.

Le jeune homme semblait choqué.

— La faire entrer ! Quelle idée ! Nous ne savons rien d'elle. Elle est couverte de sang. Je vais appeler la police.

— Entrez, jeune dame, dit le vieil homme.

— Non !

Le jeune semblait à la fois furieux et méfiant.

— Merde enfin, papa, tu ne te rends pas compte que c'est dangereux de la laisser entrer ?

Mais le vieil homme continuait de sourire et d'ignorer la réticence coléreuse du jeune.

— Nous sommes prêts à vous aider, n'est-ce pas, Vincent ?

— Nous allons appeler les secours, mais il est hors de question qu'elle entre !

Le plus âgé fit soudain face à l'autre :

— Je suis ici chez moi, Vincent. Je n'ai d'ordre à recevoir de personne, surtout pas de mon fils !

Il la regarda à nouveau, en plissant les yeux.

— Nous allons appeler une ambulance, mademoiselle, mais vous feriez mieux de rentrer. Vous semblez prête à vous effondrer.

Brooke se dirigea vers la voix râpeuse mais aimable du vieil homme. Une voix familière. Quand elle fut sous la lumière plus forte du porche, le vieil homme passa devant Vincent et l'observa sous ses gros sourcils broussailleux qu'il fronça. Elle se mordit la lèvre inférieure, soudain craintive d'être scrutée aussi attentivement. Elle était sur le point de reculer, en dépit de sa voix chaleureuse. Elle ne le connaissait pas vraiment, mais il avait quelque chose de familier et elle resta plantée, trop faible pour parler. L'homme était à moins d'un mètre d'elle, il l'étudiait attentivement, puis un éclair de surprise traversa ses yeux bleus légèrement injectés de sang.

— Mon Dieu, s'exclama-t-il. Vincent, je suis pratiquement certain qu'il s'agit de la Fille Cannelle !

— La Fille Cannelle ? répéta platement le jeune, mais Brooke ne l'entendit pas.

Terrifiée et exténuée, elle avait fini par s'effondrer pour retrouver le doux néant de l'inconscience.

3

— Papa, qui est cette femme ?

— Je te l'ai dit. La Fille Cannelle.

— C'est un surnom. Quel est son vrai nom ?

— Je l'ai sur le bout de la langue. Punaise, j'en ai ras le bol de cet Alzheimer. C'est le phénomène du coucher de soleil, n'est-ce pas ?

Le jeune acquiesça sévèrement, puis ajouta plus tendrement :

— Je ne crois pas que tu la connaisses vraiment, papa. Peut-être qu'elle te rappelle quelqu'un que tu connaissais…

— Non ! Je te dis que c'est la Fille Cannelle !

— D'accord, ne t'emporte pas. Je vais appeler les urgences. Ils sauront quoi faire. J'irai lui chercher une couverture.

— Non. Nous la ramenons à l'intérieur.

— Papa…

— Je me souviens qu'elle avait eu des ennuis…

— Raison de plus pour ne pas la laisser entrer.

— Ce n'était pas de sa faute — elle s'était juste trouvée au milieu.

— Je vais appeler une ambulance et chercher une couverture. Tu peux rester avec elle et la surveiller.

— J'ai dit NON, intima le vieil homme. Si tu ne m'aides pas à transporter cette pauvre femme à l'intérieur, je te promets que je vais me mettre à hurler et à raconter n'importe quoi.

Le dénommé Vincent remarqua que le visage du vieux devenait dangereusement rouge, la sueur dégoulinant de son front sur son visage.

— Bon, d'accord, papa, dit Vincent à voix basse. Je vais t'aider à la transporter à l'intérieur si tu me promets de te calmer. Ton cœur…

— Je suis en pleine forme ! Prends ses jambes et je la tiendrai par les épaules. Sois prudent, Vincent, sinon je te jure que je…

— Tu me l'as déjà dit.

L'expression sur le visage de Vincent passa de la colère à l'inquiétude.

— Je serai prudent. Calme-toi. Rappelle-toi ce que le docteur a dit.

— Le docteur est un abruti de première ! Je suis fort comme un Turc. Allez, soulève ses jambes, Vincent.

— Elle est toute mince, je peux la porter tout seul. Contente-toi de tenir la porte grillagée ouverte, d'accord ?

Le vieil homme lança un regard noir à Vincent, se remit maladroitement sur pied et reprit son équilibre. Vincent observa son père tituber dans la maison, puis il prit Brooke Yeager dans ses bras solides et forts.

CHAPITRE II

1

Brooke était parfaitement immobile. Elle s'était réveillée quelques minutes auparavant, mais faisait toujours semblant d'être inconsciente. Elle se rendit compte qu'elle n'était plus sur la pelouse. Les deux hommes l'avaient peut-être portée à l'intérieur. Ce sur quoi elle était allongée était confortable — sans doute un canapé — et elle était recouverte de quelque chose de doux et chaud. Une couverture. Elle était effrayée, mais les hommes la traitaient avec gentillesse et l'un d'eux semblait la connaître. Et elle le connaissait. Le souvenir confus semblait se préciser. Il l'avait appelée « Fille Cannelle », elle en déduisait donc qu'il avait connu sa mère, elle les revoyait, lui et sa femme, en train de lui donner des biscuits au chocolat et du sirop, et de lui dire que tout allait s'arranger…

— Tu as appelé les urgences ? entendit-elle le vieil homme demander.

— Oui, je viens de les appeler. Une ambulance est en route.

Brooke ouvrit légèrement l'œil droit et vit le vieil homme penché sur elle, le front plissé, ses yeux bleus inquiets.

— Vincent, elle est éveillée !

« Vincent ? Je ne connais pas de Vincent », se dit Brooke. Le vieil homme se pencha encore plus près d'elle.

— Dis-nous comment tu t'appelles, mon trésor. Je suis navré, je n'arrive pas à m'en souvenir. J'ai cette maladie qui affecte la mémoire, mais tu es en sécurité ici. Tout va s'arranger.

TOUT VA S'ARRANGER. Elle se souvenait de la voix, des mots, du regard protecteur.

— Inspecteur Lockhart ! cria-t-elle. Sam Lockhart !

L'homme sembla surpris, puis il sourit.

— C'est exact. Je suis inspecteur à la brigade criminelle…

— C'est moi, détective. Brooke Yeager. Ma mère Anne avait été tuée. Assassinée par mon beau-père. C'est vous qui étiez chargé de l'enquête…

Elle semblait incapable d'arrêter son flot de paroles et tenta de se redresser sur le canapé.

— Ensuite je suis venue ici. Vous m'avez parlé. Je vous en prie, j'ai besoin de vous maintenant. Il est dehors. Il a tué Mia…

— Mon Dieu, soupira Sam Lockhart. Brooke. Oui. Je m'en souviens maintenant. Voilà des années que je ne t'ai pas vue. J'ai perdu contact. Je suis désolé.

— Papa, dit brusquement le jeune homme. Elle a dit qu'il y avait quelqu'un dehors. Quelqu'un a essayé de tuer Mina ?

— Mia.

Elle le fusilla du regard.

— Qui êtes-vous ?

— Vincent Lockhart, le FILS de l'inspecteur Lockhart. Je croyais que vous le connaissiez, dit-il d'un ton accusateur.

— Je le connais. Il m'avait parlé de vous, mais j'avais oublié votre nom.

Sam tenta de l'aider à se rallonger sur le canapé, mais elle resta assise toute droite.

— Quelqu'un a tiré sur Mia et moi devant la maison grise de Fulton Street. Il a tué Mia !

— Qui a tué Mia ? demanda Vincent.

— Mais je n'en sais rien, bon sang ! Il avait un fusil ou une carabine. Je ne l'ai pas vu. Et j'en ai assez de vous parler. Où est votre mère ? Où est Laura ?

Vincent la regarda sans sourciller quelques instants. Puis, il finit par répondre :

— Elle est morte d'un cancer il y a trois ans.

— Morte ? Elle est morte, elle aussi ?

Vincent acquiesça.

— Elle est partie tranquillement…

— Tranquillement ? Et c'est censé me rassurer ? hurla Brooke, se sentant soudain incapable de supporter la perte d'une autre personne qu'elle aimait.

Elle déglutissait de manière compulsive, puis dans un élan de désespoir absolu, elle rejeta la couverture. Elle devait sortir d'ici, échapper au regard soupçonneux de Vincent et à sa froideur, échapper aux images de mort et aux étrangers qui l'entouraient. Elle dégagea ses jambes du canapé, mais fut rapidement prise d'un vertige et s'effondra à moitié, luttant pour ne pas perdre conscience. Vincent la rattrapa et la replaça sur le canapé, son regard vert perçant au point d'en devenir blessant. Elle détourna les yeux et grommela, vaincue :

— J'ai besoin d'aide. Je n'arrive plus à me défendre.

— Calme-toi, Fille Cannelle. Les secours arrivent, dit Sam, d'une voix soudain forte et sûre d'elle. Vincent, va lui chercher un peu d'eau. Elle reperd conscience.

Des coups de feu. Des roses blanches. Du sang. Sa mère qui perdait son sang dans ses bras. Puis sa mère transformée en Mia. Mais elle pouvait les différencier, même si leurs visages avaient disparu. Disparu…

Les yeux de Brooke s'ouvrirent brusquement. Elle essaya de s'asseoir, mais elle n'en avait pas la force. Tentant de se relaxer un peu, elle respira par petites bouffées et entendit des murmures proches. Sam et Vincent. Dans une autre pièce ? Non, tout près, mais pas juste au-dessus d'elle.

Cherchant à repousser de son esprit les images de sa mère et de Mia, Brooke ne bougea pas et observa rapidement les alentours. Elle était dans un séjour avec une moquette couleur sable du désert et une cheminée gigantesque qui semblait abriter des bûches véritables. Elle vit deux fauteuils bordeaux, flanqués de tables bouts de canapé en marbre, dont une avec une lampe Tiffany. C'était une vraie — ça faisait partie de l'héritage. Laura, l'épouse de Sam, le lui avait dit, elle s'en souvenait. Dans un coin, il y avait un meuble rempli de délicats bibelots en verre. Elle s'était tenue devant ce meuble des années auparavant, elle avait admiré les objets précieux, mais n'y avait jamais touché. Elle avait eu trop peur de compromettre l'inviolabilité de la maison. Inviolabilité ? Elle faillit sourire en pensant au mot. Elle n'y avait pas pensé depuis l'âge de douze ans. Elle avait seulement pensé à la maison comme ultime refuge.

Vincent se pencha soudain sur elle, un verre d'eau à la main. Elle résista, mais il passa une main sous sa tête et la releva. Vincent la laissa boire une ou deux gorgées, puis retira le verre.

— Je sais que vous en voulez plus, mais vous avez reçu une blessure à la tête. Ils vont peut-être vous donner un anesthésique à l'hôpital et ce ne serait pas possible si vous aviez trop bu.

La voix de Vincent était grave et douce, pas éraillée comme celle de son père, mais elle n'en avait pas la gentillesse non plus.

Brooke répondit comme un défi :

— De toute façon, je n'en voulais plus.

— Bien sûr que si, mais vous êtes trop têtue pour le reconnaître.

— Arrête donc de ramener ta fraise, Vincent, gronda Sam.

Il se pencha sur elle :

— Bon, tes lèvres n'ont pas l'air trop sèches, trésor, c'est déjà ça. Vincent, examine sa tête.

Vincent soupira, manifestement réticent de servir de secouriste pour cette étrangère, mais il souleva un linge qu'ils avaient dû poser sur la tête de Brooke quand elle était inconsciente.

— Je crois qu'elle ne saigne plus, dit-il.

Elle fixa ses yeux verts. Elle se dit que ç'aurait été les yeux verts les plus beaux qu'elle ait jamais vus, si seulement ils avaient souri au lieu de lui renvoyer un regard proche de l'hostilité. « Ma présence lui déplaît. Même si je suis en danger. Quel salopard », pensa-t-elle, furieuse. Comment Sam Lockhart avait-il fait pour avoir un fils pareil ? Mais c'était le cas et même si elle avait envie d'échapper à son regard soupçonneux et son attitude méfiante, elle savait que physiquement, elle était incapable de prendre la porte.

Surtout que, dehors, un assassin l'attendait peut-être.

2

Vincent vit Brooke tressaillir sous la couverture tandis que les ambulanciers la poussaient dans l'entrée des urgences de l'hôpital, se servant du brancard pour ouvrir les portes d'un coup sec. Il en grinça des dents. Quelle comédie que cette hâte et tous ces cris en entrant dans l'hôpital. Ils l'avaient brièvement examinée à la maison et avaient constaté qu'elle n'avait rien de plus qu'une méchante bosse sur la tête et quelques égratignures. Ce n'est pas comme si sa vie ne tenait qu'à un fil et que chaque minute soit cruciale. Ils ne faisaient que l'effrayer.

— Où suis-je ? demanda-t-elle d'une voix pâteuse, réveillée par le bruit de leur arrivée.

— À l'hôpital, répliqua sèchement un ambulancier.

Vincent vit un éclair de peur la traverser.

— Je ne veux pas aller à l'hôpital !

Au début, personne ne se préoccupa d'elle. Puis, après avoir hurlé un résumé de son état à une infirmière qui ne se trouvait qu'à quelques mètres, un aide-soignant lui demanda :

— Quand on était à la maison, ce mec — il désigna Vincent d'un signe de tête — nous a dit qu'il ne vous connaissait pas vraiment. Est-ce que vous voulez prévenir quelqu'un ?

Le regard de Brooke se porta sur Vincent.

— Il y a Robert, mon petit ami, dit-elle vaguement. Robert.

Elle fronça les sourcils, prise d'une panique soudaine.

— Non, pas lui ! Nous… nous avons rompu. Il y a ma grand-mère, mais elle est dans une maison de retraite et je ne veux pas qu'elle sache ce qui m'est arrivé. Je n'ai pas d'autres parents.

Les yeux de Brooke reflétaient sa terreur.

— Mais je ne veux pas rester ici toute seule. Il risque de me poursuivre !

Elle marqua une pause :

— J'ai une amie ! Elle habite dans le même immeuble que moi. Stacy… Corrigan. Je ne me souviens pas de son numéro de téléphone. Mais son mari s'appelle Jay !

Elle lança un regard implorant à Vincent.

— Je vous en prie, appelez-la.

— Très bien.

Vincent remarqua qu'un des aides-soignants lui lançait un regard incertain. Pas étonnant, pensa Vincent. Brooke semblait presque avoir peur de lui.

— Ce n'est pas la peine de prendre un ton aussi désespéré. De toute façon, je n'allais pas vous abandonner ici toute seule, mais je vais consulter l'annuaire et prévenir votre amie. Ça vous va ?

Elle acquiesça, des larmes plein les yeux.

« Mon Dieu, pensa Vincent. L'aide-soignant doit me prendre pour un véritable tyran. »

Vincent dut s'arrêter dans le bureau des infirmières. Lorsqu'elles apprirent qu'il n'était pas de la famille, elles le congédièrent froidement et l'envoyèrent en salle d'attente. C'était la procédure habituelle, il le savait. En plus de cela, il n'avait pas envie d'accompagner Brooke Yeager pour un examen complet. Il la connaissait à peine.

Mais Brooke semblait si vulnérable et meurtrie qu'en dépit de lui-même, Vincent avait ressenti l'envie de la protéger, ce qui le surprenait, car il n'avait pas vraiment cru que quelqu'un lui avait tiré dessus et avait tué son amie. Toute cette histoire était ridicule. Elle avait sans doute eu un accident de voiture.

Sinon, elle était peut-être victime de violences conjugales. Elle avait parlé d'un petit ami qui s'appelait Robert, mais avec qui elle avait « rompu ». Les pensées de Vincent s'arrêtèrent. Robert avait-il refusé de la laisser partir ? Avait-elle réussi à partir en le poignardant ? Ou, plus vraisemblablement, était-il sorti avec une autre femme que Brooke avait tuée à coups de poignard ? Le sang qui tachait les vêtements de Brooke provenait-il de la nouvelle petite copine de Robert ? Était-ce pour cela qu'elle avait dit d'une voix craintive « Il va peut-être me poursuivre » ? Parlait-elle de Robert ?

Vincent soupira en s'asseyant dans la salle d'attente, espérant que cet incident ne se solderait pas, pour son père, par la découverte que sa chère « Fille Cannelle » se servait de lui pour couvrir un crime qu'elle avait elle-même commis.

3

Brooke était tendue sous sa fine couverture, elle reniflait les odeurs déplaisantes d'antiseptique. Elle avait horreur des hôpitaux. Elle détestait les claquements métalliques tout autour d'elle, qui ne faisaient qu'aggraver son mal de tête. Et pire que tout, elle avait horreur de se sentir impuissante.

Pourquoi n'arrivait-elle pas à se rappeler ce qui s'était passé ce soir ? Elle s'était posé la question une cinquantaine de fois au moins. Elle, dont on avait vanté la mémoire photographique quand elle n'avait que sept ans, n'avait pour souvenir que de brefs flashs et des sentiments. Une pagaïe. Un vrai méli-mélo. Méli-mélo ? Ce mot existait-il ?

Une infirmière âgée se pencha sur elle.

— Qu'as-tu dit, ma petite ?

— Je me demandais juste si le mot méli-mélo est un vrai mot.

Un sourire professionnel se dessina.

— Mais bien sûr, si tu veux vraiment qu'il le soit, il l'est.

— Et si je le souhaite vraiment, Tinker Bell réussira à survivre dans *Peter Pan* ?

Un beau docteur se pencha sur Brooke.

— C'est quoi cette histoire de Tinker Bell ?

— Elle délire, docteur, expliqua l'infirmière d'un air sombre.

— Non, je plaisante, répliqua Brooke.

— Elle plaisante alors que je n'avais rien dit

d'amusant, murmura pompeusement l'infirmière au médecin.

Il sourit à Brooke.

— Alors, nous sommes donc en présence d'un cas de plaisanterie non provoquée. C'est très rare. Ça doit être le premier cas depuis 1912.

Ils se sourirent tandis que l'infirmière fulminait, certaine qu'ils se moquaient d'elle. Elle estimait qu'au moins la moitié du personnel de l'hôpital se moquait d'elle et elle avait bien l'intention d'y remédier un jour.

— Allez-vous me dire que vous avez mal à la tête ? demanda le docteur à Brooke.

— J'ai vraiment mal.

— Pas étonnant. On dirait que vous avez pris un sacré coup. Dites-moi ce qui s'est passé.

« On était sous une pluie de balles, le corps de mon amie s'est écrasé sur moi, et je me suis cogné la tête sur le tableau de bord », pensa Brooke. Naturellement, elle ne pouvait pas dire ça. Pas encore. C'était trop frais, à vif.

— J'ai eu un accident, répondit-elle simplement, des larmes plein les yeux.

— Ça vous a beaucoup remuée, hein ? dit-il gentiment. C'est toujours comme ça, même si l'on n'est pas grièvement blessé.

— Je ne suis pas grièvement blessée au niveau physique, déclara Brooke. Mais j'ai des problèmes de mémoire. Des trous. Je n'arrive pas à me souvenir du nom de mon ancien petit copain ni du numéro de téléphone de ma meilleure amie. J'ai peur de rester comme ça, avec seulement une moitié de mémoire.

— Vous avez bien plus que la moitié de votre

mémoire et les trous seront rapidement comblés. Tout cela est dû à votre état de choc, affirma le docteur sans hésiter. La perte partielle ou psychogénique de mémoire est commune après une expérience traumatisante. Essayez de rester très calme, mademoiselle Yeager. N'essayez pas de forcer votre mémoire. Ça ne fera qu'empirer les choses parce que vous allez vous agiter et vous ne vous rappellerez rien dans l'immédiat. Essayez de penser à quelque chose d'agréable — que Tinker Bell est encore en vie ou autre chose, et nous allons vous examiner pour voir si vous avez d'autres blessures.

Le docteur lui sourit en lui touchant tendrement le menton.

— Docteur, n'oublions pas les règles sur la manière appropriée de toucher une patiente, rappela l'infirmière d'un ton acerbe.

Il leva les yeux au ciel et fit exprès de toucher à nouveau Brooke sur le menton. L'infirmière le fusilla du regard, son visage sembla s'enfler de colère et Brooke ne put retenir un fou rire nerveux, incontrôlable.

4

L'attente de Vincent lui sembla durer des siècles, il était loin d'être un homme patient. Un type assis à côté de lui semblait faire exprès de se tourner vers lui et de tousser, sans se couvrir la bouche qu'il gardait même grande ouverte, puis il murmurait des excuses hypocrites.

Après un quart d'heure, Vincent changea de place et s'assit à côté d'une femme qui avait un œil au beurre noir et la lèvre fendue ; elle se lança immédiatement dans une diatribe contre son abruti de mari. Elle énuméra à voix haute tous ses défauts, qui semblaient innombrables. Mais elle ne le quitterait jamais, expliqua-t-elle à Vincent, parce qu'elle s'était mariée devant Dieu et qu'elle avait promis de rester avec lui jusqu'à ce que la mort les sépare, et il n'y avait rien de plus important à ses yeux qu'une promesse faite à Dieu. En plus de cela, si elle quittait l'Abruti, il se mettrait immédiatement en ménage avec la Pétasse qu'il voyait en douce. Elle serait alors obligée de le tuer. De le TUER. Elle se l'était promis. Elle tuerait peut-être aussi la Pétasse. Elle devait y réfléchir. Elle n'avait peut-être pas assez de cran pour liquider deux personnes la même nuit.

Vincent n'arrêtait pas de hocher la tête, feignant de compatir, jusqu'à ce qu'il ait l'impression d'être une de ces poupées qui remuent la tête. Il finit par s'excuser et se dirigea vers le distributeur de boisson pour chercher un Coca dont il n'avait pas vraiment envie.

Son portable se mit à sonner et il s'empressa de prendre l'appel. Adossé à la machine dans le calme relatif du foyer, il parla avec son père.

— Que se passe-t-il ?

— C'est ce que je veux te demander. Comment va Brooke ?

— Je ne sais pas encore. Ils sont toujours en train de l'examiner et personne ne se sent obligé de me renseigner parce que je ne suis pas de la famille.

— Tu aurais dû dire que tu étais son frère, le

réprimanda Sam. Voilà ce que tu aurais dû faire, si tu avais réfléchi.

— Papa, ils voulaient son adresse, des informations sur sa mutuelle, son histoire médicale, et j'en passe. Ils n'auraient jamais cru que j'étais son frère.

Vincent but une gorgée de Coca, se rappelant qu'il devait absolument être patient avec son père. Alzheimer semblait s'accompagner d'une mauvaise humeur extrême.

— Papa, pourquoi ne me dis-tu pas qui est vraiment cette femme et comment tu la connais ?

— C'est Brooke Yeager, répliqua sèchement Sam. Je te l'ai déjà dit.

— Mais qui est Brooke Yeager ? Que représente-t-elle pour toi ?

— Mon Dieu, mon garçon, tu n'as pas écouté quand elle était ici ?

— Elle délirait…

— Un peu, mais tu as entendu son nom. C'était il y a longtemps, mais c'est moi qui ai des problèmes de mémoire, pas toi.

Vincent resta silencieux, ne voulant pas contrarier davantage son père.

— Quand elle était petite, sa mère a été tuée par son beau-père, d'une balle en plein visage. La gamine est arrivée juste après. Il l'aurait tuée aussi, si un voisin n'avait pas déboulé juste à temps pour la sauver. J'étais chargé de l'affaire. Elle était tellement traumatisée que pendant deux jours, tout ce qu'on a pu lui faire dire, c'était : « Je suis la Fille Cannelle. » Elle n'a commencé à parler qu'à partir du troisième ou quatrième jour. Et elle a tout décrit dans les moindres détails.

Sam termina sur une note triomphale qui persuada Vincent que tout ce que son père venait de dire était exact.

— D'accord, elle est liée à un meurtre. Mais on dirait que tu la connais vraiment bien, papa.

— Bien sûr. Et toi aussi, tu la connaîtrais si tu n'étais pas parti pour aller à cette université.

— Berkeley. En Californie.

— Je sais où tu es allé à l'école, gronda Sam. Mais bref, plus tard, l'État finit par la confier à une famille d'accueil ici même, à South Hills, parce que sa grand-mère avait eu une crise cardiaque en apprenant l'assassinat. Brooke a trouvé mon adresse et elle est venue plusieurs fois pour « reprendre l'enquête ». C'était ce qu'elle disait toujours : « Reprenons l'enquête, inspecteur Lockhart », comme une petite adulte. Avec ta mère, nous appelions sa famille d'accueil et promettions de la ramener dans l'heure qui venait. La plupart du temps, ils ne s'étaient même pas aperçus qu'elle était partie. Tu parles d'une famille d'accueil ! Ta mère adorait Brooke. Nous avions même parlé de l'adopter. Bon sang, mon garçon, nous t'avions envoyé une lettre pour te parler d'elle et même une photo, il me semble.

Lentement, le souvenir revint à l'esprit de Vincent.

— Je me souviens que maman m'avait écrit à propos d'une fillette que vous pensiez adopter, mais elle ne m'en avait pas dit grand-chose. Je ne me souvenais même plus qu'elle s'appelait Brooke. Maman m'avait demandé si j'avais envie d'une petite sœur. Je crois que je lui avais dit « Bien sûr, comme tu veux », puis ça m'était complètement sorti de l'esprit.

Vincent soupira :

— Je m'intéressais surtout à moi à l'époque.

— Oui, la plupart des adolescents sont comme ça, admit Sam à regret. Et il valait peut-être mieux que tu n'en aies pas fait tout un cas, parce que quand sa grand-mère s'est rétablie, Brooke est allée vivre avec elle. Je pense que c'était pour le mieux. On a besoin de sa famille. Mais ça a failli briser le cœur de Laura.

— Et elle ne m'en a jamais soufflé mot.

Vincent se sentit soudain honteux. Sa mère avait souffert de perdre une enfant qu'elle avait presque adoptée, et elle n'avait pas osé lui imposer sa douleur et sa déception. Ça s'était passé il y avait si longtemps et maintenant, sa mère n'avait que faire de ses regrets. Mais il pourrait peut-être aider son père.

— Écoute, papa. Je sais que Brooke Yeager était proche de toi quand elle était petite, mais voilà des années que tu ne lui as pas parlé. Tu ne sais pas ce qu'elle est devenue, et surtout, tu ne sais pas vraiment ce qui lui est arrivé ce soir.

— Bien sûr que si, annonça fièrement Sam. Je viens d'appeler Hal Myers. Mon ancien collègue. Tu te souviens de lui ?

— Évidemment, papa, je le connaissais, lui.

— Eh bien, il travaille toujours et il m'a dit où en était la police, tous les détails. J'espère que je m'en rappellerai. J'ai pris des notes pour m'en souvenir.

— Bien joué, papa. Trop cool !

— Arrête de parler comme un hippie. On ne dirait pas que j'ai dépensé une fortune pour tes études.

— J'avais des boulots à mi-temps…

— … avec lesquels tu ne gagnais pratiquement

rien. Peu importe, on s'éloigne du sujet. Voilà ce que j'ai appris. Il y a eu des coups de feu il y a deux heures dans une maison vide de Sutton Street. C'est à moins d'un kilomètre d'ici, mais entre ses blessures et le fait qu'elle ait dû tourner un peu avant de trouver la maison, j'imagine qu'on peut comprendre où elle était entre le moment des faits et le moment où tu m'as appelé…

Vincent soupira de cette petite pointe, mais ne dit rien.

Sam marqua une pause et Vincent se représenta son père en train de mettre ses lunettes pour consulter ses notes.

— Bref, les coups de feu ont été tirés sur la voiture dans l'allée. La victime s'appelait Mia Walker, ou Walters, quelque chose dans ce genre. Trois coups de feu. Le sac de Brooke Yeager a été retrouvé dans la voiture, mais rien n'indique que c'est elle qui a tiré.

— Ça, j'aurais pu leur dire, ajouta Sam en aparté.

— Les deux femmes travaillaient pour Townsend Immobilier. D'après le propriétaire, Brooke et Mia devaient faire visiter la maison. Il a ajouté qu'elles étaient amies.

— Hal est absolument certain que Brooke était présente, mais que ce n'est pas elle qui a tiré ?

— Les coups de feu ont été tirés avec une carabine, Vincent. Ils ont retrouvé une des balles, mais pas la carabine.

— Une carabine, répéta pensivement Vincent. Alors Mia a été tuée de loin.

— Oui. Quant à Brooke, si c'était elle qui avait tiré, pourquoi aurait-elle laissé son sac avec tous ses papiers dans la voiture ? Pourquoi aurait-elle tué cette femme alors que son patron savait qu'elles étaient ensemble ?

Sam respecta quelques instants le silence de Vincent, puis lui demanda :

— Tu soupçonnes toujours Brooke d'être responsable de quelque chose, n'est-ce pas ?

— C'est juste que…

Vincent savait que s'il disait quoi que ce soit contre Brooke, son père allait être contrarié ou en colère.

— … je me demandais seulement s'ils savaient qui était l'assassin ou pourquoi c'était arrivé.

— Non.

— Tu n'en as pas l'air certain, papa, ou alors tu me caches quelque chose. Dis-moi tout ce que tu sais.

Sam hésita, puis il poursuivit à contrecœur :

— Le beau-père de Brooke Yeager — Zachary Tavell —, qui avait assassiné sa mère, s'est échappé du centre pénitentiaire de Mount Olive dans le courant de la nuit dernière. La prison est à moins de deux heures de Charleston. Attends un peu, je n'arrive pas bien à me relire. Ah, voilà ! Une voiture a été volée pas loin de Mount Olive et un magasin d'armes a été dévalisé.

Sam s'arrêta et Vincent sut qu'il ne lisait plus ses notes.

— Mon fils, la police pense que Tavell était en route pour Charleston. Qu'il y est probablement déjà.

— Comment est-il sorti de prison ?

— Hal m'a donné tout un tas de détails techniques sur l'évasion, mais je ne me souviens de presque rien et il allait trop vite pour que je puisse prendre des notes. L'important, c'est qu'il a assassiné la mère de Brooke, bon sang, et même cet acte n'était pas sa première infraction. Je suis certain que c'est lui qui a volé la voiture et dévalisé le magasin d'armes.

Sam marqua une pause.

— Vincent, Brooke est en danger. Cet abruti de Tavell n'aurait peut-être pas été reconnu coupable du meurtre sans le témoignage de Brooke. Mais il a été condamné à quarante ans de prison, sans grand espoir de libération conditionnelle. Hal m'a rappelé que Tavell avait quarante-deux ans au moment des faits.

— Ce qui veut dire que quarante ans en prison équivalaient à la prison à vie, dit lentement Vincent.

— Exact. Et d'après Hal, les responsables de la prison disent qu'il était devenu vraiment bizarre ces dernières années. Il ne parlait presque jamais. Il se contentait de lire la Bible et d'écrire.

— Écrire ? Écrire quoi ? Des arguments pour faire appel ? Des histoires, un roman ?

— Je ne sais pas. Peut-être ça aussi, mais il ne répondait plus aux gens, il leur écrivait des notes. Il donnait des notes aux autres prisonniers, aux gardiens, à tous ceux avec qui il était en contact pour leur dire ce qu'il pensait.

— C'est plutôt étrange. Je sais que beaucoup de prisonniers se convertissent soudain, mais je n'ai jamais entendu parler de quelqu'un qui communique par notes.

— Moi non plus, dit Sam. Écoute, mon garçon, je crois qu'il veut se venger de Brooke. Il est armé et il est fou, ça ne fait pas l'ombre d'un doute. Les responsables de la prison estiment qu'il est extrêmement dangereux.

— Sans blague !

— Ne parle pas comme ça dans un lieu public ! Les gens vont t'entendre et penser que ta mère t'a mal élevé, réprimanda Sam sévèrement. De toute façon, il ne te reste qu'une chose à faire, Vincent. Tu ne dois pas quitter cette pauvre fille des yeux, sinon Tavell va la tuer, exactement comme il a tué sa mère.

CHAPITRE III

1

Vincent venait de refermer son portable quand il vit deux policiers s'approcher des urgences et s'adresser à une femme de l'accueil qui les dirigea vers la salle d'observation. Il se dit qu'ils étaient venus interroger Brooke. Il songea à les suivre. Il avait passé sa vie à côtoyer des flics et savait donc que leurs interrogatoires étaient parfois loin d'être tendres, surtout s'il subsistait un doute quant à la culpabilité de Brooke. Ils risquaient d'utiliser une certaine force verbale, voire de la menacer. Ça ne plairait pas à son père, qui avait manifestement beaucoup d'estime pour la fille. Mais la police n'avait pas encore eu le temps de procéder à une enquête complète. Et puis, il n'était ni de la famille, ni son avocat. Il n'avait aucune chance d'être admis en observation pour assister à l'interrogatoire. Il ne pouvait rien faire et n'était pas sûr de devoir tenter quoi que ce soit. D'après les informations de son père, Brooke devrait être lavée de tout soupçon, mais il n'était pas encore convaincu de son innocence.

Contacter l'amie de Brooke sera peut-être le seul moyen d'en savoir davantage sur elle, décida-t-il, et il s'en voulut de ne pas y avoir pensé immédiatement. Mais comment s'appelait-elle ? Le choc d'avoir appris que le beau-père de Brooke, un assassin, était en cavale, lui avait fait oublier le nom.

Vincent arpentait le couloir et réfléchissait. S'appelait-elle Carrie ? Non. Casey ? Non. STACY ! Voilà ! C'était ça ! Mais Stacy comment ? Carrington ? Quelque chose dans ce genre. Il se dirigea vers le téléphone public et consulta l'annuaire, agacé comme il l'était toujours par le nombre de pages arrachées. Pourquoi les gens ne pouvaient-ils pas se contenter de noter les numéros dont ils avaient besoin plutôt que d'arracher la page entière ? Il trouva les C et commença à les parcourir. Il arriva enfin à Corrigan et une cloche intérieure l'alerta. C'était son nom ! Heureusement, les Corrigan n'étaient pas nombreux. Quand il arriva à Jay et Stacy Corrigan, il eut envie de pousser un hurlement de joie.

Lors de son premier appel, la ligne était occupée. Il attendit cinq minutes, puis rappela. À la troisième sonnerie une femme répondit :

— Résidence Corrigan.

— Vous êtes madame Corrigan ? Madame Stacy Corrigan, amie de Brooke Yeager ?

La femme eut un rire léger, et Vincent prit conscience de son ridicule. Puis elle répondit d'une voix grave et sensuelle :

— Oui, Stacy à l'appareil, amie de Brooke Yeager. En quoi puis-je vous être utile, monsieur…

— Lockhart. Vincent Lockhart. Écoutez, je ne vous connais pas — je connais à peine Brooke — mais elle a eu… eh bien, elle a eu un accident.

Il pensa que le moment était mal venu d'entrer dans les détails.

— Elle est à l'hôpital général de Charleston et elle vous fait demander.

La sensualité disparut de la voix de la femme. Elle se mit à parler trop fort, la crainte s'entendait dans son ton :

— Que s'est-il passé ? Un accident de voiture ? Est-elle grièvement blessée ?

— Ce n'est pas un accident de voiture. Elle a reçu un coup à la tête. Je ne pense pas que ce soit très grave, mais elle est toujours en observation. Il y aura peut-être des complications. Des lésions internes. Je ne suis pas docteur.

— Que s'est-il passé ?

— Je vous l'expliquerai de vive voix, répondit rapidement Vincent.

Il sentit que son manque de précision irritait la femme.

— C'est compliqué. Vous me trouverez dans la salle d'attente. J'ai une trentaine d'années et je suis brun. Non, attendez. Allez plutôt à la réception, je vous y attendrai. Mais venez le plus vite possible. Brooke voulait que je vous contacte avant, mais je n'ai pas pu.

La femme ne prit même pas le temps de dire au revoir. Elle raccrocha brutalement, ce qui pouvait signifier qu'elle paniquait ou qu'elle le prenait pour un fou qui lui jouait un tour. Vincent espérait que Stacy Corrigan l'avait cru et qu'elle était en chemin.

2

Vincent repartit vers la salle d'attente. Dès qu'il entra, la femme à l'œil au beurre noir et à la lèvre fendue lui fit de grands signes. Aucun doute, elle comptait reprendre son laïus contre l'Abruti. Vincent ne voulait pas l'offenser — non par égard pour elle, mais parce qu'elle était manifestement du genre à se lancer dans une grande tirade tapageuse quand elle était énervée. Il préféra sortir son portable en faisant semblant d'avoir reçu un appel important et lui fit signe qu'il revenait bientôt. Puis il se faufila dans le foyer et sortit griller une cigarette. Il essayait d'arrêter de fumer, mais pour le moment, le léger tremblement de ses mains indiquait un manque de nicotine.

Dehors, il se laissa gagner par la douceur apaisante de l'air d'une nuit d'août. La climatisation était trop basse à son goût. Il aimait la chaleur, c'était pour cela qu'il avait passé les dix dernières années de sa vie à Monterey, en Californie. L'état de santé de son père l'avait incité à ce voyage imprévu en Virginie-Occidentale. Sam Lockhart aurait été le dernier à demander de l'aide, mais ses lettres et coups de téléphone de plus en plus incohérents avaient alerté Vincent sur ses problèmes de mémoire. Vincent savait seulement depuis une semaine que son père souffrait d'Alzheimer. La nouvelle avait été un véritable choc et Vincent ne s'en était pas encore remis.

Il tira une longue bouffée sur sa cigarette ; il regrettait d'avoir commencé à fumer même s'il en retirait un certain réconfort. Il allait fumer moins, dès demain, se promit-il. Ou dès qu'il aurait trouvé une solution pour son père, qui ne pouvait certainement pas continuer à vivre seul. À son retour, Vincent avait trouvé des factures dues depuis trois mois, un réfrigérateur rempli exclusivement de beurre, de six paquets de charcuterie à des stades variés de décomposition, d'une miche de pain moisie et de deux livres de poche. Tous les vieux disques de phonographe que les Lockhart avaient accumulés au fil des ans étaient éparpillés dans le salon, avec des vêtements de sa mère et une trentaine de dépliants en prévision de voyages que les Lockhart n'avaient jamais effectués.

Vincent savait qu'il devait prendre une décision. Mais laquelle ? Devrait-il emménager avec son père pendant quelques mois ? L'idée lui sembla insupportable. Il était rentré depuis seulement quinze jours et ils avaient passé leur temps à se disputer. Vincent devait rendre un livre dans un mois, et il lui serait impossible de le finir auprès de son père, qui n'arrêtait pas d'errer dans la maison, de grommeler et d'exiger son attention en permanence. Il pouvait obtenir un délai pour son livre, mais Sam n'allait pas guérir en un mois.

Par ailleurs, Monterey lui manquait cruellement. Il avait une maison qu'il aimait, des amis, deux chiens et son agent. Toute sa vie tournait autour de Monterey. Il ne voulait pas en partir. Il était hors de question d'en partir. Vincent aimait son père et avait l'intention de l'aider, mais il avait passé trop de temps à construire sa propre vie pour la détruire en revenant à Charleston, pour s'occuper d'un homme qu'il n'aurait peut-être pas la capacité d'aider, qu'il dispose de six mois ou de six ans.

Agacé, il jeta sa cigarette et s'apprêtait à en allumer une autre lorsqu'il aperçut une grande femme se diriger vers lui d'un pas décidé. Elle avait de longs cheveux bouclés châtain clair, un corps souple et manifestement musclé, une poitrine qui semblait trop opulente pour être naturelle et un air déterminé dans ses yeux gris. Persuadé qu'il s'agissait de Stacy Corrigan, il s'approcha d'elle.

— Madame Corrigan ?

Elle s'arrêta et lui lança un regard sombre et glacial.

— C'est vous qui m'avez appelée à propos de Brooke ?

— Oui. Vincent Lockhart. Je l'ai accompagnée à l'hôpital.

— Je reconnais votre voix.

Elle le regarda de la tête aux pieds d'un air presque accusateur.

— Comment va Brooke et peut-on enfin savoir ce qui s'est passé ? Vous l'avez renversée en voiture ?

Son ton hostile prit Vincent au dépourvu.

— Pas du tout, je ne l'ai pas renversée ! Qu'est-ce qui vous fait penser que c'est moi qui lui ai fait du mal ?

— Vous ne seriez pas ici si vous n'étiez pas impliqué, puisque vous ne la connaissez même pas, apparemment.

— Si j'avais fait quelque chose à Brooke, je serais au poste de police.

Vincent ressentit une antipathie immédiate envers cette femme, aussi attirante que déplaisante.

— Et je ne sais toujours rien de son état de santé.

Je vous propose d'entrer et de voir si nous pouvons obtenir des informations.

— Oui, c'est cela, dit-elle sèchement.

Elle le précéda et faillit lui envoyer la porte de l'hôpital à la figure. Salope, pensa Vincent. Il était au moins sûr d'une chose à propos de Brooke — elle n'avait aucun goût pour choisir ses amies.

Stacy partit au pas de charge vers l'accueil et demanda Brooke Yeager. Comme Vincent s'y attendait, la femme d'âge moyen leur dit que l'on n'avait pas encore de nouvelles de Mme Yeager. Stacy exigea de voir le docteur.

— Il est occupé, répondit la femme pour se débarrasser d'elle.

— Alors dites-lui de se « désoccuper » et de venir, hurla presque Stacy. Je n'ai pas la moindre idée de l'état de santé de mon amie. Si ça se trouve, elle est morte à l'heure qu'il est. Que faut-il faire pour être traité avec un minimum de courtoisie ici ? Une scène ? Eh bien, faites-moi confiance, madame Je Ne Sais Pas Qui, je suis prête à en faire une.

La femme de l'accueil eut l'air paniqué. Vincent eut envie de rire en dépit de son aversion pour Stacy. Elle était caustique, mais efficace. L'employée s'empressa de répondre :

— Je vais aller me renseigner immédiatement, mademoiselle…

— Mme Corrigan.

— Madame Corrigan. Je vais le noter.

La femme avait pâli et son écriture était tremblotante.

— Installez-vous dans la salle d'attente, madame Corrigan, je vous donnerai bientôt des nouvelles de Mlle Yeager.

— Je vous le conseille, sinon je reviens dans un quart d'heure et je ne menacerai plus de faire une scène, je la ferai !

Stacy laissa la réceptionniste la bouche bée et partit brusquement vers la salle d'attente, Vincent la suivant dans un sillage de colère.

Il fut soulagé de voir que la femme à l'œil au beurre noir et la machine à tousser humaine avaient tous deux disparu. Il y avait deux chaises vides sous la fenêtre. Stacy se dirigea vers l'une d'elles, s'assit, fouilla dans son sac et en sortit une cigarette.

— C'est interdit de fumer, ici, remarqua Vincent en s'asseyant à contrecœur à côté d'elle.

— Merde alors ! On ne peut plus fumer nulle part ! Ils traitent les fumeurs comme des parias dans ce pays !

Stacy parlait fort. Les gens se retournaient pour la regarder, puis détournaient le regard, comme s'ils craignaient de se faire incendier. Vincent comprenait tout à fait ce qu'ils ressentaient.

Stacy posa son sac par terre et croisa nerveusement les mains sur ses genoux, mais Vincent avait eu le temps de remarquer qu'elles tremblaient. En fait, son corps tout entier semblait vibrer tant il était tendu. Puis elle se tourna vers lui :

— Qui êtes-vous et qu'est-il arrivé à Brooke ?

— Je ne lui ai fait aucun mal, je vous le promets, renvoya Vincent, effrayé.

— Bon, d'accord. Pas la peine de prendre cette voix de petit garçon qui fait des excuses à sa maman.

Une bouffée de colère parcourut Vincent.

— Voyons, ma petite dame, renvoya-t-il méchamment. Vous êtes bien trop vieille pour être ma mère.

C'était un mensonge, évidemment — Stacy était

ce que les jeunes appelaient *canon* ou une *poupée* — mais peut-être qu'une insulte permettrait à cette femme d'abandonner ses manières tyranniques, et Vincent estimait devoir lui rabattre un peu le caquet.

Stacy le fusilla du regard. « C'est parti, se dit-il. Attention à l'éclat de colère. Elle va fulminer. » Il s'y préparait, mais elle le surprit.

— Je suis certaine de ne pas faire aussi âgée que votre mère, mais j'ai peut-être mérité vos sarcasmes. Excusez-moi de vous avoir parlé sur ce ton. Je deviens une véritable garce quand j'ai peur, et je suis vraiment remuée. Brooke a cinq ans de moins que moi et je la considère comme ma petite sœur, même si je ne la connais que depuis un an.

Apaisé, Vincent répliqua :

— Je comprends. Elle semble avoir besoin que l'on s'occupe d'elle.

— Qu'est-ce que vous en savez ? Je ne l'ai jamais entendue parler de vous. Vous êtes un ami de Robert ? demanda-t-elle en se raidissant.

— Qui est Robert ? demanda innocemment Vincent.

— Robert Eads. Son petit copain. Ex petit copain. Un harceleur qui la suivait. Un taré !

— Je me souviens qu'elle a parlé d'un Robert à un moment, mais je ne suis pas un de ses amis.

— Mais alors qui êtes-vous ?

— Je vous l'ai déjà dit au téléphone, je m'appelle Vincent Lockhart…

— Il me semble que j'ai déjà entendu ce nom quelque part, dit-elle en l'interrompant, et pas seulement tout à l'heure au téléphone.

Vincent ne voulait plus lui parler, mais il savait

que s'il ne lui répondait pas, elle continuerait de le harceler. Elle était du type à harceler.

— Brooke a peut-être mentionné l'inspecteur Sam Lockhart, réussit-il à dire en s'efforçant à un minimum de politesse.

Stacy fronça les sourcils :

— Oui, c'est ça. Elle en a parlé quelques fois. C'était à propos du meurtre de sa mère, ajouta-t-elle après un moment de réflexion.

— Il était en charge de l'affaire. Je suis son fils.

— Oh ! Il était en charge de l'enquête du meurtre de sa mère ?

Il acquiesça et Stacy sembla atterrée.

— Maintenant, je me sens vraiment bizarre. Que faites-vous ici ? Qu'avez-vous à voir avec le meurtre de sa mère ?

— Je n'ai rien à voir avec le meurtre de sa mère et pourriez-vous baisser un peu la voix ? siffla Vincent.

— Je baisserais la voix si vous m'expliquiez la situation, en commençant depuis le début.

Vincent eut envie de l'envoyer au diable, mais il ne voulait pas d'une nouvelle scène dans la salle d'attente. Presque tous les regards étaient braqués sur eux maintenant.

— D'accord, mais seulement si vous ne m'interrompez pas — j'ai horreur d'être interrompu — et si vous baissez le ton. Entendu ?

Stacy plissa ses yeux gris et froids, puis dit à contrecœur :

— Entendu. Commencez !

Faisant abstraction du mal de tête qu'il sentait évoluer des muscles tendus de son cou en direction de son crâne, Vincent commença par l'arrivée de

Brooke devant la maison Lockhart, le tailleur couvert de sang, blessée à la tête, avec des troubles de la mémoire.

— Mon père et moi l'avons fait entrer et j'ai compris qu'elle était venue à la maison plusieurs fois, peu après l'assassinat de sa mère. Elle avait été placée dans une famille d'accueil à South Hills, près de chez mon père. Elle savait qu'il était chargé de l'affaire et s'échappait en douce pour en parler avec lui. Sa grand-mère avait eu une crise cardiaque et on n'était pas sûr qu'elle s'en sorte. Mes parents avaient même envisagé d'adopter Brooke. J'étais à la fac à l'époque et je ne l'ai jamais rencontrée. Mais sa grand-mère s'est rétablie et Brooke est allée vivre avec elle. Bref, apparemment, elle était allée faire visiter une maison dans Sutton Street, avec une autre jeune femme, Mia Walters. Jc ne sais si elles venaient d'arriver ou si elles repartaient, mais quelqu'un a ouvert le feu sur la voiture.

Stacy le dévisageait, son visage tendu, aux pommettes hautes, semblait s'être affaissé.

— Quelqu'un a fait quoi ?

— Leur a tiré dessus. À trois reprises, avec une carabine. L'autre femme a été tuée. Je ne sais pas comment Brooke s'en est sortie, l'assassin a sans doute pensé qu'il l'avait eue, elle aussi, et il n'est pas resté assez longtemps pour s'en assurer.

— On lui a tiré dessus avec une carabine ? souffla Stacy.

Vincent acquiesça.

— Ensuite, Brooke est arrivée dans la maison de mon père. C'est proche de Sutton Street et elle semblait se rappeler l'endroit, même si ses souvenirs étaient confus. Comme elle avait reçu un coup à la tête, nous avons appelé l'ambulance et mon père a tenu à ce que je l'accompagne à l'hôpital.

— Mon Dieu, murmura Stacy. C'est incroyable.

— Je sais.

— Qui pourrait bien vouloir tuer Mia ?

— Aucune idée. Je ne la connaissais pas du tout. Mais je crois que c'est une erreur, c'est Brooke qui était visée.

— Pourquoi ? demanda Stacy abruptement.

— Mon père m'a dit qu'au milieu de la nuit, son beau-père s'était échappé de la prison de Mount Olive. La police pense qu'il a une voiture, qu'il est armé et qu'il aurait pu revenir à Charleston à temps.

Il marqua une pause.

— Brooke était le seul témoin lors du procès. C'est peut-être lui qui a tiré et elle était la cible.

Stacy se signa et ferma les yeux.

— Je n'arrive pas à y croire ! Alors vous pensez que ce Tavell avait décidé de tuer Brooke ?

— Je ne sais rien de plus que ce que la police a dit à mon père. Papa est à la retraite depuis quatre ans, mais il a encore ses sources.

— Peut-être que je pourrais en savoir davantage, dit Stacy. Aussi incroyable que ça puisse paraître, mon mari est également dans la police. Il n'est qu'au troisième rang, mais il a seulement vingt-neuf ans. Je suis sûre que dans deux ou trois ans, il sera promu au premier rang. Et on vient juste de le mettre dans l'équipe de ce super-inspecteur dont tout le monde dit tant de bien, Hal Myers. Jay a probablement entendu parler de votre père.

Elle examina Vincent attentivement :

— Mais ce n'est pas seulement le nom de votre

père que je reconnais. Vous me dites quelque chose. Vos yeux sont-ils vraiment de ce vert ou portez-vous des lentilles de contact colorées ?

— Je ne porte pas de lentilles, dit-il, en remarquant soudain plusieurs personnes scrutant son visage et ses yeux.

— Eh bien, vos yeux sont absolument remarquables. Sexy et inoubliables, poursuivit Stacy, intarissable. Je vous ai déjà vu, non ?

— Je ne crois pas.

Vincent fit semblant d'examiner ses chaussures en espérant que Stacy baisse la voix.

— J'habite en Californie, à Monterey.

— Vous venez ici souvent ?

— Pas assez souvent.

— Mais j'ai l'impression de vous connaître.

Vincent soupira.

— J'écris des livres. Mon père aurait voulu que je sois flic, mais je n'en avais pas envie, alors je me suis contenté d'écrire des histoires de flics. Vous avez peut-être vu ma photo sur l'une des couvertures…

— C'est ça ! s'écria Stacy. Vous êtes écrivain ! Attendez un peu.

Elle réfléchit en plissant le front.

— *Meurtre dans une petite ville !*

— C'était mon premier livre.

— Et figurez-vous que je suis en train d'en lire un en ce moment même ! Votre photo est sur le rebord. Voilà pourquoi j'avais l'impression de vous connaître ! Vous aviez un trench-coat et un regard diabolique.

— Je me souviens du trench-coat — une idée du photographe — quant au regard diabolique…

— Pourtant il était absolument diabolique.

— Ah bon…

Elle était donc prête à lui faire du charme. Tout en étant mariée et inquiète pour la santé de son amie. Vincent était agacé, mais il n'était pas homme à être embarrassé par une femme au point de balbutier.

— J'imagine que je dois être de nature diabolique.

— Je le savais ! poursuivit Stacy. Le bouquin que je suis en train de lire s'appelle *Sombre Lune*.

— *Lune noire.*

— Bien sûr ! *Lune noire !* Et une amie m'a dit que si j'avais aimé *Lune noire*, j'adorerais *Les Derniers Adieux*.

— C'est mon dernier. Votre amie a très bon goût, déclara Vincent avec ironie.

— Je n'arrive pas à croire que je suis en train de discuter avec un auteur de best-sellers ! s'exclama-t-elle à voix haute.

— Eh oui, c'est comme ça.

Vincent était de plus en plus agacé, il aurait voulu qu'elle cesse son boucan, même si elle essayait de le flatter. Dans la salle d'attente, tout le monde le dévisageait comme si, maintenant qu'on savait qu'il était « quelqu'un », on s'attendait à ce qu'il fasse quelque chose de particulier. Ça le mettait toujours mal à l'aise. Par ailleurs, il s'était toujours senti en porte à faux avec sa profession, sans doute parce que son père n'avait jamais estimé qu'« inventer des histoires » était une manière virile de gagner sa vie.

— Après une telle agression, Brooke va-t-elle bénéficier d'une protection de police vingt-quatre heures sur vingt-quatre ? demanda brusquement Stacy.

Vincent cligna des yeux et réalisa qu'elle avait

enfin, Dieu merci, changé de sujet. L'opération de charme semblait terminée.

— Je n'en sais rien. Votre mari sera sans doute plus à même de vous répondre.

— Oui, vous avez sans doute raison.

Stacy se leva soudain et se mit à faire le tour de la salle d'attente. Elle portait un jean serré et un débardeur étriqué. Vincent estima qu'elle devait mesurer un mètre soixante-quinze, avec le corps entretenu de quelqu'un qui fait régulièrement de l'exercice. Elle était impressionnante, pas de doute, même s'il ne la trouvait pas particulièrement belle. Il remarqua que les hommes la suivaient du regard tandis qu'elle arpentait nerveusement la pièce, ils lorgnaient en particulier sa poitrine qui suggérait une récente intervention de chirurgie esthétique. Il se demanda si elle avait été mannequin.

Elle finit enfin par regarder sa montre et, l'air sombre, sortit de la salle d'attente. Elle avait donné un quart d'heure au personnel de l'hôpital pour lui communiquer des nouvelles de Brooke. Vincent consulta sa montre. Dix-huit minutes avaient passé ! Quelqu'un allait avoir des ennuis, pensa-t-il avec amusement.

Heureusement, à ce moment-là, la femme que Stacy avait harcelée à la réception apparut à la porte de la salle d'attente et faillit la percuter. Stacy se retourna et lui fit signe de la suivre. Comme un chien, pensa-t-il. Il ne lui manquait plus qu'à siffler.

Dans le foyer, la réceptionniste annonça nerveusement :

— Mlle Yeager est dans la salle d'observation numéro quatre. Vous pouvez y aller, maintenant.

Elle s'empressa de regagner son bureau, comme

si Stacy risquait de l'agresser physiquement avant qu'elle n'ait pu se mettre à l'abri.

Ils trouvèrent la salle d'observation. Brooke était assise, pelotonnée sur une table, entortillée dans une espèce de truc en papier au-dessus de la taille, une couverture blanche la recouvrant de la taille aux chevilles. Ses pieds pâles aux ongles vernis rouge vif pendouillaient dans le vide.

Stacy se précipita et prit Brooke dans ses bras.

— Oh, ma belle, on t'a tiré dessus, je suis désolée. Ce mec m'a raconté ce qui s'était passé, dit-elle en désignant Vincent du menton.

Brooke regarda vaguement dans sa direction, comme si elle avait du mal à le reconnaître et Stacy l'observa attentivement :

— Tu te rappelles de lui, n'est-ce pas ?

— Mais oui. Bien sûr.

— Comment s'appelle-t-il ?

— Vincent Lockhart.

— C'est bien le fils de l'inspecteur Lockhart ? poursuivit Stacy. Il t'a seulement accompagnée à l'hôpital, tu es sûre qu'il ne t'a pas fait de mal ?

Vincent se hérissa en entendant le ton soupçonneux de Stacy. Pensait-elle qu'il avait inventé toute cette histoire de coups de feu pour couvrir le fait qu'il ait lui-même agressé Brooke ?

— C'est bien le fils de Sam Lockhart.

La voix de Brooke était plus forte et plus assurée qu'avant.

— Il m'a aidée. Il s'est bien occupé de moi, Stacy.

— Mais qu'est-ce que vous croyez ? demanda Vincent à Stacy sur un ton sarcastique. Que j'ai attaqué Brooke, que j'ai risqué d'être arrêté par la police en l'amenant ici, puis que je vous ai appelée et que j'ai traîné dans le coin pour vous entendre chanter les louanges de mes livres ?

Stacy plissa les yeux, puis renvoya d'un ton contraint :

— Excusez-moi. Je vous ai déjà expliqué que je devenais malpolie quand j'étais nerveuse.

— Vous aviez dit « une véritable garce », rectifia Vincent. Ça reflète mieux la réalité.

— Est-ce que l'un d'entre vous s'intéresse à moi et à mon état de santé ? demanda Brooke, retrouvant un peu de sa vigueur. Ou préférez-vous que je me taise pour que vous puissiez continuer à vous canarder ?

Vincent et Stacy lui lancèrent un regard coupable.

— Pardon ! dirent-ils en même temps.

— Tout ça m'a bouleversée, ajouta Stacy.

— Sans blague, renvoya Brooke aigrement.

Elle regretta soudain d'avoir demandé à Vincent d'avertir Stacy. Elle était sa meilleure amie, mais elle était nerveuse et loin d'être la personne idéale pour créer une atmosphère de calme. Vincent, au moins, ne se souciait pas assez d'elle pour paniquer.

— Tu sais, Stacy, j'ai passé des soirées plus agréables, moi aussi.

Les hautes pommettes de Stacy s'enflammèrent.

— Mon Dieu, et voilà que je ne pense qu'à moi. Typique, comme dirait Jay.

Brooke hocha la tête :

— Bien sûr que non. Jay t'adore.

— Oui, mais on sait bien que l'amour est aveugle. Et muet, dans son cas.

Stacy hocha la tête.

— Désolée d'être aussi égocentrique, Brooke. Comment te sens-tu ? Es-tu grièvement blessée ?

Brooke toucha le pansement sur le côté gauche de sa tête.

— Une balle m'a effleurée.

— Oh, mon Dieu ! s'exclama Stacy.

— C'est superficiel, mais les blessures à la tête saignent toujours beaucoup, dit Brooke, en grimaçant tant Stacy parlait fort. Ce n'est rien par rapport à ce qui est arrivé à Mia.

Brooke eut un frisson soudain et Stacy l'enlaça à nouveau.

— Je n'ai jamais rencontré Mia, mais je sais que tu l'aimais beaucoup.

— Quelqu'un lui a tiré dessus. À plusieurs reprises, dit Brooke d'une voix blanche. Et je ne sais pas pourquoi.

Stacy regarda Vincent. Visiblement, elle lui demandait s'ils devaient parler à Brooke de la fuite de Zachary Tavell. Il fut surpris qu'elle pense à le consulter, et hocha la tête négativement. Le moment était mal choisi pour annoncer à Brooke que l'assassin de sa mère était en cavale. Elle risquait de piquer une crise, et personne — surtout pas lui — n'était prêt à surmonter cela. Brooke serait forcément bientôt mise au courant de la situation, mais il demanderait peut-être au docteur de lui donner avant un léger tranquillisant.

— Je reviens tout de suite, marmonna-t-il avant de s'échapper de la salle d'observation.

Il eut tout de même le temps d'entendre Stacy demander à Brooke :

— Il a été sympa ou il t'a emmerdée ?

Il se força à ne pas s'arrêter pour écouter la réponse.

Trois quarts d'heure plus tard, Brooke avait remis

son tailleur taché de sang (« Si j'avais su, je t'aurais apporté des vêtements propres », avait observé Stacy), et ils partirent tous les trois dans la nuit jusqu'à l'immeuble de Brooke. Vincent et Stacy aidèrent Brooke à monter jusqu'à l'appartement 312 et Stacy trouva la clé de Brooke dans son sac à main.

Ils entrèrent dans un salon de petite taille mais élégant, peint en crème et jaune safran avec une touche occasionnelle de rose hibiscus. Une excellente reproduction d'un Degas était accrochée au mur, dans un cadre superbe. Vincent remarqua plusieurs bibliothèques contre les murs, débordant de livres brochés ou reliés. Il eut une meilleure opinion de Brooke. Manifestement, tout comme lui, elle lisait avidement.

Un chien blond courut vers eux ; il n'était pas de race pure, avait une mince ossature et devait faire une vingtaine de kilos, d'après Vincent qui constata également qu'il était peureux. Brooke se pencha pour le caresser. Le chien lécha joyeusement le nez de Brooke, puis regarda nerveusement Vincent de ses yeux brun madère.

— Je vous présente Elise, dit Brooke en embrassant la tête du chien et en grattant ses longues oreilles. Je l'ai récupérée à la fourrière quand elle avait six semaines. Je l'ai nommée en honneur de la *Lettre à Elise* de Beethoven. C'était le morceau préféré de ma grand-mère.

— Ça me plaît, dit Vincent, mais je suis surpris que vous soyez autorisée à garder un chien en appartement.

— Je paie un supplément, dit Brooke en continuant de caresser la chienne. Et puis elle est propre et elle ne fait pas de bruit.

Juste à ce moment-là, Elise laissa échapper un aboiement aigu.

— Chut, lui dit Brooke. Je sais que mon tailleur a une drôle d'odeur, mais je vais aller me changer. En fait, je vais jeter ce tailleur à la poubelle... ajouta-t-elle d'une voix tremblotante.

Ouah. Ouah. OUAH !

— Grands dieux, qu'est-ce que tu as donc ? demanda Brooke en tenant le fin visage d'Elise entre ses mains et en la regardant dans les yeux. Tu ne fais jamais un tel raffut !

— Peut-être qu'elle sent vos émotions, dit Vincent.

Le docteur avait donné un Valium à Brooke. Vincent et Stacy avaient attendu une demi-heure pour qu'il prenne effet, puis, aussi délicatement que possible, ils lui avaient raconté l'évasion de Zach Tavell. Brooke avait réagi avec calme — Vincent aurait été incapable de dire si c'était dû aux tranquillisants ou au choc —, mais elle n'avait pas un comportement agité. Naturellement, les chiens étaient capables de percevoir chez leur maître une tension indétectable pour les humains. Ils pouvaient sentir les montées d'adrénaline. Peut-être qu'Elise était plus consciente de l'état réel de Brooke que Vincent ou Stacy. La chienne frémit, puis elle courut à la porte et renifla une feuille de papier que Vincent n'avait pas remarquée en entrant.

Stacy s'approcha de la porte et Elise recula pendant qu'elle se baissait pour ramasser la feuille blanche pliée en deux.

— Qu'est-ce que c'est ? demanda Brooke.

— C'est...

Stacy lut silencieusement, puis s'exclama :

— Mon Dieu, je n'aurais pas dû le ramasser ! Jay m'a pourtant appris les techniques de police. Je peux avoir un mouchoir en papier ?

— Mais enfin, qu'est-ce que c'est ? demanda Brooke.

Elle se leva, se rapprocha de Stacy et lui arracha le papier des mains. Puis Brooke se figea, le regard fixé sur la note, tandis que son visage déjà pâle pâlissait encore. Elle finit enfin par lire à voix haute : À LA PROCHAINE FOIS.

CHAPITRE IV

1

Brooke leva ses yeux violette pleins d'effroi.

— Il était ici.

— Quelqu'un était ici.

Vincent sentit son estomac se nouer en songeant que l'homme qui avait massacré une jeune femme quelques heures auparavant avait déjà envahi chez Brooke. Un homme qui, d'après les autorités pénitentiaires, ne parlait presque plus et communiquait par petites notes. Vincent savait toutefois qu'il devait garder son calme pour empêcher Brooke d'être aspirée dans une spirale de panique.

— Ce papier aurait pu être déposé par votre ancien petit copain. Il s'appelait bien Robert, non ?

— Est-ce que c'est l'écriture de Robert ? demanda Stacy.

— C'est écrit en lettres d'imprimerie, nota Brooke, de grosses lettres mal écrites.

Stacy fronça les sourcils.

— Quand as-tu vu Robert pour la dernière fois ?

— Vraiment vu ? Autour de trois semaines. Mais

il a laissé des dizaines de messages sur mon répondeur et il m'a envoyé des fleurs au bureau il y a deux jours.

— Tu vas passer la nuit chez nous, décida Stacy. Jay joue au poker, mais il sera bientôt rentré. Tu te sentiras parfaitement en sécurité dans l'appartement d'un inspecteur de police.

— Tu es allergique aux chiens, répondit Brooke en regardant Elise.

— Eh bien, laisse ton chien ici.

Brooke hocha la tête.

— Et elle passera la nuit à hurler pour que je revienne. Non, je ne crois pas.

Stacy regarda distraitement le chien.

— Elle se calmera au bout d'un moment...

— Je veux rester avec Elise cette nuit, réaffirma Brooke avec assurance. C'est réglé.

Stacy eut l'air surprise.

— Eh bien, dis-moi, tu es très autoritaire ce soir.

— Et toi tu l'es tout le temps, lui renvoya Brooke.

Avec un de ces soudains changements d'humeur qui semblaient la caractériser, Stacy se mit à rire :

— Tu as raison. Je m'excuse, ma douce. Je ne voulais pas t'énerver.

— Eh bien, c'est fait ! explosa Brooke. Et je ne vois pas ce qu'il y a de si drôle !

— Pour l'amour du ciel, dit Vincent.

Il avait l'impression que son cou était en béton et que sa tête allait exploser avant la fin de cette horrible soirée.

— Moi non plus, je ne pense pas que Brooke doive passer la nuit seule, même si la police offre une protection. Nous adorons les chiens, papa et moi. Brooke et Elise peuvent passer la nuit chez nous.

Stacy lui lança un regard dur.

— Nous avons quatre chambres. Elle ne sera pas obligée de partager le lit de mon père, ni le mien et je vous assure, Stacy, que nous ne sommes des violeurs ni l'un ni l'autre. Est-ce que ça convient à tout le monde ?

— Absolument pas ! lança Stacy. L'idée que Brooke passe la nuit dans la maison de deux étranges bonshommes…

— Nous ne sommes pas étranges, dit innocemment Vincent.

— Vous voyez très bien ce que je veux dire. Brooke ne vous connaît pas. Elle va se trouver terriblement mal à l'aise.

— Bien sûr que non, répliqua Brooke avec un calme inattendu. Je suis allée chez eux avant parce que je m'y sentais en sécurité. Ça n'a pas changé.

Elle lança un regard chaleureux, mais loin d'être convaincant à Stacy.

— Je sais que tu veux mon bien, mais c'est la meilleure solution, au moins pour ce soir.

— Bien ! dit Vincent.

Il n'arrivait pas à déterminer s'il avait lancé cette invitation pour irriter Stacy ou parce qu'il était étrangement inquiet pour Brooke. Après tout, il ne savait toujours rien sur Brooke Yeager. Stacy s'apprêtait à protester, mais Vincent était décidé à ne pas céder.

— Écoutez Stacy, nous ferons transférer la surveillance chez nous. Brooke aura la police juste devant la maison, pas devant un gros immeuble, et il y aura deux hommes à l'intérieur, dont un ancien flic.

Stacy soupira, puis prit un air résigné.

— D'accord, ma puce, dit-elle à Brooke. C'est ta décision et si elle te convient, je dois m'en accommoder, alors je vais arrêter de donner des ordres.

— Vous croyez que vous en êtes capable ? lança Vincent.

Stacy n'eut pas le temps de lui renvoyer la balle, quelqu'un frappait à la porte de l'appartement. Stacy, Brooke et Vincent se lancèrent un regard vide, comme s'ils étaient abasourdis par quelque phénomène étrange, jusqu'à ce qu'ils entendent un homme appeler :

— Hé, c'est moi, Harry. Vous avez des problèmes ?

Brooke et Stacy soufflèrent.

— C'est Harry Dormer, expliqua Stacy. Le concierge de l'immeuble.

Elle ouvrit la porte et Harry entra d'un pas décidé, un polo jaune vif étiré et collé sur les cent vingt centimètres de panse qui débordait au-dessus de la ceinture de son jean déformé. Il portait des baskets sales, une casquette de base-ball sur une chevelure brun gris et une espèce de médaillon au bout d'une chaîne en argent. Vincent l'observa plus attentivement. Le médaillon était en plastique transparent et renfermait une énorme araignée, une veuve noire, fausse avec un peu de chance. Il fallait qu'un gars n'ait pas peur du ridicule pour porter ce genre de bijou, pensa Vincent, en essayant de ne pas sourire.

— Mme Kelso m'a dit qu'elle avait vu des gens monter et que Brooke — Mlle Yeager — avait l'air remué et…

Les petits yeux bleu pâle de Harry s'arrondirent :

— Sacré nom de Dieu, Brooke, vous avez plein de sang sur votre tailleur !

— Quelle délicatesse, Harry, observa Stacy.

— Ouais, mais bon, on dirait qu'elle a été à moitié tabassée à mort, à part qu'elle a rien au visage. Toujours aussi mignonne. C'est un soulagement.

— Vous préféreriez qu'elle se fracture la colonne vertébrale plutôt qu'elle ait une égratignure sur son minois, pas vrai, Harry ? demanda Stacy d'un ton caustique.

Harry feignit la surprise :

— Elle s'est fracturé la colonne ?

— J'ai eu un accident, interrompit Brooke avec un détachement qui étonna Vincent.

Elle semblait parfaitement maîtresse d'elle-même, à peine affectée.

— Ce n'est pas mon sang, c'est celui de quelqu'un d'autre, mais je préfère ne pas entrer dans les détails pour le moment.

— Quelqu'un a été tué ? demanda Harry avec avidité.

— Regardez les informations ce soir, conseilla rapidement Stacy.

— Alors, c'est ça. Quelqu'un a été tué ! Punaise, mais c'est horrible.

Harry avait l'air tout excité, pas le moins du monde inquiet.

— Je voulais juste m'assurer que tout allait bien.

— Je vous remercie, dit Brooke d'un ton égal. Je vais bien. Mais je vais aller passer la nuit ailleurs, alors il faut que je me prépare. Vous m'excuserez…

Elle lui lança un sourire un peu tordu. Vincent comprit qu'elle cherchait son nom…

— … monsieur Dormer, finit-elle par dire, mais je suis un peu pressée.

— Monsieur Dormer ! s'exclama Harry. Depuis

quand m'appelez-vous monsieur Dormer ? Je sais lire entre les lignes, mais…

Stacy posa une main forte et mince sur son épaule.

— Une question avant que vous partiez. Est-ce que vous avez vu Robert dans l'immeuble tout à l'heure ? Robert Eads ?

— Le copain de Brooke qui supporte pas d'être largué ? Je peux pas dire que je l'ai vu, mais je passe pas mon temps dans le foyer, dit vertueusement Harry. J'ai du boulot par-dessus la tête.

— Je sais et vous le faites très bien, renvoya Stacy.

Il était évident pour tout le monde, sauf Harry, qu'elle le flattait pour obtenir des informations.

— Réfléchissez, Harry. C'est important. Vous n'avez rien remarqué d'inhabituel ? Un homme qui n'habite pas dans l'immeuble ? Un homme qui serait monté ici ?

— Non, pourquoi ?

— Ça n'a pas d'importance.

— Alors pourquoi me posez-vous toutes ces questions ?

Harry regarda autour de lui comme s'il s'attendait à voir surgir quelqu'un de derrière les rideaux.

— Qu'est-ce que vous me dites ? Que quelqu'un est monté ici sans autorisation ?

— Il n'y a rien de sûr. Merci de votre aide, dit Stacy en le poussant dans le couloir. Bonne nuit, Harry. À demain.

Elle ferma la porte derrière lui.

— Je ne l'avais même pas reconnu, au début, constata Brooke avec dépit.

— Tu serais aussi tranquille s'il était effacé en permanence de ta mémoire, dit Stacy avec sarcasme, avant de se tourner vers Vincent. Harry en a sans doute vu plus qu'il ne le dit. Il joue toujours la comédie, le rôle du concierge surmené qui n'a pas le temps de traîner dans le foyer à cancaner ou à vérifier qui sont les invités et visiteurs. Mais Jay est dans la police, c'est lui qui devrait interroger Harry, pas moi. Jay l'intimide. Harry fera moins son malin avec lui.

Stacy continua de papoter avec Vincent comme s'ils étaient de vieux amis.

— Harry est vraiment révoltant. Il déshabille du regard toutes les femmes de moins de cinquante ans. Il est particulièrement horrible quand il reluque Brooke et moi de la tête aux pieds, même quand sa femme est à côté. Je suis sûre qu'il n'est pas net…

— Comment ça ? demanda Vincent.

— Il se cache, ou en tout cas, il donne l'impression de se cacher. Vous pensez peut-être que je suis parano, mais Jay aussi l'a remarqué. Et sa femme Eunice, c'est vraiment quelque chose. Elle fait toujours semblant d'être malade.

— Mais elle est malade, dit Brooke. Elle a de graves problèmes de diabète, ses jambes enflent et elle souffre de migraines.

— Franchement, t'es toujours bon public pour les fausses tragédies, Brooke, dit Stacy en hochant la tête. Harry et Eunice sont sans doute inoffensifs, mais je me suis toujours dit qu'il fallait les surveiller.

— Et c'est ce que tu fais, dit Brooke. Je crois que tu fais un peu peur à Harry.

— Tant mieux, répondit Stacy en souriant. Bon, assieds-toi, Brooke, je vais préparer tes affaires pour cette nuit, même si je continue à penser que je ferais mieux de rester ici avec toi…

— Stacy, avertit Brooke.

— C'est bon. J'arrête de te donner des ordres. Où est ton sac de voyage ?

— Dans l'armoire de ma chambre, sur le rayon du haut.

— Là où je ne pourrai pas l'atteindre.

Vincent se dirigea vers la chambre.

— Je vais le descendre. Vous êtes grande, Stacy, mais je dois faire quelques centimètres de plus.

— Il est marron clair avec une doublure foncée, cria Brooke. C'est plus un sac fourre-tout qu'une valise.

Elle regarda Stacy.

— Je revois ce sac si distinctement, alors que je n'arrivais pas à me rappeler le nom d'Harry…

— La mémoire est une drôle de chose, et tu as eu une soirée abominable. Ne t'inquiète pas, dit Stacy en tapotant le bras de Brooke.

En l'espace d'une demi-heure, Brooke avait préparé son sac, attaché une laisse au collier d'Elise et rassuré Stacy pour la cinquième fois : elle voulait vraiment aller passer la nuit chez les Lockhart. Elle arrangerait sans doute quelque chose d'autre pour demain soir. Stacy les accompagna jusqu'au taxi et embrassa rapidement Brooke sur la joue.

— Si tu te sens seule, ou que tu as peur, appelle-moi. N'aie pas peur de réveiller Jay. Les tremblements de terre ne l'empêchent pas de dormir.

— Merci, Stacy, dit Brooke avec une cordialité non feinte. Je t'appellerai demain avant midi.

Vincent et Brooke ne parlèrent pas beaucoup dans le taxi qui les ramenait chez Lockhart. Brooke était encore abasourdie par les événements, et Vincent ne trouvait rien de rassurant à lui dire. Il avait appelé Sam pour l'avertir que Brooke allait rester chez eux, et il les reçut dans l'entrée en pyjama rayé et avec une robe de chambre à l'envers.

— Ça alors, quelle bonne surprise ! tonna-t-il comme si Brooke s'était arrêtée à l'improviste.

Vincent grimaça. Son père se comportait parfois comme s'il était entouré de sourds.

— Et je vois que tu as amené ton chien. Bonjour, mon gars !

— Je t'avais dit que nous amenions le chien, dit doucement Vincent.

Brooke hocha la tête.

— Elle s'appelle Elise, elle est propre et elle ne devrait pas faire de bêtises. Je vous remercie de la laisser venir avec moi.

— Mais voyons, mon trésor, on a toujours eu au moins un chien ici jusqu'à ce que…

Sam eut l'air perdu. « Jusqu'à ce que maman meure et que son chien la suive une semaine plus tard », pensa Vincent.

— Enfin bref, j'ai toujours su m'y prendre avec les chiens, poursuivit Sam, même si celle-là a l'air un peu timide.

— Elle a passé les premières semaines de sa vie dans une fourrière, dit Brooke. Je crois que ça l'a traumatisée pour le restant de ses jours.

— Pas étonnant, dit Sam en se penchant, dans un bruit de craquement de genoux, pour caresser la fine tête d'Elise. C'est une bonne chienne, c'est sûr. Je lis ça dans ses yeux. Elle est intelligente, brave, et elle adore sa maîtresse. Et qui pourrait le lui reprocher ?

Brooke sourit.

— Que dirais-tu de quelques sardines et d'un verre de bière, Brooke ?

— Elle préfère peut-être un verre de vin, s'empressa de suggérer Vincent, incapable d'imaginer Brooke en train de s'empiffrer de sardines huileuses et de bière, comme Sam. Et peut-être un sandwich.

— J'ai un peu faim, dit-elle presque timidement. Je n'ai pas mangé depuis je ne sais plus combien de temps. Elise non plus, n'a pas mangé.

Derrière Brooke, Sam vit une voiture de police se garer devant la maison.

— Prépare à manger pour tout le monde pendant que je vais discuter avec les gars quelques minutes.

Sam ne pouvait jamais s'empêcher d'aller bavarder avec un autre flic.

Vincent fit un sourire forcé à Brooke en fermant la porte derrière son père.

— Papa aime bien être au courant de ce qui se passe.

— Je le revois si fort et capable. Quand j'étais jeune, dit Brooke, il m'avait donné un sentiment de sécurité absolue au moment où mon monde entier s'était effondré.

Vincent acquiesça.

— C'était un homme d'une force incroyable, beaucoup d'autres policiers m'ont dit qu'il était le meilleur flic qu'ils aient jamais connu. J'ai toujours regretté de ne pas lui ressembler plus.

Brooke lui lança un lent regard mi-honteux.

— Vous avez remis Stacy à sa place plusieurs fois aujourd'hui. Je crois que c'est une preuve de beaucoup de force.

Il ne put s'empêcher de rire et lui fit signe de le suivre dans la cuisine en disant :

— C'est votre amie la plus proche ?

— Oui, même si nous ne nous connaissons pas depuis longtemps. Mais je n'ai pas beaucoup d'amis. J'ai passé une période où je n'en avais pas du tout. Je devais avoir peur : chaque fois que je m'attachais à quelqu'un, on me l'enlevait.

« Quelle triste petite fille elle a dû être, pensa Vincent, envahi contre son gré par un sentiment de compassion. Elle a perdu son père à l'âge de huit ans et trois ans plus tard, sa mère a été brutalement assassinée par Tavell, un homme qui avait sans doute gagné sa confiance. » Pas étonnant qu'elle ait eu besoin de prendre ses distances avec les gens. Ils avaient une fâcheuse tendance à l'abandonner.

Mais d'un autre côté, toutes ces pertes avaient peut-être contribué à faire d'elle un être plein d'hostilité et de malhonnêteté…

— La note ! lâcha-t-elle soudain. Qu'a-t-on fait du papier que l'on a trouvé dans mon appartement ?

— Il est dans une enveloppe, dans ma poche. Dès que papa aura fini de papoter avec les gars, je le leur donnerai. Ils le ramèneront au poste et, avec un peu de chance, ils trouveront peut-être des empreintes.

— Et si c'est Robert qui a laissé la note ?

— Alors le fait de savoir qu'elle est entre les mains de la police dans un cas de tentative de meurtre l'effraiera sans doute suffisamment pour qu'il prenne un peu de recul.

Il la regarda.

— Ça ne serait pas pour vous déplaire, si ?

Elle eut l'air surprise.

— Me déplaire ? J'en serais ravie ! Vous pensez peut-être que j'apprécie tout son cinéma ?

— Je ne savais pas si vous étiez sérieuse, annonça

brusquement Vincent en ouvrant un paquet de pain frais.

— Je n'ai jamais pris ma relation avec Robert au sérieux, même quand nous nous fréquentions, dit Brooke en s'asseyant à la table de la cuisine, Elise à ses pieds. Je le voyais comme quelqu'un avec qui je pouvais passer une soirée agréable de temps en temps, mais j'aurais dû me douter qu'il était fêlé. J'attire toujours les tarés.

— Oh, dit Vincent, déchiré entre l'envie de sourire et celle de faire un commentaire sarcastique.

Il décida de laisser tomber la remarque.

— Poulet ou dinde dans votre sandwich ?

— Je peux avoir les deux ? Je crois que je n'ai pas mangé depuis ce matin. Du moins c'est l'impression que j'ai.

— Voilà une fille avec un solide appétit.

— Plus que solide. Si mon métabolisme ralentit, je vais avoir des problèmes. Dites, Vincent ? Peut-on donner quelques tranches de poulet à Elise ? Elle n'a pas mangé.

Il se retourna et regarda la chienne. Il avait toujours aimé les chiens, il avait lui-même un golden retriever dont un ami s'occupait à Monterey.

— Je crois qu'on peut accorder un peu de poulet à une si belle chienne.

La queue d'Elise se mit à remuer comme si elle comprenait le compliment.

— Vous croyez qu'elle aime aussi la dinde ?

Brooke acquiesça.

— Telle mère, telle fille. Nous avons toutes deux de solides appétits, même si elle est mince et fine comme un chat, plutôt que comme un chien.

Vincent remarqua le bâillement énorme de Brooke

après avoir mangé son sandwich et bu un verre de lait.

— Je crois qu'il est l'heure de coucher Elise, dit-il délicatement.

— Il est l'heure de se coucher pour tout le monde, cria Sam de la porte. Je dois aller au boulot à l'aube demain matin. Ce satané Zach Tavell est en cavale et il a tué la mère d'une des plus tendres petites filles que j'aie jamais connues.

Vincent rougit et Brooke le regarda, complètement perplexe. Il ne lui avait pas encore parlé de l'Alzheimer de Sam et il se demandait ce qu'elle pensait, mais il était impossible de la renseigner sur sa maladie dans l'immédiat. Au lieu de ça, il essaya de couvrir Sam en prenant Brooke par le bras et en la soulevant pratiquement de sa chaise.

— Je crois que la chambre d'invités au nord de la maison sera parfaite pour vous, dit-il très fort. Jolie vue, même si ça n'a guère d'importance à cette heure. Un lit double et une petite salle de bain privée. Vous avez sans doute envie de prendre une douche après une telle journée. Il y aura beaucoup de place pour vous et pour Elise.

— Qui est Elise ? demanda Sam.

— La chienne, dit Vincent. Tu ne te souviens pas que Brooke a amené sa chienne ?

— La Fille Cannelle.

— Oui, la Fille Cannelle et sa chienne Elise.

Sam regarda le chien qui tournait autour des jambes de Brooke, le poil hérissé.

— Une chienne, murmura-t-il, une chienne.

Puis le souvenir lui éclaira les yeux.

— Mais bien sûr que je me souviens du chien, Vincent. Je ne suis pas sénile !

« En tous les cas, ce n'est plus ainsi qu'on appelle ton état », pensa Vincent, sans insister. L'humeur de Sam était devenue extrêmement explosive ces derniers temps, un symptôme courant d'Alzheimer.

Vincent et Sam accompagnèrent Brooke dans la chambre d'invités. Vincent alluma une grande pièce décorée en tons lilas et ivoire.

— Comme c'est beau, dit Brooke.

— Maman avait refait cette pièce juste avant de tomber malade, dit Vincent. Malheureusement, elle n'a jamais eu le plaisir de voir quelqu'un y passer la nuit.

— Elle serait contente que tu sois la première, Brooke, dit Sam d'un air ravi.

Brooke sourit.

— Moi aussi, je suis contente. Merci d'être si gentils avec moi. Je ne sais pas ce que j'aurais fait sans vous.

Elle hésita et regarda Vincent.

— Et vous aussi.

Vincent fixa ses grands yeux violette, qui lui parurent étrangement beaux en dépit de leur fatigue. Elle sembla lui renvoyer un regard tout aussi intense. Puis Sam gueula :

— Bonne nuit, Fille Cannelle !

Il regarda le chien.

— Bonne nuit, Bernice.

— Elle s'appelle *Elise*, corrigea Vincent, qui le regretta immédiatement.

Qu'est-ce que ça pouvait faire si son père se trompait ? Mais Vincent ne supportait pas de voir cet esprit, autrefois si vif, devenir flou et confus.

Sam le fusilla du regard et Vincent se prépara à

une longue tirade. Mais l'expression de Sam s'adoucit et il se contenta de dire :

— Mon fils, tu devrais aller au lit, tu deviens grincheux.

Soulagé que Sam ne se soit pas lancé dans une longue et forte engueulade, Vincent se laissa guider dans le couloir par Sam, comme s'il était un garçonnet de huit ans.

2

Encore tendue, Brooke resta longuement allongée, les yeux ouverts dans le grand lit frais, le regard perdu, à l'écoute. Puis ses paupières se firent lourdes. Elle lutta contre le sommeil car elle avait le sentiment qu'elle devrait rester éveillée toute la nuit, sur le qui-vive, prête à prendre la fuite, mais le sommeil finit par avoir raison de son corps exténué.

Brooke rêva de belles étoiles irisées brillant au plafond, puis elle entendit des voix. Celle de sa mère, qui disait en pleurant qu'elle avait fait une erreur, qu'elle n'aurait jamais dû épouser Zach, car Karl avait été le seul amour de sa vie. Puis Zach lui rétorquant sèchement qu'elle disait n'importe quoi, qu'il les avait sauvées, elle et Brooke. Elle avait simplement perdu les pédales. « Je vais divorcer ! hurlait sa mère, j'aurais dû le faire il y a des mois ! » Et plus tard, ces détonations menaçantes qui avaient réveillé Brooke et lui avaient fait descendre les escaliers quatre à quatre pour trouver sa mère à terre, la moitié du visage arraché.

C'est encore le bruit qui réveilla Brooke. Mais cette fois-ci, elle n'entendit pas les coups de carabine, elle entendit un grincement provenant de la fenêtre. Puis elle sentit la patte d'Elise sur elle, avant que la chienne parte vers la fenêtre et se dresse sur ses pattes arrière, le museau entre les rideaux.

Brooke glissa du lit et enlaça la chienne.

— Qu'est-ce qu'il y a, ma belle ? demanda-t-elle, pensant qu'Elise avait repéré un opossum ou un raton laveur.

Les grincements stoppèrent et tandis que Brooke devenait plus lucide, elle s'aperçut que quelqu'un essayait d'ouvrir la fenêtre. Elle dégagea légèrement le rideau et vit qu'un trou avait été percé dans la moustiquaire — un trou, proche de la serrure, situé tout en haut de la fenêtre à guillotine. Elle entendit bientôt la voix d'un homme.

— Ne t'en fais pas, Brooke. C'est Dieu qui m'envoie. Ne bouge pas.

Et elle ne put bouger, elle était paralysée d'effroi sous le choc. Elle vit un visage d'homme — long, pâle, ridé, avec un nez légèrement tordu et des yeux fatigués et sombres aux paupières tombantes. Un visage vieilli, mais qu'elle n'aurait jamais pu oublier.

Zachary Tavell.

Sans s'en rendre compte, Brooke poussa un hurlement perçant. Le visage disparut de la fenêtre et Elise se mit à aboyer furieusement. Puis elle entendit derrière elle :

— Brooke, qu'est-ce qui ne va pas ?

Elle hurla à nouveau en entendant la voix, puis se retourna et vit Vincent.

— Z… Zach, parvint-elle à dire. Il était dehors et me regardait par la fenêtre.

Vincent jeta un regard, comme pour essayer de se convaincre que Brooke avait rêvé, mais les aboiements bruyants d'Elise éliminèrent cette éventualité. Il fit demi-tour et sortit à toute vitesse de la chambre.

Brooke s'éloigna de la fenêtre, en rampant, suivie d'Elise, et se réfugia contre le lit, où là, elle serra la chienne contre elle et essaya de ralentir les battements affolés de son cœur. Elle n'avait pas vu Zach Tavell depuis quinze ans ; un seul regard de lui avait suffi à la remplir de terreur et d'effroi.

Brooke entendit Vincent parler fort, Sam crier, puis plus rien. Elle sortit à quatre pattes de la chambre, pensant qu'elle ferait une cible parfaite si elle restait derrière la fenêtre. Elle se faufila dans le salon, qui était vide et s'approcha de l'énorme cheminée en pierres. Des minutes, ou peut-être seulement des secondes s'écoulèrent, avant qu'elle entende la voix étrangère d'un homme crier :

— Arrêtez ! Police !

Deux ou trois secondes plus tard, elle entendit encore :

— Police !

Puis le coup de feu.

CHAPITRE V

1

En ouvrant les yeux, Brooke vit un ventilateur tourner lentement et gracieusement au-dessus de son lit. Il n'y avait pas de ventilateur placé ainsi, chez elle. Elle se releva brusquement, prête à s'enfuir. Elise sursauta aussi, puis s'approcha d'elle et lui toucha le nez avec sa truffe. Brooke passa instinctivement les mains sur son corps mince et chaud qui se mit doucement à l'aise contre elle. À l'extérieur, Brooke entendit des tourterelles tristes dénichant leur petit déjeuner dans l'herbe. Elle parcourut du regard la belle chambre ivoire et lilas. Elle se demanda un instant à qui appartenait ce lit dans lequel elle avait dormi. Puis elle fut soulagée de se souvenir qu'elle était chez les Lockhart, l'ancienne demeure de Sam et Laura, maintenant celle de Sam et Vincent. Elle était protégée. Elle était en sécurité.

Mais elle n'en avait pas moins peur. Elle ne portait qu'une chemise de nuit très fine, mais son corps était moite de la sueur qu'elle devait aux images des corps brisés de Mia et de sa mère, qui avaient dansé dans son sommeil agité. Brooke s'extirpa lentement du lit, les muscles douloureux après l'agression d'hier. Ou plutôt, les deux agressions. La nuit dernière, après avoir appris que Zach Tavell avait échappé à l'équipe de surveillance, elle s'était simplement glissée à nouveau dans son lit et avait passé l'heure suivante à trembler, puis, sans doute à cause de son état d'exténuation physique et émotionnel, elle avait sombré dans le sommeil.

Dès qu'elle descendit du lit, ses jambes la trahirent. Elle s'effondra, complètement consciente, mais trop terrifiée pour se relever. Elle n'appela pas à l'aide. Elle refusait de céder à la peur. Elle préféra se reposer une dizaine de minutes, puis elle se leva lentement, en écoutant le gazouillis des oiseaux dans le vif soleil matinal qu'elle pouvait entrevoir entre les rideaux. Le soleil. La lumière. Zach n'oserait pas s'approcher d'elle en plein jour, se dit-elle. Il commettait tous ses crimes la nuit.

Quelqu'un avait déposé un verre d'eau sur la table de nuit, et elle le but entièrement. Puis elle se dirigea vers la salle de bain. Elle avait besoin d'une douche bien chaude ; elle avait l'impression de sentir encore le sang séché de Mia sur son visage, ses mains, ses cheveux, alors qu'elle s'était déjà douchée avant d'aller se coucher.

Après avoir pris une douche inhabituellement longue et avoir fait trois shampoings sur ses cheveux propres, Brooke se sentit un peu mieux. Elle avait apporté un jean et un chemisier à manches longues pour aujourd'hui, mais quand elle sortit les habits de son sac, ils lui semblèrent trop étriqués et étouffants. Son corps douloureux ne supporterait jamais la toile de son jean et ses chaussures Nike toutes neuves et raides.

Cinq minutes plus tard, Brooke entra dans la cuisine pieds nus et vêtue d'une longue robe de chambre en soie légère. Elle se sentit rougir sous les regards fixes de Vincent et Sam.

— Avec tout ce qui s'est passé hier, j'ai oublié de prendre une robe de chambre, et je me sens trop fragile aujourd'hui pour mettre des habits serrés. J'ai trouvé cette robe de chambre dans l'armoire. J'espère que ça ne vous dérange pas que je la porte.

— Bien sûr que non. C'est charmant, dirent en chœur Vincent et Sam.

Ce dernier poursuivit :

— C'était à Laura, elle portait toujours de beaux vêtements de nuit, jusqu'aux derniers mois de sa vie quand elle a dû les abandonner pour de la flanelle. J'ai conservé cette robe de chambre. C'était ma préférée.

— Oh, je vais l'enlever, s'empressa de dire Brooke.

Elle s'était bien doutée que c'était celle de Laura, mais elle n'avait pas réalisé que porter les vêtements de la femme décédée tant aimée par les deux hommes pouvait être interprété comme un manque de tact.

— Je suis vraiment navrée.

Sam gesticula en criant :

— Ne l'enlève pas ! Tu me fais penser à elle, toute féminine et mignonne.

— Non, vraiment. Je peux aller mettre mon jean, protesta Brooke, profondément embarrassée par son indélicatesse.

— Ne sois pas ridicule ! tonitrua Sam. Laura aurait

adoré l'idée de Brooke Yeager dans sa robe de chambre.

Vincent lui fit un petit hochement de tête encourageant qui la surprit et lui sourit.

— Elle vous va vraiment très bien et maman aurait certainement préféré la savoir sur vous plutôt que pendue dans un placard comme une pièce de musée.

Il se tourna vers son père :

— Et tu n'es pas obligé de hurler, papa. Nous sommes à côté de toi.

— Je hurlais ? demanda innocemment Sam. Merde, ne me dis pas que je deviens dur d'oreille, par-dessus le marché.

Vincent savait que Sam n'entendait plus très bien, mais son père semblait de bonne humeur ce matin et il ne voulait pas le déprimer.

— Je crois que tu es seulement un peu excité parce que nous avons de la compagnie. Tu es toujours bruyant quand tu es heureux. Ou quand tu as deux verres dans le nez. Tu t'es peut-être préparé une petite Bloody Mary avant que je me lève ?

Sam lança un torchon à la tête de Vincent en riant.

— Je n'ai pas l'habitude d'attaquer mes journées avec du jus de tomate et de la vodka, mais maintenant que tu m'y fais penser, ça me semble une bonne idée. Malheureusement, nous n'avons plus de vodka. Depuis des années, je crois.

— Eh bien, je vais m'empresser d'aller en acheter une bouteille, le taquina Vincent.

Sam rit, puis se tourna vers Brooke.

— Nous avons déjà écumé une pleine cafetière. La prochaine sera bientôt prête.

— Tant mieux, je ne peux rien faire avant ma caféine du matin, dit Brooke.

— Vous le prenez noir ou au lait, avec du sucre ? demanda Vincent.

Brooke eut l'air déconcerté.

— Au lait, il me semble.

Elle rougit, terriblement gênée de ne plus se rappeler comment elle prenait son café.

— La cafetière est grande, dit Vincent comme si de rien n'était. On n'a qu'à essayer des variantes jusqu'à ce qu'on trouve la bonne formule.

— Denise aime-t-elle le café ? demanda Sam.

Brooke remarqua que Vincent s'apprêtait à corriger le nom de la chienne pour son père, mais qu'il avait choisi de se taire.

— Non, les chiens et la caféine ne font pas bon ménage, dit Brooke. Elise se contentera d'un peu d'eau.

— Donne-lui de l'eau minérale française de luxe, celle de Vincent.

— Ce n'est pas la peine. L'eau du robinet fera l'affaire.

Sam hocha la tête.

— Non, Vincent, fais goûter ton eau de luxe au chien, bougonna Sam. Je n'arrive pas à concevoir qu'on puisse gaspiller de l'argent sur de l'eau importée de l'étranger, qu'on doit aller acheter au magasin dans des bouteilles, alors que de l'eau parfaitement acceptable coule du robinet de la cuisine, mais depuis qu'il est allé en Californie, Vincent a développé des goûts exotiques.

Vincent leva les yeux au ciel, sortit une bouteille de Perrier du frigo et versa l'eau froide dans une gamelle. On aurait cru qu'Elise n'avait jamais rien goûté d'aussi bon de sa vie, elle finit la gamelle et lança un regard exprimant l'espoir qu'on la lui remplisse à nouveau.

— Tu vois, papa, dit Vincent en souriant, même les chiens préfèrent mon eau.

— C'est juste qu'elle mourait de soif, grogna Sam. Elle aurait bu n'importe quoi.

Il se tourna soudain vers Brooke et lui sourit tendrement :

— Tu veux déjeuner ? Laura disait toujours que j'étais le roi de l'omelette.

— Je veux seulement un café, répondit Brooke.

Vincent venait de remplir sa tasse quand on sonna. Ils se figèrent tous les trois, les yeux ronds. Elise aboya, brisant leur transe.

— Allons, je vois mal Zach Tavell se joindre à nous pour le petit déjeuner, dit Sam, se levant lourdement de sa chaise et se dirigeant vers la porte d'entrée.

Il revint bientôt, accompagné de Stacy et de Jay Corrigan.

Stacy était en tête, naturellement. Elle fonça sur Brooke et la serra dans ses bras.

— Jay m'a raconté que Tavell est venu ici la nuit dernière et je m'attendais à ce que tu ressembles à un fantôme, ce matin. Au lieu de ça, on te dirait prête à poser pour la pub d'un catalogue de lingerie.

Brooke rougit.

— Je suis tout de même plus couverte que les mannequins. J'ai oublié ma robe de chambre à la maison.

— Celle-ci est très belle.

Stacy sourit à Vincent, puis se présenta à Sam.

— Je suis la meilleure amie de Brooke. Enfin, c'est ce que j'aime me dire. C'est très aimable à vous et à votre fils de l'avoir invitée à passer la nuit dernière ici.

— Pour notre plus grand plaisir, répondit Sam, le visage radieux.

Stacy ressemblait à un top model mince et sophistiqué en tailleur vert pâle et talons hauts. Elle se tourna vers Jay.

— Je crois que vous connaissez déjà mon mari. Il est inspecteur de police, lui aussi.

— Je… J'en ai entendu parler, dit Sam, toujours aussi souriant.

Brooke comprit immédiatement qu'il n'avait pas la moindre idée de qui était Jay Corrigan.

Un mètre soixante-dix-huit environ, musclé, un peu étoffé, le sourire facile et d'épais sourcils roux clair sur d'étincelants yeux bleus, Jay aurait pu passer plus facilement pour le fils de Sam que le grand et mince Vincent, aux traits plus fins et aux yeux d'un vert surprenant. Jay tendit la main à Sam.

— C'est un honneur de vous rencontrer, monsieur. Je crois qu'il ne se passe pas une semaine sans que l'on nous rappelle qu'à lui seul, Sam Lockhart a fait aboutir plus d'enquêtes que nous tous réunis.

Sam fit une grimace pour tourner le compliment en dérision, mais son contentement n'échappa pas à Brooke.

— Nous avons acheté une douzaine de doughnuts en route, dit Jay en tendant une boîte. J'espère que vous les aimez.

Sam ricana.

— Un flic qui n'aimerait pas les doughnuts ? Existe-t-il un tel spécimen ?

Jay rit fort avec lui.

— Vous boirez bien un café avec nous, dit Sam à Stacy et Jay. Vincent, donne-nous le café. Je ne sais pas si Stacy veut goûter mon omelette, mais Jay et moi allons prendre un café et un doughnut ensemble.

— Je boirais volontiers un café avec vous, dit Jay en souriant, si nous ne vous dérangeons pas trop.

— Déranger ? D'habitude, le matin, je me dispute avec Vincent, puis il va faire son footing et il revient couvert de sueur. C'est agréable de voir du monde.

Vincent versa du café tandis qu'ils s'asseyaient tous à la table de la cuisine. Brooke remarqua que Vincent glissait un doughnut à Elise, qui partit le déguster en toute tranquillité dans un coin de la pièce.

— Je sais que nous sommes un peu matinaux pour nous inviter ainsi, dit Stacy, mais quand Jay m'a appris ce qui s'était passé hier, j'ai insisté pour que nous venions voir comment allait Brooke. Je n'aurais pas pu me contenter d'un coup de téléphone, il fallait que je la voie en personne.

— C'est gentil de ta part, dit Brooke.

— Et je te trouve calme et belle comme une image.

Stacy baissa les yeux, s'approcha d'elle et lui dit doucement :

— As-tu eu très très peur ?

— J'essaie de ne plus y penser, lui murmura Brooke.

Stacy la scruta du regard.

— Tu sembles tellement… normale. Après ce qui s'est passé hier… enfin… tu es sûre que tout va bien ?

— Non. Je crois que je n'ai pas encore réalisé ce

qui m'est arrivé. Mais pour le moment, je vais essayer de faire durer cette impression.

En réalité, Brooke se sentait trop visible, mal à l'aise et terrifiée. Les cauchemars avaient ponctué ses brèves périodes de sommeil et elle dut se forcer à sourire et empêcher ses mains de trembler. Mais elle était décidée à ne pas passer pour une mauviette. Depuis la mort de sa mère, elle s'était efforcée de rassurer sa grand-mère, inquiète et en mauvaise santé : elle voulait lui prouver qu'elle prenait bien les choses. Qu'elle était forte. Qu'elle avait du ressort. Elle avait pris l'habitude de jouer ce numéro et elle avait même fini par s'en convaincre elle-même.

Stacy la serra dans ses bras, la dominant du haut de ses talons aiguille, dans les relents du merveilleux parfum qu'elle portait toujours discrètement dans le cou.

— Tout va s'arranger. Et cet abominable bonhomme va se faire attraper, n'est-ce pas, Jay ?

Jay Corrigan leva les yeux de son doughnut. Son sourire disparut et ses yeux bleus devinrent sérieux. Sans l'éclat malicieux de son regard et son sourire, il semblait plus proche de la quarantaine que de la trentaine.

Il avait un charme un peu brut qui plaisait à Brooke, mais il était aussi hardi, et un peu présomptueux et dominateur. Brooke savait que Stacy était la femme idéale pour lui. L'agressivité de son épouse ne parviendrait jamais à intimider cet homme, qui adorait son impétuosité. Une femme douce et passive l'aurait ennuyé à mourir.

— Nous faisons tout notre possible pour rattraper Tavell, dit Jay à Brooke avec sérieux. C'est notre priorité numéro un. Tu devrais te réjouir de savoir que l'inspecteur Hal Myers est chargé de l'affaire. C'est sans doute notre meilleur flic depuis le départ à la retraite de Sam Lockhart.

— Une retraite forcée à cause de mon âge, rouspéta Sam. J'avais encore de bonnes années devant moi. Mais j'apprécie le compliment, Jay. Hal est mon meilleur ami et nous étions dans la même équipe.

— Je sais, dit Jay en souriant. C'est une des raisons pour lesquelles j'étais si heureux d'être nommé dans son équipe la semaine dernière.

— Tu es le nouveau partenaire de Hal ? hurla Sam, un large sourire au visage. Eh bien, bravo ! Tu apprendras beaucoup avec lui.

— Je sais, monsieur.

— Et laisse un peu tomber ce « monsieur ». Je suis Sam pour le partenaire de Hal.

— Merci, monsieur… Sam.

— Monsieur Sam. Ça me plaît, comme nom, rit Sam. Je crois que je vais demander à tout le monde de m'appeler comme ça, maintenant.

— Je refuse, le taquina Vincent en posant des tasses de café sur la table. Je t'appellerai papa, et c'est définitif.

— Monsieur Papa, si ça ne te dérange pas, dit Sam. Bon, Jay, puisque tu es l'un des élus, tu dois pouvoir partager des informations qui nous intéressent. Quoi de neuf sur Tavell depuis son départ d'ici, la nuit dernière ?

— À l'aube, à deux pâtés de maisons d'ici, le chien d'un voisin s'est mis à hurler dès qu'il est sorti. Il y avait du sang frais sur sa niche, dans laquelle il ne couche jamais. Le labo nous a déjà assuré qu'il s'agit de sang humain. Tavell a manifestement été blessé et il s'est caché dans la niche. C'est pour cela que personne n'est arrivé à le trouver la nuit dernière. On ne sait pas s'il était grièvement blessé, mais un type du quartier dit avoir entendu une voiture avec des problèmes de pot d'échappement ; elle aurait démarré autour de quatre heures du matin devant chez lui. Il ne l'a pas bien vue — pas de numéro d'immatriculation, bien sûr — mais il a dit qu'elle était petite et verte, cabossée et qu'elle devait avoir une quinzaine d'années. Mais aucun vol de voiture n'a été signalé.

— C'est étrange, dit Sam en fronçant les sourcils.

Jay haussa les épaules.

— Elle était peut-être garée loin du propriétaire et personne ne s'est aperçu de sa disparition.

— Je suis sûr que Tavell n'est pas allé se faire soigner aux urgences, observa Sam.

— Non, mais il n'était peut-être que légèrement blessé.

— À moins qu'on ait de la chance et qu'il soit mort, ajouta Stacy d'une voix dure.

Jay lui sourit faiblement.

— Je dois t'avouer que ça arrangerait bien mes affaires, chérie.

Il se tourna vers Brooke :

— Mais il est sans doute encore vivant, et tu dois être extrêmement prudente. Je suis sûr que tu n'as pas besoin que je te le dise, mais parfois, il vaut mieux se répéter.

Il marqua une pause.

— Le monde peut être un endroit dangereux.

— C'est pour cela que nous avons besoin d'hommes courageux pour nous protéger, comme Jay et inspecteur Lockhart, lança Stacy en jetant un sourire radieux à Sam qui le lui rendit bien.

Brooke étouffa son propre sourire. Stacy ne pouvait s'empêcher de faire son numéro de charme, quel que soit l'âge de son interlocuteur. Mais Brooke savait qu'elle était toujours fidèle à son mari. Et Jay n'était pas du genre jaloux.

Vincent avait gardé le silence jusque-là. Il avait aussi évité de regarder Brooke. C'est à cause de la robe de chambre, s'était-elle dit. Il était sans doute troublé de la voir dans les vêtements de sa mère, en dépit de ce qu'il avait assuré. Il devait bouillonner intérieurement.

Mais il finit par parler.

— Vous voulez un peu plus de café ? Stacy ? Jay ? demanda-t-il, une cafetière fumante et odorante à la main.

Jay semblait prêt à accepter quand Stacy répondit pour eux deux.

— Non, merci. Nous devons aller au travail, tous les deux.

Jay leva les yeux sur elle, la main immobilisée en pleine trajectoire vers un second doughnut.

— Jay a un boulot passionnant, comme vous avant, dit-elle à Sam. Alors que je trime dur chez Chantal, au centre-ville.

— Le magasin de vêtements ? s'intéressa Sam. Ma femme Laura y allait de temps en temps.

— Vraiment ? demanda Stacy, comme si elle n'avait jamais rien entendu de plus fascinant. Ils ont de très beaux vêtements, mais bien trop chers à mon avis. Et j'ai horreur du snobisme de certaines clientes. Pas des femmes comme la vôtre, évidemment. Vous voyez le genre — ces femmes hautaines qui vous traitent comme de la boue sous leurs pieds. J'aurais dû rester à l'école d'infirmières, soupira-t-elle, mais j'avais horreur de tous ces malades. J'ai essayé d'aller en fac, aussi — des études d'anglais, avec le rêve de devenir écrivain, comme votre fils — mais je ne suis pas assez studieuse. J'ai laissé tomber après moins d'un an. Quelle erreur. Enfin, bon.

Elle sourit à nouveau et tapota Jay sur l'épaule.

— Allez, nous avons suffisamment dérangé ces gens. Inspecteur Lockhart, Vincent, encore merci de vous être occupés de Brooke la nuit dernière.

— Tout le plaisir était pour nous, dit Sam.

Stacy s'avança et serra une nouvelle fois Brooke dans ses bras.

— Et toi, prends soin de toi, ma petite dame.

— J'ai bien l'intention de rester saine et sauve, renvoya Brooke en souriant.

Mais son sourire disparut rapidement. « Saine et sauve », pensa-t-elle en regardant Jay tenir la portière de la voiture pour Stacy comme un gentleman. C'était ce que sa mère avait l'habitude de lui dire : « Je veux te garder saine et sauve, mon bébé. »

Mais Anne elle-même n'avait pas été capable de rester saine et sauve. Elle ne risquait pas de protéger Brooke.

2

La Lincoln blanche de Madeleine Townsend entra lentement dans le parking de Townsend Immobilier, en fit deux fois le tour, puis se glissa dans une place proche de la porte principale. Madeleine Townsend descendit prudemment de sa voiture, saisit une canne sur la banquette arrière, et, l'air déterminé, respira profondément et se dirigea en boitant vers l'agence.

Au fil des ans, les gens avaient souvent dit que Madeleine était la plus belle femme qu'ils aient jamais vue, elle avait une chevelure acajou brillant, de grands yeux brun velours et un visage pratiquement symétrique avec une petite fossette au menton. Elle aurait pu faire dix ans de moins que ses trente-sept ans sans ce boitement qui lui donnait une démarche étrange. Souffrant de cette jambe tordue depuis l'âge de dix ans, elle aurait dû s'y habituer, mais ce n'était pas le cas. Chaque fois qu'on adressait un sourire à son charmant visage, elle voyait ce sourire s'effacer tandis que le regard descendait le long de son corps mince jusqu'à sa double béquille, au niveau du coude, puis le long de la jambe et du pied tordus, qui se remarquaient même sous les pantalons ou jupes longues et les bottes qu'elle portait toujours. À chaque fois, elle se sentait profondément heurtée. Elle essayait de maîtriser ces meurtrissures émotionnelles, mais elle n'y parvenait pas toujours.

Madeleine plaça sa jambe faible, la droite, à la traîne, et se servit de la forte pour porter son poids en gravissant les trois marches de l'entrée. Le jour était clair, mais le temps lourd et elle apprécia la climatisation dès qu'elle mit le pied à l'intérieur. Aaron maintenait toujours une température parfaite : 22 degrés. Il n'autorisait personne à toucher au thermostat. Elle avait entendu des gens rouspéter et le traiter de dictateur quand il avait le dos tourné, mais elle ne le lui avait jamais dit. Elle aimait le fait qu'Aaron ait créé son propre fief dans cette agence qui avait autrefois appartenu à leur père. Ce dernier avait toujours cherché à plaire à tout le monde et on le prenait généralement pour une pitoyable mauviette. Madeleine avait horreur de la faiblesse de son père. Elle avait donc encouragé son frère à être aussi fort que possible, même s'il devait en tirer une réputation de despote. « Ne te soucie pas de l'opinion des autres », lui disait-elle, et il l'écoutait. Madeleine savait qu'il accordait plus d'importance à l'opinion de sa sœur qu'à toutes les autres.

— Bonjour, mademoiselle Townsend, dit une jeune et jolie fille.

Madeleine réfléchit rapidement. Comment s'appelait-elle ? Hannah. Elle ne savait pas son nom de famille et ne voulait pas le savoir. Hannah ferait l'affaire.

— Bonjour, Hannah.

Après son accident, les parents de Madeleine avaient engagé une gouvernante pour assurer son éducation à domicile ; elle avait été aussi rigide que celles qui hantent les romans du dix-neuvième siècle. Madeleine, étouffée par ses parents et par sa propre gêne, avait eu peu de contact avec les enfants de son âge, et elle avait modelé ses expressions et son comportement sur ceux de sa mère, une femme arrogante et guindée, et de sa gouvernante qui était tout aussi hautaine. Elle ne s'exprimait pas comme une personne de trente-sept ans et elle était incapable de papoter et de se décontracter avec les gens de son âge. Mais mère lui avait dit de toujours essayer de flatter les autres, et elle s'efforçait de ne jamais oublier les leçons de mère. Il faut dire que la vieille dame était encore en vie et contrôlait pratiquement tous les mouvements de Madeleine et d'Aaron.

— Vous avez une robe charmante, Hannah.

Hannah sourit, ravie.

— Oh, merci ! J'avais peur que ce ne soit pas ma couleur, mais je l'ai achetée en solde.

Effectivement, cette couleur ne lui allait pas du tout, pensa Madeleine qui avait beaucoup de goût, elle lui donnait un teint jaunâtre. Et elle repéra immédiatement un ourlet mal fait sur la manche droite et la doublure de rayonne effilochée et mal cousue qui déséquilibrait la ligne de l'ensemble. Mais Madeleine n'était pas du genre à critiquer ouvertement. Ce n'était jamais apprécié, quelle que soit la valeur de l'observation.

— Pas du tout, décréta fermement Madeleine. Elle fait ressortir vos yeux.

Elle lui lança un sourire gracieux.

— Mon frère est-il arrivé ?

— Bien sûr. Il arrive toujours à la pointe du jour. Mais il n'a pas de client dans son bureau. Vous pouvez entrer.

— Merci, ma chère.

Madeleine avait exactement l'intonation de grande dame de sa mère, ce qui lui plaisait beaucoup car ça lui donnait un sentiment de supériorité, compensant ce handicap qui suscitait tant de pitié. Elle ne supportait ni pitié ni condescendance, elle refusait d'être traitée comme si elle valait moins que les autres. Sa manière de grande dame intimidait presque tout le monde et lui permettait d'être considérée avec respect, voire une certaine crainte.

Elle adoptait cet air impérieux avec tous les membres de Townsend Immobilier et il semblait faire de l'effet sur tous, sauf Brooke Yeager. Brooke lui manquait de respect, songeait Madeleine en entrant dans le bureau d'Aaron. Brooke ne reconnaissait pas la supériorité de Madeleine et la traitait en égale. Par ailleurs, Aaron semblait toujours lui accorder beaucoup trop de gentillesse et de respect. Madeleine n'aimait pas Brooke. Soyons franc, elle ne pouvait pas la supporter. Elle était heureuse de ne pas la trouver au travail ce jour-là.

Madeleine passa un instant à observer la tête brune de son frère, penchée sur une liasse de papiers. Sa chevelure toujours épaisse était maintenant striée de gris. Elle l'avait remarqué sur ses tempes il y avait environ un an. Maintenant, le gris avait tout envahi.

— Bonjour, monsieur Lève-Tôt, lui dit-elle gentiment.

Il leva les yeux sur elle, le visage encore hagard dans l'aveuglante lumière matinale, ses yeux noirs injectés de sang. La peau de son visage était moins tendue qu'elle n'aurait dû l'être à l'âge de quarante ans, s'inquiéta Madeleine. Elle remarqua pour la première fois de fines rides qui allaient du nez à la bouche et le petit pli d'inquiétude qui s'était brutalement creusé entre ses sourcils.

— Tu es contrarié à cause de cette pauvre fille, Aaron ? lui demanda-t-elle tendrement.

Il la regarda d'un air incrédule.

— Évidemment. Mia Walters a été tuée hier soir, d'un coup de carabine. Tu as oublié qu'elle travaillait ici ?

Madeleine n'apprécia guère son ton de voix.

— Bien sûr que non, Aaron. Tu me prends pour une écervelée ?

Sans lui donner une chance de répondre, elle leva une main soigneusement manucurée :

— Ce qui est arrivé à Mlle Walters est une terrible tragédie. Nous étions d'accord pour que je vienne ce matin te soutenir moralement pendant que tu annonçais la mort de Mia aux employés, alors tu vois, je suis loin d'avoir oublié et encore plus loin d'être insensible à cette affaire : je viens de passer une heure à parler avec sa mère. Elle est effondrée.

— Je m'excuse de t'avoir rembarrée, Maddy, s'empressa de dire Aaron en se levant.

Il était mince et musclé, mais son costume n'était pas aussi impeccable qu'à l'ordinaire.

— Toute cette affaire me chiffonne. Je suis bouleversé, tu sais. Mia était adorable, elle s'est fait tuer pendant une visite que j'avais organisée et…

— Et tu as peur que les circonstances de sa mort nuisent à l'image de l'agence, compléta Madeleine.

— Nuisent à l'image de l'agence ? Mais non ! Qu'est-ce que tu veux que ça me fasse ? Je suis inquiet de… eh bien…

Il la regarda, l'air honteux.

— Oh, je n'arrive jamais à te mentir, Maddy. Je ne sais même pas pourquoi j'essaie. Pour dire la vérité, je suis inquiet pour l'agence. Je sais que c'est atroce de ma part.

— C'est simplement réaliste, renvoya Madeleine, d'une voix aussi assurée que rassurante. Tu as un grand sens pratique, voilà tout. Je suis sûre que Mia était une gentille fille, mais nous la connaissions à peine. Elle travaillait pour nous depuis combien de temps ? Deux mois ? Je ne l'ai rencontrée qu'une fois. Sa mort va terriblement affecter sa famille, mais avec le temps, elle s'en remettra. Assurons-nous qu'elle reçoive une prime de décès substantielle de notre part, sans tenir compte de l'assurance-vie. Mia n'en avait d'ailleurs probablement pas puisqu'elle n'avait guère plus de vingt ans. De toute façon, les journaux vont relater cette affaire sordide pendant quelques jours, puis ils vont passer à autre chose et les gens oublieront tout. Tu n'as pas à t'inquiéter, Aaron, lui dit-elle avec un sourire apaisant.

— On croirait entendre mère, dit-il, un brin d'amertume dans la voix.

— Et toi, on croirait entendre père et son bon cœur. Les affaires et le bon cœur ne font pas bon ménage. Pense à ce qui lui est arrivé. Il s'est complètement fourvoyé avec toute son empathie, sa sensibilité et sa générosité. Sans l'argent et la volonté de mère, il aurait fini par ruiner notre famille et nos vies. Ne l'oublie jamais, Aaron. Et ne crois pas que je dise cela par égoïsme. Tous les employés de Townsend Immobilier comptent sur toi. Même si tu dois passer pour un homme dur ou insensible à certains moments, ta force leur est utile car elle permet de maintenir l'entreprise et d'assurer leur avenir. Tu tiens ferme pour tout le monde, pour eux tous !

Elle termina par un élégant mouvement de la main en direction des employés.

Madeleine était rayonnante après cette tirade et Aaron eut l'impression de se sentir un peu mieux. Beaucoup mieux, même. Plus fort. Plus capable. Personne n'aurait pu se douter du courage que sa belle et fragile petite sœur handicapée pouvait lui conférer, maintenant et tout au long de leur vie.

— Tu dois avoir raison.

L'inquiétude et le doute luisaient encore dans ses yeux noirs.

— Mais je ne veux pas avoir l'air cruel. Je dois absolument parler de Mia au personnel. Et de Brooke.

— Je suis d'accord. C'est ce qu'il y a de mieux à faire dans ce genre de situation, et le plus tôt sera le mieux. La famille de Mia m'a déjà donné toutes les précisions sur l'enterrement. Rien n'est définitif pour l'instant, car il va y avoir une enquête criminelle…

Aaron grimaça.

— … mais au moins, nous donnerons l'impression de nous en occuper. Pour Brooke, je ne sais pas grand-chose. Elle n'est dans aucun hôpital, j'imagine donc qu'elle n'a pas été grièvement blessée.

— C'est exact. Elle a téléphoné ce matin et elle m'a assurée qu'elle allait bien. Je lui ai dit de prendre la semaine, bien sûr. Elle n'était pas chez elle, mais quand je lui ai demandé où elle se trouvait, parce que certains de ses collègues voulaient la contacter, elle a changé de sujet. Elle ne veut pas parler du drame pour le moment, mais elle apprécie la sollicitude de ses collègues. Elle est très populaire, ici.

— Pas aux yeux de tout le monde.

Madeleine n'avait pas à préciser qu'elle pensait à Judith Lambert. La grande femme, autrefois très séduisante, ne cachait pas sa flamme pour Aaron, même s'il avait rompu une année auparavant. En fait, elle semblait obsédée par lui et son apparence avait beaucoup souffert depuis leur rupture. Elle avait perdu au moins dix kilos et semblait avoir vieilli de dix ans, sans parler du fait qu'elle avait fait couper ses cheveux auburn, les avait teints d'un roux vif et qu'elle s'était mise à porter des vêtements tapageurs. Madeleine lui trouvait maintenant l'allure d'une putain.

— Judith est persuadée que j'ai rompu parce que j'avais des visées sur Brooke, répondit Aaron. Je ne sais pas ce qui a pu lui donner cette idée, mais elle a créé un véritable climat de tension avec les pointes qu'elle lance à Brooke.

Madeleine haussa les sourcils.

— Aaron, Brooke est belle fille, elle a un type commun comme beaucoup de blondes, et tu la traites toujours avec beaucoup d'égards. Du respect, pratiquement.

— Je la traite comme je traite tous les bons employés. Comme Charlie Burton, par exemple, et tu ne m'accuses pas d'avoir le béguin pour lui.

Madeleine rit.

— Évidemment, il a cinquante-cinq ans, il doit peser une centaine de kilos et ses cheveux peignés à l'arrière sont abominables ! Franchement, Aaron, tu devrais lui dire de changer de coiffure !

Aaron sourit et sembla se relaxer un peu.

— Mais tu sais, Aaron, je ne m'en fais pas pour lui, les gens l'aiment bien. Judith, c'est une autre histoire. Elle n'a aucune classe. D'ailleurs mère et moi étions toutes deux opposées à votre liaison, même si elle était superficielle. Et encore, c'était à l'époque où il lui restait un peu de bienséance. Maintenant c'est une véritable épave, sans parler du fait qu'elle se chamaille avec Brooke à l'agence et devant les clients. C'est Robert qui me l'a dit. Tu devrais vraiment songer à te débarrasser de Judith.

— C'est elle qui effectue les meilleures ventes.

— Peu importe. Elle va nous causer des ennuis, d'une manière ou d'une autre, et il vaut mieux éviter cela que de s'arrêter au fait qu'elle vende quelques maisons de plus que les autres. D'ailleurs, j'ai toujours pensé qu'elle n'hésitait pas à utiliser ses charmes pour augmenter ses ventes.

À son bureau, Judith redressa brusquement la tête, comme si elle avait entendu. Elle regarda à travers la longue vitre du bureau d'Aaron et fixa son regard bleu laser sur Madeleine, un regard qui aurait fait frémir la plupart des gens. Mais Madeleine se contenta de lui sourire tendrement, avant de se retourner vers son frère.

— Maddy, je ne continuerais pas à employer Judith si je la soupçonnais de vendre son corps contre des maisons, aboya Aaron. Tu me crois donc complètement dépourvu de principes ?

Madeleine fit quatre pas en direction de son frère, accentuant son boitement, et elle le regarda chaleureusement dans les yeux.

— Je ne connais personne qui adhère aussi scrupuleusement à ses principes. Je trouve simplement que tu donnes trop de liberté à ces femmes. De plus, Judith est plus âgée que toi et elle a déjà divorcé deux fois…

— Elle n'a que trois ans de plus que moi.

— Elle en fait au moins sept ou huit de plus, sans parler qu'elle se maquille trop, s'asperge de Cologne infecte et fume comme un pompier avec ses clients, alors que tu l'interdis.

— Comment sais-tu qu'elle fume quand elle organise des visites ?

— Je l'ai demandé à certains clients. J'ai fait cela pour t'aider, Aaron, et je peux te dire que beaucoup d'entre eux n'apprécient pas du tout le tabac. Et puis, tu as remarqué toi-même le mois dernier une baisse de ses ventes. Et puisque nous parlons des employées indésirables, dois-je te rappeler l'aura de scandale qui suit Brooke Yeager ? Oh, épargne-moi ton regard désapprobateur. Je sais que ce n'est pas de sa faute si son beau-père a assassiné sa mère, mais certains se rappellent encore le drame et ce procès atroce, et pour beaucoup, il va être difficile d'oublier qu'elle a été impliquée dans un autre assassinat. Les gens ne savent pas quoi lui dire.

— Personne ne les oblige à aborder la question.

— Mais ils ne pourront s'empêcher d'y penser et se sentiront mal à l'aise. Ils n'auront qu'une envie : la fuir. Et naturellement, ils en parleront en rentrant à la maison. La dernière chose que nous voulons — toi, surtout — c'est que Townsend Immobilier attire l'attention sans raison et de manière négative. Je crois que tu n'as guère le choix, tu dois congédier Brooke. Je comprends que tu ne peux pas te le permettre dans l'immédiat. Ça semblerait insensible et ça nuirait au moral de l'équipe et aux affaires, si ça se savait. Mais tu pourrais peut-être faire ça avec tact, dans quelques mois. À moins qu'elle ne décide de démissionner, comme Robert Eads.

Madeleine marqua une pause.

— J'ai vérifié, il n'a pas trouvé d'autre emploi.

— Tu as vérifié ?

— Eh bien, oui. J'étais intriguée. Un jour, il faisait un excellent boulot et vous étiez amis — partenaires de golf et de tennis — et le lendemain, il avait disparu.

— Il a démissionné, c'est tout. L'attrait de nouveaux horizons…

— Eh bien, je crois que les nouveaux horizons l'ont déçu.

Madeleine examina son frère de près.

— Tu t'es senti insulté par sa démission. Tu n'as pas envie qu'il revienne, par hasard ?

La main d'Aaron tremblota et il s'empressa de répondre :

— Non, je ne veux pas qu'il revienne.

Aaron tendit le bras pour prendre quelque chose et fit tomber des papiers par terre. Il jura et se baissa pour les ramasser. Madeleine l'observa, paniqué et maladroit, et quelque chose changea derrière ses yeux noirs. La tendresse fut momentanément remplacée par la colère.

— Maddy, nous reparlerons de tout ça plus tard, annonça Aaron en se relevant, un filet de sueur sur la lèvre supérieure. J'ai une journée longue et pénible devant moi, et je n'ai pas dormi de la nuit. Allons affronter les masses et débarrassons-nous de ce speech sur Mia le plus vite possible.

Madeleine acquiesça, les paupières baissées pour dissimuler son inhabituelle sévérité.

— Tu as tout à fait raison. Je m'excuse de t'avoir agacé. Mère dit toujours que je pose trop de questions…

— Mère dit beaucoup de choses, la plupart sont fausses et elles sont toutes vexantes.

— Eh bien, ça y est, tu es en forme ! lui dit Maddy en souriant. Mais je t'ai tapé sur les nerfs avec mon interrogatoire. En tout cas, on nous regarde maintenant, alors nous devrions les affronter. Tu déballes ton discours plein de sollicitude, puis quand tu es prêt, tu me fais signe et je donnerai les détails que je connais sur les funérailles.

Elle sourit avec tendresse.

— C'est d'accord ?

Aaron lui rendit son sourire, le soulagement adoucissant les beaux traits de prédateur de son visage à la peau lisse, au nez aquilin et aux pommettes hautes.

— Est-ce qu'on t'a déjà dit que tu étais une femme remarquable, Maddy ?

— Il n'y a que toi pour me le dire. Le reste du monde ne voit qu'une personne ordinaire, et c'est ce que je suis. Tu as un préjugé.

— Mais non. Il n'y a rien d'ordinaire en toi. Je ne sais pas ce que je deviendrais sans toi.

Le beau sourire de Madeleine était radieux.

— Tu n'auras jamais à le savoir, Aaron. Jamais.

CHAPITRE VI

1

Brooke n'avait pas vu passer la matinée. Après le départ de Stacy et Jay, elle avait quitté la robe de chambre de Laura pour enfiler son chemisier et son jean, même si ce dernier, trop étroit, semblait entamer et irriter son corps douloureux. Sam avait ensuite évoqué ses souvenirs d'inspecteur tout en écoutant l'émetteur de police avec le volume à fond. Assis dans un coin, Vincent essayait d'écrire et n'avait guère de succès si l'on en jugeait par le nombre de fois où Brooke l'avait vu soupirer et appuyer sur la touche « supprimer » de son ordinateur.

Vincent et Sam touchèrent à peine leur déjeuner, et après midi, Sam se retira dans sa chambre pour faire la sieste. Brooke semblait fatiguée, d'après Vincent, il lui suggéra de suivre l'exemple de son père. Elle s'engagea à le faire, mais quand Vincent eut vérifié toutes les serrures et se fut assuré qu'elle ferme soigneusement derrière lui pendant qu'il allait faire son jogging « juste pour se secouer les toiles d'araignées », elle s'installa dans un des fauteuils du salon et ouvrit un vieil album photo qu'elle avait vu Sam feuilleter. Elle culpabilisait un peu, s'attendant à trouver une collection de photos de famille qu'elle n'avait pas été invitée à consulter.

Au lieu de cela, elle se raidit en découvrant un recueil de coupures de presse relatant le meurtre d'Anne Yeager Tavell; les pages semblaient lui bondir au visage comme un vieux fantôme malveillant qui refusait de la laisser en paix.

Pendant ce temps-là, Vincent Lockhart descendait en courant Fitzgerald Lane. Il avait invité Elise à l'accompagner, mais elle s'était réfugiée auprès de Brooke.

— Elle ne vous suivra jamais avant que vous l'ayez invitée en bonne et due forme et que vous vous soyez comporté comme un vrai gentleman, lui avait dit Brooke en faisant semblant d'être sérieuse.

Vincent lui avait lancé un sourire forcé et était parti courir, essayant de s'éclaircir les idées, mais il n'arrivait pas à sortir Brooke de son esprit. Il ne la soupçonnait plus d'avoir joué un rôle dans les incidents de la nuit dernière, mais elle représentait une charge supplémentaire dont il n'avait pas besoin, surtout que l'état de son père ne faisait que s'aggraver. Mais il la plaignait, même si c'était contre son gré, et il se sentait un peu responsable. Après tout, elle avait failli être sa sœur.

Sauf qu'elle n'était pas sa sœur. Rien à voir. Il n'arriverait jamais à la considérer comme telle; depuis qu'il avait plongé son regard dans ses grands yeux violette qui exprimaient un mélange d'intelligence, de vulnérabilité et de robustesse, il n'avait pas cessé de penser à elle, ce qui était ridicule. Ce n'était pas comme s'il était novice en matière de femmes. Au contraire. Ses amis le taquinaient souvent à propos de ses nombreuses conquêtes amoureuses. « Tu vas épuiser les fonds », avait plaisanté l'un d'entre eux, « c'est pas parce que t'es une célébrité que tu ne peux pas en laisser quelques-unes pour nous. »

Un autre ami avait décrété plus sérieusement qu'il avait sans doute quelque chose à se prouver. « Tu penses que ton père méprise ton métier, tu cherches donc à l'impressionner par le nombre de femmes que tu séduis, ce qui ne te pose pas de grand problème tant elles sont éblouies par ton succès. » Vincent avait dit à son copain de garder sa psychologie de comptoir de merde pour lui, mais en réalité, il avait longuement et sombrement réfléchi à cette observation. Il était vrai qu'il n'accordait que peu d'importance à la plupart de ses conquêtes. Et il lui semblait qu'elles ne ressentaient pas grand-chose pour lui non plus. Elles aimaient qu'il soit un auteur à succès et qu'il ne soit pas mal de sa personne. Un mec « superbe », disaient-elles, mais Vincent ne prenait pas ce compliment au pied de la lettre.

La plupart de ces femmes avaient un charme tape-à-l'œil. Elles ne passaient pas inaperçues aux yeux des types dans les bars et restaurants. Ces belles femmes faisaient beaucoup d'effet, à son bras, quand les paparazzi prenaient des photos aux premières des films extraits de ses romans. Brooke ne faisait pas tourner les têtes, mais vue de près, elle était plus belle, sans artifice, que la plupart des femmes qu'il fréquentait en Californie, à l'image régulièrement entretenue dans les salons de beauté. Pour dire la vérité, il avait à peine réussi à quitter

Brooke des yeux ce matin, vêtue comme elle l'était de cette fine robe de chambre bleue. Elle avait détaché ses longs cheveux ondulés et son visage semblait parfait, presque lumineux, même sans maquillage.

Mais Brooke lui paraissait un peu timide et Vincent n'aimait pas la timidité. Il n'aimait pas le sérieux. Il aimait s'amuser. Il voulait côtoyer une femme amusante, une femme insouciante et légère avec beaucoup d'humour, sans être grivoise ni tapageuse ; en tout cas, certainement pas une femme qui débarquait avec un bagage aussi lourd que celui de Brooke, dont la mère avait été assassinée par le beau-père. Aucun doute, Brooke Yeager n'était pas une femme pour lui.

Pas pour lui ? Vincent faillit trébucher. Ses pensées indiquaient qu'il lui accordait tout de même un intérêt amoureux. Elle n'était qu'une chic fille qui avait besoin d'aide. Point final.

Et pourtant…

2

Brooke avait le regard fixé sur la première page de l'album. Les feuillets de protection avaient permis de maintenir les coupures de journaux en excellente condition, même quinze ans plus tard.

« Je devrais le fermer tout de suite, se dit-elle en prenant conscience du contenu. Je devrais le remettre à sa place, allumer la télé ou écouter de la musique ou… »

La main droite tremblotante, elle tourna la page,

incapable de s'interdire de lire le compte rendu des faits atroces de l'époque. La première chose qu'elle vit fut une manchette : « Jeune maman assassinée dans sa maison. »

L'article était illustré par une photo d'Anne souriante et belle, une photo, ironie du sort, prise deux mois avant sa mort par Zachary Tavell, dans son studio. Anne avait une allure délicate et classique, à la Grace Kelly. Seule Brooke savait qu'il manquait une étincelle de bonheur dans les yeux de sa mère, celle qu'elle avait sur les photos prises avec le père de Brooke, Karl.

Brooke tourna la page. L'article suivant sembla hurler à ses oreilles : Anne Yeager Tavell avait été tuée de trois balles, deux heures après une dispute avec son mari, Zachary Tavell — une dispute si violente que les voisins l'avaient entendue. Tavell, d'après l'article, avait été surpris à côté du corps de sa femme, un Smith & Wesson chromé calibre .38 à la main, une arme pour laquelle il avait un permis.

Un autre article signalait qu'une patrouille de police était arrivée en premier sur le lieu du crime, mais qu'une demi-heure plus tard, l'enquête avait été confiée à Samuel Lockhart, inspecteur chevronné de la brigade criminelle. Les journalistes et photographes étaient eux aussi sur place. L'un des photographes avait réussi à traverser le barrage de police et avec son objectif puissant, il était arrivé à prendre un cliché du corps mutilé d'Anne.

Brooke grimaça en voyant la photo de sa mère, le corps contorsionné, une moitié du visage réduite en bouillie reposant sur un amas de roses couvertes de sang. Le journaliste qui avait écrit l'article avait titré « le crime des roses » et le nom était resté. Dans la photo, une fillette de onze ans, oubliée de tous dans la panique générale, s'était réfugiée près d'Anne — Brooke, toute raide, le visage blême et les mains couvrant ses oreilles. Elle semblait minuscule dans son pyjama de flanelle — bien plus petite que la moyenne pour son âge — et frappée de stupeur, le regard vide. Brooke observa attentivement la photo et essaya de se souvenir de ce qu'elle avait ressenti à ce moment-là, mais rien ne lui vint à l'esprit. Peut-être qu'avec le choc, elle avait tout bloqué, comme hier quand Mia, abattue, s'était affalée sur elle, son sang lui coulant sur les cheveux et dans les yeux.

Brooke ferma les yeux un instant, puis elle tenta de se calmer et de tourner la page.

Dans l'article suivant, Zachary Tavell, censé partir pour Columbus le soir du crime, expliquait qu'il était rentré chez lui car il était encore bouleversé par la dispute qu'il avait eue avec sa femme. Il aurait alors trouvé deux hommes en entrant dans la maison, l'un menaçant Anne avec son arme tandis qu'un autre s'apprêtait à les cambrioler. Tavell disait s'être battu avec l'homme armé, qui aurait tiré trois fois avant que Tavell parvienne à le maîtriser. Les deux hommes s'étaient enfuis par la porte de derrière juste au moment où Brooke était descendue. Brooke l'avait donc trouvé l'arme à la main, tandis qu'un voisin s'était précipité à l'intérieur et jeté sur Tavell, croyant qu'il avait tué Anne. Tavell jurait que, paniqué et désireux de rattraper l'homme qui avait abattu sa femme, il s'était précipité par la porte de derrière. Un autre voisin était alors arrivé, et les deux hommes avaient rattrapé Tavell et l'avaient immobilisé dans le jardin.

D'autres articles révélaient qu'au cours des deux

jours suivants, six policiers avaient passé la scène du crime au peigne fin, cherchant d'autres preuves. Ils avaient découvert que la serrure de la porte d'entrée n'avait pas été forcée. Soit la porte avait été laissée ouverte, soit quelqu'un était entré avec la clé. Par ailleurs, comme il avait plu la veille, on aurait dû retrouver des traces de pas dans le jardin, autres que celles de Tavell et des voisins, et ce n'était pas le cas. Et enfin, aucune autre empreinte n'avait été retrouvée sur le Smith & Wesson, alors que des résidus de poudre avaient été relevés sur la main droite de Tavell.

Le dernier article que Brooke se força à lire racontait qu'à l'âge de vingt et un ans, Tavell avait été arrêté pour violence contre sa compagne. Elle avait eu le bras cassé et de légères marques de strangulation à la gorge, mais elle avait retiré sa plainte contre Tavell, en affirmant qu'elle l'avait peut-être confondu avec un autre de ses petits amis.

« Ben voyons », pensa Brooke avec amertume en fermant l'album. « Tu as retiré ta plainte parce que tu avais peur de Zach. Comme ça, il a pu recommencer et agresser Dieu sait combien de femmes qui ont eu peur de porter plainte. Et comme personne ne l'a arrêté, il a fini par assassiner ma mère. »

Les mains tremblantes, l'estomac noué, Brooke posa l'album à côté de la chaise, regrettant de l'avoir consulté, mais bizarrement et de manière quelque peu perverse, contente de s'être remis en mémoire tous les détails de cette période atroce. Sa grand-mère Greta lui avait épargné les détails de cette nuit-là, et Brooke avait eu un trou de mémoire après avoir vu le visage mutilé de sa mère. Elle se revoyait cette nuit-là en « Fille Cannelle » et ne se souvenait que d'une personne : Sam Lockhart, un homme capable et protecteur. Il avait incarné la sécurité pour elle, avec un symbolisme d'une telle profondeur, que son subconscient l'avait menée droit à lui le soir du meurtre de Mia.

Brooke respira profondément, essayant de desserrer l'étau autour de sa poitrine, puis elle se leva et s'étira vers le plafond. Elle avait des courbatures dans tout le corps. Elle ferma les yeux, compta jusqu'à dix, puis décida de se faire une tasse de camomille. Elle n'avait jamais bien cru aux vertus des tisanes amincissantes ou apaisantes, mais elle aimait le goût de la camomille.

On sonna alors qu'elle se rendait dans la cuisine. Elle s'arrêta, fusillant immédiatement du regard la porte verrouillée et sans vitre, comme si une armée tout entière se trouvait derrière. Sam dormait. Vincent faisait son jogging et comme il avait tout fermé en partant, il avait sans doute pris la clé avec lui. Ceci dit, les Lockhart devaient avoir des voisins, dont certains étaient des amis.

On sonna à nouveau. Brooke s'approcha de la fenêtre de devant, entrouvrit les rideaux et jeta un coup d'œil. Une voiture de police était garée juste devant la porte. Derrière elle, une camionnette avec l'inscription « CES FLEURS SONT POUR VOUS ». Quelqu'un lui envoyait des fleurs ?

Un jeune livreur, à peine sorti de l'adolescence, finit par repartir vers la camionnette. Brooke écarta davantage les rideaux et attira l'attention d'un des policiers. Il lui fit un petit signe de tête et lui sourit. Il devait avoir vérifié la livraison et n'avait rien remarqué de dangereux.

La camionnette s'éloigna et Brooke trouva le

courage de lever le loquet, de déverrouiller et d'ouvrir la porte. Sur le palier, un soliflore en verre contenait une rose blanche, parfaite.

L'estomac à nouveau noué, Brooke se pencha lentement et prit le vase. Attachée sur le côté par un joli petit ruban rose, une carte portait ce message « Salue ta mère de ma part. »

CHAPITRE VII

1

— Vous êtes censé la protéger ! hurla Vincent au policier. Comment avez-vous pu autoriser la livraison de cette fleur ?

Le jeune policier, qui n'avait guère plus de vingt ans, descendit de la voiture, les yeux sombres et l'air contrit.

— Je suis désolé, monsieur, vraiment. J'ai arrêté le livreur, j'ai vu qu'il n'avait qu'une rose et j'ai lu le message « Salue ta mère de ma part ». Ça ne m'a pas paru menaçant.

— Même en sachant que l'assassin de sa mère essaie maintenant d'assassiner Mlle Yeager ?

— Tout ce qu'on nous a dit, c'est d'empêcher un taré de s'approcher de la maison. Je n'étais pas au courant de ces histoires de roses et de messages cachés.

L'expression indignée du jeune homme se transforma rapidement en dévastation.

— Écoutez, j'ai fait une connerie. Je le reconnais.

Mais je ne peux rien faire d'autre que m'excuser. M'excuser et m'inquiéter de l'état de Mlle Yeager.

Le jeune flic semblait plein de remords, Vincent se résigna à ne pas remuer le couteau dans la plaie.

— Elle va mieux. Elle est même remarquablement calme, étant donné les circonstances.

C'était exact. Brooke avait regardé la carte, posé le vase sans toucher le message, car il était écrit à la main et il serait peut-être possible de relever des empreintes, puis elle était allée tout droit dans le frigo de la cuisine où elle avait pris une canette de bière. Elle en buvait de longues gorgées, assise sur une chaise, quand Vincent était entré dans la cuisine, dégoulinant de sueur après son jogging. Un regard sur son visage terreux et il avait demandé, paniqué :

— Que s'est-il passé ?

— Il m'a envoyé une rose, répondit calmement Brooke.

La bière la fit roter.

— Zach m'a envoyé une rose et m'a dit de saluer ma mère.

— Grands dieux ! explosa Vincent. Où est la rose ?

— Sur une table du salon. Dans un soliflore en verre livré par l'entreprise CES FLEURS SONT POUR VOUS. Ne touchez pas la carte, vous savez, à cause des empreintes.

Elle rota une nouvelle fois.

Vincent se précipita dans le salon, fixa le vase d'un regard sinistre, revint en trombe dans la cuisine, ouvrit tous les tiroirs jusqu'à ce qu'il trouve des sacs en plastique, puis repartit dans le salon. Il fut bientôt de retour auprès de Brooke, la carte, le ruban et tout le reste à l'intérieur d'un sac avec une fermeture à glissière.

— J'ai seulement touché le dessus du vase avec un mouchoir en papier, annonça-t-il. Nous allons le donner à la police.

— Nous allons le donner à la police ?

Vincent et Brooke levèrent les yeux sur Sam, qui se tenait dans l'encadrement de la porte, sa chevelure épaisse et grise tout ébouriffée, les yeux encore bouffis de sommeil.

— Tavell a envoyé une rose à Brooke, lui dit Vincent. Elle était accompagnée d'une note qui disait « Salue ta mère de ma part ». La note est là-dedans.

Vincent lui montra le sac en plastique.

— Je n'ai rien touché. Et vous, Brooke ?

— J'ai touché le vase quand je l'ai pris par terre, où le livreur l'avait laissé et j'ai touché la carte, dit-elle en avalant une nouvelle goulée de bière. Ben oui, c'est ce que j'ai fait. Je suis désolée, m'sieur. J'ai p'têt bousillé plein d'preuves.

Vincent fronça les sourcils :

— Combien de cannettes avez-vous bu ?

— Trois en dix minutes, eut-elle du mal à articuler. Je crois que je vais en prendre une autre.

— Je crois que trois suffiront.

Elle lui lança un regard noir.

— Prenez au moins le temps de digérer la troisième, sinon vous risquez d'avoir mal à la tête.

— Ma tête va très bien, annonça Brooke, juste avant de hoqueter.

— Fais-moi voir cette carte, demanda soudain Sam, comme s'il venait juste de s'extirper d'un état de stupeur, les yeux vifs, la voix assurée.

Vincent lui tendit le sac. Sam lut la carte à travers le plastique, puis leva les yeux sur son fils avec une expression féroce.

— Comment Tavell a-t-il réussi à faire passer ça à Brooke alors que la maison est sous surveillance ?

Vincent épongeait distraitement ses cheveux bruns avec une serviette en papier, ils avaient tendance à frisotter quand ils étaient mouillés.

— J'en ai déjà parlé aux types devant la maison, papa. Ils sont très jeunes et sans expérience, ils ne savent pratiquement rien sur l'affaire. Ils ont vérifié la livraison et ils n'ont vu qu'une rose blanche avec un message qui leur a paru innocent. Je crois qu'il n'est pas juste de s'en prendre à eux.

— Mais il est juste de s'en prendre au lieutenant, leur supérieur, qui a omis de les informer sur les détails de l'affaire, lança Sam. Est-ce qu'il s'attend à ce que ces gars lisent dans ses pensées ? Ou est-ce qu'il considère qu'un assassin en cavale poursuivant une jeune femme n'est pas une priorité. De mon temps…

— Les choses étaient très différentes, l'interrompit Vincent, la voix fatiguée, son regard expressif révélant à Brooke, même à travers des yeux rendus flous par la bière, qu'il essayait d'étouffer dans l'œuf un mantra qu'il avait entendu des centaines de fois, Devrais-je donner le sac aux types qui sont dehors ?

— Non, répliqua Sam avec fermeté. Je vais appeler Hal Myers. Il est chargé de l'enquête. Dieu merci, il sait ce qu'il fait, lui au moins. Je vais lui demander de venir le chercher et de s'assurer que les indices sont enregistrés. Je vais également lui demander de toucher un mot à son lieutenant, de le mettre sur la bonne voie !

Sam se dirigea d'un pas décidé dans l'autre pièce, pour téléphoner et Vincent murmura :

— Je suis sûr que le lieutenant va beaucoup apprécier d'être réprimandé par un de ses hommes.

— Ce Myers ne va tout de même pas suivre les conseils de votre père, si ? réussit à demander Brooke. Vous voyez ce que je veux dire, se le foutre tellement à dos qu'il fera que dalle.

En dépit des circonstances, Vincent dut lutter pour ne pas sourire en entendant le langage soudain cru de Brooke.

— Myers sera-t-il assez bête pour gronder le lieutenant ? Non. Mais papa ne va pas tarir sur le sujet de ce qu'il devrait faire. Enfin, Hal Myers est un type bien, en plus d'être un excellent flic. Je suis heureux qu'il soit chargé de l'enquête. C'est un des meilleurs et des plus anciens amis de papa. Il est bien plus patient que moi avec lui…

Vincent soupira, puis se pencha vers elle. Il était encore moite de transpiration, mais l'odeur qu'il dégageait était forte et loin d'être désagréable. Ses joues étaient rougies par le soleil, mais les fines rides autour de ses beaux yeux semblèrent se creuser autour de son regard inquiet :

— Vous êtes sûre que vous vous sentez bien ?

— En pleine forme, comme vous pouvez le voir.

— Effectivement, vous n'êtes qu'à moitié dégringolée de votre chaise. Je n'aurais pas dû vous laisser toute seule.

— Je n'étais pas toute seule. Votre père était ici.

— Il dormait.

— Et il y avait deux policiers.

— Qui ne savaient pas ce qu'ils faisaient.

Peut-être que les trois bières qu'elle avait descendues en un temps record avaient contribué à la libérer de ses inhibitions, en tout cas, Brooke, qui touchait rarement les gens, si ce n'était pour une brève poignée de main échangée avec ses clients, tendit le bras et caressa le visage inquiet de Vincent, ses doigts froids descendant de la tempe empourprée au menton.

— C'était une rose, Vincent, pas un serpent. Je n'ai pas été mordue. La rose n'a pas libéré de bouffée d'anthrax. La carte n'était pas empoisonnée. Attendez un peu, quel est cet insecticide mortel au toucher ? Par'fion ?

— Parathion et je préfère que ça n'en soit pas, car c'est moi qui ai placé la carte dans le sac.

— Et vous ne souffrez d'aucun tic nerveux, nausée ou *convulsations*. Pour tout dire, vous avez même l'air de péter la force, euh, la forme.

Brooke sourit.

— Et c'est un compliment. Je vais bien, Vincent. J'ai été un peu secouée sur le coup, avec cette note, mais je suis compèt'ment remise.

— Grâce à vos ressources naturelles et à trois cannettes de Budweiser. Vous savez, vous faites des rots impressionnants en dépit de vos allures de jeune dame distinguée. Vous faisiez partie de l'harmonie de rots à la fac ?

Le visage de Brooke rosit, mais elle rit.

— Oh, j'avais oublié les rots.

— De bonnes vieilles échappées de gaz carbonique.

— Je suis navrée, dit Brooke en souriant honteusement. Ils étaient plutôt forts, non ?

— Ça, c'est le moins qu'on puisse dire, j'ai bien cru que le second allait casser les carreaux.

Brooke se plia de rire.

— Oh, Seigneur, ma grand-mère et ma mère voulaient toujours que je me tienne comme une dame. Si elles m'entendaient roter comme ça, devant un jeune homme en plus…

Elle hocha la tête.

— Oh, j'imagine qu'elles ne seraient pas plus choquées que ça, en de telles circonstances.

Il hésita, puis décida de lui dire la vérité.

— En outre, vous vous comportez toujours en petite dame, presque collet monté, alors c'était plutôt touchant de vous imaginer en train de roter pour marquer le rythme de l'harmonie de la fac.

— Ben voyons, trop mignon. Je crois que je vais me mettre à roter avec les clients de l'agence. Aaron me licencierait en cinq-sept.

Elle se leva, un peu incertaine sur ses jambes, mais toujours souriante.

— Vous avez raison, je n'ai pas besoin d'une autre bière.

Elle se dirigea vers la chambre.

— Mais je crois que je vais m'allonger un moment.

— D'accord. Un peu de repos vous fera forcément du bien et votre tête arrêtera de tourner, car je suis sûr qu'elle tourne, en ce moment. En attendant, je dois absolument prendre une douche. Qu'est-ce que vous diriez d'une énorme pizza huileuse pour dîner ?

— Seigneur, quelle idée merveilleuse ! hurla-t-elle d'une voix encore un peu pâteuse.

Vincent ne put retenir un large sourire. C'était la première fois qu'elle ne se comportait ni en petite créature vulnérable ni en casse-pieds. Elle lui apparaissait comme une nana forte, effrontée, avec de l'humour et cette attitude un peu décalée que Vincent avait toujours affectionnée.

En plus de cela, elle était mignonne. Elle lui tournait le dos, mais elle leva la main pour lui faire un petit salut. Son jean taille basse collait à son corps ferme, elle portait une ceinture métallique avec un chemisier quasi transparent en tissu léger. Ses cheveux blonds et légèrement ébouriffés lui tombaient dans le dos, comme ceux de Brigitte Bardot sur de vieilles photos, et il remarqua pour la première fois qu'elle était pieds nus, ses ongles vernis en un coquin rouge vif.

Peut-être que sa présence serait supportable, après tout.

2

Trois heures après l'incident de la rose, la jeune équipe de surveillance braqua ses torches dans les yeux du livreur de pizza et fut à deux doigts de le fouiller. Brooke les entraperçut tandis que Vincent réglait le jeune livreur terrorisé. « Je parie qu'il ne viendra plus jamais livrer à cette adresse », pensa-t-elle en souriant.

Brooke et Vincent se précipitèrent sur la pizza tandis que Sam mâchait lentement son sandwich varié au poulet.

— Du poulet, dit-il en jetant un regard sinistre sur son repas. Fut un temps où je ne me souciais jamais du cholestérol. Maintenant, il reste élevé quoi que je mange.

— Il est seulement un peu plus élevé que la moyenne, rectifia Vincent. Mais il monterait en flèche si tu ne faisais pas attention.

— Oui, mais je me sentirais rassasié en me levant de table.

— Et tu finirais à l'hôpital avec des tuyaux pointus enfilés dans les artères pour les déboucher.

L'idée fit grimacer Brooke et Sam de concert.

— En plus, papa, tu aimais bien le poulet avant d'être obligé de le manger pour remplacer le bœuf.

Vincent se tourna vers Brooke :

— Prête pour un autre morceau ?

— Un de plus.

— Vous ne voulez pas une petite bière ? la taquina Vincent. Je vous en ai acheté une douzaine.

Elle rit.

— Comme c'est aimable à vous, et c'est ce qu'il me faut d'habitude, au moins douze bières pour faire descendre ma pizza, mais ce soir je crois que je vais me limiter au Coca.

Une demi-heure après avoir débarrassé la cuisine, Sam s'était retiré dans le salon pour regarder son programme de télévision favori et Vincent passa devant la chambre d'invités. Il vit Brooke en train de faire son sac.

— Qu'est-ce que vous faites ?

— Je rentre chez moi.

— Chez vous ! Mais pourquoi ? demanda Vincent, les yeux ronds.

— Parce que j'ai besoin de me retrouver chez moi. Je vous dérange, ici.

— Vous nous dérangez ? Qu'est-ce qui vous fait croire ça ?

— Votre père était bouleversé quand il a vu la fleur. Il n'arrête pas d'en parler et il a à peine touché à son repas.

— Quand il est énervé, il se répète toujours. Ça me rend fou, mais ça ne veut pas dire qu'il est bouleversé. Et il a rouspété pendant le repas parce qu'il ne pouvait pas avoir de pizza.

Brooke lui jeta un regard réprobateur.

— C'est ce que ma mère appelait poliment « raconter des histoires ». Belle tentative, Vincent, mais je vois clair et il est évident que ma présence et tout le tapage qui m'accompagne énervent votre père. Vous aussi, d'ailleurs.

— Je ne suis pas énervé ! hurla Vincent.

Elise se mit à aboyer, effrayée par cette voix, et se rapprocha de Brooke, qui haussa un sourcil en regardant Vincent.

— Non, vous ne semblez pas du tout énervé, dit-elle. Vous êtes resté d'un calme imperturbable toute la journée — incapable d'écrire, gueulant contre les policiers et traitant le livreur comme s'il amenait une bombe et non pas une pizza.

— Bon d'accord. J'admets que je suis un peu tendu aujourd'hui. Mais après tout ce qui s'est passé, je crois que le contraire serait étonnant.

Vincent entra dans la chambre.

— Brooke, vous ne serez pas en sécurité dans votre appartement.

— Je ne suis en sécurité nulle part.

Brooke plia sa chemise de nuit et la fourra dans son sac de voyage.

— La nuit dernière, il a laissé un message dans

mon appartement, alors je suis venue ici. Et qui je trouve en pleine nuit derrière ma fenêtre ? Zach Tavell. Puis il fait livrer une rose et un message ici.

Vincent s'apprêtait à argumenter à son tour — il refusait de laisser une jeune femme en danger. Mais il savait aussi qu'il ne supportait pas l'idée du départ de Brooke — il n'aurait pas cru cela possible le matin même. « Je dois me calmer et la laisser faire ce qu'elle veut », se dit-il. Après tout, elle est adulte. Et comment pouvait-il être certain de savoir ce qui valait mieux pour tout le monde ? Il se comportait comme un idiot et ça suffisait, il devait reculer et la laisser faire à sa guise. Mais il ne pouvait s'empêcher de protester.

— Brooke, vous allez être seule dans votre appartement. Ici, vous êtes avec deux hommes.

— Dont un qui n'est… pas au mieux de sa forme, et l'autre que je connais depuis vingt-quatre heures. Il serait injuste et égoïste de ma part de vous demander de me protéger.

Brooke cessa de faire son sac, regarda Vincent et soupira :

— Vous ne pouvez pas savoir ce que votre sollicitude représente pour moi, d'autant plus que vous me connaissez à peine. Et je ne dis pas ça par politesse — je suis vraiment sincère. Mais vous devez vous occuper de votre père. Grands dieux ! C'est pour lui que vous êtes revenu. Quant à moi, je suis bien plus coriace que j'en ai l'air.

— C'est ce que vous croyez.

— Ne me contredisez pas ! Écoutez, Vincent, j'ai perdu mon père à huit ans, ma grand-mère n'était pas en très bonne santé, même à l'époque, et ma mère n'était pas assez mûre, au niveau émotionnel, pour s'occuper d'une enfant. Enfin quoi, elle a épousé un homme dont elle ne savait rien, un homme qui avait déjà violenté des femmes, et qui a fini par la tuer quand j'avais seulement onze ans !

Brooke ravala les larmes qu'elle sentait lui monter aux yeux.

— Vincent, je ne suis pas une petite fille, même si j'ai pu vous donner cette impression hier, après le meurtre de Mia. J'ai la tête sur les épaules, je suis forte et tout à fait capable de me prendre en charge, d'une manière qui vous étonnerait.

Elle plongea un regard déterminé dans le vert profond des yeux de Vincent.

— Je suis largement responsable de la condamnation de Zach Tavell à perpétuité. Il veut me le faire payer. Si je m'enfuis, il me suivra. Alors, je préfère rentrer chez moi, vivre ma vie et le laisser essayer de me détruire. Et j'insiste sur le mot « essayer » parce qu'il en sera incapable. Au fond de moi, j'ai toujours su que ce moment allait venir. Et je m'y suis préparée. Mais je suis prête à me battre ici, à Charleston, sur mon territoire.

Elle marqua une pause.

— Et je ne laisserai pas Zach l'emporter cette fois-ci.

Vincent resta un moment silencieux ; il observait cette femme que, cinq minutes auparavant, il avait prise pour une fille vulnérable. Il se rendait compte que c'était une femme et une vraie, sans faiblesse. Certes, elle se persuadait un peu rapidement de sa force, mais elle n'était pas d'humeur à recevoir des ordres, surtout de quelqu'un qu'elle connaissait à peine.

— D'accord. Je vois bien qu'il est inutile

d'essayer de discuter avec vous. Je vous souhaite seulement de remporter cette bataille, Brooke, finit-il par dire d'une voix calme, même s'il était intérieurement plus perturbé qu'il ne l'aurait cru possible. Plus que tout au monde, je vous souhaite de gagner la bataille, cette fois-ci.

3

Elise sembla heureuse de retrouver son appartement et elle courut immédiatement vers sa panière pour y prendre un de ses jouets en peluche. Vincent ne cachait pas son mécontentement. La porte d'entrée n'était pas solide, les serrures des fenêtres trop petites et mal adaptées et, de l'une d'entre elles, on voyait l'escalier de secours extérieur, assez proche pour permettre à quelqu'un de cambrioler sans suer ni risquer de se déchirer un muscle.

— Je suis ici chez moi et j'y reste, lui dit Brooke avec fermeté, ne se laissant pas impressionner par sa désapprobation.

— Faites comme vous voulez. Je ne vous ai rien dit.

— Vous venez juste de critiquer l'appartement et vous me regardez comme si j'étais la dernière des crétines de revenir chez moi.

— Je ne vous regarde pas comme si vous étiez la dernière des crétines.

— Mais si.

Il soupira bruyamment.

— Comme vous voulez.

— Elle devrait pouvoir rester ici, si elle en a envie, annonça Stacy de l'entrée. Ton appart t'a manqué, Brooke ?

— J'ai cru bon de rentrer pour plusieurs raisons.

— Et Vincent n'est pas d'accord.

Vincent examina longuement et froidement Stacy.

— Mlle Yeager ne s'est pas préoccupée de solliciter mon opinion car, comme elle me l'a clairement fait savoir, elle fait ce qu'elle a envie de faire.

Son regard passa de l'une à l'autre.

— Bonne nuit, mesdames. Passez une bonne soirée.

Il claqua la porte derrière lui. Stacy fit un grand sourire à Brooke.

— On dirait que t'as fait forte impression sur le célèbre écrivain.

— Une mauvaise impression.

— Oh non. Une très bonne impression, sinon il ne serait pas aussi furieux que tu l'aies abandonné.

Stacy fronça les sourcils :

— C'est ce qui m'inquiète, chez lui. Il t'a rencontrée hier et il s'est déjà attaché à toi. J'ai bien peur que tu n'aies attiré un autre Robert.

Brooke posa son sac sur le canapé en hochant la tête.

— Il ne lui ressemble en rien. J'avais senti que quelque chose clochait dans l'empressement amoureux de Robert dès le départ, c'est pour ça que je m'en veux autant d'avoir continué à le fréquenter. Je devrais toujours écouter mes instincts. Mais je ne ressens que de la sollicitude de la part de Vincent.

— Et de l'attirance.

— Je n'ai remarqué aucune attirance particulière pour moi.

— Dans ce cas, ma petite, tu ferais bien d'aiguiser tes instincts.

Stacy s'approcha d'elle, les bras croisés sur son ample poitrine.

— Alors pourquoi as-tu décidé de venir passer la nuit ici si ce n'est pas pour échapper à Vincent ?

— Parce que son père a la maladie d'Alzheimer et que ma présence dérangeait la routine qui lui permet de s'y retrouver. En plus, Zach Tavell savait que j'étais chez les Lockhart. Il était à ma fenêtre la nuit dernière et aujourd'hui, il m'a envoyé une rose et un message.

Les bras de Stacy tombèrent et ses yeux s'arrondirent :

— Quelle rose et quel message ?

Brooke se tourna vers son sac et se mit à ranger ses affaires.

— Oh, un fleuriste, du magasin CES FLEURS SONT POUR VOUS a livré une rose blanche, dit-elle comme si de rien n'était.

— Et le message, Brooke, que disait-il ?

— « Salue ta mère de ma part. »

Stacy en resta bouche bée.

— Quoi ?

— Zach veut me foutre la trouille.

— Et il a réussi ?

— Ça m'a un peu secouée sur le coup, renvoya Brooke avec désinvolture, décidée à ne pas mentionner sa ruée sur le réfrigérateur pour un épisode de descente de bière, après avoir lu la note. Mais quand on y réfléchit bien, le message n'était pas très malin.

— Comment ça ?

— Il manquait d'imagination.

— Eh bien, soit tu joues bien la comédie, soit tu as plus de sang-froid que moi, dit Stacy. Je crois que je serais une épave si j'avais reçu une note pareille avec une rose.

— Jay t'aurait calmée.

— Mon mari est fort et intelligent, pas tout-puissant. Mais au moins, je le connais bien. Alors que de Vincent Lockhart, on ne sait pas grand-chose. Quand on pense au type de livres qu'il écrit…

— Et que tu adores. Allons, tu es trop intelligente pour penser que pour écrire des histoires de crime, il faut avoir envie de les commettre.

Brooke étouffa un bâillement.

— Je suis fatiguée alors que je n'ai absolument rien fait de la journée. J'ai même fait la sieste.

— C'est la tension. Tu as besoin d'une bonne nuit de sommeil dans ton lit, en sachant que Jay et moi ne sommes pas loin. Tiens, d'ailleurs, je viens d'entendre Jay rentrer ; il a enfin fini sa journée.

Elle tapota la joue de Brooke.

— Je te fiche la paix. Essaie de te décontracter, je suis prête à parier que tu feras bientôt de beaux rêves.

Mais à minuit, après avoir pris un long bain délassant et de l'aspirine pour un sourd mal de la tête qui ne l'avait pas quittée depuis la livraison de la fleur, elle resta allongée, bien éveillée, à écouter les bruits qui montaient de la rue. Il y avait peu de circulation en cette douce et sèche nuit d'été. Elle entendit quelques adolescents s'insulter sur le trottoir, jusqu'à ce qu'un voisin ouvre une fenêtre et leur dise de la fermer sans quoi il appelait la police. Après les cris,

Brooke s'allongea sur le côté, tendue, s'attendant à des grincements de la poignée de sa porte, à des pas furtifs sur l'escalier de secours, ou à un sale petit coup frappé à la fenêtre de sa chambre. Quand le téléphone sonna, elle faillit hurler.

Brooke regarda le numéro qui apparaissait sur l'écran : Hospice des Saules Blancs 555-7333. Elle prit le combiné à côté de son lit.

— Allô ?

— Mademoiselle Yeager ?

Avant que Brooke puisse répondre, la voix familière de Mme Camp, une infirmière des Saules Blancs, poursuivit.

— C'est au sujet de votre grand-mère, elle vient d'avoir une attaque. Heureusement que je passais devant sa chambre, juste à ce moment-là. Elle est vivante, mais je ne connais pas exactement la gravité de l'attaque. Nous l'évacuons d'urgence sur le centre médical de Charleston. Vous devez vous y rendre immédiatement.

Brooke sauta du lit, enleva sa chemise de nuit et enfila un jean et un tee-shirt. Elle saisit son sac et ses clés, entra dans le couloir et fit bruyamment tomber le tout. Tandis qu'elle tentait de rassembler le contenu de son sac éparpillé par terre et qu'elle passait la main dans un coin sombre où ses clés semblaient faire exprès de se cacher, la porte de chez Stacy s'ouvrit. Jay lui sembla immense et redoutable, il ne portait qu'un pantalon de pyjama et ses cheveux roux clair étaient hérissés sur sa tête.

— Qu'est-ce qui se passe, Brooke ? demanda-t-il d'une voix endormie.

— Ma grand-mère a eu une attaque. Elle est au centre médical de Charleston. Je dois y aller.

Jay fut immédiatement sur le qui-vive.

— Pas toute seule. Entre et attends-moi. Je m'habille en vitesse et je t'y conduis dans cinq minutes.

Stacy avait aussi fait son apparition, à moitié vêtue.

— J'ai entendu ce que tu as dit à Jay.

— Mes clés, dit Brooke au bord des larmes. Je les ai laissées tomber. Je n'ai pas confiance en cette serrure pourrie, et je ne peux pas verrouiller correctement sans mes clés.

— Va chez nous et assieds-toi une minute, lui dit fermement Stacy. Je trouverai tes clés et je fermerai. Puis je vous accompagnerai à l'hôpital.

— Mais il est tard et vous devez tous deux vous lever demain…

Stacy entra dans le couloir, prit Brooke par les bras et la mit sur pied.

— Il est hors de question que tu sortes toute seule, et Jay et moi pouvons survivre sans avoir une nuit entière de sommeil. Maintenant, respire à fond, arrête de penser au pire, et attends que nous te conduisions à l'hôpital. Les amis sont faits pour ça.

Après ce qui parut une éternité à Brooke, ils traversèrent les rues vides de Charleston, s'engagèrent dans un labyrinthe de couloirs et rejoignirent enfin Greta Yeager. Jay insista pour rester devant la chambre d'hôpital pendant que Stacy attendait à la réception. Une infirmière lui avait dit qu'elle pouvait voir le docteur immédiatement, mais d'après Stacy : « avec ces gens-là, si tu leur donnes une minute de répit, ils te laisseront attendre la moitié de la nuit. Va voir ta grand-mère, je reste ici à les harceler jusqu'à ce qu'ils se remuent. »

« Et je peux lui faire confiance », se dit Brooke,

amusée en dépit de son anxiété. Ces infirmières ne pouvaient pas prévoir que la ténacité de Stacy Corrigan était capable de les rendre folles.

Brooke entra lentement dans la chambre de sa grand-mère, le cœur battant, le front moite. Greta était immobile sur son étroit lit d'hôpital. Brooke s'était attendue à la trouver branchée à des machines enchevêtrées, mais il n'y avait qu'un tuyau transparent, reliant un sac de solution saline à son bras. Ses cheveux blancs brossés entouraient son visage rond, qui était resté d'un rose bien portant, jusqu'à ce que la précédente attaque, trois mois auparavant, le laisse presque aussi blanc que ses cheveux. Elle respirait faiblement et Brooke se rendit compte que cette dernière attaque avait affecté le côté gauche de son visage.

Elle prit la main froide de sa grand-mère.

— Großmutter, dit-elle doucement. C'est moi, BAnI.

L'œil droit de sa grand-mère s'entrouvrit et se dirigea vers Brooke. Elle serra Brooke avec sa main droite. Son côté droit semblait avoir été épargné par l'attaque.

— BAnI Brooke, parvint-elle à dire d'une voix pâteuse.

— Oui. BAnI. Bunny Brooke. Est-ce que tu as mal ?

Greta avala le mot suivant, qui semblait commencer par un « n », et que Brooke fut soulagée d'interpréter comme non.

— Je suis tellement désolée, dit-elle faiblement.

Sa grand-mère prononça quelques mots inintelligibles, puis l'effort lui fit fermer la bouche et les yeux. En lui serrant à nouveau la main, Brooke sentit des larmes lui monter aux yeux. Elle refusait de s'autoriser à pleurer. Si Großmutter ouvrait les yeux et remarquait ses larmes, elle n'en serait que plus inquiète. Mais retenir son chagrin et sa peur était loin d'être chose facile. Greta avait eu plusieurs attaques au cours des deux dernières années, mais, même au regard non spécialisé de Brooke, celle-ci semblait pire que les autres.

Finalement, Jay entra et s'approcha de Brooke.

— Stacy vient de me dire que le docteur va arriver d'une minute à l'autre. Elle a fait un tel raffut qu'il a peur de ne pas arriver à temps. Tu sais qu'elle peut ne pas être commode, ma petite dame, dit-il en lançant un petit sourire hésitant à Brooke.

— Je suis heureuse que vous soyez venus tous les deux. Je crois que je n'aurais pas pu m'en sortir toute seule.

— Il était hors de question qu'on te laisse partir seule, même s'il n'y avait pas eu cette affaire avec Zach Tavell…

L'œil droit de Greta s'ouvrit brusquement. Le côté droit de son visage — le côté mobile — palpita et se tordit. Sa main agrippa celle de Brooke.

— Z… Zach, dit-elle en un murmure tourmenté. Zach… Ta… Ta…

— Jay parlait de Zach Tavell, Großmutter, mais Zach n'est pas ici, la rassura Brooke.

Le côté droit du visage de Greta grimaça.

— Non, pas… pas ici. L'hospice.

— Mais non, dit Brooke. Zach n'est pas allé à l'hospice.

— Si ! insista Greta, son œil droit terrorisé, sa main de plus en plus serrée. Venu dans ma ch… chambre. Zach. J'ai reconnu. Teufel !

Brooke fit appel à ses connaissances d'allemand un peu poussiéreuses. Teufel : le diable.

— Il a dit… il a dit qu'il te cherche, BAnI, sortit-elle avec difficulté.

Elle avala une goulée d'air et réussit à terminer :

— Dit qu'il va te trouver !

CHAPITRE VIII

1

Zachary Tavell avait réussi à s'introduire dans l'Hospice des Saules Blancs pour aller voir Greta. « Ma Greta chérie, pensa Brooke, elle qui s'est occupée de moi depuis l'âge de onze ans et même avant ; il a fait cela pour me menacer une nouvelle fois et voilà le résultat sur Großmutter. »

Brooke s'éloigna du lit d'un pas incertain. « J'ai une peur terrible, pensa-t-elle, mais je ne peux pas me laisser gagner par cette peur. Je risquerais de m'évanouir, de pleurnicher ou de faire autre chose qui perturbe davantage grand-mère, alors que sa vie ne tient qu'à un fil. Je dois baisser mes yeux horrifiés, m'assurer que la main qui tient la sienne ne tremble plus et parler d'une voix ferme. »

— Je pense que tu as dû faire un mauvais rêve, Großmutter, dit-elle gentiment.

La même expression horrible et redoutable passa dans son œil droit.

— N… Non. Pas de… rêve. En vrai.

Brooke essuya tendrement un filet de salive qui coulait sur le côté droit de son menton.

— Zach en vrai. Vrai !

— D'accord, d'accord, dit mécaniquement Brooke. Il est venu pour de vrai. C'est à cause de lui que tu es… malade ?

Une larme glissa sur les joues ridées de Greta. Une larme qui voulait dire oui, sans équivoque.

— Eh bien, tu n'es plus à l'hospice, maintenant, dit Brooke d'une voix apaisante. Tu es ailleurs, et tu es entourée de monde. Il y a même un policier, Jay Corrigan. Te souviens-tu de lui ? Mon voisin, l'inspecteur ? Tu peux difficilement être plus en sécurité qu'avec un inspecteur à ton chevet. Ferme donc les yeux et repose-toi. Nous ne partirons pas. Pas une minute.

Greta relâcha peu à peu son emprise sur la main de Brooke. Cette dernière recula de quelques pas et se tourna vers Jay.

— Zach est responsable de son attaque, dit-elle à voix basse mais d'une voix précipitée. Il est entré dans l'hospice !

Jay fronça les sourcils.

— Pas nécessairement. Aux Saules Blancs, les nouveaux visiteurs doivent-ils signer un registre à la réception ?

— Non. Les portes sont verrouillées à vingt heures. Si quelqu'un essaie d'entrer ou de sortir par n'importe quelle porte, l'alarme se déclenche.

— Font-ils des rondes de nuit ?

— Oui. Même si un patient va bien, ils vérifient plusieurs fois par soir et toujours vers les onze heures, heure de l'extinction des feux. Une infirmière passait par hasard devant la chambre de ma grand-mère à minuit et demi et elle a remarqué qu'elle était souffrante.

Jay consulta sa montre.

— Il est une heure moins dix et ta grand-mère a été amenée ici d'urgence. Si les portes ont fermé à huit heures, qu'on a vérifié son état de santé à onze heures et qu'elle allait manifestement bien, crois-tu que Zach se soit débrouillé pour se cacher dans l'hospice avant huit heures jusqu'après minuit, quand l'infirmière a remarqué que Greta avait une attaque ?

— C'est bien possible. Tu sais, Jay, le personnel ne manque pas aux Saules Blancs, mais Zach est un malin. Bon sang, il s'est évadé de prison il y a plusieurs jours et la police n'a pas réussi à le retrouver, alors qu'il est toujours ici, à Charleston. Il est venu chez Sam Lockhart, et là encore, il leur a filé sous le nez !

Elle s'arrêta, réalisant qu'elle avait élevé la voix. Elle poursuivit sur un ton qu'elle espéra plus calme :

— Jay, je suis certaine que ma grand-mère a réellement vu Zach !

— Je ne pense pas qu'on puisse être aussi certain de ce qu'elle a vu, dit un petit homme à la calvitie naissante, en entrant, Stacy sur les talons. Je suis le docteur Morris, je présume que vous êtes la petite-fille de Mme Yeager, dit-il en tendant la main vers Brooke.

— Oui, Brooke Yeager. Et voici Jay Corrigan, inspecteur à la brigade criminelle de police de Charleston. Et derrière vous…

— Stacy Corrigan. Elle me l'a déjà dit trois fois dans le bureau des infirmières, remarqua le médecin avec une pointe d'ironie.

— Il faut dire que nous avions besoin de vous tandis que vous vous contentiez de rester planté là-bas, renvoya Stacy d'un ton acerbe.

— Je n'étais pas planté là-bas, madame Corrigan, répondit-il, agacé. Je remplissais les feuilles d'observations et je ne me déplace pas à la vitesse de la lumière.

Il se tourna vers Brooke.

— J'aimerais vous parler de l'état de votre grand-mère, ce que nous en savons pour l'instant. Voulez-vous un entretien privé ?

— Non. Stacy et Jay sont de bons amis. Je n'ai rien à leur cacher.

Le médecin eut l'air déçu. Brooke vit qu'il aurait préféré s'éloigner de Stacy, qui commençait à lui hérisser le poil, mais il acquiesça résolument.

— Allons dans le couloir. Nous ne voulons pas déranger Mme Yeager.

« Il ne veut rien dire qui pourrait l'agiter au cas où elle fasse semblant de dormir », pensa tristement Brooke. Ce médecin maintenait peut-être un air solennel, mais elle avait le sentiment qu'il n'avait pas de bonnes nouvelles à lui annoncer.

Brooke eut l'impression qu'il faisait singulièrement froid dans le couloir et elle serra ses bras contre son corps pour écouter la voix monocorde et professionnelle du docteur.

— Comme je l'ai déjà dit, nous n'avons pas encore eu le temps de faire toutes les analyses nécessaires, mademoiselle Yeager, donc, je n'ai que peu d'informations à vous transmettre à ce stade.

— Je comprends, dit Brooke en sentant le polo que Stacy venait de poser délicatement sur ses épaules tremblantes.

Le médecin s'éclaircit la gorge et la regarda sans la moindre expression.

— L'attaque semble s'être déclenchée du côté droit du cerveau. Bizarrement, la partie du corps affectée est toujours celle opposée au côté du cerveau qui subit l'attaque. Par exemple, si l'attaque s'était déclenchée dans la zone cervicale gauche, la partie droite de son corps serait touchée. Dans le cas de votre grand-mère, c'est le contraire qui s'est passé. Vous avez certainement remarqué que le côté gauche de son visage est paralysé et qu'elle parle avec le côté droit de la bouche.

— Elle m'a tenu la main avec sa main droite, ajouta Brooke.

— Exactement. Jusqu'à maintenant, elle n'a eu aucune lésion. C'est bien. Mais elle souffre d'une réduction de mobilité et de réflexes, et d'incontinence.

« Elle est incontinente », songea bêtement Brooke. Quelle humiliation pour sa grand-mère, toujours impeccable.

— Quelles sont les chances de guérison complète ?

Le docteur la regarda avec compassion.

— Votre grand-mère n'était pas en bonne santé avant cette dernière attaque. À moins d'un miracle, elle ne retrouvera jamais la santé — elle ne reviendra même pas à son état d'avant l'attaque.

— Est-ce qu'elle souffre ? demanda Stacy.

Le docteur Morris fronça les sourcils.

— Je ne crois pas. Naturellement, il est difficile d'en être sûr, mais elle semble dormir. Sa tension a augmenté et nous lui avons donné quelque chose pour la stabiliser. J'ai remarqué des petits ennuis de vessie, je pense que nous pourrons y remédier sans problème.

— Rien de tout cela n'a l'air très grave, dit Jay, d'un ton se voulant optimiste.

— Non, répondit le docteur d'un ton neutre.

Brooke réalisa soudain que Jay, Stacy et elle n'avaient pas la moindre idée de la gravité de l'état de sa grand-mère. Soit le docteur Morris disait la vérité, soit il essayait seulement de la calmer.

— Docteur, savez-vous qu'un évadé de prison, Zachary Tavell, rôde dans la région ? demanda Brooke.

Le docteur marqua une pause, puis acquiesça lentement :

— Oui, il me semble en avoir entendu parler.

— Il est entré dans la chambre de ma grand-mère, à l'hospice, ce soir. Je pense que c'est ce qui a provoqué son attaque.

Le visage du docteur Morris se raidit, il envisageait manifestement être en train de s'adresser à une folle. Il semblait penser qu'en restant parfaitement immobile, avec un sourire figé, tout irait bien.

— Vraiment ? Et qu'est-ce qui vous fait croire cela, mademoiselle Yeager ? demanda-t-il d'une voix blanche.

— Zach Tavell est mon beau-père. Il a assassiné ma mère. Il s'est évadé de prison avant-hier soir et il est venu pour essayer de me tuer. Mais Großmutter — je veux dire grand-mère — m'a dit qu'il était aussi entré dans sa chambre.

— Aux Saules Blancs ?

— Oui.

— Je vois.

Le médecin la regardait toujours prudemment.

— Je ne pense pas que ce soit possible, mademoiselle Yeager.

— Pourquoi pas ?

— Eh bien, le système de sécurité, pour commencer. Les Saules Blancs ont un excellent système. Par ailleurs, eh bien…

Le docteur lui lança un regard désemparé.

— Si cet évadé vous recherche, vous, comme vous le dites, pourquoi risquerait-il de se faire prendre en allant dans la chambre de votre grand-mère ?

« Bonne question », pensa Brooke. Toutefois…

— Ma grand-mère est absolument certaine de l'avoir vu dans sa chambre aux Saules Blancs.

Le docteur regardait Brooke fixement, elle sentait qu'il se préparait à lui parler d'une voix calme et posée.

— Mademoiselle Yeager, je suis sûr que votre grand-mère vous a paru convaincante, mais les troubles de raisonnement sont des symptômes habituels d'une attaque.

— Elle avait l'air si sûre d'elle.

— Elle était sûre d'elle. Mais un patient victime d'un AVC — accident vasculaire cérébral —, comme c'est le cas de votre grand-mère, montre également certains signes de confusion. Elle peut être absolument certaine d'avoir vu cet homme, mais je pense que c'est très improbable.

Oui, ça semblait improbable. Zach aurait pris un risque énorme en se rendant à l'Hospice des Saules Blancs. Et pour quoi faire ? Pour effrayer Greta ? Elle ne lui avait jamais fait de tort. Ce n'était pas pour elle qu'il était revenu à Charleston. Brooke était la proie.

— Vous devez avoir raison, finit par dire Brooke,

se sentant un peu ridicule d'avoir insisté alors que la réponse était si évidente. Qu'allez-vous faire à présent ?

— Des analyses supplémentaires.

Le docteur Morris lui fit un petit sourire professionnel, presque aussi artificiel que celui d'avant.

— Nous en saurons plus demain après-midi. Pour le moment, votre grand-mère a besoin de repos, je vous conseille de rentrer chez vous et de suivre son exemple.

— Je ne peux pas la laisser comme ça !

— Vous avez l'impression de l'abandonner et je le comprends, mais vous vous trompez, répondit calmement le médecin. Vous ne pouvez rien faire pour elle au niveau médical. L'important, c'est que vous préserviez vos forces. Elle aura besoin de vous demain. J'espère que ça ne sera pas le cas, mais je ne peux pas écarter cette éventualité.

Brooke savait qu'il lui sortait son discours habituel, qu'il avait sans doute déjà rabâché des centaines de fois, mais il n'en restait pas moins vrai. Greta devait subir d'autres analyses et avait besoin d'un traitement médical. Brooke ne pouvait faire ni l'un ni l'autre. Sa présence à l'hôpital ne ferait que la vider de l'énergie dont elle aurait besoin plus tard, sans parler du fardeau qu'elle serait pour Stacy et Jay.

— D'accord, dit-elle au docteur, je vais rentrer chez moi. Est-ce que je dois faire quelque chose avant de partir ?

— Arrêtez-vous à l'accueil des urgences et assurez-vous qu'ils ont tous les renseignements nécessaires sur l'assurance de votre grand-mère, tous les dossiers de l'hospice et vos coordonnées, ainsi que celles de vos amis, s'ils sont d'accord.

— Évidemment ! répondirent en chœur Stacy et Jay.

Tout le monde rit — des petits rires grêles et forcés —, puis le docteur esquissa un dernier sourire minuscule avant de s'éloigner rapidement vers un autre patient.

— Allons à la réception, dit immédiatement Stacy. Ils devraient avoir tous les papiers, mais dans ce genre d'endroit, il faut se méfier. De véritables monuments d'inefficacité.

— Allons, Stacy, dit doucement Jay. Tu penses toujours que tu as le monopole de l'efficacité.

Stacy lui lança un grand sourire.

— Tu as raison. Moi et mon ego ! Mais tu dois admettre que je suis efficace.

— Je n'ai jamais rencontré personne de plus efficace, répondit fièrement Jay. Si seulement tu pouvais venir travailler au commissariat.

— Chéri, je tiens tellement à mon boulot chez Chantal, plaisanta Stacy en feignant la sincérité. Je n'ai jamais rêvé d'abandonner la vente de vêtements hors de prix. Ça a toujours été mon objectif premier.

Un regard vers Brooke gomma son sourire.

— On ferait mieux de te ramener. On dirait que tu es prête à t'effondrer.

— Je me sens coupable de la laisser comme ça.

Stacy lui prit la main.

— Écoute, ma biche, tu ne peux rien y faire. Comme l'a dit le docteur, tu as besoin de repos pour être forte demain.

Assise à l'arrière de la voiture des Corrigan, Brooke entendait Stacy et Jay parler à voix basse, mais elle ne les écoutait pas. « C'est de ma faute, pensait-elle tristement. Ce qui est arrivé à Großmutter est de ma faute. J'aurais dû avertir les Saules Blancs de l'évasion de Zach ».

Jay jeta un coup d'œil dans le rétroviseur.

— Tu culpabilises, Brooke ?

— Je ne savais pas que tu lisais dans les pensées.

— Mais si. Stacy pense que je devrais quitter la police et monter un numéro de cirque.

Il lui lança un faible sourire, à la hauteur de sa petite tentative d'humour.

— Tu t'en veux de ne pas avoir prévenu le personnel des Saules Blancs de l'évasion de Zach, non ?

— Confirmé : tu lis dans les pensées.

— Mais non. Je fais ce boulot depuis assez longtemps pour savoir comment fonctionne l'esprit humain. Et étrangement, les bons veulent toujours endosser la responsabilité de tout ce que font les méchants. Les méchants reportent la responsabilité sur le reste du monde.

— J'aurais dû les prévenir, Jay.

— Pourquoi ? Qui aurait pu imaginer que Zach irait aux Saules Blancs ? Je me demande d'ailleurs qui lui a dit qu'elle était là-bas.

Brooke se raidit. Il avait raison. Qui aurait pu lui dire ? Pas elle, c'est certain. Elle n'avait pas d'autres parents proches, et même la famille éloignée n'aurait pas parlé avec Zach.

— Aurait-il pu avoir une source hors de la prison ?

Jay acquiesça.

— C'est le cas de beaucoup de prisonniers. Il arrive même que certains détraqués correspondent avec ces types. Ça leur donne une impression de pouvoir.

Mais comme l'a dit le docteur, même si quelqu'un avait révélé à Zach que Greta était aux Saules Blancs, pourquoi se serait-il risqué à y aller ? Il ne s'attendait certainement pas à t'y trouver en plein milieu de la nuit. Rappelle-toi ce que t'a dit le médecin : parmi les symptômes habituels d'une attaque on remarque…

— … des troubles du raisonnement, termina Stacy à sa place en se tournant vers Brooke avec un sourire rassurant. Elle a dû le rêver, Brooke. Ou elle a mélangé les événements d'aujourd'hui avec ceux du passé.

— Oui, j'imagine que c'est possible, répondit Brooke sans grande conviction.

En arrivant à l'immeuble, ils trouvèrent Harry Dormer dans le foyer, un autre tee-shirt criard étiré sur sa grosse panse et une casquette de base-ball sur ses cheveux poivre et sel mal coupés.

— Vous rentrez tard, ce soir. C'était une occasion spéciale ? demanda-t-il avec curiosité.

— La grand-mère de Brooke a eu une attaque, répondit Jay.

— Sans blague ? C'est bien dommage. Elle est encore vivante ou elle y est passée ?

Stacy le fusilla du regard.

— Elle est vivante, Dieu merci, et pourriez-vous faire preuve d'un minimum de tact, pour changer un peu ?

— Je manque de tact ?

— Complètement, vous n'avez aucun tact, siffla Stacy.

— Ah bon ? Aucun tact. Zut alors, je me sens vraiment mal, poursuivit Harry d'une voix traînante. J'ai peut-être aucun tact, mais j'ai autre chose.

— Une maladie sociale ? demanda Stacy en se dirigeant vers l'ascenseur.

— Des renseignements.

Ils s'arrêtèrent net, tous les trois, et se tournèrent vers lui. Il les regarda, un sourire satisfait aux lèvres. Jay lui demanda sérieusement :

— Allez, crache le morceau.

Harry sembla hésiter.

— Je ne plaisante pas, Harry.

— D'accord, j'allais vous le dire de toute façon.

Il regarda Brooke.

— Mademoiselle Yeager, votre ex — machin truc Eads —, il était ici il y a une heure environ, et il voulait vous voir. Ma femme le trouve beau garçon, mais je sais pas où elle va chercher ça. Un peu trop mignon pour mon goût. Mais il avait pas l'air mignon ce soir. Il avait l'air effrayé, fatigué et… on aurait dit qu'il s'était fait renverser par un camion. Pas en forme du tout.

— Il y a une heure de ça ? demanda Jay.

— À quelques minutes près.

— A-t-il dit ce qu'il voulait ? dit Stacy.

— Non. Il est monté en flèche chez Brooke, il a frappé à la porte, puis il est reparti en courant. Je lui ai dit bonjour, mais je crois qu'il m'a même pas vu.

Harry hocha la tête.

— Quelque chose le travaillait. Pour de bon. Et ça avait à voir avec vous, Brooke.

Les portes de l'ascenseur s'ouvrirent et Stacy poussa pratiquement Brooke à l'intérieur. Dès que les portes se refermèrent, elle enlaça Brooke.

— Ne t'occupe pas d'Harry. Robert était sans doute comme d'habitude. Harry aime seulement embellir ses histoires.

— Peut-être que Robert savait quelque chose à propos de grand-mère…

— Comment pourrait-il ? demanda Jay. Il serait étonnant que les Saules Blancs aient appelé ton ancien petit copain pour lui dire que ta grand-mère avait eu une attaque. Il ne l'a jamais rencontrée, si ?

— Non.

— Alors Harry en fait trop, voilà tout, dit Stacy d'un ton dégoûté. Quel sale type. Je ne peux pas le supporter. Je crois que personne ne l'aime dans cet immeuble.

— Sauf sa femme, dit Brooke.

Stacy écarta d'un geste l'amour d'Eunice pour son mari, comme elle aurait écarté un moucheron.

— Elle a un physique trop ingrat pour trouver quelqu'un d'autre. Et elle dépend de lui. Elle ne peut jamais garder de boulot, alors c'est lui qui ramène les sous. Elle est tellement lâche qu'elle ne se fait même pas ses propres piqûres d'insuline. C'est Harry qui doit les lui faire. Je ne peux pas supporter les lâches.

— Troisième, mesdames, annonça Jay tandis que les portes s'ouvraient.

— Rentre, chéri, dit Stacy à Jay. Je vais m'assurer que Brooke ne manque de rien.

— Tu es sûre que tu n'as besoin de rien que je puisse te fournir, Brooke ? demanda Jay.

Stacy haussa un sourcil et Jay rougit violemment.

— Mais enfin, ce n'est pas ce que je voulais dire ! Bon sang, Stacy, tu es aussi possessive que la femme d'Harry ou quoi ?

— Tu me compares à Eunice Dormer une fois de plus et je te jure que tu dormiras tout seul pendant une semaine, lui dit Stacy, mais elle avait un éclat amusé dans les yeux.

Elles entrèrent dans l'appartement et Elise se jeta dans les bras de Brooke, la faisant reculer d'un ou deux pas. Elle rit :

— Ce genre de comportement était très mignon quand tu pesais deux ou trois kilos, mais il va falloir arrêter maintenant que tu en fais une vingtaine.

— Tu devrais peut-être l'envoyer à une école de dressage ? suggéra Stacy.

— Parce qu'elle est heureuse de me voir ? Je ne crois pas.

Stacy proposa de préparer un thé ou un verre de lait tiède, une idée qui dégoûtait Brooke, puis elle finit par la border. Brooke se sentit ridicule, mais elle savait que Stacy était pleine de bonnes intentions.

— Dors bien, même si je pense que tu dormirais mieux si tu n'avais pas le chien dans ton lit.

— Ça m'étonnerait. Merci pour tout, ce soir, Stacy. Et remercie Jay de ma part aussi. Je n'y serais jamais arrivée sans vous.

— Bien sûr que si, mais c'est dans de tels moments que les amis sont utiles. À demain matin.

Une fois Stacy partie, Brooke alluma la lampe de chevet ; la peur du noir qu'elle avait pendant l'enfance revenait. L'appartement lui semblait deux fois plus grand qu'il ne l'était réellement et plein d'ombres. Brooke enlaça la tiédeur de la chienne et réfléchit.

Le médecin avait dit que les victimes de congestion cérébrale souffraient souvent de confusion mentale. Autrement dit, Greta aurait simplement pu imaginer que Zach était dans sa chambre aux Saules Blancs. Mais Brooke connaissait sa grand-mère mieux que personne, et elle avait vu un éclat redoutable dans son œil bleu et clair.

Zachary Tavell s'était bel et bien introduit dans la chambre de Greta, conclut-elle. Il était entré et lui avait dit qu'il cherchait Brooke.

2

Vincent Lockhart descendit du trottoir, leva la tête vers la fenêtre éclairée de Brooke, puis rentra dans sa Mercedes métallisée, que son père n'arrêtait pas de qualifier de prétentieuse, incommode et bien trop chère pour ce qu'elle valait. Il jeta un dernier coup d'œil en direction de la fenêtre, puis s'éloigna.

Il ne savait pas s'il était en colère ou inquiet et décida donc d'être les deux. Il reconnaissait que la maison Lockhart n'avait pas été le sanctuaire qu'il avait voulu offrir à Brooke, mais elle y avait été plus en sécurité que dans cet immeuble. Elle n'avait pas pris en compte le fait que, si elle se faisait tuer, son père serait dévasté. Même lui serait contrarié. Mais elle ne voulait pas entendre raison. Voilà ce qui l'énervait. Elle ne lui avait même pas laissé le temps de présenter la moitié de ses arguments contre son départ. Elle ne lui avait même pas laissé le temps de penser à tous ses arguments.

Il mit un CD, monta le volume et essaya d'enlever Brooke de son esprit, mais il n'y parvint pas. Brooke Yeager était obstinée, têtue et intraitable. Vincent se rendit compte que ces trois mots voulaient à peu près dire la même chose. Il allait réessayer. Obstinée était exact : elle ne voulait rien écouter. Elle était aussi téméraire ; elle était partie alors qu'elle savait qu'elle serait plus en sécurité chez les Lockhart. Et enfin, elle était naïve de penser qu'elle pouvait échapper à quelqu'un comme Zach Tavell. Qu'avait-elle dit exactement ? « Je savais que ce moment viendrait… je me suis préparée à me battre sur mon territoire ! » Quelque chose dans ce goût. Mon Dieu ! Elle avait dû regarder trop d'épisodes de *Xena, la princesse guerrière*. Ou ressortait-elle des dialogues entendus dans *Buffy contre les vampires* ? C'était ridicule et enfantin.

Il respira profondément et se calma. Pourquoi s'énervait-il ainsi pour cette femme ? Était-ce parce que ses parents l'avaient tellement adorée qu'ils avaient songé à l'adopter ? Peut-être qu'eux l'avaient adorée, mais il ne l'avait jamais vue, à part sur cette vieille photo prise par sa mère et sur quelques photos de journaux granuleuses de la petite fille mêlée au « crime des roses ». Son inquiétude démesurée était-elle due à la beauté de Brooke ? Foutaises ! La Californie regorgeait de belles filles. Il en avait assez fréquenté. Des belles femmes. Des femmes sexy. Il avait été proche de se marier, à deux occasions. Il était maintenant heureux qu'aucune de ses fiançailles ne se soit concrétisée en une cérémonie, mais les ex-fiancées étaient sophistiquées, des femmes glamour. Des femmes du monde, pleines de jugeote, pas des petites jeunes ingénues et sans expérience comme Brooke Yeager, qui se prenait manifestement pour une héroïne de bande dessinée ou quelque chose d'aussi absurde.

Elle allait finir par se faire tuer avec ce genre

d'attitude ; Vincent en était convaincu. Et pour une raison qui lui échappait pour l'instant, il savait que si ça se passait, il ne pourrait jamais se pardonner de l'avoir laissée repartir dans son appartement.

Même si elle était une petite conne casse-cou.

CHAPITRE IX

1

Le réveil sonna comme la sirène d'un raid aérien. Elise sursauta et se lança dans une envolée d'aboiements effrayés et Brooke, accrochée au bord du lit, roula par terre, tête la première.

— Misère, ronchonna-t-elle en se touchant le nez pour s'assurer qu'il n'était pas cassé.

Heureusement, il ne l'était pas, mais elle savait qu'elle avait cogné assez fort pour provoquer des cernes autour des yeux.

— On va croire que tu me tabasses la nuit, dit-elle à Elise, qui sauta du lit pour lui lécher la joue. Oui, ça va, mon chou.

Elle leva les yeux sur le réveil. Six heures. Pourquoi était-elle debout aussi tôt ?

Greta. Elle fut envahie par le souvenir de l'attaque de sa grand-mère. Großmutter était peut-être morte depuis que Brooke avait quitté l'hôpital, la nuit dernière. Elle s'était peut-être éteinte toute seule, pendant que Brooke dormait.

Ébranlée par cette pensée, elle se dirigea vers le

téléphone. Une infirmière de l'étage de Greta l'assura que sa grand-mère était en vie, mais refusa de lui donner des détails sur son état.

— C'est au docteur de le faire, dit-elle sèchement. Il effectue les visites entre neuf et onze heures du matin. Vous devriez venir l'attendre.

Brooke raccrocha et rouspéta. Sa grand-mère était en vie, mais elle n'avait même pas pu savoir si son état de santé s'était amélioré ou dégradé. Le personnel se comportait comme si ces renseignements étaient confidentiels, même pour sa petite-fille : un secret d'État. Mais Brooke savait qu'il était inutile de s'énerver à propos d'un règlement idiot. Elle n'avait plus qu'à aller à l'hôpital et attendre que le docteur fasse son apparition, entre neuf et onze heures. S'il n'était pas encore passé en fin d'après-midi, elle resterait à l'attendre.

Brooke descendit le long couloir qui menait à la chambre de sa grand-mère. Elle était heureuse d'avoir enfilé un léger sweater. Il faisait autour de 25 degrés dehors, mais le thermostat de l'hôpital semblait réglé sur 15 degrés. Greta avait passé beaucoup de temps dans les hôpitaux, au fil des ans, et Brooke savait ce qui l'attendait.

Un policier chargé de sa surveillance la suivait. Brooke aurait préféré qu'il marche à ses côtés, mais il insistait pour rester à deux pas derrière elle, et il jetait constamment des regards à droite et à gauche comme un garde du corps de président. Brooke se sentait exposée et ridicule.

Greta avait l'immobilité d'un cadavre dans sa chambre inondée de soleil. Bizarrement, Brooke aurait été rassurée de voir des tubes et des appareils de surveillance reliés à sa grand-mère. Un tel appareillage lui aurait donné l'impression de soutenir la vie de Greta. Mais la vieille dame avait eu une attaque, pas une crise cardiaque. Elle n'avait pas besoin de toute la panoplie de machines. Brooke l'avait appris car sa grand-mère avait déjà eu deux attaques au cours des quinze derniers mois.

Brooke se pencha sur le lit et embrassa le front froid de sa grand-mère. La peau de Greta ressemblait, à l'œil et au toucher, à de la craie. Le cœur de Brooke fit un bond quand l'œil bleu de Greta s'ouvrit brusquement. Elle cligna rapidement des yeux trois fois avant de reconnaître Brooke.

— Bonjour, Großmutter, dit Brooke, en se forçant à sourire à la femme frêle, alitée. Je suis debout depuis longtemps, mais j'ai dû attendre les heures de visite avant d'être autorisée à te voir.

— Yeux, dit Greta d'une voix rauque et sèche. Tes… yeux.

— Yeux ? Mes yeux ?

Brooke se souvint de sa chute du lit.

— Je suis tombée du lit ce matin, comme quand j'étais petite. Personne ne m'a fait de mal. Mes yeux sont juste cernés à cause de la chute. Je voulais mettre un peu de fond de teint dessus, et puis j'ai oublié. Les cernes auront disparu demain. Encore heureux que je ne me sois pas cassé le nez comme quand j'avais treize ans !

— Yeux bleus. Comme mère.

— Oui, mes yeux sont de la même couleur que ceux de maman. Ceux de papa étaient un peu plus foncés.

Une larme coula sur les joues de Greta. Brooke tira un mouchoir de sa poche.

— Des yeux bleu chardon, c'est ainsi que papa décrivait les yeux de maman, dit-elle en essuyant la larme sur la peau sèche de Greta.

Elle approcha une chaise du lit, puis tira une petite fiole de lotion de son sac et l'appliqua doucement sur les joues et le front de Greta.

— Maman disait toujours qu'elle avait des yeux iris hollandais. Elle trouvait que ça faisait plus joli.

— Rappelle, dit Greta presque clairement.

Brooke avait fini de se servir de la lotion, elle mit un peu de baume sur les lèvres ridées de sa grand-mère.

— Tu veux une autre couverture ? lui demanda-t-elle en prenant sa main.

Greta hocha négativement la tête et serra fort la main de Brooke.

— Z… Zach. Trouvé ?

— Pas encore, mais ça ne saurait tarder. Il a été blessé l'autre soir. Il a besoin de soins et tous les hôpitaux, toutes les cliniques et les cabinets privés ont été prévenus. Il ne peut pas rester en cavale bien longtemps.

Le côté droit de la bouche de Greta palpita. Brooke espéra qu'il s'agissait d'une tentative de sourire. Elle continua à tenir la main de sa grand-mère et discuta de choses de tous les jours pendant une demi-heure. Puis elle ne put s'empêcher de demander :

— Großmutter, tu es sûre que tu as vu Zach dans ta chambre des Saules Blancs ? Je ne remets pas ta parole en question, mais la police n'a pas l'air de penser que ce soit possible. Je me disais qu'après y avoir réfléchi, tu te demandais peut-être s'il ne s'agissait pas d'un infirmier ou d'un agent de service ou…

Elle n'eut pas le temps de finir, Greta lui serra la main avec une force terrible vu son état de santé. Le côté droit de son visage se déforma en une grimace :

— N… non ! Zach !

Brooke serra elle aussi la main de sa grand-mère :

— Tu es sûre ?

— Ou… Oui.

Le sourcil droit de Greta tira vers le milieu de son front.

— Grain de b… beauté.

— Un grain de beauté ?

— Grain de b… beauté. Sa b… bouche.

— Un grain de beauté près de la bouche ?

Le regard de Brooke se détourna de Greta et se posa sur la fenêtre. Elle revit soudain le visage de Zach. Il avait un petit grain de beauté à côté de la bouche. Depuis le temps qu'elle ne l'avait pas vu, Brooke l'avait complètement oublié.

Elle se pencha sur sa grand-mère.

— L'homme qui est venu dans ta chambre avait un grain de beauté ?

Greta cligna rapidement des yeux. Brooke pensa alors qu'elle avait oublié le grain de beauté, mais que sa grand-mère s'en souvenait peut-être. Mais se souvenait-elle d'autre chose ? Brooke mit le doigt sur le côté gauche de sa bouche.

— Ici ?

— Non, dit Greta, le visage à nouveau crispé.

Elle souleva lentement son bras droit, et, après plusieurs tentatives saccadées, elle posa le doigt sur le côté en bas et à gauche de sa bouche — l'emplacement exact du grain de beauté de Zach.

Le docteur était convaincu que Greta n'avait pas vu Zach Tavell. Il avait parlé de troubles de raisonnement, mais pour quelqu'un souffrant de tels troubles, pensa Brooke avec pessimisme, Greta avait une sacrée mémoire.

Une heure plus tard, Brooke pénétra dans les beaux jardins de l'Hospice des Saules Blancs. En suivant l'allée sinueuse qui menait au bâtiment principal, elle examina les parterres de pensées, pétunias, soucis et balsamines, tous méticuleusement entretenus.

Au milieu du parc, un petit lac accueillait de nombreux canards, la plupart blancs, de l'espèce commune, mais aussi quelques branchus et des mâles colverts aux belles têtes émeraude. Quant aux saules blancs, qui avaient donné leur nom à l'institution, il y en avait partout. Les quelques personnes qui avaient accompagné Brooke lors d'une de ses visites à Greta, comme Stacy et Jay, avaient admiré la beauté des saules en été. Brooke les avait surpris en leur apprenant que la salicine, utilisée dans l'aspirine, était dérivée de l'écorce de saule. Stacy avait trouvé amusant que le fondateur de l'établissement ait eu l'esprit, pour le nommer, de choisir l'arbre qui fournissait l'ingrédient d'un des médicaments les plus utilisés à l'intérieur.

Après avoir quitté l'hôpital, Brooke décida de passer par l'hospice pour parler à Mme Camp, l'infirmière qui semblait toujours la plus attentive et qui en savait peut-être plus que les autres sur la présence éventuelle de Zach Tavell dans la chambre de Greta. Après tout, elle était de garde cette nuit-là et c'était elle qui avait appelé Brooke quand Greta avait eu son attaque.

Brooke franchit la double porte et resta un instant dans le foyer ensoleillé. À sa droite, dans une grande pièce, les meubles en un skaï imitant remarquablement bien le cuir reposaient sur une épaisse moquette bleue. Par une baie vitrée, le soleil entrait à flots sur de belles plantes, une cheminée en briques blanches et un casier rempli de magazines récents, allant de *Vogue* à des mensuels de nature et écologie. Quelques personnes âgées étaient assises et bavardaient avec des amis ou de la famille. Dans un coin, deux hommes qui semblaient approcher des quatre-vingt-dix ans, étaient penchés sur la télévision et se chamaillaient pour choisir entre les informations ou un jeu télévisé avec une hôtesse séduisante.

Les deux bureaux de l'administration, aux portes fermées, étaient à gauche de Brooke et l'accueil s'étendait juste en face d'elle. Elle s'en approcha et vit quatre personnes occupées à remplir des formulaires et à répondre au téléphone. Une jeune femme aux yeux marron la regarda :

— Bonjour, dit-elle gaiement. En quoi puis-je vous être utile ?

— Vous êtes nouvelle, lâcha étourdiment Brooke, soudain méfiante de toute employée inconnue.

La jeune femme eut l'air décontenancé, mais elle répondit calmement :

— Oui, je m'appelle mademoiselle Johnson. Rhonda. J'ai commencé hier.

— Oh… Eh bien, je cherchais…

Elle s'interrompit quand elle vit Mme Camp derrière Rhonda, l'air inquiet.

— Bonjour, mademoiselle Yeager. Vous me cherchiez ?

Brooke acquiesça.

— Comment va votre grand-mère ?

— Elle se maintient, pour le moment. Avez-vous le temps de me voir en privé ?

Mme Camp sourit.

— Vous avez de la chance, c'est ma pause déjeuner. Allons goûter la gastronomie de la cafétéria.

Un quart d'heure plus tard, Brooke était dans l'ambiance extrêmement bruyante de la cantine avec un poisson surcuit, des petits pois durs comme de la chevrotine et un bol de soupe au tapioca.

— Ils donnent ce qui est bon aux patients et les restes au personnel, dit Mme Camp, les rides entourant ses yeux noisette se creusant avec son rire.

Depuis quatre ans que Greta était à l'hospice, Brooke n'avait jamais vu la moindre trace de maquillage sur le visage mûr de Mme Camp, ni le moindre signe qu'elle avait fait autre chose que de laver ses cheveux frisés poivre et sel. La peau de ses mains était sèche et rougie, comme si elle les avait frottées une dizaine de fois par jour depuis des années.

Mme Camp voulut d'abord tout savoir sur l'état de santé de Greta. Brooke répéta ce que le docteur lui avait dit le plus fidèlement possible.

— Son côté gauche est paralysé, ajouta-t-elle. Vous pensez que ça va s'arranger ?

Elle ne put s'empêcher de remarquer que Mme Camp se concentrait soudain sur un petit pois qui se réfugiait au bord de l'assiette.

— Il y a toujours une chance, répondit l'infirmière. Après plus de vingt ans d'expérience, j'ai appris qu'il n'y avait que peu de certitudes en médecine.

Brooke attendit de pouvoir la regarder dans les yeux. Dix secondes plus tard, elle dit :

— Madame Camp, je ne crois pas aux miracles.

J'ai le sentiment que vous non plus, d'ailleurs, en dépit de ce que vous pouvez raconter aux familles de vos malades. Tout ce que je vous demande, c'est votre opinion personnelle, pas une déclaration finale.

Mme Camp joua avec son tapioca, puis finit par lever les yeux sur elle.

— Je crois que Greta est sur la fin, Brooke. Vous devriez vous y préparer… pas pour l'an prochain, ni pour les mois prochains.

— Pour les semaines prochaines.

— Oui.

Mme Camp hésita.

— Ou avant.

— Les jours prochains.

L'infirmière acquiesça, avant d'ajouter :

— Mais je peux me tromper. Je n'ai pas tous les renseignements. Je ne peux pas prédire…

— Elle va mourir dans quelques jours, répéta Brooke d'une voix plate de désespoir. Ce n'était même pas la peine de me le dire. Je l'avais senti.

Elle plaça sa main sur son cœur :

— Je l'avais senti ici.

Mme Camp se retira derrière ses yeux noisette comme si elle cherchait quelque chose de réconfortant à dire.

— Ne vous en faites pas, poursuivit Brooke. Je ne suis pas venue ici pour me rassurer faussement sur la santé de ma grand-mère. Je voudrais vous demander ce qui a provoqué son attaque, ou plutôt, qui l'a provoquée.

L'expression de Mme Camp fut réservée, puis choquée.

— Qui l'a provoquée ? Vous pensez que quelqu'un des Saules Blancs a suscité cette attaque ?

— Pas quelqu'un des Saules Blancs.

Brooke se passa le bout de la langue sur ses lèvres soudain sèches.

— Vous connaissez l'histoire de ma famille. Vous savez que ma mère a été assassinée, que j'ai témoigné au procès de mon beau-père et qu'il a été condamné à perpétuité…

Mme Camp tendit la main et tapota le bras de Brooke. Il fallut cela pour que cette dernière se rende compte que sa voix s'était mise à trembler.

— Je suis au courant, ma petite. Inutile de rentrer dans les détails.

— Savez-vous que mon beau-père, Zachary Tavell, s'est évadé de la prison de Mount Olive et qu'il se trouve à Charleston ?

— J'ai appris qu'il s'était enfui et qu'il était à Charleston — c'était aux informations, mais je me suis assurée que Greta ne regarde aucun des bulletins et que personne ne lui parle de l'évasion — mais je n'ai jamais pensé qu'il puisse rester à Charleston. La police le recherche partout. Logiquement, il devrait partir le plus loin et le plus tôt possible de Charleston.

— La police le recherche, mais je ne pense pas qu'il ait quitté Charleston. Il s'est blessé en essayant de m'attaquer chez des amis avant-hier soir, mais il a tout de même réussi à s'enfuir et il n'a pas essayé de se faire soigner. Il semble non seulement insaisissable, mais aussi très robuste, dit aigrement Brooke. Hier, il m'a envoyé une fleur par le biais d'un fleuriste de Charleston. Une rose blanche. Comme celles qu'il offrait à ma mère. Elle est morte en versant son sang sur un gros bouquet de roses blanches. C'est pour cela qu'on a appelé l'affaire « le crime des roses ».

Mme Camp se posa la main sur la gorge.

— Mon Dieu, Brooke ! C'est atroce ! Greta m'a parfois parlé du sang sur les roses, mais je n'aurais jamais pensé que Tavell vous en envoie, à vous. C'est infâme !

— C'est un être infâme. Il ne s'arrête pas au meurtre de ma mère ou aux tortures qu'il m'inflige. C'est lui qui a provoqué l'attaque de ma grand-mère. Littéralement, madame Camp. Il est venu ici, dans la chambre de Großmutter.

Mme Camp entrouvrit légèrement la bouche, puis elle hocha vigoureusement la tête :

— Non, c'est impossible.

— Je crois que c'est possible. J'aimerais que vous m'aidiez à comprendre comment il s'y est pris. Après tout, vous êtes maintenant plus proche de ma grand-mère que moi. Vous la voyez tous les jours. Vous lui vouez une attention spéciale.

Mme Camp rosit.

— J'essaie de traiter tous les patients de la même manière, mais je dois avouer que j'ai toujours eu un faible pour Greta. Je lui consacre sans doute plus de temps qu'aux autres patients. Mais ça ne veut pas dire que je comprenne comment quelqu'un a pu venir ici et l'effrayer au point de lui donner une attaque. Voyons, enfin, Brooke, les portes se verrouillent automatiquement à vingt heures. Après cela, plus personne ne peut entrer ou sortir sans déclencher l'alarme. Votre grand-mère a eu son attaque vers minuit. Ce qui veut dire que Tavell aurait dû s'introduire dans le bâtiment avant huit heures et passer la nuit entière ici, jusqu'à ce que les portes s'ouvrent à nouveau, le jour suivant.

— Ce qui n'est pas impossible.

Mme Camp hésita.

— Non, ce n'est pas impossible.

— Ce que je veux savoir, c'est si personne n'a remarqué quelqu'un ou quelque chose d'inhabituel cette nuit-là, avant ou après l'attaque de ma grand-mère. Un infirmier que l'on n'avait jamais vu avant ? Un ambulancier ? Un docteur, même ?

Le regard de Mme Camp se fixa sur la table, elle se concentrait. Elle finit par soupirer en hochant la tête :

— Rien. Je ne me souviens de rien d'inhabituel. Je suis navrée de ne pas pouvoir vous aider davantage, mais rien ne me vient à l'esprit.

— Ce n'est pas grave, dit Brooke, incapable de masquer la déception de sa voix. Vous n'y pouvez rien.

— Brooke, je sais que ça ne me regarde pas, mais ne serait-il pas plus prudent de quitter Charleston jusqu'à ce que cet homme soit repris ?

— Si. Je devrais partir, mais je n'y arrive pas. Ou plutôt, je refuse de le faire. Personne au monde ne m'est plus cher que ma grand-mère et je crains qu'elle ne survive pas à cette attaque.

Elle sourit faiblement.

— C'est encore une chose que je sens, dans mon cœur. Je ne veux pas la laisser mourir seule, madame Camp. Je ne me le pardonnerais jamais.

— Brooke ?

Elle découvrit Vincent Lockhart en levant les yeux. Sa chevelure brune luisait sous les lumières crues fluorescentes et ses yeux d'un profond vert sylvestre semblaient ne voir qu'elle. Il portait un pantalon foncé et une chemise vert pâle sur un bronzage parfaitement doré. Brooke le trouva d'une beauté sidérante, et le regard de Mme Camp, fixé sur son visage, révéla qu'elle partageait l'opinion de Brooke.

— Quelle surprise, finit par sortir Brooke, stupéfaite de le voir.

Vincent tenait un gobelet en polystyrène.

— J'étais simplement en train de me balader, de poser quelques questions, et j'ai eu besoin d'un petit coup de fouet à la caféine.

— Le café d'ici vous donnera plus qu'un petit coup de fouet, dit Mme Camp. J'ai parfois l'impression que c'est de la caféine pure mélangée à quelques gouttes d'eau brune.

Vincent regarda l'infirmière en souriant. Elle lui rendit son sourire. Brooke les observa attentivement quelques instants, puis revint à la réalité.

— Oh, excusez-moi, je ne vous ai pas présentés.

Brooke se sentait rosir et elle avait l'air décontenancé.

— Eileen Camp, voici Vincent Lockhart.

Ils eurent à peine le temps de se saluer avant que Brooke s'empresse d'ajouter :

— Mme Camp est infirmière depuis plus de vingt ans et elle est venue aux Saules Blancs à peu près au même moment que ma grand-mère. Madame Camp, Vincent vient de Californie et c'est un écrivain.

Mme Camp haussa le trait de ses sourcils.

— Un écrivain ? Comme c'est passionnant ! J'aimerais pouvoir dire que j'ai lu vos livres, mais je ne lis que des romans d'amour et vous n'avez pas l'air d'un écrivain à l'eau de rose.

Vincent sourit.

— Non. J'écris du *true-crime*, à partir de faits divers véritables. Ça ne plaît pas à tout le monde.

— Peut-être que non, mais c'est très impressionnant. Je lis des petits romans d'amour, parce qu'ils ne demandent pas une grande concentration.

Elle se leva soudain de son siège.

— Bon, je dois reprendre le travail. J'ai apprécié votre compagnie, Brooke, plus que la nourriture. Et je suis ravie d'avoir fait votre connaissance, monsieur Lockhart. Attendez un peu que je raconte à ma famille que j'ai parlé à un véritable écrivain aujourd'hui !

Elle faillit trébucher en essayant de s'éclipser pour laisser les deux beaux jeunes gens ensemble.

— Au revoir, tout le monde ! dit-elle en se précipitant vers la porte, son plateau toujours dans les mains, alors qu'elle était censée le poser sur un tapis roulant qui allait en cuisine.

— Je peux m'asseoir ? demanda Vincent, un léger sourire aux lèvres, après le départ de Mme Camp.

Brooke se demanda si cette dernière allait revenir avec son plateau, ou attendre qu'elle et Vincent soient partis pour le rendre. Elle regarda Vincent et acquiesça d'un signe de tête.

Il s'assit et jeta un coup d'œil sur son poisson.

— Il a l'air délicieux.

— Je suis sûre qu'il était délicieux la semaine dernière, quand il s'est échoué sur une rive, victime de son vieil âge.

Elle posa sa fourchette et prit sa tasse de café tiède.

— Qu'est-ce qui vous amène aux Saules Blancs ?

— Je ne vous ai pas suivie.

— Cette idée ne m'a même pas effleurée.

— Bien sûr que si.

Brooke rougit. L'idée lui avait bel et bien traversé l'esprit dès qu'elle l'avait vu.

— Je suis ici à cause de papa, dit Vincent.

— Il va bien, non ?

— En fait, il était vif comme tout ce matin ; je culpabilise d'autant plus d'être ici. Mais il n'est vif que la moitié du temps. Le reste…

Il haussa les épaules.

— Il ne pourra pas rester seul bien longtemps, et il ne tolérera jamais d'être assisté par un étranger, dans la maison de maman. Alors, je me renseigne sur les possibilités d'hospices. J'avais placé les Saules Blancs en tête de liste, parce que vous m'aviez dit que votre grand-mère s'y trouvait bien et qu'elle y était correctement soignée.

— C'est exact.

— J'imagine que vous êtes venue lui rendre visite, aujourd'hui.

Brooke marqua une pause. Elle avait déjà entraîné ce quasi-étranger plus profondément dans sa vie qu'elle ne l'avait fait avec personne, à l'exception de Stacy et Jay, mais elle s'entendit s'ouvrir à lui presque avant de s'en rendre compte. Elle lui parla de l'attaque de Greta, de l'histoire de Zach pénétrant dans sa chambre la nuit précédente pour lui dire qu'il allait chercher Brooke.

— Elle dit que c'est ce qui a provoqué son attaque. Tous les spécialistes semblent penser qu'elle l'a rêvé ou que l'attaque lui a troublé l'esprit, mais moi, je la crois, conclut-elle fermement.

Brooke observait attentivement les yeux de Vincent, elle attendait la première lueur de doute, le premier effort désespéré pour trouver quelque parole à la fois fausse et réconfortante. Mais elle ne décela que de la surprise et une pensée profonde.

— En me faisant visiter, ils m'ont présenté le système de sécurité. Comment Tavell a-t-il fait pour rester ici sans se faire repérer toute la nuit, jusqu'à la réouverture des portes et l'arrêt de l'alarme ?

— Vous n'allez pas me dire que Großmutter l'a rêvé ou qu'elle s'emmêle les pinceaux ?

— Non. Vous la connaissez mieux que personne et vous êtes convaincue qu'elle dit vrai. Ça me suffit.

Brooke se sentit envahie de soulagement et de reconnaissance. Elle s'était attendue à une argumentation, à ce qu'il dise que Greta avait imaginé tout cela, qu'elle était agitée et que la frayeur lui aurait fait imaginer des choses. Mais non, il l'avait crue sur parole, tout simplement, sans besoin de plus d'explication. Il lui faisait confiance et ça lui donnait une étrange sensation de triomphalisme. « Je suis ridicule, se réprimanda-t-elle, c'est à cause des nerfs, de toute cette angoisse. » Peut-être faisait-il partie des gens qui n'essayaient jamais de rationaliser les explications étranges.

— Que se passe-t-il ? lui demanda-t-il. Vous avez l'air déçue que je vous croie.

— Je ne m'y attendais pas, c'est tout. Je crois que personne d'autre n'y croit.

— Je ne suis pas comme les autres.

Vincent chercha son paquet de cigarettes dans sa poche, oubliant qu'il avait décidé d'arrêter de fumer trois semaines auparavant. Grâce aux patchs de nicotine, il n'en avait pas vraiment ressenti l'envie jusqu'à maintenant. Il se souvint qu'il était interdit de fumer dans l'hospice et prit sa tasse de café exécrable, question d'occuper ses doigts avec autre chose qu'une longue cigarette au menthol.

— Brooke, vous savez que j'écris des livres de *true-crime*, dit-il. Quand j'ai commencé à interviewer des assassins, l'une des choses qui m'ont choqué le plus était leur désir de continuer à « jouer », à défaut d'un autre mot. Pas tous, naturellement, mais beaucoup d'entre eux. Beaucoup ne se contentent pas d'avoir pris une vie. Ils veulent de nouvelles montées d'adrénaline en torturant la famille de leurs victimes. Ça les excite.

— Vous parlez d'une manière de s'exciter, constata tristement Brooke.

— Je suis d'accord, mais ce ne sont pas des gens normaux. Je veux parler des sociopathes ou des psychopathes. Comme Tavell, par exemple. Il pourrait essayer de vous tuer sans s'encombrer de roses ou de petites notes. Mais le simple fait de vous tuer ne lui donnerait pas la gratification de vous imposer cette torture mentale. Il s'est probablement mis en tête que si vous n'étiez pas descendue de votre chambre le soir où il a tué votre mère, vous ne l'auriez ni interrompu, ni ralenti, et qu'il ne se serait pas fait prendre. Et il ne vous a pas pardonné votre témoignage. Donc, pour lui, c'est de votre faute s'il souffre en prison depuis tant d'années, et c'est donc à votre tour de souffrir, et bien sûr, pour lui, vous faire souffrir passe aussi par la torture de votre grand-mère, car il sait à quel point vous l'aimez.

Il s'interrompit.

— Pardonnez-moi. Je n'avais pas l'intention de

vous sermonner. Ça doit être toute la caféine dans ce café.

— Alors continuez d'en boire, car je vous trouvais parfaitement logique.

Vincent lui sourit.

— Il m'arrive parfois d'être parfaitement logique, mais pas souvent. D'après mon père, c'est même très rare.

— Votre père est fier de vous, mais il ne sait pas comment l'exprimer, voilà tout.

— Vous en êtes bien sûre ? demanda Vincent d'un ton léger, mais nuancé de doute.

— Oui, je le vois dans ses yeux quand il vous regarde.

Vincent haussa les sourcils :

— Essayez-vous de me donner confiance en moi, mademoiselle Yeager ?

— Non, je suis observatrice, c'est tout. De toute façon, vous ne me semblez pas avoir besoin d'aide au niveau de votre assurance. Au fond, vous savez très bien que votre père est fier de vous.

— Au fond, je suis loin d'en être sûr.

Il lui fit un petit sourire tordu.

Mais revenons au sujet le plus important : Zach Tavell. Je ne vois pas pourquoi personne ne croit possible qu'il soit entré ici avant la fermeture des portes, se soit dissimulé dans un débarras quelques heures, soit sorti pour terroriser Greta, puis soit retourné dans sa cachette ou en ait trouvé une nouvelle.

Vincent but son café d'un trait et lança un regard de camaraderie.

— Bon, nous allons essayer de raisonner comme si Tavell était effectivement venu ici.

« Nous », pensa Brooke. Vincent avait dit « nous allons essayer de raisonner », ce qui voulait dire que, contrairement aux autres, il la croyait. Elle ne se sentit plus aussi seule, soudain. Ni aussi effrayée qu'elle l'avait été une heure avant.

CHAPITRE X

1

Bien à l'aise dans sa chaise longue, Eunice Dormer avait posé ses pieds enflés et pantouflés sur un pouf délabré. Elle écoutait la musique — censée mettre son cœur en émoi — du générique de son feuilleton préféré. Elle suivait assidûment ce *soap opera* depuis vingt ans, mais depuis quelques mois, elle n'arrivait plus à s'y intéresser. Les personnages étaient trop jeunes — plus de la moitié des mineurs — et non seulement la mégère de service se séparait de son huitième mari, mais elle portait des signes de vieillesse partout sur son corps, sauf sur son front, injecté de Botox.

La première scène s'ouvrit sur un couple d'une quinzaine d'années, assis sur du gazon artificiel au bord d'un lac trop limpide pour être vrai. Ils pleurnichaient sur l'incompréhension de leurs parents face à leur amour éternel. Eunice poussa un soupir d'exaspération et alluma une cigarette aux clous de girofle. Elle en fumait parce qu'elle adorait leur goût et leur odeur, sucrées, épicées, mais elle trouvait aussi qu'elles lui donnaient un charme exotique. Pas comme les autres femmes qui tiraient des bouffées de cigarettes quelconques.

Il y avait bien longtemps, la mère d'Eunice, une belle femme aux nombreux amants et au goût vestimentaire osé, avait fumé des cigarettes de clous de girofle. Elle en avait fait goûter à Eunice quand elle avait dix ans. Liz — elle insistait pour que sa fille l'appelle ainsi, pas maman — pensait qu'il n'y avait rien de plus drôle qu'une fillette de dix ans tenant une cigarette d'une main et un verre de scotch single malt de l'autre. Une hilarité partagée par ses amants, jusqu'à ce qu'ils chassent Eunice pour avoir un peu d'intimité dans la chambre de Liz.

Liz était morte depuis longtemps, mais Eunice était toujours accrochée aux cigarettes et au whisky. Harry la laissait s'acheter des cigarettes aux clous de girofle à condition qu'elle choisisse un whisky moins cher. Beaucoup moins cher. Harry avait déçu Eunice, mais elle avait dû s'en contenter : elle n'avait pas d'éducation, elle était quelconque, voire presque laide avec ses traits chevalins, et elle était diabétique et alcoolique. Vingt ans plus tôt, Harry avait été le seul homme vaguement susceptible de l'épouser, et seulement parce qu'elle était enceinte de lui. L'enfant avait été emporté par une leucémie à l'âge de trois ans, mais le mariage survivait, bon an mal an, depuis dix-sept longues années. Ils n'avaient rien en commun, mais Eunice cuisinait très bien et Harry lui faisait les piqûres d'insuline qu'elle ne parvenait pas à s'injecter elle-même. Ils étaient conscients qu'ils n'avaient, ni l'un ni l'autre, guère d'autre choix.

Eunice avait souffert d'une grave dépression pendant plusieurs années après la perte de son enfant. Certains maris ne l'auraient pas supporté, mais Harry resta à ses côtés, même si elle savait qu'il se tournait vers d'autres femmes « pour l'aider à surmonter les mauvais moments ». Ils étaient donc restés ensemble pour une existence devenue grise où ils ne partageaient ni enthousiasme, ni proximité, ni passion. Une simple tolérance réciproque. Au départ, Eunice avait essayé d'animer sa vie en s'intéressant aux locataires de l'immeuble dont Harry était concierge. Un intérêt anodin au départ, mais qui s'était développé au fil des ans, au point qu'elle vive comme par procuration l'existence des locataires, de plus en plus intensément, jusqu'à ce que cela devienne une obsession au cours des deux dernières années.

En réalité, cette obsession l'envahissait complètement et devenait même intolérable. Eunice savait que ses nerfs ne lui permettraient pas de rester assise dans son appartement une minute de plus. Mais elle n'avait pas envie d'aller se promener. Il faisait une chaleur humide et même s'il avait fait plus frais, elle n'aurait pas été tentée. Dans la rue, les gens n'étaient pas intéressants, ils ne lui procuraient pas ce dont elle avait besoin dans l'immédiat. En public, les gens se savaient exposés, observés. Seuls ceux qui se croyaient dans l'intimité la plus totale ravissaient Eunice. Elle adorait fourrer son nez dans la vie des gens, et par chance, elle disposait du moyen idéal pour atteindre son but : le passe-partout de Harry. Le passe représentait la porte ouverte sur le monde de dizaines de personnes pleines de surprises captivantes et de secrets intrigants.

Harry l'avait surprise dans un appartement, un

après-midi de l'hiver dernier et lui avait passé un sacré savon : si le couple était rentré et l'avait surprise, il aurait perdu son emploi. Comme si elle n'y avait pas pensé ! Elle avait prudemment choisi le logement d'un couple qui était parti en Pennsylvanie visiter de la famille pour les vacances de Noël. Elle lui avait solennellement promis de ne jamais recommencer, c'était trop idiot. Elle s'était tenue tranquille pendant un moment, pas de gaieté de cœur, mais Harry ne s'était pas montré vigilant bien longtemps. Depuis février, il se méfiait moins et elle s'était introduite dans des appartements une bonne dizaine de fois, mais elle avait redoublé de prudence et s'était assurée qu'Harry s'absente au moins deux heures. Heureusement, Harry ne songeait pas davantage à emporter ses clés avec lui qu'à la surveiller.

Eunice écrasa sa cigarette dans le cendrier à côté de la chaise longue, se leva et avança au ralenti vers le placard, où le passe-partout de Harry était accroché à un tableau. Elle pensait qu'en se déplaçant très lentement, elle parviendrait peut-être à se raisonner et à renoncer à son désir d'« exploration » avant d'atteindre le placard, mais sa timide tentative de maîtrise d'elle-même échoua. Cinq minutes plus tard, elle grimpait l'escalier jusqu'au troisième étage, la clé bien serrée dans sa main, maintenant consciemment une allure tranquille, se retenant de lancer des regards furtifs autour d'elle. En atteignant son objectif, son cœur battait la chamade et elle avait la gorge sèche. Mais elle était enfin devant l'appartement qu'elle avait toujours voulu investir sans oser le faire : celui de Stacy Corrigan.

Eunice avait détesté Stacy au premier regard, en la voyant traverser le hall d'entrée à grandes enjambées, avec son corps mince et musclé, sa poitrine opulente, ses longs cheveux frisés et son allure assurée à l'extrême. Stacy n'était pas belle comme l'avait été Liz, la mère d'Eunice, mais elle dégageait la même sensation de fierté et une confiance absolue en elle-même. Quand Eunice avait dit à Harry ce qu'elle pensait de Stacy, que c'était une garce, il lui avait renvoyé qu'elle disait n'importe quoi, qu'elle ne la connaissait pas et qu'elle ne lui avait même jamais adressé la parole. D'ailleurs, Stacy disait toujours bonjour à Eunice, avec le sourire, quand elles se croisaient et elle lui avait même demandé des nouvelles de sa santé, une fois ou deux, pas comme la vieille Mme Kelso, qui l'ignorait toujours royalement. Et après tout, Stacy était la meilleure amie de Brooke Yeager et Eunice aimait bien Brooke. Alors pourquoi Brooke aurait-elle choisi une amie abrutie ?

Harry avait presque réussi à convaincre Eunice lorsqu'elle avait soudain trouvé son mari un peu trop passionné dans sa défense de Stacy. Et il la lorgnait encore plus que les autres belles femmes de l'immeuble, comme Brooke. Sans parler des mystérieux petits boulots de bricolage qu'il avait entrepris dans tout le bâtiment ces derniers temps. Elle était convaincue qu'Harry la trompait, et elle commençait à se dire que c'était peut-être bien avec Stacy. Cette dernière ne lui céderait pas immédiatement, mais elle saurait sans doute tirer parti de l'intérêt d'Harry. Plus elle ressassait cette idée, plus Eunice se persuadait qu'il y avait anguille sous roche. Elle devait découvrir la vérité.

Eunice ne pensait pas que Brooke ait repris le travail, mais elle l'avait croisée ce matin et Brooke lui avait dit bonjour et, n'oubliant jamais le diabète d'Eunice, elle lui avait demandé des nouvelles de sa santé, avant de dire :

— Je serai de retour cet après-midi. Si l'on vient me livrer des fleurs, pourriez-vous les faire laisser dans le foyer, s'il vous plaît ?

Livraison de fleurs ? Harry lui avait dit à quel point Brooke avait été perturbée par la note qu'elle avait trouvée dans son appartement.

Brooke avait sans doute donné une clé de chez elle à Robert Eads, et il y avait laissé une note, décida Eunice. Robert était beau garçon et fort poli, mais chaque fois qu'elle l'avait vu avec Brooke, Eunice avait eu une drôle d'impression. Elle avait dit à Harry que le regard de Robert sur Brooke n'était pas celui d'un homme sur une jolie femme. Harry lui avait demandé si elle lisait dans les pensées, comme ces tarés de médiums qu'on voit à la télé et qui affirment qu'ils peuvent tout savoir de vous en entendant votre voix au téléphone.

Avec une ampoule grillée, le couloir était plus sombre que d'ordinaire. Harry la remplacerait ce soir, mais en attendant, Eunice appréciait de se dissimuler dans les ombres. La clé tourna aisément dans la serrure. Eunice entrouvrit la porte, puis se glissa à l'intérieur et referma silencieusement. Elle poussa un long soupir soulagé et regarda autour d'elle.

Comme elle s'y attendait, l'appartement était impeccable. Des meubles vert mousse et marron chocolat étaient disposés sur la moquette marron clair, avec quelques lampes et bibelots alignés avec précision sur des petites tables. Eunice préférait de loin les couleurs vives de chez Brooke, l'atmosphère de confort relaxé avec quelques magazines éparpillés, deux ou trois plantes vertes et quelques CD et DVD près de la chaîne. « L'appartement de Brooke est plein de vie », songea Eunice. Celui de Stacy semblait figé, comme en attente, et jouait sur les nerfs d'Eunice. Elle se demanda comment Jay, cet homme exubérant, se sentait dans cet intérieur. Tendu et mal à l'aise dans sa propre maison, probablement, mais il était prêt à tout supporter pour Stacy. Il était dingue amoureux d'elle, ça crevait les yeux.

Eunice traversa le salon à pas de loup et entra dans la chambre à coucher. Elle retrouva la même moquette marron clair et un couvre-lit vert mousse, avec des oreillers aux motifs vert pâle. Il y avait une coiffeuse en érable ciré, une commode et des tables de nuit assorties. Il y avait des lampes de chevet sur les deux tables, mais seulement un livre. Eunice s'empressa d'aller voir de quoi il s'agissait. C'était une édition cartonnée de *Lune noire*.

Elle retourna le livre. *Lune noire* par Vincent Lockhart. Vincent, pensa-t-elle, quel beau nom. Lockhart. Eunice Lockhart. « Mme Eunice Lockhart », s'essaya-t-elle à voix haute, comme une adolescente jouant avec le nom du garçon pour qui elle a le béguin.

Elle sursauta en pensant à ses empreintes. Elle en avait laissé partout sur le livre et Jay était dans la police ! Puis elle se raisonna, Jay ne devait pas inspecter régulièrement sa chambre à coucher. Et s'il le faisait, ce ne serait pas tout seul. Il ferait appel à une équipe sur la scène du crime. Eunice connaissait bien toutes ces procédures, elle en avait pris connaissance en regardant la télévision. Une équipe d'enquête n'entreprendrait des recherches dans sa chambre que s'il s'y était déroulé un crime, ce qui n'était pas le cas. Elle libéra la respiration qu'elle avait retenue dans sa frayeur, mais elle reposa tout de même immédiatement le livre, après en avoir essuyé les deux côtés avec le fond de sa robe, pour ne rien laisser au hasard.

Eunice s'éloigna des tables de nuit et son regard tomba sur le coffret à bijoux de Stacy — une large boîte en bois d'érable composée d'une dizaine de petits tiroirs aux poignées en or. C'était un bel objet, qui devait avoir coûté une centaine de dollars. Eunice songea avec colère à son propre coffret, un vieux truc rose et élimé, qui ne faisait même pas la moitié de celui de Stacy. Bien sûr, elle n'avait pas grand-chose à y ranger. Harry n'était pas du genre à offrir des bijoux comme cadeaux. Pas à elle, en tout cas. Peut-être que c'était une autre histoire avec Stacy.

« Je jure que s'il m'a refusé un nouveau four à micro-ondes parce qu'il a dépensé l'argent pour acheter des bijoux à cette pouffiasse gonflée de silicone, je le tuerai », pensa Eunice, la rage au cœur. Elle se dirigea vers le coffret et tira un tiroir avec tant de hargne qu'il tomba par terre, avec son contenu. Eunice se mit à quatre pattes pour ramasser tous les bijoux et les replaça soigneusement dans le tiroir, comme elle imaginait qu'ils avaient été rangés. Ce faisant, elle les examina attentivement, ils étaient tous fins et sophistiqués. Les rares fois où Harry lui avait acheté des bijoux, ils avaient toujours été énormes et tape-à-l'œil, son idée du beau. Non, c'était certain, ces bijoux avaient été choisis avec goût et donc pas par Harry, pensa Eunice, mi-heureuse, mi-déçue.

Pour le moment, elle n'avait trouvé aucune preuve d'une liaison entre Stacy et Harry.

Eunice se tourna ensuite vers les armoires. Dans celle de Jay : trois costumes d'assez bonne qualité, deux paires de pantalon de treillis, quatre jeans, des chemises habillées et des tee-shirts, ainsi que quatre paires de chaussures, dont des baskets qui avaient grand besoin d'être remplacées, tout comme le survêtement. L'armoire de Stacy était plus intéressante. Tout était méticuleusement ordonné. Un coin pulls, un coin chemisiers, un coin robes, un coin pantalons et un coin jeans. Et elle avait manifestement un penchant pour les chaussures. Eunice en compta vingt et une paires, toutes bien alignées dans un meuble de rangement à cet effet.

Eunice savait que Jay ne pouvait pas se permettre de lui offrir de si beaux habits, mais Stacy travaillait chez Chantal. Ce devait être merveilleux d'être entourée de si belles choses tout le temps, pensa Eunice. Elle caressa un polo en cachemire, il était si doux qu'elle ne put s'empêcher de le sortir pour le tenir contre sa poitrine plate. Elle n'avait jamais eu un pull en cachemire de sa vie et elle était au paradis, même si elle n'avait pas besoin de se regarder dans la glace pour savoir qu'il n'était pas aussi beau sur elle que sur Stacy. Eunice eut une folle envie de le voler, envie qu'elle réprima immédiatement. Stacy finirait par deviner qui l'avait pris et ce serait la fin des haricots. Harry l'abandonnerait peut-être, et que ferait-elle alors ? Elle n'avait même pas fini ses études secondaires. Elle pourrait trouver du travail dans une chaîne de restauration rapide, mais ses jambes enflaient toujours et elle ne pouvait pas rester plus de deux heures debout. Non, il fallait qu'elle s'accroche à Harry. Il ne valait pas grand-chose, mais elle n'allait pas laisser Stacy, ni qui que ce soit d'autre, le lui enlever.

Une grande photo encadrée était posée sur la commode. Jay et Stacy prenant la pose sur un fond de montagnes boisées. Vêtu d'un tee-shirt bleu sous un pull rouge, il était assis sur une grosse pierre. Ses cheveux roux pâle étaient ébouriffés et ses joues bien rouges. Derrière lui, Stacy était debout, ses longs cheveux frisés décoiffés, les bras croisés sur le torse de Jay. Ils rayonnaient de bonheur : le couple le plus heureux du monde. Naturellement, raisonna Eunice, il est facile de sourire faux ; mais leurs sourires n'avaient rien de faux.

Elle soupira. Elle aurait perdu les pédales si elle avait détecté le moindre signe d'une liaison entre Harry et Stacy. En même temps, elle avait du mal à réprimer la déception de s'être trompée. Et puis, même si Harry n'avait pas concrétisé son ardeur pour Stacy dans cet appartement — celui d'une femme dont le mari était inspecteur de police — ça ne voulait pas dire qu'il n'y avait rien entre eux. Mais Eunice avait du mal à s'imaginer Harry se précipiter dans une chambre d'hôtel, ou Stacy le rejoindre à treize heures pour un rendez-vous amoureux passionné. En fait, maintenant qu'elle avait satisfait sa curiosité vis-à-vis de chez Stacy et vu la photo d'elle et Jay, elle se sentait même un peu ridicule d'avoir pensé que Stacy, jeune, belle et impeccable, pourrait avoir la moindre vue sur ce gros porc d'Harry.

En jetant un coup d'œil sur sa montre bon marché, Eunice s'aperçut qu'elle avait passé plus de temps que prévu dans l'appartement. Harry serait de retour dans une demi-heure, peut-être même avant. S'il la surprenait ici…

Elle traversa rapidement le salon. Elle avait la main sur la poignée quand elle entendit des bruits de pas dans le couloir. Bon Dieu, pensa-t-elle, ses yeux parcourant rapidement la pièce. Où pourrait-elle se cacher ? Le placard de la cuisine ? L'armoire de la chambre ? Elle faillit s'évanouir quand elle entendit frapper. Puis, elle finit par comprendre que les coups étaient frappés sur la porte de Brooke, pas celle de Stacy. Un moment plus tard, on frappa à nouveau, plus fort cette fois-ci.

— Brooke, je sais que tu es chez toi !

« C'est Robert Eads », pensa Eunice. Il ne criait pas, mais il n'en était pas loin.

« Si j'étais chez Brooke, je risquerais pas de lui ouvrir », se dit Eunice. Mais elle n'était pas chez elle, Dieu merci, et Brooke non plus d'ailleurs. Eunice s'intéressait rarement à quelqu'un d'autre qu'elle-même, mais Brooke s'était longuement renseignée sur la gravité de son diabète, avait offert son aide en cas de besoin et prenait de ses nouvelles au moins une fois par semaine. Brooke lui plaisait donc. Harry ne s'inquiétait pas autant de la santé de sa femme, même s'il s'occupait toujours de ses piqûres d'insuline, en rechignant un peu parfois.

Robert frappa à nouveau à la porte, puis cria à pleins poumons :

— Brooke ! Ouvre la porte, nom de Dieu !

Eunice grimaça. Robert était grand — près d'un mètre quatre-vingt-dix — et musclé. Était-il capable de défoncer la porte ? Il ne trouverait pas Brooke, mais va savoir ce qu'il pourrait détruire dans son appartement. Et ce gentil petit toutou était sans doute dedans. Eunice aimait Elise, elle était douce et lui léchait toujours la main. En plus de cela, plus Robert restait dans le couloir, plus Eunice était piégée dans l'appartement de Stacy, et Harry serait bientôt de retour.

Le téléphone se mit à sonner et Eunice fit véritablement un bond d'au moins cinq centimètres. Robert devait avoir entendu la sonnerie, lui aussi, car il arrêta de crier et de frapper. Une autre sonnerie. Une troisième, puis le répondeur automatique. La voix légèrement voilée de Stacy roucoula « Bonjour, vous êtes bien au 555-1222. Nous nous sommes absentés, mais laissez vos coordonnées et nous vous rappellerons dès que possible. À très bientôt. »

Robert garda le silence, même s'il avait compris qu'il ne s'agissait pas du répondeur de Brooke. « Lila ? » demanda une voix d'homme. « Lila, tu sais qui c'est. » Lila ? « Génial, grogna intérieurement Eunice, un mauvais numéro. » Elle fut traversée d'une forte vague de frustration. Elle allait être bloquée ici encore plus longtemps à cause de cette idiote erreur de numéro. « Tu ne devrais pas me faire ça. » La voix masculine prit un ton plaintif. « Tu le fais parce que tu souffres. » Eunice fronça les sourcils. L'homme pleurait-il ? « Lila, tu sais que je t'aime. Je ne savais pas à quel point, j'étais con. Mais j'ai compris beaucoup de choses, j'ai eu le temps de réfléchir… » La voix s'éteignit tristement et Eunice se dit avec soulagement qu'il allait enfin raccrocher. Mais il dit alors d'une voix extrêmement ferme, « mais ce n'est pas parce que je t'aime que je vais te laisser tranquille ». La communication fut coupée.

Robert se tenait toujours tranquille dans le couloir. La voix, forte dans le répondeur, l'avait fasciné, tout comme elle avait fasciné Eunice. Pas étonnant, se dit cette dernière. Le type du téléphone avait l'air aussi déchaîné que Robert. Vraisemblablement un autre amant éconduit. Dieu, pourquoi n'avait-elle jamais rencontré un homme fou d'amour pour elle ? « Parce que je n'ai pas le physique de Brooke ou de Stacy, pensa-t-elle, ni celui de Lila sans doute. » Pourtant aucune d'entre elles ne semblait apprécier d'être désirée. Elles trouvaient cela normal, elles n'avaient aucune idée de ce que c'était d'être laide ou mal aimée, comme Eunice. Cette pensée l'enragea légèrement. Au fil des ans, elle avait réussi à un peu mieux s'accepter. Elle se demanda toutefois si cette Lila serait émue par les paroles de l'homme qui l'aimait. « Je n'en saurai jamais rien, conclut-elle, j'ignore qui est Lila et, de toute façon, elle ne recevra jamais ce message. »

Eunice avait espéré qu'après le coup de téléphone, Robert allait prendre la fuite et qu'elle pourrait sortir. Mais elle entendit d'autres pas se diriger vers l'appartement de Brooke.

— Merde ! murmura Eunice.

Elle avait peur que Brooke se retrouve face à face avec Robert. D'un autre côté, Brooke le laisserait peut-être entrer et Eunice pourrait s'éclipser.

Son espoir de liberté imminente s'effondra quand elle entendit une autre voix d'homme.

— Robert, qu'est-ce que tu fabriques ?

« La voix d'un homme plus âgé que Robert Eads, nota Eunice. Plus âgé et contrarié. »

— Tu ne le vois pas ? envoya Robert. Je veux parler à Brooke, mais elle refuse d'ouvrir la porte.

— Tu n'as même pas remarqué que sa voiture

n'était pas dans le parking ? Étais-tu tellement déterminé à la voir que tu n'as fait attention à rien d'autre ?

— Elle aurait pu se garer ailleurs. Elle n'est pas allée travailler aujourd'hui, si ?

— Non, je lui ai donné une semaine de congé, je te l'ai déjà dit.

« Je » lui ai donné une semaine de congé ? Eunice fronça les sourcils. L'autre homme devait donc être Aaron Townsend, le patron de Townsend Immobilier où travaillait Brooke.

— Il faut absolument que je lui parle, dit Robert, d'une voix éraillée par la souffrance.

— Tu as déjà essayé et elle n'a rien à te dire. Écoute-moi donc, Robert, et laisse-la tranquille. Arrête de la harceler sinon tu vas avoir des ennuis.

M. Townsend avait l'air vraiment furieux, remarqua Eunice. Il ne se contentait pas de conseiller gentiment Robert. Il le menaçait. Pourquoi donc ? Aaron Townsend était-il amoureux de Brooke ?

— Sinon je vais avoir des ennuis ? répéta Robert. Mais j'ai déjà des ennuis. Elle nous a vus. Puis tu as eu ce coup de téléphone et cette lettre qui parlait de nous deux. C'est Brooke qui est responsable. Elle a le cœur brisé, je le sais. Mais si je pouvais lui faire entendre raison, peut-être que…

— Peut-être que quoi ? Elle serait soudain prête à accepter que tu l'aies trahie ? Les femmes ne fonctionnent pas comme ça, Robert. Si tu t'entêtes, tu risques de la rendre encore plus furieuse.

La voix de M. Townsend s'adoucit. Il essayait d'enjôler Robert, de changer son humeur.

— Allons, Bobby. Viens donc déjeuner avec moi. Je t'assure que tu te sentiras beaucoup mieux après un ou deux verres de vin. Arrête de penser à Brooke Yeager. Elle n'en vaut pas la peine, chéri.

Chéri ? Eunice faillit répéter le nom à voix haute. Aaron Townsend venait-il réellement d'appeler Robert « chéri » ?

— Bon d'accord.

Robert avait soudain une voix de petit garçon.

— Excellent !

Eunice entendit les pas des deux hommes s'éloigner dans le couloir.

— Allons dans un restaurant qui a une bonne carte des vins !

En les entendant se diriger vers l'ascenseur, Eunice serait tombée à genoux pour remercier le Seigneur si elle en avait eu le temps. Elle attendit deux minutes, en comptant chaque seconde, puis elle entrouvrit la porte et se précipita dans le couloir vide, après s'être assurée d'avoir bien refermé derrière elle.

Elle arrivait juste dans le foyer quand Stacy Corrigan entra. La sueur dégoulinait sur le front d'Eunice et elle avait l'impression que son cœur allait exploser entre ses côtes. Stacy la regarda puis se dirigea droit sur elle. Eunice crut qu'elle allait s'évanouir, mais Stacy lui demanda aimablement :

— Vous ne vous sentez pas bien, Eunice ?

Eunice était tellement surprise du ton de Stacy qu'elle la fixait sans lui répondre.

— Vous êtes blanche comme un linge et vous transpirez. Avez-vous déjeuné ?

— Je… Je sais plus. Non. J'ai dû oublier.

— Vous allez vous effondrer si vous ne vous nourrissez pas régulièrement.

— Oui, je sais bien.

Eunice essayait de reprendre son souffle.

— Je vais tout de suite aller manger quelque chose.

— Vous avez besoin d'aide ?

— Non ! faillit hurler Eunice. Ça va aller.

Eunice sursauta quand elle vit Harry franchir la porte. Deux échappées de justesse en moins de cinq minutes avaient de quoi la décontenancer. Elle se hâta de rejoindre son appartement, avec l'impression que la culpabilité et la terreur la suivaient, comme deux petits démons ricanant bruyamment.

2

Robert avait trop bu de vin au déjeuner. Il était rentré chez lui après avoir quitté Aaron et il avait avalé un autre verre pour se relaxer un peu plus. Il s'était assoupi, jusqu'à ce que le téléphone le réveille. C'était son père. Son père, le pasteur. « Mon Dieu, pensa Robert, pourquoi faut-il qu'il m'appelle justement aujourd'hui ? »

— Bonjour, Robert, dit le révérend Eads de cette voix assurée et mélodieuse avec laquelle il s'adressait à ses fidèles tous les dimanches matin. Voilà presque un mois que je ne t'ai pas vu. Je commence à me faire du souci.

— Je t'ai appelé il y a une quinzaine de jours.

— Entendre ta voix n'est pas la même chose que te voir, Bobby.

— Excuse-moi, je n'ai pas pu venir à l'église, mais…

— Tu es très occupé. Je sais. Et j'accepte que

pendant cette période de ta vie, la religion ne fasse pas partie de tes priorités.

Il n'y avait ni condamnation, ni sarcasme dans le ton de sa voix. Uniquement de la bonté.

— Je me demandais si je parviendrais à te convaincre de venir déjeuner avec nous dimanche. Ta mère prépare un repas spécial.

— Pour nous trois seulement ?

— J'inviterai peut-être un membre de la paroisse. Ou deux. Mais pas plus.

« L'un des paroissiens sera une jeune femme, et papa espère que je tomberai amoureux d'elle et l'épouserai », pensa Robert. Il connaissait le refrain.

— Je ne sais pas, papa. J'ai du boulot en retard…

— Et tu ne peux pas nous consacrer quelques heures ? Ça ferait tellement plaisir à ta mère, et à moi, Bobby.

Robert s'était toujours dit que s'il existait des anges sur terre, ils ressembleraient à son père. Il n'était jamais exigeant, manipulateur, ou égoïste. Même maintenant, il n'y avait rien de geignard ou de suppliant dans sa voix, et Robert savait que s'il déclinait l'invitation, son père ne garderait ni rancœur ni colère — il serait simplement déçu. Et Robert Eads ne supportait pas de décevoir son père.

— Je viendrai, papa. À quelle heure ?

— Fantastique ! Viens à une heure, au cas où certains paroissiens me retiendraient.

— Qu'est-ce que je peux apporter ? Un gâteau ou… une bouteille de tequila ?

— De la tequila, mais seulement s'il y a un ver au fond de la bouteille. J'ai toujours trouvé qu'un ver mort flottant rendait la boisson plus appétissante, répondit en riant le révérend. Non, Bobby, ta charmante personne nous suffit amplement, n'apporte rien d'autre.

Il marqua une pause.

— Ah tiens, j'ai oublié de te dire que Brooke était passée cette semaine.

Brooke ! Robert eut l'impression qu'une voiture venait de lui rouler sur la poitrine. Des pointes de douleur, puis une torpeur générale. Il parvint à aspirer juste assez d'air pour répondre :

— Ah bon ?

— Oui, elle est venue me rendre les livres qu'elle avait empruntés la dernière fois que vous êtes venus manger ici tous les deux.

— Des livres ? demanda Robert d'une voix rauque.

— Oui, la biographie de George Herbert et le livre sur la porcelaine chinoise. Il est tellement énorme que ça lui aurait coûté une fortune de l'envoyer par la poste. Naturellement, quand je lui avais prêté les livres, j'avais espéré qu'elle les rendrait quand vous viendriez manger à la maison ensemble.

Robert ne sut que répondre et son père demanda doucement :

— Bobby, pourquoi ne m'as-tu pas dit que vous aviez rompu ?

— Je... Je ne sais pas.

Robert sentait son pouls lui frapper l'abdomen avec la violence d'un marteau piqueur.

— Je ne pensais pas que ça t'intéresserait.

— Tu ne pensais pas que ça m'intéresserait ? Ma parole, mon garçon, mais j'étais très impressionné par Brooke ! J'avais espéré... enfin, tu sais très bien ce que j'avais espéré. Tu as toujours été évasif en ce qui concerne les filles, mais…

— Évasif ! explosa Robert. Merde alors, qu'est-ce que tu veux dire ?

— Robert, ne sois pas grossier ! Mon Dieu, je voulais seulement dire que tu n'as jamais eu de relation sérieuse.

— Bien sûr que si, j'en ai eu plein !

— Dans ce cas, tu as dû les garder bien secrètes, alors.

— Secrètes ? Je n'ai pas de secrets !

— Mais enfin, mon fils, qu'est-ce qui te prend ? demanda le révérend, d'une voix véritablement inquiète et perplexe. Tu ne te sens pas bien ?

— Mais si. Je me sens très bien !

— Tu es sûr ? Tu me sembles bien tendu. Est-ce à cause du chagrin de la rupture avec Brooke ?

Chagrin ? Plutôt de la terreur, oui. Et elle était allée chez son père ? Lui avait-elle parlé ? Avait-elle insinué quoi que ce soit sur la raison de leur rupture ?

Robert ferma les yeux et se força à demander d'un ton détaché :

— Brooke t'a-t-elle dit pourquoi nous avions rompu ?

— Elle m'a donné une explication très évasive et m'a paru un peu gênée. J'ai pensé que ça devait être toi qui avais décidé de rompre. Mais c'était gentil de sa part de venir me rendre les livres.

— Oui, gentil, oui.

— Elle n'est restée que quelques minutes. Elle n'a même pas voulu entrer. Elle m'a dit qu'elle était passée en allant faire visiter une maison. Elle n'était pas venue ici pour me parler de toi, c'était évident, si c'est ce que tu crains. Je suis sûr que Brooke n'est pas du genre à vouloir nous rallier, moi et ta mère, à sa cause, pour pouvoir regagner tes faveurs.

— Non, tu as raison, dit faiblement Robert.

— Alors, viens donc déjeuner dimanche et après un bon repas, nous prendrons le temps de bien discuter. Si tu es contrarié à cause de Brooke, je pourrais peut-être t'aider.

— Ça m'étonnerait.

— Nous verrons cela. Mais peu importe, je languis de te voir. Le beau visage de mon fils me manque.

— Ouais, bon, allez, salut, papa.

Robert raccrocha doucement, il se sentait littéralement terrassé par la déprime. Quand il avait une vingtaine d'années, il avait fini par accepter qu'il était homosexuel, mais il s'était juré de ne jamais en parler à son père, non pas qu'il lui tournerait le dos, mais le révérend condamnait l'homosexualité, il la condamnait avec force, et une telle nouvelle le démolirait. Il serait également dévasté à la pensée que son fils unique ne pourrait jamais fonder un foyer conventionnel. Il prierait pour la compassion et la tolérance, mais il aurait honte, surtout qu'il connaissait les opinions de ses paroissiens à ce propos. Robert ferait honte à son père, l'homme qu'il avait admiré, presque idolâtré, pendant toute sa vie ; l'idée était insupportable.

Il revint quelques semaines en arrière et pensa à sa vie, qui semblait alors tranquille et bonne, au moins aussi bonne qu'elle pouvait l'être avec la culpabilité considérable qui s'était nichée et épanouie en lui depuis dix ans. Il avait commencé à travailler pour Townsend Immobilier, où il avait rencontré Aaron et leur liaison avait commencé peu après. Craignant que ses collègues remarquent un regard révélateur leur échappant ou une caresse irrésistible de leurs mains, Robert avait décidé de s'afficher avec une fille. Il souhaitait aussi que tout le monde sache bien qu'il sortait avec une femme, ce qui voulait dire qu'il ne suffisait pas de parler d'une femme qu'il fréquentait, mais de se faire voir avec elle, surtout au travail. Après tout, Aaron avait fait la même chose avec Judith Lambert, jusqu'à leur rupture sulfureuse, l'année dernière. Ç'aurait été un bon plan, s'il n'y avait pas eu cette rupture.

Aaron se trompait rarement, mais le choix de Judith comme « couverture » avait été une erreur. Robert avait eu l'intention d'être un peu plus malin et il avait choisi une femme ni aussi possessive, ni aussi sophistiquée que Judith. Il connaissait Brooke Yeager depuis qu'elle était petite, avant le meurtre de sa mère, car sa famille fréquentait l'église de son père. Brooke lui avait toujours plu, même quand elle était gamine, et elle était devenue belle femme — le genre de femme que son père serait ravi de le voir fréquenter. Jeune, attrayante et chic. C'était même lui qui lui avait conseillé de travailler pour Townsend Immobilier quand elle cherchait du travail. Elle avait tout pour faire la « petite amie » idéale. Ils étaient sortis ensemble trois mois et ils s'entendaient bien, même si leur relation était loin d'être passionnelle. Brooke semblait s'en contenter.

Puis un soir, tard, elle était revenue à l'agence chercher des documents qu'elle avait oubliés et avait surpris Robert et Aaron à moitié nus sur le canapé en cuir du bureau d'Aaron. Tout le monde était resté figé, les yeux ronds, la bouche bée, dans un silence et une immobilité de stupéfaction. Brooke avait finalement dit d'une petite voix grêle :

— Désolée, je ne savais pas qu'il y avait quelqu'un.

Et elle avait immédiatement disparu. Robert avait essayé de l'appeler dans la soirée, mais elle n'avait pas répondu.

Elle était venue au travail le lendemain, calme et tranquille, comme d'habitude. Elle n'avait nullement extériorisé la situation délicate, elle avait poliment remercié Robert quand il lui avait apporté un café et un doughnut, et elle lui avait adressé des petits sourires forcés toute la journée. Sans les connaître intimement, personne n'aurait pu se douter qu'ils avaient le moindre souci. Plus tard, quand il avait tenté de lui parler, d'expliquer la situation, de s'excuser auprès d'elle, elle lui avait répondu sans s'emporter :

— Robert, ne dis rien, pas un mot. Je comprends tout à présent, du commencement de notre relation jusqu'à ce que je te voie avec Aaron. Je n'apprécie pas d'être utilisée, mais il nous arrive peut-être à tous d'utiliser quelqu'un d'autre à l'occasion. Nous avons passé de bons moments ensemble, c'est déjà ça. Essayons de nous rappeler ces moments, et laissons le reste de côté pour l'instant.

Laisser le reste de côté ? Cette phrase avait effrayé Robert jusqu'à la moelle. Que voulait-elle dire ? Qu'elle avait l'intention de faire quelque chose plus tard ? C'était forcément ça, parce qu'il avait été certain qu'elle était amoureuse de lui. Elle aurait dû être anéantie de chagrin. Avoir le cœur brisé. Être furieuse. Il aurait compris si elle s'était mise à lui crier dessus et à l'insulter. Mais son silence était inquiétant, il semblait indiquer qu'elle préparait une forme de vengeance. Puis la semaine dernière, Aaron avait eu un coup de téléphone étrange. Il n'avait pas pu reconnaître la voix, mais Robert était certain qu'il s'agissait de celle de Brooke, déguisée. Elle avait demandé : « Alors, qui fréquente-t-on en ce moment ? » Ces mots avaient terrifié Robert, car il pensait que Brooke ne se contenterait pas de faire chanter Aaron, mais allait tout raconter sur Robert, et ainsi, son père allait l'apprendre. Ensuite, Aaron avait reçu une lettre — une lettre sarcastique sur leur relation, se demandant ce que Mme Townsend et le révérend Eads en penseraient.

Et comme par hasard, voilà que Brooke était « passée » chez son père. « Mon Dieu », grogna Robert. Elle n'y était pas seulement allée pour rapporter des livres. Il en était certain. Il y avait une raison plus profonde. Elle s'était lancée dans la réalisation de son plan. Elle essayait de le torturer.

Et elle y arrivait sacrément bien.

CHAPITRE XI

1

— Où aimeriez-vous déjeuner ? demanda Vincent en sortant de l'hospice.

— Oh, n'importe où.

— Vous avez bien une préférence, non ?

— J'en ai plusieurs, mais ce n'est pas la peine de m'amener dans un bel endroit, Vincent. Quelque chose sur le pouce fera l'affaire.

— Hors de question. Choisissez un restaurant, j'insiste.

Il pencha la tête, un éclat dans ses yeux verts.

— Je ne vous ficherai pas la paix tant que vous ne m'aurez pas donné le nom d'un vrai restaurant, et je vous assure, mademoiselle Yeager, que je peux être encore plus tenace que Stacy Corrigan.

— Doux Seigneur, c'est une idée effrayante ! plaisanta Brooke. Bon, d'accord. Le Tidewater Grill. C'est en ville, dans le centre commercial.

— J'y ai mangé la dernière fois que je suis venu voir papa. C'est un excellent choix, dit Vincent en lui prenant le coude pour la guider. Pas la peine de prendre deux voitures. Nous allons lutter contre la pollution, contribuer à sauver la couche d'ozone et empêcher les embouteillages sur les autoroutes. Je vous ramènerai à votre voiture après le repas.

— Eh bien, avec de tels arguments, nous pourrions difficilement prendre deux véhicules.

Vincent s'arrêta devant sa Mercedes métallisée décapotable.

— Ouah ! s'exclama Brooke. Vos bouquins doivent bien marcher.

— Je me suis autorisé une folie. J'ai toujours voulu une décapotable. Papa a failli piquer une crise en la voyant. Il a commencé par me dire que j'allais me planter et m'écrabouiller la tête. Puis il a donné des coups de pied dans tous les pneus. Puis il m'a demandé combien elle coûtait. Je ne l'ai dit à personne d'autre, mais je lui ai menti.

— Vous n'aviez sans doute guère d'autre choix, répondit Brooke en riant. Figurez-vous que je connais à peu près le prix de ces merveilles. C'était la crise cardiaque assurée pour votre père.

Elle passa la main sur le côté argenté de la voiture.

— Mais je dois aussi dire que je n'ai jamais mis les pieds dans une décapotable, et que je me fiche complètement de ce qu'elle coûte.

Le rire de Vincent s'envola dans la clarté de l'air. Brooke ouvrit la porte du passager.

— Des banquettes en cuir rouge foncé. La classe !

Elle se glissa sur son siège, rejeta la tête en arrière et laissa échapper un soupir de contentement.

— Ça y est, je suis amoureuse.

Vincent traîna des pieds et pointa la tête.

— Allons Brooke, je sais que je suis irrésistible, mais cette déclaration est si soudaine…

— De la voiture, monsieur GrosEgo. Je suis amoureuse de la voiture.

Brooke se demanda pourquoi Vincent la traitait aussi gentiment. Avec générosité, mais sans avoir peur de flirter avec elle. Il la regardait avec étonnement, manifestement conscient de sa perplexité ; elle s'en sortit en s'intéressant à la voiture de police garée près d'eux.

— Nous devons leur dire où nous allons. Je sais que c'est pénible d'avoir une protection permanente.

Vincent réfuta cet argument d'un hochement de tête.

— Dans le monde des lettres, tout le monde me connaît. Je ne peux aller nulle part sans mon armée de gorilles, dit-il en affectant le sérieux. J'y suis habitué.

— Vous voulez dire que vous avez la grosse tête, oui, renvoya Brooke, ce qui fit encore rire Vincent.

Cinq minutes plus tard, la Mercedes rutilante, suivie par la voiture de police, sortit de l'enceinte des Saules Blancs. Brooke poussa un soupir.

— Vous savez, pour un hospice, l'établissement des Saules Blancs est formidable. Le lieu est plein de charme, le personnel est super, ils organisent de nombreuses animations, ils s'assurent toujours que les résidents soient heureux et stimulés, et pourtant…

— Ça n'en reste pas moins un hospice, termina Vincent à sa place. Je suis persuadé que la moitié des résidents préféreraient être chez eux, à suivre leur petite routine.

— Oui. Ma grand-mère n'a pas protesté quand le

docteur lui a dit qu'elle devait être surveillée vingt-quatre heures sur vingt-quatre. Même une aide à domicile doit dormir, et c'est à ce moment-là que beaucoup de gens se lèvent et font n'importe quoi — vous savez, ils sortent, tombent et se font mal. Il leur arrive aussi de se perdre.

— C'est pour cela qu'ils verrouillent les portes à huit heures, dit Vincent. Ils m'en ont parlé pendant ma visite, ils m'ont aussi parlé de l'alarme au cas où quelqu'un réussirait à s'en aller. Dans un sens, c'est un peu comme une prison. Mais vous n'aviez pas d'autre choix : vous avez dû y installer votre grand-mère. Et je vais devoir faire face à la même situation avec mon père, ici ou ailleurs. Il ne peut pas continuer à vivre seul, et il n'accepterait pas que j'emménage avec lui. Je sais qu'il m'aime, mais je lui tape sur les nerfs avec mes horaires bizarres — il m'arrive de passer toute la nuit à écrire et de dormir le lendemain — et il ne supporte pas que je lui donne des ordres, même s'il s'agit de se soigner. Si je lui dis que c'est l'heure de prendre un certain médicament, il refuse, c'est plus fort que lui. Il n'accepte pas de recevoir des ordres de son fils.

Vincent hocha la tête.

— Revenir en Virginie-Occidentale et m'installer dans la maison avec lui serait loin de résoudre notre problème. Peut-être que les Saules Blancs sont la solution.

C'était un jour d'une clarté éblouissante ; le soleil, une imposante jonquille dans la douceur bleue du ciel. Brooke mit ses lunettes de soleil et s'étira sur le siège, le vent faisait voler ses longs cheveux, tandis que la voiture s'approchait à vive allure du centre-ville de Charleston. Vincent la regarda.

— Content de voir que vous n'êtes pas une de ces femmes qui s'enroulent une écharpe autour de la tête ou qui essaient de maintenir une coiffure compliquée et engluée de gel.

Brooke rit.

— Je crains bien que le gel n'ait jamais touché mes cheveux. Je les remonte quand je travaille pour faire plus sérieux, mais j'adore les laisser détachés. Et le vent dans mes cheveux ? J'aime trop ça.

— C'est parce que vous êtes tout à fait consciente de l'effet ravissant du vent dans les filaments dorés de votre coiffure.

— Les filaments dorés ? J'espère que vous n'allez pas vous mettre à parler comme un poète du dix-neuvième siècle.

— Pourquoi cela, ma tendre jouvencelle ? N'êtes-vous point d'humeur à souffrir mes propos sur votre bouche en bouton de rose et vos yeux violette comme des glycines trempées de perles de rosée matinale ?

— Bonté divine, grommela Brooke. Cette visite à l'hospice vous a fait perdre le nord ? Ou avez-vous reçu un coup de bâton derrière les oreilles et oublié de m'en parler ?

— J'ai faim, tout simplement. Je pars toujours dans des envolées poétiques quand j'ai faim.

— Alors allons au restaurant, dit Brooke en souriant. Et vite !

Ils trouvèrent une place au troisième niveau du parking, puis s'engagèrent dans le vaste et lumineux centre commercial.

— Cet endroit semble toujours chaleureux, observa Brooke. Quand je n'ai pas le moral, il m'arrive de venir ici faire les vitrines ou juste regarder les gens.

— Vous êtes du genre « voyeur » ?

— Je ne regarde jamais les gens chez eux, à travers leur fenêtre, si c'est ce que vous voulez dire, renvoya Brooke, indignée. Je me contente de m'asseoir sur un banc et de regarder passer le monde dans des endroits publics.

— Ah oui, vous êtes plutôt du genre à mater.

— Oh, vous êtes impossible. Pas étonnant que vous tapiez sur les nerfs de votre père. Dépêchez-vous de vous nourrir et de redevenir normal.

Brooke avait toujours apprécié l'ambiance décontractée du Tidewater Grill ; c'était dû aux boiseries, au carrelage, aux plantes vertes, à la lumière tamisée et au long miroir derrière le comptoir. Ils furent placés près d'une des grandes baies avec vue sur Quarrier Street. Derrière les fenêtres, aux lourds stores boisés, l'extérieur couvert donnait une impression de terrasse de café. Brooke choisissait souvent de s'y installer, mais la brise s'était levée et ils avaient opté pour manger à l'intérieur.

Quand le garçon apparut, Brooke eut envie d'une piña colada et la commanda, Vincent suivit son exemple.

— Je bois plutôt du scotch soda d'ordinaire, lui dit Vincent, mais je suis d'humeur frivole, aujourd'hui.

Elle acquiesça.

— Nous avons besoin de penser à autre chose qu'à la mauvaise santé de nos proches et aux hospices. Mais je me contenterai d'en boire une, Vincent.

— Ai-je suggéré une autre tournée ?

— Non, mais vous vous y attendez sans doute, après mon petit épisode à la bière, chez vous, l'autre jour.

— Je me suis demandé si c'était un comportement habituel chez vous, lui dit-il d'un ton sérieux.

Je ne voyais pas très bien comment vous vous débrouilliez au boulot. Naturellement, vous pouviez facilement aller vider une bière dans les toilettes en vitesse, mais après cela, les rots m'inquiétaient !

Elle lui lança un cure-dent, et sentit ses joues rougir.

— Je n'entendrai jamais la fin de cette histoire.

— Jamais, confirma-t-il.

Puis ils regardèrent tous deux la table. Jamais ? Impliquait-il qu'ils allaient continuer à se voir, alors qu'il était évident que ce qu'ils partageaient avec plaisir aujourd'hui — cette amitié ? — ne durerait pas longtemps.

— Je crois que je vais me contenter d'une salade.

— Moi, je veux un repas entier.

Ils avaient parlé en même temps pour combler l'instant de malaise. Brooke saisit son verre et le sirota avec enthousiasme.

— Une salade ? demanda Vincent. Vous avez bien trop faim pour ne prendre que ça.

— Ils ont une salade Nicole au poulet que j'adore. Elle est accompagnée de *coleslaw* et de petits pains frais. C'est exactement ce dont j'ai envie.

— D'accord. Que la dame en fasse à sa tête, même si elle a de nouveau faim dans quelques heures.

— Je n'aurai pas faim.

— Je vous parie que si.

— Vous êtes aussi autoritaire que Stacy.

Vincent roula les yeux.

— Personne ne peut être aussi autoritaire qu'elle. Vous êtes vraiment différentes, toutes les deux. Comment faites-vous pour être aussi proches ?

— Au départ, c'était seulement une relation de voisinage. C'est moi qui ai emménagé la première.

Jay et elle se sont installés un mois plus tard. Je les ai aidés à déballer leurs affaires — Harry a aussi essayé de les aider, mais vous pouvez imaginer son efficacité. On a commencé à plaisanter avec Stacy, on rigolait parce qu'il se déplaçait comme un éléphant et n'arrêtait pas de nous reluquer. Quand Jay est rentré et Harry parti, on a partagé une grosse pizza et on a fini par passer plusieurs heures à papoter.

Brooke haussa les épaules.

— Je n'ai jamais eu beaucoup d'amis, mais avec Stacy, c'est comme si je l'avais toujours connue.

— C'est étrange.

Brooke sourit.

— Je sais qu'on a l'air différentes, au premier abord. Elle est extravertie, exubérante même, et je suis plutôt réservée. La plupart du temps, en tout cas. Mais au fond, on se ressemble vraiment beaucoup — on est têtues, dures même.

— Vous n'êtes pas aussi autoritaire et insistante qu'elle.

— Je suis peut-être un peu plus subtile qu'elle, dit Brooke en riant. Et Jay est adorable. Il n'est pas du tout bonne poire, comme il le paraît parfois avec Stacy. C'est un sacré bonhomme, surtout au boulot. Et c'est un bon ami. Qui adore sa femme.

Vincent attaqua la grosse salade verte qui accompagnait son repas.

— Je suis content que vous ayez un flic comme voisin, dans votre situation actuelle, et le fait que Jay gravisse aussi vite les échelons de la police est une preuve de son talent au boulot.

— Il sera peut-être le prochain Sam Lockhart !

Vincent sourit.

— Je le souhaite, mais je crains bien qu'il n'y ait qu'un seul Sam Lockhart. Sans rigoler, je suis persuadé qu'il a commencé à résoudre des énigmes policières quand il avait cinq ans.

— Vous avez parlé d'un ami à lui — Hal Myers, me semble-t-il. Est-il aussi bon flic que votre père ?

— Je dirais qu'il n'est pas loin derrière, répondit Vincent en buvant une gorgée de *piña colada*, puis une autre. Je crois que je vais me mettre à boire des « cocktails de fillette » plus souvent. Mais seulement dans ce genre d'endroit.

— J'espère qu'ils ne vont pas en entendre parler en Californie. Ça serait terrible pour votre réputation, lui dit Brooke en souriant. Je me demande si les amis de votre père ont du nouveau sur mon affaire.

Vincent retrouva immédiatement son sérieux.

— Figurez-vous que oui. À propos de la rose que vous avez reçue chez nous, avec le message « Salue ta mère pour moi ». Nous savions déjà qu'elle venait de CES FLEURS SONT POUR VOUS. D'après Hal Myers — à qui l'on a confié l'affaire, comme vous le savez —, une employée de la compagnie lui a dit que la commande avait été effectuée par téléphone. Elle ne se souvenait plus de la voix, mais elle lui a semblé « assez grave ». Homme ou femme ? Elle n'était pas sûre. C'est le genre de témoignage flou que la police affectionne tout particulièrement. Bref, la transaction a été débitée de la carte de crédit d'une dénommée Adèle Webster.

— Adèle Webster ? répéta Brooke d'une voix blanche.

— Oui, elle a soixante-cinq ans et elle est l'épouse d'un avocat notoire. Elle n'avait jamais entendu parler de vous, n'a pas commandé de fleurs depuis au moins six mois et — c'est la meilleure — sa carte de crédit n'a pas été volée.

Brooke le fixa sans comprendre.

— Elle n'a pas perdu sa carte de crédit, Brooke. Quelqu'un a utilisé son numéro. Et c'est le seul prélèvement irrégulier sur sa carte.

Brooke se carra dans sa chaise.

— Comment est-ce possible ?

— Il y a des dizaines de manières différentes. Tout ce que ça demande, c'est que quelqu'un note ou mémorise son numéro de carte. Mme Webster dit qu'elle n'a jamais plus de vingt dollars en liquide, elle utilise constamment sa carte de crédit. Ce qui rend encore plus difficile de retrouver qui a pu utiliser son numéro.

— Merveilleux, dit tristement Brooke. Naturellement, c'est Zach qui s'est servi du numéro. J'imagine qu'il a tout un tas de talents cachés — il mémorise les cartes de crédit, il entre à l'hospice et en ressort comme dans un moulin, il s'évade d'une prison sous haute surveillance et il est impossible à capturer.

— Il finira bien par se faire prendre.

— Qu'est-ce qu'on en sait, Vincent ? Peut-être que Zach n'ira plus jamais en prison. Plus j'y pense, plus j'ai l'impression que ce sera le cas.

— Et sur quoi basez-vous cette impression ?

— Je n'en sais rien, répondit Brooke, d'une voix déraillant un peu. C'est l'impression que j'ai, en tout cas !

Le garçon leur jeta un regard rapide, puis détourna discrètement les yeux.

— C'est peut-être la peur qui me fait dire ça, Vincent, poursuivit-elle en baissant la voix. Je crains peut-être que la police ne l'attrape jamais et que je doive passer ma vie à le fuir, jusqu'à ce qu'un de nous deux y laisse la peau.

— Vous êtes bien plus jeune que lui, dit Vincent d'un ton détaché, alors si tout se passe bien, il y laissera la peau avant vous. Ce qui devrait vous donner quelques années paisibles pour vos vieux jours.

Brooke s'aperçut qu'il essayait simplement d'alléger un peu le ton sombre de la conversation ; il voulait la faire rire pour lui éviter la crise de nerfs.

— Vous voulez jouer le mec vraiment cool.

— Mais je suis un mec vraiment cool. Le plus cool, bébé.

— Vous allez vous sentir moins cool si vous vous permettez encore une fois de m'appeler « bébé ».

— Ah bon ? Vous préférez mon petit chou ? Ma tendre biche ? Mon lapin en sucre ?

— Mademoiselle Yeager, si vous n'arrêtez pas de faire l'andouille.

Vincent baissa légèrement la tête.

— Oui, madame. Navré, madame.

Brooke éclata de rire et le reste du repas se déroula tranquillement, plaisamment même. Elle fit une entorse à ses règles et ils burent tous deux une autre *piña colada*.

Un peu étourdie par les deux verres et ragaillardie par l'atmosphère lumineuse et insouciante du centre commercial, Brooke suggéra de ne pas partir immédiatement.

— J'ai l'impression d'avoir passé les jours derniers en prison, dit-elle à Vincent. Même en sachant que nous sommes suivis, je crois qu'un petit tour dans le monde réel me fera du bien. Voulez-vous m'accompagner ?

— Mais c'est un honneur de vous escorter.

Elle le regarda en penchant la tête, un éclat dans ses yeux violette.

— L'idée d'une escorte me gonfle ! Traînons donc ensemble comme deux gamins de dix-huit ans qui n'ont pas le moindre souci.

— Ah, ça c'est tout à fait mon rayon, répondit Vincent en souriant.

Elle l'entraîna tout d'abord chez B. Daltons, puis chez Walden, deux librairies qui consacraient plusieurs présentoirs à ses romans. Elle le présentait sans discrétion au gérant, aux employés et aux clients qui avaient la chance de passer au bon moment. L'embarras de Vincent était compensé par le plaisir qu'elle prenait à attirer les gens autour de lui, pour lui demander un autographe et le féliciter. Les gérants lui firent même dédicacer des livres supplémentaires, pour les vendre un peu plus cher, bien entendu.

Quand ils émergèrent des librairies, Vincent prit les commandes et la mena au kiosque qui vendait des chocolats Godiva, il lui en offrit une grosse boîte et en acheta aussi une pour son père. Il la poussa ensuite dans une boutique de vêtements à la mode, au style jeune et coloré.

— Vincent, ces trucs sont trop jeunes et bien trop sexy pour moi, protesta-t-elle.

Il fronça les sourcils.

— N'importe quoi ! Vous avez déjà oublié vos dix-huit ans ? Pas le moindre souci ? Alors, en avant, au shopping !

Quand ils sortirent, une demi-heure plus tard, Brooke avait une jupe en mousseline de soie et un débardeur à paillettes assorti.

— Je ne sais pas où je vais pouvoir porter un truc pareil, dit-elle, comme si elle n'arrivait pas à comprendre son achat alors que quand elle avait tourbillonné devant les glaces, Vincent lui avait dit qu'elle était d'une beauté à couper le souffle dans cet ensemble, et que deux autres types leur avaient adressé un clin d'œil approbateur.

— Vous la porterez pour aller danser.

— Je ne vais jamais danser.

— Comment ça ? Robert ne vous a jamais emmenée en boîte ?

— Robert ? répéta Brooke en ricanant. Pour se divertir, Robert aimait écouter un orchestre symphonique, nous buvions ensuite un verre de vin en toute tranquillité pour pouvoir débattre de l'interprétation du chef d'orchestre.

— Alors je dois absolument vous amener danser. Et pas au rythme de la musique qu'écoute mon père. Il y avait quelques bons clubs de rock quand j'habitais ici. Il doit bien en rester un ou deux.

— Mais oui ? Il reste la Tourmaline. Très branché.

— Tourmaline ?

— C'est une pierre précieuse, rose.

— Je sais ce qu'est la tourmaline. Je ne m'attendais pas à ce que l'on ait baptisé un club comme ça à Charleston.

— Et vous vous attendiez à quoi ? *Hernando's Hideway* ?

— *Olé !* Et ne vous moquez pas. C'était une des chansons préférées de ma mère.

— Oui, elle me l'a chantée une fois ! Elle l'a jouée au piano, dans un style très théâtral, puis elle s'est levée et elle en a mimé des morceaux : c'est comme ça qu'elle a réussi à me faire sourire pour la première fois après l'assassinat de ma mère. Je ne l'oublierai jamais. Et elle non plus. J'aimais beaucoup votre mère, vous savez, Vincent.

Il fit un petit sourire triste.

— Moi aussi. Je regrette de ne pas le lui avoir dit plus souvent, mais les jeunes croient toujours que leurs parents sont éternels.

Son sourire se figea.

— Mon Dieu, Brooke, excusez-moi. Vos parents sont morts si jeunes. Je suis d'une indélicatesse…

Elle le surprit en posant un doigt sur ses lèvres.

— Vous n'êtes pas indélicat. C'est normal. Mon cas est singulier. Très inhabituel, Dieu merci. Quant à vos regrets de ne pas avoir assez répété à votre mère que vous l'aimiez, ne vous en faites pas. Elle le savait. Un jour, elle m'a montré une photo et elle s'est mise à me parler de vous. Bien sûr, elle m'a dit tout un tas de choses fabuleuses à votre sujet qui ne pouvaient qu'être exagérées — elle lui fit un clin d'œil —, mais elle m'a aussi dit ceci : « Sam et moi avons été comblés d'avoir un fils comme Vincent. Non seulement il est beau et intelligent, mais il nous aime, il nous aime véritablement, même s'il ne sait pas le dire. »

— Les mamans se vantent toujours de leurs fils, répondit Vincent avec détachement.

Mais les larmes qui avaient failli déborder de ses yeux n'avaient pas échappé à l'attention de Brooke.

— Votre mère n'aimerait pas vous savoir si triste, dit-elle en faisant semblant de ne s'être aperçue de rien. Elle voudrait vous savoir heureux. Ça ressemble à un cliché, mais c'est la vérité. Elle savait que vous vouliez être écrivain, et c'est ce qu'elle vous souhaitait. Si elle avait pu voir tous ces gens autour de vous chez les libraires, soupira Brooke en souriant. Tout ce que je peux dire, c'est qu'elle aurait été énormément fière. Et votre père est fier de vous, lui aussi. Il ne sait pas comment vous l'avouer, voilà tout.

— Vous avez peut-être raison en ce qui concerne ma mère, mais pas pour mon père.

— Je vais vous dire un secret. Un jour, je m'étais éclipsée de chez ma « charmante » famille d'accueil et j'étais venue chez vous. Votre père était en train de lire un devoir que vous aviez écrit à la fac et envoyé chez vous. Il avait jeté un coup d'œil à votre mère, puis à moi, et l'air émerveillé, il avait dit : « Est-il seulement imaginable d'avoir un talent qui permette de s'exprimer aussi bien. C'est un don du ciel, c'est tout ce que je peux dire. Un don du ciel. »

Vincent la regarda avec surprise quelques instants, puis se leva abruptement.

— Il faut que j'aille aux toilettes.

Brooke l'attendit sur un banc. Il semblait soudain y avoir beaucoup de monde dans le centre, presque autant qu'avant Noël. En regardant autour d'elle, elle s'aperçut qu'une personne, debout, la fixait. Quand des passants placés entre elles deux se dispersèrent, elle remarqua qu'il s'agissait de Judith Lambert, sa collègue. Elle portait une jupe assez courte pour montrer ses genoux cagneux et une veste à manches courtes sur un dessous qui aurait dû rester dessous, même si la menue poitrine de Judith ne risquait pas de déborder des bonnets. Brooke ne savait pas exactement quelle heure il était, mais il était plus de deux heures, la pause déjeuner de Judith était terminée. Peut-être qu'Aaron lui avait donné un peu de temps libre, pensa Brooke, avant de décider que ce n'était pas ses affaires. Elle lui sourit rapidement, mais Judith ne bougea pas d'un poil, elle continuait de la dévisager.

Brooke regarda dans le sac aux chocolats, elle eut une forte envie d'en goûter un, juste un, quand elle entendit :

— Alors, c'est comme ça que tu pleures la perte de ton amie, Brooke ?

Elle leva les yeux sur Judith qui la dominait, une expression indignée sur son visage osseux.

— D'après Aaron, tu étais si bouleversée qu'il t'a donné quelques jours de congé. Et te voilà — en train de faire du shopping comme s'il n'y avait pas de lendemain.

— Voyons, Judith. J'ai simplement rencontré quelqu'un…

— Oui, je sais que tu es ici avec un homme, bien évidemment.

Les pommettes de Judith semblaient encore plus saillantes sous les lumières crues du centre commercial.

— Je vais dire à Aaron que je t'ai vue, avec ton escorte, en train de bien t'amuser. Il sera sans doute ravi que tu te remettes de tes émotions aussi vite.

— Judith, si tu me laissais le temps d'expliquer…

— Expliquer quoi ?

Brooke ne sut quoi dire ; Judith la fusillait du regard, ses yeux étaient de véritables éclats de cristal bleu-vert.

— Tu es vraiment mignonne, on te donnerait le bon Dieu sans confession. Tu obtiens toujours ce que tu veux, et pendant ce temps tu nous prives de tout ce qui nous est dû.

Judith hocha lentement la tête comme si elle venait juste de réaliser quelque chose d'important.

— La nature est mal faite, dit-elle lentement. Il appartient donc parfois aux hommes d'intervenir pour corriger ses erreurs.

Judith fit demi-tour et s'en alla au pas de charge, Brooke n'eut le temps de rien répliquer, elle n'avait pu penser à rien de précis. L'idée qu'elle menait la grande vie juste après le décès de Mia était ridicule, mais Brooke devait reconnaître qu'elle s'était bien amusée pendant ces deux heures au centre commercial. Cette prise de conscience la fit immédiatement culpabiliser. Mais quelle était donc cette histoire d'homme devant corriger les erreurs de la nature ? Judith recherchait-elle un effet théâtral, ou avait-elle dit ce qu'elle ressentait vraiment ? Ou pire, ce qu'elle comptait faire ?

Quand Vincent sortit des toilettes, il avait les yeux et le nez un peu rougis, mais Brooke ne fit aucune remarque. Elle savait que ce qu'elle lui avait dit à propos de son père avait profondément touché Vincent et il était inutile de s'étaler sur le sujet. Et puis, elle pensait surtout à Judith, elle se sentait à la fois furieuse et honteuse.

Vincent lui fit un grand sourire radieux qui s'estompa quand il s'approcha d'elle.

— Qu'est-ce qui ne va pas ?

— Pas grand-chose.

— Vous avez vu Zach ? demanda-t-il, alarmé.

— Non. Je vous raconterai plus tard. Pour le moment, je veux seulement sortir d'ici.

Sans réfléchir, elle lui prit le bras, presque comme une protection.

— Ça vous dit de faire la connaissance de ma grand-mère ?

— Vous voulez que je vous accompagne à l'hôpital ?

— Oui, à moins que vous détestiez les hôpitaux.

— Mais non. Je ne pensais pas vous plaire assez pour que vous m'invitiez à rencontrer la personne que vous aimez le plus au monde.

— Ne nous emballons pas, répondit Brooke d'un ton léger, essayant de retrouver sa bonne humeur. J'ai juste envie de faire quelques kilomètres de plus dans votre décapotable.

— Comment votre grand-mère a-t-elle pu penser que je ressemblais à votre oncle Heinrich, s'il a les cheveux châtain clair et les yeux bleus ? demanda Vincent en revenant aux Saules Blancs récupérer la voiture de Brooke, trois heures plus tard.

— Parce qu'elle l'a confondu avec l'oncle Thomas, qui a les cheveux bruns et les yeux verts.

— Dans ce cas, ne pensez-vous pas…

— Qu'elle se soit trompée et qu'elle ait pris un infirmier penché sur son lit pour Zach ? termina-t-elle à sa place. Non, je ne pense pas. Il y a plus de quarante ans qu'elle n'a vu ni Heinrich ni Thomas. Pourtant, elle m'a très bien décrit le grain de beauté sur le visage de Zach, puis elle m'a montré du doigt son emplacement exact. De plus, il lui a dit qu'il me cherchait. Elle ne savait même pas qu'il s'était évadé de prison.

— C'est tout du moins ce que l'on croit. Je sais que le personnel des Saules Blancs a essayé de la protéger, mais certains de ses amis en ont peut-être entendu parler et le lui ont dit ?

— Moi qui pensais que vous me croyiez, Vincent, dit doucement Brooke. J'étais persuadée que vous étiez la seule personne qui croyait que Großmutter avait vraiment vu Zach.

Il resta silencieux, se concentrant sur un virage particulièrement serré de la route qui grimpait aux Saules Blancs. Il dit enfin :

— Brooke, je vous assure que je vous crois. Mais je sais que si vous tenez absolument à ce que la police croie que Zach est entré dans l'hospice, vous allez subir un interrogatoire plus rigoureux. J'essaie seulement de vous y préparer.

— D'accord. Tant que vous me croyez.

— Pourquoi est-ce si important que je vous croie ?

Elle eut l'air décontenancé quelques instants, puis répondit :

— C'est juste important que quelqu'un me croie.

« Non, en réalité, je voudrais vraiment qu'il me croie, lui », pensa Brooke, avec une pointe d'agacement. Elle aurait dû se moquer de ce que pensait Vincent Lockhart, mais, aussi pénible que ce soit à admettre, elle ne s'en moquait pas.

Quand ils se garèrent à côté de la voiture de Brooke, cette dernière consulta sa montre :

— Grand Dieu, il est cinq heures et demie !

— Vous croyez qu'il est trop tard pour dîner à la cafétéria des Saules Blancs ?

— J'espère bien. Vincent, merci beaucoup pour le déjeuner…

— Économisez vos discours deux minutes. Je vais vous accompagner jusqu'à votre voiture et vous ouvrir la portière comme ma mère m'a appris à le faire.

— Vincent, je ne suis pas une vieille dame.

— Je fais cela pour ma mère.

— D'accord, tant que ce n'est pas pour moi, soupira Brooke, amusée malgré elle.

Elle laissa Vincent sortir, l'accompagner à sa voiture, lui tenir la portière et la main en un grand geste.

— Puis-je vous aider à ajuster votre ceinture de sécurité ?

— Je crois que je peux me débrouiller toute seule, et tout homme ajustant la ceinture d'une femme risque d'avoir la réputation d'être un débauché.

— Je suis un débauché.

— Ça ne plairait pas à votre mère.

— Alors je laisse votre ceinture tranquille.

Il recula en souriant.

— J'ai passé un bon après-midi, Brooke, dit-il par la vitre ouverte.

— Moi aussi.

— Merci de m'avoir présenté votre grand-mère. Ça a l'air d'être une sacrée dame.

— Vous lui avez plu, aussi. Elle n'a pas dit grand-chose, mais je l'ai vu dans ses yeux.

Brooke tenait ses clés maladroitement, soudain gênée.

— Donnez le bonjour à votre père de ma part. Et encore merci pour cette journée. C'est exactement ce dont j'avais besoin.

— Bien, maintenant que je sais ce que j'ai fait de bien aujourd'hui, je peux aller écouter papa me dire ce que j'ai fait de travers.

Brooke rit.

— Vous savez très bien que vous aimez vous chamailler tous les deux. Bonne nuit. Faites de beaux rêves.

« Faites de beaux rêves ? » pensa-t-elle en redescendant des Saules Blancs. C'était plutôt le genre de chose qu'on disait à un enfant, sans compter que ça paraissait un peu intime. C'était d'ailleurs bizarre quand on y pensait. Quel était le contraire de beaux rêves ? Des rêves moches ? N'importe quoi. « Brooke, tu as besoin de rentrer chez toi et de passer une soirée tranquille », dit-elle à voix haute. « Après tout ce qui est arrivé ces derniers temps, tu as besoin de décompresser comme un vieux pneu. »

2

Robert décida d'aller faire une longue promenade en voiture pour profiter de cette tranquille soirée d'été aux couleurs pastel. Malheureusement, la soirée n'avait ni couleur ni tranquillité. À sept heures, le ciel était devenu d'un gris ardoise sans éclat, et le vent, qui avait pris de la force, poussait des branches mortes. Un orage s'approchait. Robert avait une sainte horreur des orages, et ce, depuis qu'un éclair avait foudroyé et incendié leur maison, quand il avait six ans. Il n'y avait pas eu de blessé. Mais l'incident s'était gravé dans sa mémoire et jusqu'à l'âge de douze ans, il s'était caché sous son lit les soirs d'orage, honteux de chercher un tel refuge, même s'il lui arrivait encore de désirer le sentiment de sécurité que cela lui offrait.

Ce soir, Robert se moquait bien que Charleston

essuie un orage. Poussé par une nervosité presque insupportable et les effets résiduels des trois verres de vin qu'il avait bus à midi, suivis de trois autres chez lui, il se sentait fort et téméraire. Bon Dieu, il n'allait tout de même pas se laisser impressionner par quelques éclairs et un coup de tonnerre.

Robert envisagea de se rendre chez Aaron, mais il écarta rapidement cette idée. Ils avaient longuement déjeuné et Aaron semblait prêt à l'aider et plein de charme. Mais Robert avait eu l'impression qu'il en avait fait un peu trop, qu'il manquait de sincérité, qu'il essayait de faire le clown pour lui remonter le moral. Robert n'en avait rien laissé paraître, mais il avait ressenti qu'Aaron n'était pas sincère, il avait vu une ombre noire derrière son sourire et une certaine hostilité derrière ses yeux d'ébène.

À vrai dire, Aaron semblait se méfier de Robert. Cette attitude blessait ce dernier. Elle le blessait et l'irritait. Pourquoi Aaron refusait-il de comprendre que Brooke représentait une véritable menace, pour eux deux ? Après tout, la mère d'Aaron était violemment homophobe et toujours propriétaire de Townsend Immobilier. Si elle en venait à se douter qu'Aaron était gay, elle lui retirerait l'agence en un rien de temps. Elle le déshériterait, et si Robert ne se trompait pas au sujet de cette vieille sorcière, elle utiliserait son influence considérable pour systématiquement griller Aaron du petit monde des affaires locales.

En conduisant, Robert s'aperçut qu'il avait le poing crispé sur le volant et le dos raide comme une planche. Il devait respirer profondément, arrondir le dos et relâcher ses doigts. Deux minutes plus tard, il était revenu comme avant. Il avait même commencé à grincer des dents, ce qui ne lui était pas arrivé depuis l'âge de dix ans.

Il perdit la notion du temps en tournant en ville, puis il se retrouva vers l'immeuble de Brooke. Il fit deux fois le tour du pâté de maisons et repéra immédiatement la voiture de police garée devant la porte. De quoi éliminer l'idée de coincer Brooke dans son terrier. S'il s'humiliait comme ce matin en frappant à sa porte, elle n'hésiterait pas à lancer les flics à ses trousses. Mais même s'il en avait l'occasion, il n'avait pas l'intention de lui reparler comme ça. Inutile d'essayer de raisonner une femme amoureuse décidée à se venger. Mais alors même qu'il se disait tout cela, il était en train de se garer tout près de chez elle, bien décidé à tenter une dernière fois de la voir, de lui parler, peut-être même de la supplier.

Quand Robert sortit de la voiture, la pluie se mit à tomber. L'idée de remonter s'y abriter et de repartir ne lui effleura même pas l'esprit. Il se contenta de boutonner le col de son trench-coat, de baisser la tête et d'arpenter la rue. Il leva les yeux et crut voir la BMW d'Aaron garée de l'autre côté de la rue, mais il ne parvint pas à lire la plaque d'immatriculation. De toute façon, Aaron n'était pas du genre à rester assis dans sa voiture sous la pluie. « Je suis nerveux, c'est tout, se dit Robert, et je dois me calmer pour faire ce que j'ai à faire. »

Il s'approcha de l'arrière de l'immeuble, s'appliquant à marcher comme un homme innocent qui cherche juste à échapper à la pluie, quand passa la seconde voiture de surveillance de la police, garée à l'arrière. La pluie redoubla soudain de violence et, avant que les flics n'aient eu le temps de mettre leurs essuie-glaces, Robert fonça dans l'allée entre l'immeuble de Brooke et l'immeuble voisin.

Il se faufila près du bâtiment en brique et s'approcha de l'endroit d'où il pouvait voir directement une fenêtre au troisième : celle de chez Brooke. Un escalier de secours contre le mur passait à moins d'un mètre de sa fenêtre. Il ne devait pas être bien difficile de faire descendre le bas de l'échelle, de monter par l'escalier comme un vieux Roméo et d'entrer dans son appartement. Si la fenêtre était fermée, il n'hésiterait pas à briser la vitre près du loquet. Il la dédommagerait plus tard. Brooke crierait sans doute en le voyant. D'après le peu de lumière que l'on voyait dans la chambre, il devinait qu'elle était dans le salon. Il croyait même entendre de la musique. Quelque chose de classique. Si elle avait bu un peu de vin, elle serait sans doute plus à même de garder son sang-froid en le voyant.

Les mains de Robert se mirent à trembler. Il avait toujours été le « bon garçon », qui ne désobéissait jamais, le genre de gamin qui ne faisait jamais l'école buissonnière et d'adulte qui n'avait jamais eu une contravention. Et voilà qu'il s'apprêtait à escalader un escalier de secours et à s'introduire de force dans l'appartement d'une femme. Mais il voulait seulement lui parler. Le visage de son père lui apparut soudain, un visage plein de fierté et d'amour qui adoptait progressivement une expression de honte, de dégoût même, en apprenant que son fils était homosexuel. Oui, Robert devait parler à Brooke. À moins que parler ne suffise pas…

Il s'approcha encore de l'immeuble et de l'échelle de l'escalier. Il passa devant les ordures, l'odeur vint le saluer comme pour l'avertir qu'il faisait quelque chose de sombre, sale et corrompu. Au fond de lui, il savait qu'il devrait abandonner, mais il ne put s'arrêter. La peur s'emparait de lui comme quand il était enfant, les jours d'orage. Mais s'il n'arrivait pas à s'assurer que Brooke garde son secret, il y aurait un autre orage — un orage de l'âme dans lequel il perdrait l'amour et le respect de son père.

Il avait atteint l'escalier. Le barreau le plus bas était à environ trois mètres du sol, pour empêcher les gens de grimper sur l'escalier et faire exactement ce que Robert comptait faire. Il mesurait un mètre quatre-vingt-huit et le bas de l'échelle était encore loin, mais il avait joué au basket au lycée. Combien de fois avait-il bondi et touché le panier accroché à trois mètres ? Il y avait plus de dix-sept ans de cela, mais il était en bonne forme physique. Il parviendrait sans doute à s'accrocher, à faire descendre la section basse et à monter à l'échelle.

Il pleuvait de plus en plus. Il essaya de resserrer le col de l'imperméable design qu'Aaron lui avait acheté pour son anniversaire, mais la pluie lui coulait toujours dans le cou en mouillant sa chemise. Ses cheveux bruns lui collaient au front, les extrémités lui piquaient les yeux. Il les écarta de la main, fit un bond et réussit à toucher le barreau humide. Mais il avait glissé avant d'avoir le temps de pouvoir s'agripper. Ses pieds dérapèrent sur le sol glissant et il tomba, se cognant douloureusement la nuque, à quelques centimètres d'une flaque d'eau. « Quelle humiliation, se dit-il, me voilà tombé dans une allée pluvieuse, comme un ivrogne. » Il devrait vraiment abandonner ce plan ridicule et rentrer chez lui. Mais Brooke était allée chez son père et lui avait parlé. Qu'allait-elle faire ensuite ? Tout lui raconter ? Il fallait qu'il la voie ce soir et c'était la seule manière d'y parvenir.

Robert ouvrit les yeux dans la pluie qui tombait à seaux, il essaya de se relever, reperdit l'équilibre sur le sol mouillé et se retrouva sur la gauche, cette fois-ci. Avec un grognement, il tourna la tête et son cœur s'arrêta de battre en voyant soudain un visage penché sur lui. Puis il sentit un coup perçant, une douleur atroce dans le dos. Il émit un bruit d'étouffement, la douleur lui chassant l'air de la bouche en le traversant. Il posa la main sur ses reins, du côté droit. Il sentit quelque chose de métallique et de tranchant, puis la chose disparut. « Quoi ? » murmura-t-il tandis qu'une nouvelle lancée de douleur le transperçait. Il essaya de crier, cette fois-ci, mais il ne réussit qu'à produire une espèce de miaulement faible. Clignant furieusement des yeux sous la pluie, il perçut à nouveau une forme se pencher de lui, mais un instant seulement.

Il pensa vaguement qu'il devrait se lever, combattre son agresseur, courir s'il le fallait, mais la douleur le retenait et il sentit du sang lui couler dans le dos. « Mes reins, pensa-t-il confusément. On m'a poignardé dans les reins. »

Il sentit, plutôt qu'il ne vit, une personne s'agenouiller à côté de lui, placer deux mains sur sa taille et le retourner. Son visage s'écrasa dans la flaque, l'eau lui arrivait jusqu'aux lobes des oreilles. Il ferma les yeux, mais il ne put empêcher l'eau boueuse de lui entrer dans les oreilles et sous les paupières. Il essaya de lever les bras, de poser les mains sur le trottoir pour pousser et se relever, mais il manquait de force. D'un arrière-tiroir de son cerveau lui revint un fait appris en classe de physiologie au lycée : les reins reçoivent un quart de ce qu'envoie le cœur. Un quart du sang qui coulait dans ses veines à chaque battement cardiaque allait directement aux reins. Et en ce moment, sortait directement de son corps. Il avait besoin de sang. Sinon il allait mourir.

Il était juste en train de penser cela quand il se sentit à nouveau poignardé dans le dos. « Quelqu'un veut vraiment s'assurer que je ne quitterai jamais cette allée », pensa-t-il dans un dernier sursaut d'humour macabre.

Il parvint miraculeusement à lever la tête hors de la flaque pour prendre une bouffée d'air. Clignant des yeux pour en chasser les larmes et la pluie, il vit quelqu'un. Le visage, pâle et flou, n'était qu'à quelques centimètres du sien. Puis Robert vit le bras droit se lever, se raidissant pour porter un autre coup acharné avec une lame en métal brillant.

— Non, arrêtez, murmura Robert.

CHAPITRE XII

1

L'air tiède caressait le visage de Brooke. Un long poil rêche lui chatouilla la lèvre supérieure. Un nez légèrement humide lui caressa la joue. Gardant les yeux clos, elle murmura :

— Alors là, ça ne peut qu'être Antonio Banderas ou… Elise ! cria-t-elle en ouvrant les yeux.

La chienne dorée piétina joyeusement le lit, se jetant sur Brooke pour lui lécher le nez. Brooke la serra dans ses bras, elle sentit les forts battements du cœur de l'animal et caressa ses poils ras et doux. Elle n'avait Elise que depuis deux ans, mais elle était maintenant incapable d'imaginer sa vie sans cette petite créature énergique et joyeuse. Elise était toujours folle de joie dès qu'elle voyait Brooke ; elle la réconfortait quand elle n'avait pas le moral, elle était toujours volontaire pour aller marcher ou courir quand Brooke sortait la laisse et elle avait l'habitude de coucher, roulée en boule, sur un canapé à côté du lit de sa maîtresse et de ronfler bruyamment lors des films, diffusés tard, que Brooke affectionnait de regarder.

— Je parie que t'as besoin d'aller faire un tour. Donne-moi dix minutes.

Elles sortirent par l'arrière de l'immeuble et tombèrent sur l'équipe de surveillance du matin. Brooke portait une veste à capuche bleu marine, et un pantalon élastique avec des rayures argentées sur les côtés. Elle comptait profiter de l'air frais matinal pour faire un petit jogging avec Elise. Elise tira sur la laisse pour la mener à son coin toilette préféré. Brooke descendit ensuite tranquillement la rue derrière l'immeuble et elle entendit le véhicule de surveillance démarrer pour les suivre. Quand elles arrivèrent au bout, Elise quitta la rue et voulut prendre l'allée.

— C'est pas par ici, ma belle, lui dit Brooke. Il n'y a que les poubelles puantes par là.

Elise, d'ordinaire très obéissante quand elle était en laisse, n'arrêtait pas de tirer vers l'allée. Brooke donna un petit coup sec sur la laisse, mais Elise persista, elle était déterminée à explorer l'allée.

— Bon, d'accord, dit Brooke en soupirant, tu vas où je veux tous les jours, aujourd'hui, je te laisse choisir.

Elise trotta dans l'allée, sa petite queue en l'air, évitant les flaques d'eau en sautillant avec ses maigres pattes, son corps agile passant par-dessus des cartons détrempés. Elle renifla divers objets « intéressants », mais sans sa concentration habituelle. Brooke eut le sentiment étrange qu'Elise s'était fixé une mission bien précise, elle recherchait une odeur particulière qui l'intriguait plus que les autres et elle ne s'arrêterait pas avant de l'avoir trouvée.

La pluie de la nuit dernière avait formé des flaques dans lesquelles se reflétait le ciel clair parsemé de nuages. Elise s'approcha encore de la benne à ordures. Brooke s'étonnait toujours de remarquer que les gens jetaient leurs ordures « vers » la benne plutôt que « dans » la benne. Le conteneur en métal lourd trônait comme un monstre gris préhistorique au milieu de gobelets en polystyrène, de sacs déchirés par les rats et débordant d'ordures : cannettes de bière, bouteilles de vin cassées et emballages de nourriture à emporter. Des mouches survolaient le tout.

— Allez, Elise, viens. Heureusement que le ramassage a lieu demain, parce que ça devient vraiment fétide.

Elise s'acharnait toujours à tirer sur sa laisse, jusqu'à ce qu'elle s'arrête devant une pile de vêtements humides et boueux, qui formait un petit monticule. Elise le fouilla du nez et se mit à gémir, ce qu'elle faisait très rarement et uniquement quand elle était vraiment effrayée ou contrariée. Brooke s'approcha un peu du tas d'habits sales. Elle vit alors ce qui ressemblait à un trench-coat avec une large tache brunâtre sur le dos. Un peu plus loin, elle aperçut une chaussure — une chaussure avec un pied à l'intérieur.

— Elise, reviens ! hurla-t-elle, son sang se glaçant dans ses veines. Reviens !

Mais en tirant brusquement sur la laisse pour faire revenir Elise, Brooke la laissa s'échapper de son collier ; la chienne retourna immédiatement vers le corps. Elle gémit à nouveau, puis poussa un hurlement — long et lugubre — qui fit frissonner Brooke de la tête aux pieds. Elise continuait à gratter le corps avec détermination ; elle finit par prendre un morceau du trench-coat entre ses dents et tira. Brooke horrifiée vit le cadavre rouler lentement sur le côté, les beaux yeux vides de Robert Eads fixés sur le ciel azur.

2

Brooke pensait qu'une telle découverte aurait dû lui tirer un cri abominable. Au lieu de ça, elle resta plantée, silencieuse, à observer Robert et la chienne dont le hurlement s'était transformé en gémissement. L'affection de Robert pour Elise avait été hésitante car il avait peur des chiens, mais Elise était tellement douce et gentille, qu'il ne l'avait pas crainte. Il lui tapotait toujours la tête en l'appelant « ma jolie ». Il ne l'appellerait plus jamais comme ça, pensa Brooke.

Comme dans un rêve, Brooke sortit de l'allée, s'approcha de la voiture de police et annonça calmement :

— Il y a un mort à côté de la poubelle. C'est Robert Eads.

Puis elle chancela et serait tombée si l'un des flics n'avait pas bondi de son siège pour la soutenir.

Brooke eut à peine conscience de l'agitation qui suivit : appels urgents sur la radio de police, arrivée de nouvelles voitures et blocage de l'allée. L'un des policiers repassa le collier et la laisse au cou d'Elise et la ramena à Brooke, assise sur le trottoir. Elles étaient serrées l'une contre l'autre à côté d'une voiture de police quand un homme presque chauve arriva et se pencha sur elles.

— Bonjour, mademoiselle Yeager. Je suis Hal Myers, l'ami de Sam Lockhart.

Un sourire se dessina sur son long visage de chien de chasse au nez légèrement tordu.

— Sam m'a beaucoup parlé de vous.

— Je m'en doute, renvoya Brooke sans le moindre humour, dès qu'il y a un crime, Brooke Yeager n'est pas loin.

— Il n'a dit que du bien de vous, dit-il gentiment. Qu'est-ce qui vous fait croire que Robert Eads a été assassiné ?

— Quoi ? Vous voulez dire qu'il n'a pas été assassiné ?

— Je n'ai pas dit ça. Je veux simplement savoir ce qui vous fait croire, vous, qu'il la été.

— Quand nous l'avons trouvé — Elise et moi —, il était allongé sur le ventre. Le dos de son trench-coat était couvert de sang et de trous. Comme poignardé. Il a été poignardé, n'est-ce pas ?

— Oui.

Brooke ferma les yeux.

— Oh, j'espère qu'il a été tué…

— Vous espérez qu'il a été tué ?

— J'espère qu'il a été tué au premier coup de poignard. Enfin, ce que je veux dire, c'est que j'espère qu'il n'a pas souffert pour tous les coups qu'il a reçus.

Elle se mit la main sur l'abdomen.

— Je crois que je ne me sens pas très bien.

— C'est bien compréhensible. Vomissez si vous en avez besoin.

Brooke baissa la tête, respira profondément, avalant la salive chaude qui lui était montée dans la bouche. Elle enlaça Elise qui s'était approchée d'elle, la serra fort, puis finit par lever la tête et ouvrir les yeux.

— Ça va mieux, maintenant. En tout cas, je crois que je ne vais pas vomir.

Myers sourit à nouveau, ce qui accentua ses bajoues et les profondes rides sous son nez. Il avait un de ces visages familiers, comme un vieux meuble, mais ses yeux avaient l'éclat et la vivacité de diamants.

— Tant mieux, mais ne vous gênez pas si vous en avez envie…

— Non, vraiment, ça va aller.

Brooke se demanda pourquoi elle tenait tant à convaincre Hal Myers qu'elle allait bien alors qu'elle ne se sentait pas bien du tout. Elle était malade — physiquement et émotionnellement.

— D'accord. Mademoiselle Yeager, avez-vous touché ou déplacé le corps ?

— Moi, non. Mais Elise, si. Ma chienne. C'est elle qui m'a conduite dans l'allée, droit à Robert. Elise le connaissait — nous nous étions fréquentés —, elle a reconnu son odeur. Quand on est arrivées à lui, tout ce que j'ai vu, c'était le trench-coat et une chaussure. J'ai essayé de tirer Elise, mais elle ne s'est pas laissé faire, elle grattait avec ses pattes ; elle a même tiré l'imperméable avec ses dents, et elle a fini par faire tourner… le corps. C'est alors que j'ai reconnu Robert.

— L'avez-vous vu hier soir ?

— Non.

— Où étiez-vous hier soir ?

Brooke savait que c'était une question de routine, mais elle se raidit tout de même.

— J'étais dans mon appartement. Seule.

— Est-il venu à votre porte ?

— Non.

— Vous m'avez dit que vous vous étiez fréquentés.

— Oui. Nous avons rompu il y a environ un mois. Mais il n'arrêtait pas de m'appeler, et même de me suivre.

— Si je comprends bien, vous l'avez laissé tomber et il voulait continuer à sortir avec vous ?

Brooke hésita.

— C'est moi qui ai mis fin à notre relation, mais il ne voulait pas continuer à sortir avec moi.

— C'est pourtant l'impression que ça donne.

— Je sais, mais ce n'est pas la vérité.

— Avez-vous rompu pour fréquenter quelqu'un d'autre ?

— Non. C'est juste… que ça n'a pas marché entre nous.

Il aurait été tellement simple de tout avouer à cet homme à la voix douce, mais Brooke savait combien Robert tenait à ce que son homosexualité reste secrète. Elle avait été surprise en apprenant la vérité, pas horrifiée. Pas même blessée. Seulement en colère d'avoir été utilisée pour couvrir la réalité, mais elle ne voulait pas trahir cette vérité, même maintenant qu'elle ne pouvait plus nuire à Robert.

— Nous nous sommes séparés par consentement mutuel, dit-elle, surprise de s'entendre mentir ainsi et le regrettant immédiatement.

— Ce n'est pas ce que vous avez dit avant.

— Eh bien, ce n'était pas simple, vous savez comment ça se passe, ce genre d'histoires, j'ai dû finir par suggérer qu'on ne se voie plus, et il était d'accord.

Hal Myers fronça les sourcils.

— S'il était d'accord, pourquoi n'arrêtait-il pas de vous téléphoner et de vous suivre ?

— Eh bien… il avait besoin de me parler.

— De quoi ?

— Juste… oh, je n'en sais rien.

Elle s'était mise à respirer rapidement, consciente que Myers savait qu'elle mentait.

— Peut-être qu'il voulait s'excuser.

— Pour une séparation par consentement mutuel ?

Brooke soupira.

— Oh, merde. Je vous ai menti, voilà.

Elle leva les yeux sur le visage sévère de Myers. Il n'y avait pas la moindre trace d'humour dans ses yeux sombres, mais pas de colère non plus. Pas encore.

— J'ai rompu avec Robert parce que je me suis aperçue qu'il était gay. Il voulait que personne ne le sache, surtout pas son père. Il l'adorait et il pensait que ce dernier ne comprendrait jamais et ne l'aimerait plus… Je ne sais pas… J'ai rencontré le révérend Eads et je crois qu'il aurait été surpris et troublé, même blessé d'apprendre la vérité, mais il n'aurait jamais cessé d'aimer Robert et il aurait fini par comprendre ; en tout cas c'est ce que je pense. Robert n'était pas de cet avis, il avait une peur terrible que j'en parle, alors il n'arrêtait pas de me harceler, de me supplier de garder le silence, alors que je n'avais absolument aucune intention d'en parler, et…

— Vous êtes à bout de souffle et vous allez vous évanouir, observa calmement Hal Myers. Je crois que j'ai compris. Respirez à fond et expliquez-moi pourquoi Robert Eads était aussi persuadé que vous alliez révéler son grand secret ?

— Je ne sais pas. Honnêtement, je ne sais pas, mais il en était convaincu. Il a mentionné que quelqu'un avait téléphoné à son... amant, et il a aussi parlé d'une lettre de menaces. Il a sans doute cru que c'était moi qui avais téléphoné et envoyé la lettre. Pourtant ce n'était pas moi. J'ai essayé de le lui dire, mais il ne voulait pas me croire. Il a même proposé d'acheter mon silence, n'importe quoi !

— Attendez un peu, Brooke. Quelqu'un a appelé son amant ? Qui était cet amant ?

— Oh, non, ne me faites pas dire ça aussi.

— Mademoiselle Yeager, il s'agit d'un homicide. Un meurtre, dit-il d'une voix devenue sévère. L'heure n'est plus aux secrets, même les mieux intentionnés. Si l'on considère l'arme du crime en particulier...

— Quoi, l'arme du crime ? demanda Brooke d'un ton brusque.

— Parlez d'abord. Qui était l'amant d'Eads ?

Brooke soupira.

— Aaron Townsend. Le propriétaire de Townsend Immobilier. Mon patron. C'est comme ça que j'ai appris, pour Robert. Je suis revenue au bureau tard un soir pour aller chercher un dossier et je les ai surpris ensemble.

— Qu'avez-vous fait ?

— J'étais sous le choc. J'ai dit... Je ne sais pas quoi, mais rien de menaçant, j'en suis sûre... puis je suis partie.

— Mais vous n'étiez pas furieuse ?

— Furieuse ?

Brooke fit non de la tête, avant de décider d'être totalement honnête avec Myers, qui l'avait déjà surprise en train de mentir.

— Pas sur le coup, mais plus tard, j'étais sans doute en colère. Non pas d'avoir perdu Robert, mais j'étais furieuse qu'il se soit servi de moi pour dissimuler sa vraie nature.

Elle fronça les sourcils :

— Non, furieuse est trop fort. Si j'avais aimé Robert, j'aurais peut-être été furieuse, mais je ne l'aimais pas. Je le trouvais gentil — je le connaissais depuis toute petite, nous faisions partie de la paroisse de son père —, mais comme petit ami, il était plutôt ennuyeux. Ce qui n'a rien d'étonnant. Je n'étais pas la personne avec qui il avait vraiment envie de passer ses soirées. J'avais déjà l'intention de rompre, mais je nous aurais sans doute donné un peu plus de temps. Je n'étais pas malheureuse avec lui. On s'entendait bien. Mais bon, c'était loin d'être passionnel, comme relation.

Elle s'arrêta soudain et grogna.

— Je parle trop, mais bon, je veux simplement vous dire que je ne détestais pas Robert. J'en avais assez de son harcèlement ces derniers temps, surtout qu'il était parfaitement inutile, mais je n'aurais rien fait pour que cela cesse, sauf peut-être le signaler à la police ou quelque chose dans ce genre s'il avait continué.

Brooke prit une autre bouffée d'air.

— Bien, je vous ai dit tout ce que je savais. Maintenant, à votre tour. Que vouliez-vous dire à propos de l'arme du crime ? Je ne sais même pas de quoi il s'agit. Pourquoi pensiez-vous que vous me feriez dire la vérité en la mentionnant ?

Myers hésita un instant, il l'observait comme s'il tentait d'évaluer quelque chose. La matinée était assez fraîche, mais Brooke se sentit soudain en nage — elle suait par peur de l'inconnu.

— L'arme du crime, répondit enfin Myers, était à côté d'Eads. C'est un coupe-papier en argent — brillant et très tranchant.

Brooke le regarda, perplexe. Qu'avait-elle à voir avec un coupe-papier ? Elle n'en possédait même pas.

— Je ne comprends pas, dit-elle d'une voix blanche.

— Vous êtes sûre ? demanda froidement Myers. Ce coupe-papier avait les lettres *ALY* gravées sur un côté et *je t'aime* de l'autre. J'ai étudié les dossiers de Sam sur l'affaire de votre mère, Brooke. Je sais…

Brooke n'entendit pas la suite, son esprit l'avait ramenée à sa mère. Elle la revoyait, belle, assise à un petit bureau, le soleil dans ses cheveux blonds traversés d'un éclair : celui du coupe-papier en argent que lui avait offert son mari Karl, un coupe-papier gravé aux initiales ALY — Anne Lindstrom Yeager.

3

Assise dans un rocking-chair en bois, Elise à ses pieds, Brooke écoutait *Lakmé* de Delibes. Elle regardait droit devant elle, sans voir son fauteuil d'un jaune safran et chaleureux, ni ses coussins brodés rose hibiscus, ni les violettes des pots de fleurs à la fenêtre. Tout ce qu'elle voyait, c'était un trench-coat couvert de taches rouille et les yeux sans âme de Robert tournés vers un ciel superbe.

Elle n'avait aucune idée du temps qu'elle avait passé dans la chaise en cerisier fabriquée par son père, quand on frappa doucement à la porte. Brooke vit la porte s'ouvrir et eut vaguement conscience de la présence de Stacy. Cette dernière s'agenouilla et couvrit les deux mains froides agrippées aux accoudoirs, de ses mains chaudes et fortes.

— Brooke ? Brooke, regarde-moi.

Brooke obéit et se tourna vers elle, mais toujours sans la voir.

— Brooke, c'est Stacy.

— Je sais.

— Alors, montre-moi que tu le sais.

Stacy était ferme sans être brutale.

— Allez, ma belle, arrête de faire cette tête !

— Stacy, si tu l'avais vu !

— Je suis heureuse de ne pas l'avoir vu et tu n'aurais pas dû le voir non plus. On m'a tout raconté. Jay est descendu, il est en train de discuter avec les autres policiers.

Stacy se redressa et regarda autour d'elle.

— Tu vas commencer par éteindre cette musique, c'est d'un déprimant insupportable. C'est Robert qui t'a donné ce CD, n'est-ce pas ? Je n'ai jamais pu encadrer cet opéra.

Elle éteignit la stéréo.

— Et maintenant, je vais te préparer quelque chose à boire.

— Je ne veux rien.

Stacy était déjà dans la cuisine.

— Je vais faire du café.

Elle revint un instant plus tard, un biscuit pour Elise à la main.

— Quelle que soit l'ampleur de la tragédie, on peut toujours compter sur Elise pour noyer son chagrin dans des biscuits à la viande.

Brooke trouva cette remarque singulièrement amusante et fut prise d'un fou rire infernal. De plus en plus fort, de plus en plus violent. Stacy finit par la secouer :

— Ne me force pas à te gifler, Brooke Yeager, tu sais que j'en suis capable.

— Et même capable d'y prendre du plaisir.

— Évidemment, qu'est-ce que tu crois ?

Brooke se calma presque instantanément, et se mit à pleurer dès quelle eut maîtrisé ce rire abominable.

— Excuse-moi.

— Ne t'excuse pas, j'ai l'habitude. Jay pleure tout le temps. Je dois le frapper si fort parfois qu'il m'arrive de l'assommer.

Un sourire perça sous les larmes de Brooke, Stacy le lui rendit.

— Tu te sens mieux ?

— Pas mieux, mais au moins, je ne suis plus hystérique.

— Bon, c'est déjà ça, dit Stacy en lui faisant passer un mouchoir. Les larmes ne me dérangent pas, mais tu as le nez qui coule.

Brooke se moucha et accepta un autre mouchoir pour essuyer ses yeux humides, avant de lancer les papiers dans une corbeille en osier.

— Quel début de matinée !

— Il est presque midi, dit Stacy en consultant sa montre. Mais je parie que tu n'as encore rien mangé.

— Je n'ai pas faim.

— Je comprends. Mais force-toi à boire un peu de café.

Brooke entendit des placards s'ouvrir dans la cuisine.

— As-tu oublié où je range les tasses ? demanda Brooke.

— Non.

Un moment plus tard, Stacy réapparut portant une énorme tasse avec un coq peint sur le côté.

— Harry t'a offert ça pour Noël l'an dernier. Tu t'en souviens ?

— C'est inoubliable.

Brooke but une gorgée de la boisson fumante, grimaça, puis sourit.

— Je comprends maintenant pourquoi tu ouvrais tous les placards. Tu cherchais le cognac. Combien tu m'en as mis ?

— Assez pour te rétablir.

— Ou pour m'expédier droit au lit.

— Ni l'un ni l'autre ne peut te faire de mal. Mais tant que tu es encore consciente, pourquoi ne me parles-tu pas un peu ?

— Je veux bien, j'ai besoin de parler.

Stacy s'assit par terre, presque aux pieds de Brooke. Elle ne semblait pas se préoccuper de sa proximité avec Elise et de son allergie aux chiens.

— Jay m'a dit que tu as trouvé Robert, poignardé, à côté de la benne. Je sais aussi que quelqu'un a descendu le bas de l'escalier de secours, celui qui mène pratiquement à la fenêtre de ta chambre.

Les yeux de Brooke s'arrondirent.

— Je n'avais pas remarqué.

— Ils sont en train d'essayer de relever des empreintes digitales, mais Dieu sait combien de gens ont tripatouillé ce truc, même s'il est en hauteur. Les gamins n'arrêtent pas de sauter pour essayer de s'y balancer.

— Mais il était baissé et Robert n'était qu'à quelques mètres, dit Brooke en se tournant vers Stacy. Crois-tu que ce soit Robert qui ait tiré l'échelle ? Qu'il ait voulu entrer ici ?

Stacy haussa les épaules.

— Nous étions à la maison et nous n'avons entendu personne frapper chez toi. T'a-t-il téléphoné ?

— Non. Personne n'est venu à la porte et personne n'a appelé. J'ai passé la soirée à lire.

— Et à écouter cette musique atroce. Nous l'entendions de chez nous.

Brooke lui adressa un faible sourire.

— Désolée, si j'ai trop monté le volume, mais *Lakmé* est loin d'être atroce. Tu n'aimes pas le classique, voilà tout.

— C'est déprimant. Peu importe ; mes goûts musicaux n'ont rien à voir avec cet assassinat. Jay dit que l'arme du crime est un coupe-papier avec des initiales gravées.

Brooke acquiesça, et avala une bonne goulée de café au cognac.

— Les initiales sont ALY. Anne Lindstrom Yeager. *Je t'aime* est gravé sur l'autre côté. Mon père l'avait offert à ma mère, parce qu'elle avait toujours peur de se casser un ongle ou d'écailler son vernis en ouvrant son courrier. Elle avait de longs ongles rouges.

— Comment peux-tu être sûre qu'il s'agisse du même coupe-papier ?

— Combien de coupe-papier correspondent à cette description, à ton avis ? Et puis, ma grand-mère avait signalé sa disparition à la police peu après l'assassinat de ma mère. L'inspecteur chargé de l'enquête, Hal Myers, a lu le rapport. Il s'est souvenu du coupe-papier.

Stacy la regarda quelques instants.

— Comment Robert a-t-il pu s'emparer du coupe-papier de ta mère ?

— Je ne crois pas que Robert l'ait eu. Ce serait une sacrée coïncidence s'il l'avait trouvé quelque part.

Stacy continuait à la regarder, l'air perplexe.

— Je me souviens que quelques jours, peut-être une semaine, avant l'assassinat de maman, elle avait cherché son coupe-papier partout. Elle m'avait accusée de l'avoir pris. Mais ce n'était pas moi, bien sûr. Je n'avais même pas le droit de le toucher. Elle le gardait enveloppé dans de la feutrine qui devait l'empêcher de se ternir et elle ne laissait absolument personne le prendre. Un jour, elle avait surpris Zach en train de s'en servir et elle avait piqué une crise.

— Parce que c'était un cadeau de ton père.

Brooke acquiesça.

— Zach était jaloux qu'elle soit aussi possessive avec ce cadeau de papa. Je me souviens qu'il l'avait jeté par terre et était parti en claquant la porte. Ils se disputaient fréquemment à cette époque, mais ma mère en avait pleuré. Je l'avais observée en cachette ; elle avait ramassé le coupe-papier et n'arrêtait pas de l'essuyer, comme si elle voulait éliminer toute trace de Zach dessus, puis elle l'avait remballé et caché dans la bibliothèque. Quelques jours plus tard, elle l'avait cherché, mais n'avait pas réussi à le trouver.

— C'est Zach qui l'avait pris.

— Probablement. Comme la bague de mariage que papa avait offerte à maman. Elle avait un petit diamant et l'inscription *Anne & Karl* gravée à l'intérieur. Elle la gardait dans un petit écrin en velours bleu, dans le tiroir de sa lingerie. Quand elle s'était aperçue de sa disparition, en même temps que le coupe-papier, elle avait été pratiquement hystérique.

— La bague avait disparu en même temps ?

— Oui. En tout cas, ma mère s'était aperçue de leur disparition le même jour. La bague avait peut-être été volée depuis des jours, voire des semaines, avant qu'elle ne s'en aperçoive, mais ça m'étonnerait. J'ai l'impression qu'elle regardait sa bague presque tous les jours.

Stacy se tapotait la cuisse des doigts en réfléchissant.

— Sans parler de la bague, Zach n'aurait pas pu garder un coupe-papier en prison.

— Non. Il avait dû le cacher quelque part.

— Pourquoi ne pas s'en débarrasser, tout simplement.

— Je n'en ai pas la moindre idée, Stacy. Zach Tavell a toujours été un mystère pour moi. Je n'avais que neuf ans quand ma mère l'a épousé, mais je n'ai jamais compris pourquoi elle l'avait fait. Ils se connaissaient depuis moins de trois mois. Il était complètement différent de mon père — sérieux, peu bavard, presque ténébreux.

— Ça devait être comme un mariage par chagrin amoureux pour ta mère.

— C’est la seule explication que je puisse trouver, mais je ne comprenais pas grand-chose à cela, à l’époque. Je me rappelle que j’étais malheureuse quand elle s’est mariée, même si j’ai fait semblant d’être contente pour lui faire plaisir. Mais ma mère n’était pas heureuse, je suis sûre qu’elle voulait divorcer.

Brooke faillit s’étouffer sur son rire sans humour.

— Mais elle n’en a pas eu l’occasion : il l’a tuée avant.

— Finis ton café, ordonna Stacy, craignant manifestement que Brooke éclate en sanglots ou pire. Et souviens-toi, ils ne savent pas encore avec certitude si le coupe-papier était l’arme du crime.

— Ben voyons, il a juste réapparu miraculeusement, quinze ans plus tard, à côté d’un homme poignardé Dieu sait combien de fois.

Stacy soupira.

— D’accord. Admettons que Zach ait gardé ce coupe-papier dans un endroit secret pendant quinze ans. Pourquoi l’aurait-il utilisé pour tuer Robert ?

— Il devait l’avoir sur lui. Ça s’est sans doute trouvé comme ça, voilà tout.

— Oui, mais au risque de me répéter, pourquoi ? Pourquoi Zach Tavell aurait-il tué Robert ?

— Parce que Zach me suit. Il a donc dû s’apercevoir que Robert me suivait aussi. Quand il a vu Robert essayer de monter dans mon appartement hier soir, il l’a tué.

— Pour te protéger ?

Brooke finit sa tasse d’un trait et en souriant tristement, dit à son amie :

— Non, Stacy. Parce que Zach veut me tuer lui-même.

CHAPITRE XIII

1

On sonna chez Aaron Townsend. Il regarda par la fenêtre, vit la voiture de sa sœur et se précipita pour ouvrir. Il sourit en voyant son élégant tailleur noir mis en valeur par le col chinois et les poignets mousquetaire d'un chemisier de soie blanche.

— Maddy, tu es éblouissante.

— Je ne sais pas si le compliment est approprié quand on porte le deuil, mais je suis contente que ça te plaise.

Elle sourit. Un courant d'air frais fit voler ses cheveux bruns et soyeux sur son visage.

— J'aurais peut-être dû me faire un chignon.

— Non, j'ai horreur des chignons. Ça me fait penser à maman.

En observant sa sœur marcher devant lui, Aaron demanda :

— Maddy, est-ce que tu te sens bien ?

Elle lui jeta un regard inquisiteur.

— C'est juste que…

— Je boite plus que d'habitude, finit-elle à sa place.

Aaron, tu ne devrais pas faire tant de manières pour parler de ma jambe. Je boite plus que d'habitude parce que j'ai chuté avant-hier. J'ai buté sur le chat en sortant à l'arrière. Ça ira mieux demain.

Aaron précéda Madeleine dans le hall d'entrée de son énorme maison en pierre.

— Maman voudrait que tu te débarrasses de ce chat.

— J'habite chez elle et je respecte tous ses vœux, sauf celui-là. Si Ombre s'en va, moi aussi. Maman le sait. D'ailleurs ce n'était pas de la faute d'Ombre, c'était de la mienne.

— À toi de voir. Dis donc, elle ne vient pas à l'enterrement de Mia, si ?

— Ombre ?

Aaron sourit. Quand ils étaient entre frère et sœur, Madeleine abandonnait toute forme de cérémonie.

— Oh, tu voulais parler de maman. Eh bien, tu vas être déçu, mais la réponse est non. Elle m'a dit qu'elle ne connaissait même pas cette fille. Elle dit aussi que sa sciatique la fait souffrir.

— Sa sciatique se manifeste toujours au bon moment, ironisa Aaron. Chaque fois qu'elle n'a pas envie d'aller quelque part.

— Quel manque de respect !

Madeleine examina Aaron de la tête aux pieds.

— Cette robe de chambre en soie te va à merveille, tu comptes la porter à l'enterrement ?

— J'attendais que tu arrives pour m'aider à choisir le costume qui me va le mieux — j'hésite entre le Joseph Brooks bleu marine et le Perry Ellis anthracite.

— J'ai toujours eu un faible pour l'anthracite.

— Cravate ?

— Noir uni. C'est classe et approprié pour des funérailles. Tu vas être beau comme un cœur. Mais dis-moi, tu me sembles un peu pâle, dit Madeleine en fronçant les sourcils. Tu n'es pas malade ?

— Je suis exténué. Tu sais, j'aurais grand besoin d'un café avant de m'habiller. Tu en veux un ?

— Bien sûr.

Madeleine le suivit dans la grande cuisine aux appareils ménagers en inox. Elle adorait les plans de travail en marbre et les placards blanc cassé qui reflétaient la lumière du plafond vitré. C'était à l'opposé de l'énorme caverne vieillotte qui servait de cuisine chez sa mère. Elle prit un tabouret et s'accouda au billot de boucher en érable au centre de la pièce, puis appuya sa canne contre un autre tabouret.

— Je croyais que tu avais décidé de ne pas aller à la conférence de Cleveland hier.

— C'est vrai, mais à la dernière minute, j'ai pensé que ça ferait vraiment mauvaise impression si je n'y allais pas.

Il lui tendit une tasse et une soucoupe en porcelaine ; le breuvage était odorant et exotique.

— Normalement, j'aurais dû y passer la nuit et rentrer aujourd'hui. Mais je suis parti vers les huit heures.

— Ce qui veut dire que tu n'es pas rentré avant minuit.

— Bien plus tard. J'ai été retardé de trois quarts d'heure par l'accident d'un semi-remorque. Et j'avais un mal de tête abominable. Dieu, que ces conférences sont assommantes !

— J'ai passé la journée avec maman. Elle disait ne pas se sentir bien et j'ai fini par la conduire aux urgences. Ils lui ont fait toutes les analyses possibles et imaginables…

— Et n'ont pas détecté le moindre problème ? dit Aaron d'un air moqueur.

— Comment as-tu deviné ? répliqua Madeleine en riant.

— Je connais maman. Elle était sans doute toute contente qu'on s'occupe d'elle, sans parler du plaisir de foutre ta journée en l'air.

— J'avais amené un roman, encore heureux. *Anna Karénine*. Il fait près d'un millier de pages et je l'ai presque terminé.

Aaron sourit en buvant son café.

— Nous avons donc eu tous les deux des journées fabuleuses. J'ai essayé de t'appeler en rentrant, mais mon portable passait mal.

— Tu n'as pas de compte à me rendre, Aaron.

— Ce n'est pas la question. J'avais juste envie de parler à quelqu'un qui avait de l'esprit. Je ne supporte pas la radio et je me suis dégoûté de mes CD.

Madeleine était aux anges.

— Je suis heureuse que tu me trouves de l'esprit, ce n'est pas l'opinion de maman, c'est certain.

— Je parie qu'elle a tenu à décrire, dans les détails les plus intimes, chacune de ses douleurs, à parler des souffrances atroces qu'elle doit supporter chaque jour de sa vie, de sa persévérance courageuse, du modèle de bravoure et de dignité qu'elle représente, en dépit de son agonie la plus absolue.

Madeleine éclata de rire.

— Bon, elle a sans doute l'ouïe assez fine pour entendre cette tirade de blasphèmes et je vais sans doute m'effondrer au cimetière.

— Si c'est le cas, plaisanta Madeleine, au moins tu seras bien habillé.

Aaron posa sa tasse.

— À condition que j'arrête de piailler et que j'enfile mon costume.

Aaron venait de se lever de son tabouret lorsqu'on sonna. Il regarda la pendule.

— Onze heures et quart et les obsèques sont à treize heures. Bon sang, mais qui ça peut bien être ?

— Tu veux que je réponde pendant que tu t'habilles ? lui demanda Madeleine.

— C'est chez moi, donc ça doit être pour moi, alors autant que je réponde, renvoya Aaron d'un ton revêche. Mais le moment est vraiment mal choisi…

Aaron resserra sa robe de chambre en soie rose et se dirigea vers la porte. Il regarda par le judas et vit deux inconnus sur le palier en pierre. Ils n'avaient pas l'air hésitant, comme s'ils étaient sûrs d'être dans la bonne maison. Ils semblaient presque sévères. Aaron eut brièvement envie d'appeler Madeleine — les hommes se comportaient habituellement plus courtoisement en sa présence — puis il se dit que ce serait lâche de s'abriter derrière sa petite sœur. Il ouvrit la porte en grand.

— Vous désirez ?

— Aaron Townsend ?

— Oui.

— Je suis l'inspecteur Myers et voici l'inspecteur Corrigan de la police de Charleston. Nous aimerions vous parler.

La police de Charleston ? L'estomac d'Aaron se noua. Son grand-oncle avait été divisionnaire dans le temps. Aaron avait toujours détesté sa voix rude et son nez crochu.

— Bien sûr.

Il marqua une pause. Le regard des policiers s'était déplacé de son visage à la robe de chambre colorée qu'Aaron avait affectionnée jusqu'à cet instant. Il trouva soudain qu'elle faisait un peu trop sophistiqué.

— Donnez-vous la peine d'entrer, dit-il d'une voix plus grave que d'habitude.

« Je peux avoir une voix virile, à défaut de l'allure », pensa-t-il.

Aaron conduisit les hommes dans le salon aux immenses baies vitrées qui donnaient sur les bois et sur le patio en dalles, avec barbecue, sièges en tissu vert et chaises longues. Le plancher du salon, en noyer, était froid sous les pieds nus d'Aaron et il apprécia le grand tapis en lin du milieu de la pièce. Il fit signe aux inspecteurs de s'asseoir sur un canapé crème interminable devant la fenêtre et s'installa sur une chaise noire toute simple, à côté d'une énorme cheminée en stuc.

— Comment puis-je vous aider, messieurs ? demanda Aaron, en s'apercevant qu'il avait oublié de se donner une voix virile, et semblait plutôt joyeux.

— Nous sommes venus vous parler de Robert Eads, dit Myers.

Aaron se sentit rougir. Il essaya de garder une expression décontractée, mais il n'avait aucun moyen de contrôler le sang qui lui montait au visage. Il déglutit, tenta de maîtriser le spasme nerveux de son pied et répondit plaisamment :

— Ah oui ? Et de quoi voulez-vous parler ? J'espère qu'il n'a pas d'ennuis.

— Il est mort, dit Myers sans faire de détour. Il a été assassiné avant-hier soir.

— Oh.

Aaron fut horrifié de sentir un sourire se dessiner sur son visage. Il n'arrivait pas à se contrôler. C'était un horrible tic nerveux. Ils le regardèrent d'un air intrigué, et il eut peur de prendre le fou rire.

— Robert Eads ? finit-il par dire d'une voix rauque, en tentant désespérément de se maîtriser. A… assassiné ?

— Oui, confirma lentement Myers.

Aaron nota qu'en dépit de la couleur grisonnante de ce qui lui restait de cheveux, Myers avait une ébauche de barbe noire sous la peau de son visage bronzé. Et des sourcils bruns. Noir charbon et très arqués. C'était bien le moment de remarquer de tels trucs !

— Nous vous avons appelé hier, mais sans succès.

— J'étais à une conférence à Cleveland. J'ai été retardé par un accident sur la route et j'ai dû rentrer vers minuit. Mais pourquoi vouloir me questionner au sujet du meurtre de Robert ?

Myers regarda attentivement Aaron ; ses yeux noirs ne révélaient aucune émotion.

— Nous avons nos raisons.

— J'imagine que oui, mais c'est vous qui venez de m'apprendre que Robert avait été assassiné !

Aaron entendit sa voix s'élever comme si elle appartenait à quelqu'un d'autre. Il tenta à nouveau de déglutir, échoua et recommença.

— Je n'étais pas du tout au courant de… la tragédie.

Myers haussa ses fameux sourcils bruns et arqués.

— Vous n'étiez pas au courant ?

— Je… non… euh… quand ?

— Quand quoi ? demanda Myers.

— Quand a-t-il été assassiné ?

— Nous estimons qu'il y a environ trente-six heures.

— Ah. Comment se fait-il qu'on ne m'ait rien dit ?

Myers répondit patiemment :

— Le corps d'Eads a été découvert hier matin. Vous venez de nous dire que vous aviez été absent toute la journée d'hier.

Il fronça les sourcils.

— Vous n'avez pas écouté les informations ?

— Je ne les écoute jamais. Ni en voiture, ni à la maison. Je suis allé me coucher directement en rentrant. Pas de télé.

— Je vois.

Le regard intense de Myers resta fixé sur le visage d'Aaron. Il finit par demander :

— Vous étiez très proche de Robert, n'est-ce pas, monsieur Townsend ?

Aaron sentit soudain ses pieds nus, comme deux blocs de glace. Dans sa robe de soie et son fin pantalon de pyjama, il se sentit nu et vulnérable face à ces deux hommes sans expression, surtout Hal Myers, avec ses lèvres minces, son front ridé et son regard insistant. Le genre d'homme qui ne baissait jamais les yeux.

— Robert Eads a été mon employé pendant trois ans.

Aaron se demanda si les inspecteurs détectaient le léger tremblement dans sa voix.

— Il a démissionné il y a un peu plus d'un mois.

— Pourquoi ?

— Euh… Robert était très ambitieux. Il est allé chercher de meilleures opportunités.

— Mais Townsend Immobilier est la plus importante agence de la ville et si mes informations sont exactes, il avait d'excellents résultats chez vous.

— Il s'était spécialisé dans l'immobilier commercial et il se débrouillait bien.

— Alors pourquoi est-il parti ?

Aaron s'éclaircit la gorge.

— Je crois qu'il avait l'intention de se mettre à son compte.

— Je vois.

Myers aligna ses doigts et posa son menton dessus. Aaron remarqua que son alliance semblait trop petite. Il ne pouvait pas savoir qu'en trente-cinq ans de mariage, cet homme imposant ne l'avait pas ôtée une seule fois. Il ignorait aussi que l'inspecteur avait quatre enfants et sept petits enfants, qui l'appelaient tous Papa Nounours, parce qu'il se comportait toujours avec eux comme un gros nounours de dessin animé.

— Il n'était pas issu d'un milieu très aisé, si ?

— Qui ? Robert ? Non, pourquoi ? demanda Aaron, surpris.

— Eh bien, vous venez de nous dire qu'il avait travaillé trois ans pour vous. Il avait une vingtaine d'années, ce qui ne lui avait pas donné le temps de beaucoup économiser. Nous avons consulté son compte en banque, pour tout vous dire, et il est bizarrement peu fourni, si l'on pense au salaire qu'il touchait chez vous. Il avait peut-être des goûts de luxe. Une chose est sûre, on ne lui aurait jamais accordé le prêt énorme indispensable pour ouvrir une nouvelle agence et comme sa famille n'aurait pas été en mesure de l'aider, je crois qu'il avait peu de chance de se mettre à son compte. Avait-il l'intention de travailler pour quelqu'un d'autre ?

— Ma foi, c'est possible. Je n'en sais vraiment rien.

Aaron sentait la sueur sur son visage, tandis qu'il avait froid sur le reste de son corps.

— Vous savez, inspecteur, Robert Eads s'est contenté de démissionner en me disant qu'il avait l'intention de se mettre à son compte. Je ne pense pas que son départ de Townsend Immobilier, avec si peu, était une bonne décision, mais le malheur des uns fait…

Il était sur le point de dire « le bonheur des autres », mais ça semblait horrible. Et louche.

— … c'est le malheur des uns.

— Mais vous venez de nous dire qu'il allait se mettre à son compte.

— C'est ce qu'il m'a dit, une fois. Je me rappelle avoir pensé que son talent me surprendrait peut-être un jour et qu'il pourrait devenir un véritable rival.

Aaron s'aperçut immédiatement que ce commentaire risquait d'être mal interprété et tenta de réparer les dégâts.

— Je plaisante. Pas à propos de la mort de Robert, bien sûr.

« Mon Dieu », pensa-t-il, avec l'impression de s'enfoncer dans des sables mouvants. Pourquoi ne pouvait-il rien dire de bien ? Aaron adopta une expression et un ton de voix sombres.

— Messieurs, une firme comme Townsend ne se

construit pas en un jour et nous jouissons d'une excellente réputation. Même si Robert avait eu les moyens et le talent nécessaires pour établir sa propre agence, il n'aurait jamais représenté une menace. Il n'avait ni assez d'expérience, ni assez de contacts. Il aurait sans doute échoué, ce qui aurait été triste. Mais il lui arrivait d'être un peu trop… sûr de lui.

Aaron marqua une pause.

— Naturellement, il n'avait peut-être aucunement l'intention de se mettre à son compte. Il essayait peut-être simplement de m'impressionner.

— Vous ne savez donc pas du tout ce qu'il prévoyait de faire.

— Non. J'étais son employeur, voilà tout. Rien de plus. Nous n'étions pas proches.

— Vraiment ? demanda lentement Myers. J'ai entendu dire que vous étiez proches. Très proches.

Aaron eut l'impression de ne pas pouvoir respirer quand Madeleine entra soudain dans le salon, son visage superbe éclairé par le soleil, son boitement encore plus prononcé que d'habitude, attirant ainsi l'attention, et la compassion des policiers. Elle parla d'une voix douce et innocente.

— Bonjour messieurs. Je suis Madeleine Townsend, la sœur d'Aaron. Je parie qu'il ne vous a même pas offert de café. Est-ce que ça intéresse quelqu'un ? J'ai une cafetière d'un excellent mélange malaisien.

« Oh, merci, Maddy », pensa Aaron. Il avait la tête qui tournait, mais il savait qu'elle avait écouté derrière la porte et qu'elle avait entendu, et senti sa tension. L'inspecteur Corrigan sourit pour la première fois et Aaron se rendit compte qu'il l'avait déjà vu avant, sans réussir à savoir où. Cette chevelure rousse et frisée, ces grains de beauté, ces yeux bleu clair…

— Non merci, mademoiselle, répondirent les deux policiers.

— Nous avons déjà abusé de café ce matin, poursuivit Myers. Connaissiez-vous Robert Eads, mademoiselle Townsend ?

— À peine. Il travaillait pour mon frère. Je l'ai rencontré pour la fête de Noël et à un pique-nique de l'agence.

Elle lança un regard affectueux à son frère.

— Aaron organise au moins deux fêtes par an pour l'agence. Davantage en cas de mariage d'un employé ou d'une naissance. Il est très généreux envers ses employés.

— Robert a quitté l'agence il y a presque deux mois, mais votre frère ne semble pas savoir pourquoi.

— Ça, ce n'est pas à moi qu'il faut le demander, dit tranquillement Madeleine. Je ne connais pas grand-chose à ses affaires, mais je sais que les gens vont et viennent sans toujours expliquer ce qui les motive.

Elle haussa les épaules et lança son sourire radieux aux deux hommes.

— Mais pourquoi vous intéressez-vous à Robert Eads ? A-t-il fait quelque chose de mal ?

— Vous ne savez pas qu'il a été assassiné avant-hier soir ?

Madeleine posa sa main sur sa gorge.

— Oh non, mais c'est atroce !

— Vous n'avez pas écouté les informations non plus ?

— J'ai passé la journée à l'hôpital hier, avec ma mère.

Corrigan prit la parole.

— Ils ont la télévision à l'hôpital, mademoiselle Townsend, et toutes les chaînes ont parlé du crime.

— Je ne regarde pas la télé. Je lis.

Elle regarda rapidement son frère, silencieux et pâle, et s'empressa de demander :

— Savez-vous qui a tué M. Eads ?

— Non, mademoiselle, pas encore.

— Puis-je vous demander pourquoi vous vous adressez à Aaron ?

— Parce qu'Eads était son employé il n'y a pas si longtemps. Nous pensions que M. Townsend pourrait peut-être nous éclairer sur certaines habitudes de Robert.

— Habitudes ? lança Aaron d'une voix tendue. Quelles habitudes ?

— Le genre d'habitudes qui auraient pu le conduire à sa mort, répondit calmement Myers.

— Comme de la drogue ?

— C'est ce que je vous demande, renvoya Myers. Vous le connaissiez, moi pas.

Aaron se mit à tapoter du pied.

— Je vous ai déjà dit que je le connaissais à peine. Ce n'était qu'un employé. Il ne se confiait pas à moi. Pourquoi me parlez-vous de drogue ? Était-il drogué quand il est mort ?

— Mais c'est vous qui avez parlé de drogue, pas nous. Par ailleurs, nous n'avons pas encore tous les résultats des analyses, dit Myers.

— Je ne peux rien vous dire de sa vie privée, mais au travail, je n'ai jamais remarqué de comportement indiquant qu'il se droguait. Il était très… efficace.

Aaron nota que Myers semblait plus décontracté. « Ils sont peut-être satisfaits et prêts à partir », pensa-t-il, sur le point de se lever pour les raccompagner. Puis il remarqua que Corrigan se penchait et il comprit que les inspecteurs se relayaient.

— Eads fréquentait quelqu'un de l'agence, n'est-ce pas ? demanda Jay. Une fréquentation amoureuse, je veux dire.

— Fréquentation ? Amoureuse ?

Aaron entendit sa voix monter dans les aigus et s'appliqua à la moduler dans les graves.

— Je ne vois pas à quoi vous faites allusion.

— N'est-il pas sorti avec Brooke Yeager ?

Aaron comprit qu'ils voulaient parler de Brooke. « Dieu merci », se dit-il.

— Ah oui, dit-il en essayant de prendre un ton détaché. Je n'aime pas me mêler de la vie privée de mes employés, mais il me semble effectivement avoir entendu dire que Brooke et Robert sortaient ensemble. Tant que ça ne se ressentait pas sur leur travail, je me moquais bien de ce qu'ils faisaient. Ensemble, je veux dire, même s'ils n'étaient pas faits l'un pour l'autre.

Aaron n'aurait pas su dire pourquoi il avait fait cette dernière remarque, si ce n'est qu'il avait toujours été secrètement jaloux quand il voyait Robert et Brooke ensemble, même si Robert l'avait assuré que la relation n'était qu'une imposture. Mais pour le moment, son subconscient semblait s'exprimer à sa place.

— Vous les trouviez mal assortis ? demanda Corrigan. Pourquoi ?

Les deux policiers le regardaient avec beaucoup

d'intérêt, et même Madeleine lui avait lancé un regard perçant. Aaron tenta de trouver une réponse.

— Quand les couples travaillent au même endroit, s'il y a rupture, il y a toujours de l'animosité, ce qui crée un malaise sur le lieu de travail. C'est tout ce que je voulais dire.

— Oh. Alors, vous alliez à l'encontre de vos propres principes quand vous avez fréquenté Judith Lambert, l'an dernier, observa Corrigan.

— Eh bien, oui, c'est exact. Je n'aurais pas dû lui demander de m'accompagner à un dîner officiel pendant que j'étais entre deux relations. Judith a mal interprété cette invitation, elle l'a prise bien trop au sérieux. J'aurais dû arrêter de la voir immédiatement, mais bêtement, j'ai laissé couler quelque temps, j'appréciais sa compagnie. Quand j'ai fini par rompre, elle l'a plutôt mal pris.

Il éclata d'un rire bien trop fort.

— C'est exactement pour cela que je n'aime pas les relations entre mes employés. Ça part de mon expérience personnelle.

— Je vois ce que vous voulez dire, répondit Corrigan en ajoutant soudain… et puisque vous ne saviez même pas que Robert Eads était mort, vous ne risquez pas de savoir que c'est Brooke Yeager qui a découvert son corps.

— Ça, par exemple ! lança Madeleine, affligée. C'est terrible pour elle ! Où l'a-t-elle trouvé ?

— Dans l'allée derrière son immeuble, à côté de la benne à ordures. En réalité, c'est son chien qui l'a trouvé, il a apparemment reconnu l'odeur d'Eads.

— Mon Dieu, poursuivit Madeleine. Pauvre Brooke. Quelle expérience horrible !

— Elle était sous le choc, naturellement, même si elle a eu son content de problèmes avec Eads.

Corrigan s'adressa à Madeleine :

— M. Eads avait apparemment du mal à accepter leur rupture. Il n'arrêtait pas de l'appeler, de la suivre, et même de venir frapper chez elle en insistant pour la voir. Elle avait envisagé d'en parler à la police.

— Vraiment ?

Aaron eut un rire qui ressemblait à un cri d'indignation.

Madeleine s'interposa rapidement.

— Oui, mais tu sais, Aaron, tu as toujours dit que Brooke pouvait être plutôt parano.

Aaron regarda sa sœur en clignant des yeux. Il n'avait jamais rien dit de tel, mais c'était elle maintenant que les policiers regardaient : encore heureux.

— Bien sûr, poursuivit Madeleine, vous connaissez tous son histoire — le meurtre de sa mère, le témoignage qui mit son beau-père derrière les barreaux et maintenant l'évasion de ce dernier. L'assassinat de Mia ne pouvait que s'ajouter au poids émotionnel que Brooke doit porter. Oui, elle est sans doute prête à s'effondrer au moindre petit problème, même s'il ne s'agit que de quelques appels de son ancien petit ami.

— Prête à s'effondrer ? demanda rudement Jay. Sous-entendez-vous que Mlle Yeager aurait tué Robert Eads parce qu'il l'agaçait ?

— Robert faisait sans doute plus que l'agacer, mais je ne voulais certes pas sous-entendre qu'elle lui ait fait du mal. Bien sûr que non, protesta Madeleine.

Aaron se tourna vers Jay. En dépit du visage impassible du policier, Aaron crut lire quelque chose dans ses yeux. De la suspicion ? Et certainement pas par rapport à Brooke. Aaron sentit soudain qu'il lui était impossible de passer une seconde de plus à parler avec ces hommes, sans faire éclater au grand jour la vérité sur lui et Robert. Il ne savait pas d'où venait ce sentiment — peut-être une peur enfantine qui l'empêchait de mentir aux représentants de l'autorité — mais il se sentait presque incontrôlable.

— Messieurs, je ne veux pas être impoli, mais vous n'êtes pas sans savoir que les obsèques de Mia Walters commencent à treize heures. Je n'ai pas encore pris ma douche et ne suis pas habillé. Je dois me préparer et comme je crains de ne pas pouvoir vous être plus utile dans cette histoire de Robert Eads…

— Vous apprécieriez de nous voir partir, termina Myers. Certainement, monsieur Townsend. Nous comprenons. Merci de nous avoir reçus.

Aaron accompagna les deux policiers à la porte sur des jambes flageolantes. Madeleine n'était pas loin, comme si elle s'attendait à ce qu'il s'évanouisse dans ses bras. Il se sentit ridicule. Myers se retourna et sourit à Madeleine.

— Enchanté d'avoir fait votre connaissance, mademoiselle Townsend, nous accepterons peut-être votre offre d'excellent café la prochaine fois.

« La prochaine fois ? » pensa Aaron, effrayé.

— Vous n'avez qu'à me prévenir et je serai heureuse de vous le préparer, répondit tranquillement Madeleine. Aaron en a des tonnes et il est vraiment délicieux. Au revoir, messieurs.

Quand les policiers furent à leur voiture, Aaron ferma la porte et regarda sa sœur.

— Eh bien, c'était stimulant, dit-il d'une voix grêle et fluette.

Madeleine le regarda longuement, avec une expression lugubre et un regard perçant.

— C'est le moins qu'on puisse dire. Aaron, ils n'ont pas cru un seul mot de ce que tu leur as raconté. Ils savent que ta relation avec Robert était différente — très différente — de ce que tu as bien voulu admettre.

Elle marqua une nouvelle pause, en plissant légèrement ses beaux yeux.

— Et je le sais aussi.

Dehors, Hal Myers avait pris le volant et attendait que Jay Corrigan entre dans la voiture.

— Alors, qu'en penses-tu ?

— Tout d'abord, je connais Brooke Yeager depuis pas mal de temps et je peux t'assurer qu'elle n'est pas parano, en dépit de tout ce qui lui est arrivé.

— Intéressant, répondit Myers. Autre chose ?

— Ils disent n'avoir été ni l'un ni l'autre au courant du crime, ça semble une sacrée coïncidence.

Jay avait le regard fixé droit devant, une petite ride séparait ses sourcils.

— J'ai aussi remarqué autre chose, dit-il en se tournant vers Hal. Ils n'ont demandé ni l'un ni l'autre « comment » Eads avait été tué.

— Tout à fait juste, remarqua Hal en souriant. Ils m'avaient dit que tu étais un bon flic, Corrigan. Je crois que nous allons former une bonne équipe.

2

Brooke enfila une robe en lin noir, sans manches, et faillit se déchirer un muscle en essayant d'atteindre la longue fermeture qui lui descendait dans le dos.

— Enfin, parfait, dit-elle quand elle eut réussi.

Elle fouilla dans son armoire et trouva une veste blanche et grise sans manches, qui lui arrivait à la taille et donnait une apparence plus formelle à la robe. Elle se débattait avec le fermoir d'un délicat collier de perles de culture lorsqu'on frappa à sa porte.

Elise renifla et aboya près de la porte, ce qu'elle avait commencé à faire depuis leur série de problèmes, depuis qu'elle sentait la tension de Brooke. « Pas étonnant, se dit cette dernière. Des étrangers déposent des fleurs, Robert frappe comme un sourd à ma porte, on découvre un cadavre près des ordures… » La chienne, déjà timorée, était probablement au bord de la crise de nerfs.

Brooke s'approcha de la porte, mais ne l'ouvrit pas.

— Qui est-ce ?

— Vincent.

— Vincent ?

— Vincent Lockhart, madame.

Brooke ouvrit la porte en souriant.

— Vous n'êtes pas obligé de donner votre nom de famille.

— Je n'en suis pas sûr. On aurait dit que vous n'aviez jamais entendu parler de moi avant.

Il portait un costume bleu marine qui contribuait étrangement à faire ressortir ses yeux verts.

— Pourquoi êtes-vous habillé ? lui demanda Brooke.

— Parce que je vais vous accompagner aux obsèques de Mia. Vous ne devriez pas y aller toute seule.

Il marqua une pause.

— Vous y alliez toute seule, non ?

— Non, j'ai mon escorte de police, mais je n'avais pas d'ami.

— Alors voici un ami, à votre service.

Le sourire de Brooke s'effaça brusquement.

— C'est votre père qui vous a forcé à venir, n'est-ce pas ?

— Non, mademoiselle Yeager, c'est mon idée à moi et à moi seul.

Brooke retrouva le sourire.

— Comme c'est aimable.

— On m'a déjà surpris en flagrant délit d'amabilité.

— J'en suis certaine. Et je n'avais vraiment pas envie d'y aller seule, surtout dans les circonstances présentes. Stacy m'aurait accompagnée, bien sûr, mais elle travaille. Je ne sais pas comment vous remercier.

— Moi je sais.

— Comment ?

— En me laissant entrer.

— Grands dieux ! Eh bien, ça vous donne une idée de mon état de nervosité, aujourd'hui. Entrez, s'il vous plaît.

Elise trotta vers lui, tendant sa mince tête pour se faire caresser. « Elle ne faisait jamais cela avec

Robert », observa Brooke. Et Robert ne s'était jamais baissé pour prendre son visage dans ses mains et la complimenter sur sa beauté. Elise remuait la queue avec un tel enthousiasme qu'on ne parvenait même plus à la voir.

— Vous aviez dit que vous aimiez les chiens.

— Ça, c'est certain, dit Vincent. Chez moi à Monterey, j'ai un setter irlandais, qui s'appelle Rusty et une chienne sans pedigree à poil long : Lady Blackwell.

Il soupira.

— Ils me manquent.

— Sont-ils dans un chenil ?

— Non, ils sont chez des amis qui ont des enfants. Mes chiens adorent tellement les gamins, je ne sais pas s'ils vont vouloir revenir chez moi.

— Bien sûr que si, dit Brooke, c'est vous le maître.

— Faux. Ce sont eux les maîtres. Ils tolèrent ma présence dans la maison à condition que je ne les dérange pas.

— Bon sang, je me demande ce qui a pu les gâter ainsi ?

— Aucune idée, répondit Vincent en riant, puis il la regarda. Vous êtes très élégante.

— Merci. Mais je donnerais n'importe quoi pour ne pas aller là où je vais. Mia était si jeune, exubérante et vive. C'est une tragédie de mourir jeune, mais savoir qu'elle est morte à ma place est à la limite du supportable. C'est moi que visait Zach, Vincent, pas cette malheureuse Mia.

Vincent s'avança et enlaça timidement Brooke. Elle resta bien droite et embarrassée quelques instants, puis se relaxa, s'approcha de lui et appuya la tête contre son torse.

— Je ne veux pas pleurer sur votre costume, dit-elle en sentant les larmes qui commençaient à couler.

— Voulez-vous que je le quitte ?

Brooke se mit à rire et pleurer en même temps.

— Je ne pense pas que ce soit nécessaire. Je vais être prudente.

Il resserra son étreinte.

— Ne soyez pas prudente. Couvrez-le de larmes si vous le voulez. Ce n'est pas mon plus beau costume.

— Je suis heureuse de l'entendre parce que j'ai déjà couvert l'épaule de pleurs. Et de mascara, aussi. Je suis désolée.

— J'espère bien que vous êtes désolée, dit-il gentiment, en lui prenant le menton dans la main et en lui faisant basculer la tête. Je vous trouve abominable.

Il l'embrassa tendrement et lentement. Brooke aurait voulu qu'il ne s'arrête jamais. Elle lui passa les bras autour du cou et coula la main dans les boucles de sa chevelure noire, d'une douceur incroyable sur la nuque. Il sentait bon — comme l'air pur d'un matin à la montagne — et son corps paraissait puissant et fort, capable de la protéger de tout. Le baiser s'intensifia et Brooke expira sans vraiment soupirer, comme si elle voulait complètement se fondre en lui. Sa robe allait sans doute se froisser, son maquillage couler, mais elle ne voulait pas le laisser partir. Jamais.

Puis Elise aboya brusquement. Ils sursautèrent tous les deux et la chienne recommença. Ils se séparèrent lentement et regardèrent Elise, perchée sur une chaise, leur lançant un regard désapprobateur, comme s'ils étaient deux adolescents surpris dans une étreinte interdite.

— Va-t-elle nous attaquer ? murmura Vincent, en posant un autre baiser sur le front de Brooke.

— Non, elle aboie parce qu'elle est jalouse.

— Elle refuse qu'on embrasse sa mère ?

— Non, elle ne veut pas que sa mère t'embrasse, toi. Je crois qu'elle est tombée amoureuse de toi.

— La malédiction de mon charme irrésistible, marmonna Vincent en posant à nouveau ses lèvres sur celles de Brooke.

Mais elle recula :

— Vincent, on ne peut pas faire ça.

— À cause d'Elise ?

— Parce que nous allons aux funérailles de mon amie qui est morte à ma place. Je n'ai pas le droit d'être… d'être…

— Heureuse ?

— Oui, heureuse, parfaitement, dit-elle timidement.

Puis elle éclata :

— Heureuse. Attirée. Excitée. Vivante !

— Tu as tout à fait le droit d'être heureuse, lui répondit tranquillement Vincent.

— Pas à la place de Mia. Pas parce que cette pauvre petite cherchait à m'imiter, qu'il faisait noir et que j'ai un beau-père qui veut m'assassiner !

Vincent se rapprocha d'elle, mais n'essaya pas de la toucher. Il se contenta de la regarder bien dans les yeux, exerçant une telle fascination qu'elle ne pouvait détourner le regard.

— Dans tout ce que tu as dit, le mot-clé est beau-père. Tu n'as rien fait, ni à Mia, ni à ta mère. C'est Zachary Tavell le responsable. C'est lui le coupable, tu ne dois pas porter sa culpabilité, Brooke.

Brooke parvint enfin à fermer les yeux, ce qui fit couler de nouvelles larmes sur son visage.

— J'en suis consciente, au niveau intellectuel. Mais au niveau émotionnel, c'est autre chose. Je ne pouvais rien faire pour maman, mais si Zach m'avait tuée à l'époque…

— Alors Mia serait vivante aujourd'hui. Bon Dieu, Brooke, c'est donc cela qui te torture ?

— C'est la vérité.

— C'est une possibilité. C'est tout. Merde, si Mia n'avait pas été tuée l'autre nuit, elle serait peut-être passée sous un bus le lendemain ou aurait eu un accident d'avion ia semaine suivante. Peut-être que son heure était venue.

— Son heure était venue ? Vincent, je te connais bien maintenant pour savoir que tu n'es pas un homme de foi, que tu ne crois pas à une destinée aveugle. Tu ne crois pas que tous ces gens dont tu parles dans tes livres étaient prédestinés à être brutalement assassinés. Tu crois qu'ils se trouvaient au mauvais endroit au mauvais moment, ou qu'ils avaient rencontré la mauvaise personne. Et pour Mia, la mauvaise personne, c'était moi.

— Arrête, Brooke ! dit doucement Vincent. Arrête. Tu ne sais pas du tout ce que je pense du rôle du destin contre les coïncidences. Tu m'attribues tes propres convictions, et pardonne-moi de te le dire, mais je pense que tes convictions religieuses ont été un peu déformées par tout ce qui t'est arrivé au cours de tes quelques années de vie.

— Bon, je te remercie de me dire que je suis folle !

— Je n'ai jamais dit que tu étais folle.

Vincent ferma les yeux, respira à fond, puis fit un petit pas vers elle.

— Tu n'es pas folle, mais tu t'es mis dans la tête que tu attires le malheur. Ça explique pourquoi toi, belle femme, intelligente, chaleureuse et de nature joyeuse, tu n'as pratiquement aucun ami, tu as peu fréquenté, et quand tu l'as fait, tu t'es contentée de quelqu'un comme Robert qui se foutait complètement de toi. Tu lui servais d'alibi pour pouvoir fréquenter quelqu'un qu'il aimait vraiment. Tu ne crois pas avoir droit au bonheur et si tu sens le bonheur s'approcher, tu essaies de l'éviter par peur de le détruire par inadvertance.

Brooke leva un visage plein de défi.

— Eh bien, quel fin psychologue tu fais, aujourd'hui.

— C'est parce que je le suis.

Brooke le fusilla du regard.

— Brooke, bébé…

— Et ne m'appelle jamais bébé. Ou baby, ou aucun de ces petits noms doux que tu donnes aux têtes de linotte californiennes qui t'adorent !

Vincent roula les yeux.

— D'accord, mademoiselle Yeager, je surveillerai ce que je dis. Et puis-je ajouter que les Californiennes ne sont pas toutes des têtes de linotte. Tu parles d'un stéréotype !

Brooke haleta quelques instants, en détournant les yeux, puis finit par dire :

— Tu as raison, je généralisais.

— Et j'avais seulement raison pour ça ?

Elle fuit à nouveau son regard, essuya une de ses joues humides, puis regarda Elise, assise sur sa chaise et que la dispute faisait trembler de nervosité. Elise. Brooke aimait Elise. Qui d'autre avait-elle aimé au cours de ces dernières années ? Elle compta. Großmutter, bien sûr. Et le souvenir de ses parents. Et elle aimait bien Stacy et Jay. Et… et… et personne d'autre à part Mia, qu'elle avait à peine connue.

Elle annonça à contrecœur :

— Tu n'avais peut-être pas complètement tort.

— Dans ces circonstances, je prends cela pour une adhésion manifeste à ma théorie.

— Je n'irais pas jusque-là.

— D'accord. Une adhésion qui sonne faux ?

Brooke ne put s'empêcher de se relaxer un peu.

— Une adhésion partielle qui sonne faux.

— Oui, bon, c'est mieux que rien.

— C'est déjà pas mal pour voir que tu t'es pointé ici sans y être invité, dans ton costard grand luxe, pour me débiter des théories sur le fait que je me prends pour un aimant à catastrophes.

Vincent sourit.

— Oui, ça doit être ça. Je vais prendre ça pour un compliment.

Il la regarda sérieusement.

— Veux-tu que je te quitte, préfères-tu aller aux obsèques toute seule ?

Elle fit semblant d'y réfléchir.

— Non, je ne crois pas. Je veux dire, vu que t'es déjà habillé et tout ça.

— Toi aussi, et au risque de t'offenser une nouvelle fois, je te suggère de te regarder un peu dans la glace. Le mascara dégoulinant te donne un look gothique pas forcément voulu.

— Mon Dieu, s'exclama Brooke, en se couvrant le visage et se précipitant vers la glace.

Vincent avait raison. Non seulement son maquillage avait formé de gros cercles autour de ses yeux, mais son mascara avait laissé de longues et étranges zébrures le long de son visage. Elle alla à la salle de bains et se démaquilla.

— Je n'en ai pas pour longtemps, cria-t-elle. Je vais juste m'arranger un peu…

— Je vais lire *Vogue* pendant que tu y travailles. Je devrais avoir le temps de finir ce numéro.

Dix minutes plus tard, Brooke sortit de la salle de bain, le teint frais, son maquillage discret appliqué d'une main aussi experte qu'avant l'arrivée de Vincent.

— C'est mieux ?

— Superbe, dit-il en posant le magazine et en faisant descendre Elise de ses genoux. Mais j'aurais besoin d'une brosse à vêtements.

La chienne avait laissé sa marque sur le costume marine. Brooke trouva vite la brosse et pendant qu'il se débarrassait des poils, elle mit ses boucles d'oreilles en perle. « Les mêmes que la nuit où Mia a été tuée », pensa-t-elle. Elle envisagea de les changer, mais elle se souvint que Mia adorait leur oscillation subtile. « J'ai pas arrêté de faire des allusions à tous les membres de ma famille, avait-elle dit, mais si personne ne m'en achète une paire pour Noël, je me les offrirai moi-même. Si ça ne te dérange pas, bien sûr. » « Mais j'en serais flattée », avait renvoyé Brooke sincèrement.

Ses yeux se remplirent à nouveau de larmes qu'elle

dut ravaler en clignant des paupières. Elle n'avait plus le temps de se remaquiller complètement s'ils voulaient arriver à l'heure aux obsèques.

Les parents de Mia avaient choisi d'organiser la cérémonie dans une petite église méthodiste. Pendant que Vincent cherchait une place de parking, Brooke s'aperçut que la plupart des gens qui entraient avaient l'air très affligés. Manifestement, Mia avait été aimée. Les gens étaient aussi vêtus de manière très simple, si simple que Brooke en déduisit qu'ils portaient leurs habits du dimanche, et ça se résumait à pas grand-chose. Mia n'était pas issue d'une famille prospère ou chic. Brooke se souvint : quand elle avait commencé à travailler à l'agence, Mia avait des habits de mauvaise qualité, elle était presque mal fagotée. Quinze jours plus tard, elle avait porté un ensemble qui ressemblait étrangement à celui de Brooke. Elle avait continué à imiter son style au cours des deux mois suivants. Elle avait continué jusqu'à ce que ça lui coûte la vie, pensa Brooke avec un pincement au cœur.

— Ça va ? lui demanda Vincent.

— Mais oui.

Elle se retourna et s'aperçut que la voiture était garée.

— Tu ne m'en voudras pas si je pleure un peu pendant l'office ?

Vincent tendit le bras, s'empara de la main de Brooke et la porta à ses lèvres.

— Pleure autant que tu veux.

— Même si mon maquillage coule ?

— Ce n'est pas un défilé de mode, Brooke. Et puis, qui se soucie de ce que je pense, de toute façon ?

« Moi, songea-t-elle, étonnée. Je m'en soucie beaucoup. »

— Allons-y, dit-il en sautant de voiture pour aller lui ouvrir la portière.

— La messe doit commencer dans cinq minutes.

Ils se hâtèrent de descendre la rue et de gravir l'escalier menant dans la fraîche obscurité de l'église. Quelqu'un jouait *Amazing Grace* à l'orgue. Elle aperçut, posé devant la chaire, le cercueil en chêne recouvert d'œillets roses. « Mia avait horreur du rose », pensa-t-elle. Sa famille ne le savait donc pas ?

Un homme que Brooke eut à peine le temps d'apercevoir s'approcha d'eux et leur tendit un programme en disant :

— Soyez les bienvenus. La famille vous remercie d'être venus.

Il indiqua un livre doré sur tranche qui reposait sur un pupitre en bois.

— Voulez-vous signer le registre, s'il vous plaît ?

Alors qu'elle s'apprêtait à signer, Brooke remarqua une jeune fille d'une quinzaine d'années qui tournait autour du pupitre. Elle était très mince, avait de longs cheveux blonds et des yeux couleur de bleuets. Elle ressemblait assez à Mia pour pouvoir être sa sœur. La fille sourit à Brooke, puis se pencha et la regarda apposer sa signature. Elle s'éloigna vivement et disparut dans une des petites arrière-salles.

— Tu la connais ? demanda Vincent à voix basse.

— Non, mais elle voulait savoir qui j'étais, elle m'a observée signer mon nom…

Vincent haussa les sourcils.

— Oui ?

— Oh, je n'en sais rien. Ça m'a paru étrange. Elle ressemble beaucoup à Mia. Ou à moi à cet âge. N'en parlons plus, décida Brooke en hochant la tête, je suis à cran, voilà tout.

Vincent griffonna son nom, prit Brooke par le coude et s'apprêtait à la diriger dans la salle principale lorsque la fille réapparut, un grand vase de roses blanches à la main. Elle se plaça juste devant Brooke.

— Vous êtes bien Brooke Yeager, n'est-ce pas ? demanda-t-elle d'une voix jeune et innocente.

Brooke acquiesça et la jeune fille lui tendit le vase de roses.

— Elles ont été livrées il y a une heure. Le livreur m'a dit que vous teniez à les déposer vous-même à la tête du cercueil et il m'a demandé de vous les donner.

Elle sourit.

— Elles sont très belles, mademoiselle Yeager.

— En effet, oui, répondit Brooke, d'une voix vague, un frisson de peur lui frôlant le cou. Mais je n'ai pas…

— Il y a aussi une carte, coupa la fille. Je l'ai détachée des fleurs pour que vous puissiez la regarder d'abord. Mais je ne l'ai pas lue, je vous le jure.

Elle lui tendit timidement une petite enveloppe, que prit Vincent, en regardant Brooke.

— Lis-la, dit-elle sèchement.

Vincent sortit la carte de l'enveloppe, jeta un coup d'œil dessus et son expression se durcit :

— Je crois que nous devrions partir, maintenant.

— Lis-la, merde !

Les yeux de la jeune fille s'arrondirent et Brooke se sentit envahie d'une appréhension sinistre, comme une liane empoisonnée. Vincent marqua une pause, puis lut à voix basse :

Chère Mia,

Grâce à toi, je me suis gardée des voies de l'homme violent.

Amitiés,

BROOKE

Toute l'assemblée se retourna en entendant le vase de belles roses blanches se briser en mille morceaux. Brooke sortit de l'église en courant.

CHAPITRE XIV

1

— C'est biblique, annonça Brooke.

Elle était assise, toute raide, les bras repliés sur le corps, en face de Jay Corrigan et Hal Myers. Elle n'avait pas arrêté de trembler depuis son départ précipité de l'église, Vincent à ses trousses, tous les deux suivis par l'équipe de protection de la police, jusqu'à l'appartement. Ils avaient appelé Myers et Corrigan.

— Qu'est-ce qui est biblique ? demanda Jay.

— Le message inscrit sur la carte. « Grâce à toi, je me suis gardée des voies de l'homme violent. » C'est biblique.

— « Grâce à toi » ? demanda Jay. Ça ne ressemble pas à la Bible, ça.

Brooke se leva et, les jambes flageolantes, se dirigea vers la bibliothèque où elle prit la Bible familiale des Yeager.

— Großmutter est très croyante. Elle me lisait souvent la Bible. Pour tout dire, c'était vraiment assommant, mais je me souviens de certains passages.

Pas de manière très précise, malheureusement. Mais si vous me donnez un peu de temps, je suis sûre de retrouver cet extrait.

— Prends ton temps, lui dit Vincent en la raccompagnant à sa chaise, mais assieds-toi avant de t'effondrer. Tu es pâle comme un linge. Veux-tu boire quelque chose ?

— Une boisson froide. N'importe quoi. Regarde dans le frigo, marmonna-t-elle distraitement en feuilletant la vieille Bible grand format qui était dans la famille depuis des générations.

— En tout cas, ce n'est pas dans la Genèse. Ni dans l'Apocalypse.

— Et ça ne serait pas dans le Nouveau Testament ? demanda Jay, en regrettant d'avoir passé ses leçons de catéchisme à faire le clown, pour impressionner une sale petite pimbêche prénommée Patty Lou.

— Non, répondit Brooke en hochant la tête. Ce n'est pas dans le Nouveau Testament. Je ne sais pas pourquoi j'en suis si sûre, mais…

Elle ne termina pas sa phrase, elle feuilletait furieusement le livre. Vincent lui apporta un verre de thé glacé. Elle le sirota sans faire attention, grimaça et lui demanda s'il avait ajouté du sucre, alors que le thé était déjà sucré. Il avoua sa faute et repartait vers la cuisine en préparer un autre, quand Brooke s'écria :

— Le voilà !

Tout le monde se tendit, comme si elle était tombée sur un danger potentiel.

— Psaume 17:4 « Je me suis gardé des voies de l'homme violent. » Großmutter l'avait souligné, peut-être à cause de Zach.

Les trois hommes la fixaient :

— C'est tout ? demanda Jay d'un ton dépité. Juste une ligne ?

— Oui. Pourquoi es-tu aussi déçu ?

— J'avais espéré que la citation nous donnerait un indice.

— Un indice sur quoi ? demanda-t-elle.

— Sur les intentions de Zach.

— Tu veux dire une indication sur ce qu'il compte me faire à présent ?

— Non, je…

Jay rougit et Hal prit la parole.

— Mademoiselle Yeager, Zach était-il croyant ?

— Croyant ? Il a assassiné ma mère, répliqua Brooke, interloquée.

— De nombreux croyants — pas réellement croyants, naturellement, plutôt des fanatiques — sont convaincus que leur crime accomplit la volonté de Dieu. C'était le genre de Tavell ?

— Absolument pas. En fait, après quelques semaines de mariage, il n'aimait pas que ma mère m'amène à l'église. Il laissait parfois ma grand-mère m'y amener, mais pas plus d'une fois par mois.

— C'était il y a quinze ans, remarqua doucement Myers. Il arrive souvent que les détenus « trouvent la foi », comme ils disent. Ils se repentent pour tout ce qui les a conduits en prison et deviennent de fervents pratiquants. Tavell était peut-être de ce type. Il a peut-être passé toutes ces années à lire la Bible.

— C'est possible, dit Brooke d'un ton amer. Mais qu'est-ce que ça nous apporte ? Il n'a pas écrit cette citation pour me réconforter, mais pour me faire culpabiliser.

Vincent acquiesça.

— Je suis d'accord avec ça, inspecteur Myers.

— Naturellement, dit Myers. Mais si Tavell n'est pas devenu un chrétien fervent, il a dû beaucoup lire pour trouver la citation qui convenait parfaitement à l'occasion.

— Ce qui prouve quoi, exactement ? voulut savoir Brooke.

— Il a peut-être fait une dépression nerveuse. Ou alors il a l'intention de vous torturer et l'a planifié depuis longtemps.

— Je pencherais plutôt pour la seconde solution, répondit-elle sérieusement. Si c'était une dépression, pourquoi ne l'aurait-il pas faite à l'époque où il a assassiné ma mère ? Ou avant cela ? J'avais beau être une gamine, je sentais que quelque chose ne tournait pas très rond, chez lui. Ma grand-mère le sentait aussi, d'ailleurs. Elle était très mal à l'aise avec lui. Il n'y avait que maman pour le trouver merveilleux. Quand elle l'a épousé en tout cas. Elle a déchanté, après la première année.

— Ils avaient essayé de plaider la démence au procès, mais ça n'a pas marché, dit Myers. Aucun psychiatre honnête n'a voulu déclarer que Tavell ne connaissait pas la différence entre le bien et le mal.

— Ça, il connaissait très bien la différence, lança-t-elle. Il savait qu'il faisait le mal en tuant maman. Il n'a même jamais essayé de dire le contraire.

— Je suppose que c'est plutôt à son honneur, dit Jay.

Brooke le foudroya du regard. Myers s'interposa.

— Je crois que Mlle Yeager nous a dit tout ce qu'elle avait à nous dire, Corrigan. Nous devrions repartir à l'église et essayer de nous renseigner sur la personne qui a laissé les fleurs.

Brooke acquiesça.

— Des fleurs laissées à une adolescente avec des instructions bien précises pour qu'elle me les donne.

— Tu nous as aussi dit qu'elle ressemblait à Mia, rappela Jay.

— Ce qui risque de représenter un danger pour elle.

Une expression de peur chassa celle de dégoût sur le visage de Brooke.

— Trouvez-la vite et protégez-la.

— Tu peux compter sur nous, Brooke, dit Jay. Stacy rentrera dans quelques heures et elle viendra te voir. Tu ne devrais pas rester seule cet après-midi.

— Elle ne sera pas seule, dit Vincent. Je m'en occupe.

Une fois les policiers partis, Vincent ferma la Bible, l'enleva des genoux de Brooke et la remit sur l'étagère.

— Tu as envie d'autre chose après ton thé ?

— Tu n'as pas une bouteille de Valium ?

— Navré. Je ne l'ai pas sur moi aujourd'hui.

— Pas de bière, non plus.

Vincent la regarda, puis Elise, et sourit.

— Tu n'as besoin ni de tranquillisants ni d'alcool. Tu as besoin d'air frais et de t'amuser.

— M'amuser ? Aujourd'hui ?

— Oui, Brooke, il est possible de s'amuser aujourd'hui. Je vais aller chez moi me changer et voir comment va papa. Pendant ce temps, tu prépares un petit mot pour Stacy lui disant que tu es avec moi, de ne pas s'inquiéter, tu quittes cette belle robe et tu mets un jean, bien moulant de préférence et tu trouves une laisse pour la jeune Elise. Nous allons partir à l'aventure, tous les trois.

Il ouvrit la porte de l'appartement.

— Verrouille dès que je pars. Je serai de retour dans trois quarts d'heure.

— D'accord, mais j'aimerais tout de même savoir...

La porte se ferma.

— ... où nous allons.

Brooke verrouilla, mit la sécurité en place, et se tourna vers Elise.

— J'ai envie d'aller nulle part, mais il a l'air tellement décidé qu'on ferait sans doute mieux de se préparer à réaliser ses projets. Je ne sais même plus où j'ai mis la laisse ce matin.

En un rien de temps, la chienne s'était précipitée dans un coin, avait gratté dans son panier de jouets et en avait triomphalement extrait la laisse.

— Eh bien, petite cachottière, c'est donc là que tu planques la laisse quand il pleut et que tu n'as pas envie de sortir ?

Elise lui jeta le regard le plus innocent du monde.

— Eh bien, tu es découverte. Tu vas devoir trouver une autre cachette.

Près d'une heure plus tard, on frappa à la porte.

— C'est moi, dit Vincent.

Brooke ouvrit la porte, tendit le bras et regarda longuement sa montre.

— Tu as huit minutes de retard.

— Embouteillages.

— C'est ce qu'ils disent tous.

— Qui, tous ?

— Tous ces hommes qui sont toujours en retard. Elise et moi étions sur le point de partir sans toi.

— Vous ne savez même pas où on va.

— Nous avons nos balades favorites. Mais enfin,

puisque tu t'es enfin décidé à apparaître, nous allons te donner une seconde chance.

Vincent entra dans l'appartement et apprécia le jean taille basse et le haut turquoise avec un décolleté arrondi. Elle avait même rajouté une paire de boucles d'oreilles chandelier qui étaient censées faire très cool sur une tenue décontractée.

— Tu es splendide.

— Merci. T'es pas mal, non plus. Dis-moi que tu n'as pas fait exprès de choisir ce tee-shirt noir bien près du corps pour frimer en montrant tes muscles.

— Oh, on les voit ? demanda innocemment Vincent.

Brooke haussa un sourcil.

— Comme si tu ne savais pas que tu avais l'air tout bronzé et tout ondoiementé.

— « Ondoiementé », répéta Vincent. C'est joli, ça, même si le mot n'existe pas vraiment.

— Excuse-moi. Tes muscles ondoient au point de faire palpiter le cœur des filles.

— C'est le cœur d'Elise qui m'intéresse vraiment.

— À en juger par ses halètements, on dirait que tu l'as gagné.

Brooke prit son sac et la laisse d'Elise.

— Allez, monsieur Lockhart. Tu as promis de nous divertir. On va voir comment tu t'y prends.

En sortant de l'immeuble et en voyant la Mercedes décapotable de Vincent, Brooke pensa soudain à la chienne.

— Elise n'aura pas de place pour s'asseoir.

— Sur tes genoux ?

Brooke fronça les sourcils.

— Tu sais comme elle est timorée, et c'est la première fois qu'elle monte dans une décapotable. J'ai peur qu'elle panique complètement dans ta voiture, Vincent.

Cinq minutes plus tard, tandis qu'ils filaient à l'est sur le boulevard Kanawha, Elise se tenait toute droite sur les genoux de Brooke, les oreilles au vent, la langue pendante, avec, sur son fin visage, ce que Brooke interpréta comme un air d'extase absolue.

— Ah oui, on dirait qu'elle panique complètement, dit-il d'une voix traînante, tu n'arriveras jamais plus à la faire monter en voiture.

— Tu veux dire qu'elle refusera de monter dans la mienne, maintenant. Elle va me faire la comédie pour que j'achète la même que toi, et j'ai peur que ça dépasse un peu mon budget.

— On pourrait peut-être arranger une ou deux autres excursions pour elle, dit Vincent. Bien sûr, si tu penses que ça ne la stressera pas trop.

Serrant fort la chienne dans ses bras, Brooke ferma les yeux, renversa la tête à l'arrière et laissa ses longs cheveux blonds voler au vent. Bon Jovi braillait *Living on a Prayer* sur le lecteur de CD — « un favori de mes années perdues de jeunesse », avait expliqué Vincent. Peu après, Brooke se surprit à accompagner Bon au chant et à regretter qu'elle ne joue pas de la guitare comme Richie Sambora.

Vincent lui jeta un coup d'œil.

— Est-ce que je peux savoir ce qui t'a fait changer d'humeur au cours de l'heure qui vient de s'écouler ?

— Ma volonté. J'avais le choix : je pouvais rester dans l'appartement, pleurer en pensant à Mia et laisser la crainte que j'ai pour ma vie m'envahir et me figer en une morte vivante, ou alors décider de me laisser aller. Après tout, c'est moi qui ai voulu rester à Charleston. Je savais que Zach n'allait pas s'arrêter à deux échecs. Il n'est pas prêt à me laisser en paix.

Elle se tourna vers Vincent.

— Mais je ne le laisserai pas m'affecter, ni physiquement ni émotionnellement.

Vincent eut un petit sourire crispé.

— J'aimerais pouvoir te dire sincèrement bravo, Brooke, mais je continue à penser que tu cours un risque inutile. J'ai peur que tu appartiennes à cette catégorie de gens qui se croient invincibles.

— Je sais très bien que je ne suis pas invincible, mais je ne suis pas lâche non plus. Et je ne pourrais jamais abandonner Großmutter, Vincent, parce que je suis persuadée qu'elle ne sera plus en vie la semaine prochaine. Elle a passé la plus grande partie de sa vie à s'occuper de moi. Je ne vais pas la laisser mourir seule et abandonnée. Et maintenant, changeons de sujet, veux-tu ?

— Oui, madame, dit-il, mais son regard restait inquiet. De quoi aimerais-tu parler ?

— Le Capitol, répondit-elle, en voyant le soleil se refléter sur l'éblouissante coupole dorée du bâtiment. Je te parie un dollar que tu ne peux pas me dire sa hauteur exacte.

Vincent fronça les sourcils, évalua le bâtiment d'un regard, tapota des doigts sur le volant, suça sa lèvre inférieure entre ses dents et juste quand Brooke s'apprêtait à éclater d'un rire triomphal, il hurla :

— Il fait 293 pieds de haut, cinq de plus que la coupole de la Maison Blanche.

— Zut, alors ! cria-t-elle. Pourquoi m'as-tu fait marcher si longtemps ?

— Parce que tu avais l'air si sûre de toi. Où est mon dollar ?

— Je te le donnerai plus tard.

— Mais j'en ai besoin tout de suite. On n'a presque plus d'essence.

— Et tu penses faire le plein avec un dollar ?

— Non, je mentais.

— J'aurais dû m'en douter. Où va-t-on ?

— C'est une surprise.

Ils escaladèrent une colline, le puissant moteur de la Mercedes ronronnant sans forcer, Vincent souriant et Brooke observant le regard fasciné d'Elise. Ils parvinrent à un embranchement et Vincent prit la voie de droite. Ils continuèrent à grimper jusqu'à ce qu'ils arrivent au parc Coonskin.

— Ça doit faire dix ans que je ne suis pas venu ici, dit-il.

— Alors tu vas être surpris, il y a eu des changements.

— Comme ces panneaux « tenez vos chiens en laisse » ?

— Je ne me rappelais pas qu'il y en avait autant quand je venais avec ma grand-mère, mais je n'avais pas de chien à l'époque. Nous venions toutes les deux, dans sa vieille Volkswagen pétaradante. Je voulais toujours écouter la radio, mais elle tenait à ce qu'on chante des chansons allemandes qu'elle avait apprises quand elle était petite.

Brooke regarda Vincent.

— Des chansons abominables, tout comme la voix de Großmutter. J'étais toujours soulagée d'arriver au « centre familial » et de sortir de la voiture.

Il rit.

— Ma famille nous amenait aussi en expédition ici. Il fallait toujours que papa commande. Maman lui disait « Sam, arrête-toi ici, nous allons faire une belle photo de famille ! » et il répondait « je connais un meilleur coin », qu'il n'arrivait jamais à trouver, bien sûr. À quatorze ans, je ne pouvais penser à rien de plus embarrassant que de venir ici avec mes parents. Ils m'encourageaient à aller faire une agréable petite promenade avec les autres « enfants », et moi, je voulais appartenir à un gang de petits durs et faire des trucs vraiment risqués.

— Je ne savais pas qu'ils avaient des gangs, ici.

— Sans doute que non. C'était simplement un produit de mon imagination débordante, mais j'étais sûr qu'ils existaient et que dès qu'ils me verraient, seul, aussi cool que Clint Eastwood dans un western spaghetti, ils apparaîtraient.

Il lui adressa un petit sourire gêné :

— Ridicule, n'est-ce pas ?

— Imaginatif, avec le désir d'être aussi fort et imposant que tu imaginais ton père.

— Imaginais ?

— Nous avons tous des faiblesses, Vincent. Même Sam Lockhart.

— Ah bon ? Eh bien, il savait les cacher. À l'époque, il y arrivait, en tout cas.

Ils longèrent un ruisseau serpentant sous des ponts en bois arqués, des voitures garées aux arrêts panoramiques, et un adulte en train de photographier un enfant sur un toboggan. Vincent ralentit.

— Ah ! J'aperçois le « centre familial » ! Merde alors, il a l'air vachement plus impressionnant qu'avant.

— Pas de gros mots devant Elise, dit Brooke. Allons voir les canards dans la mare.

Ils se garèrent devant le centre, un large chalet en rondins, qui abritait un restaurant, et menèrent Elise jusqu'à la mare. Des canards blancs et bruns flottaient tranquillement sur l'eau scintillante. Elise poussa un aboiement de menace ou de salutation : en tout cas, les canards l'ignorèrent complètement.

— Aucun respect, commenta Brooke.

— Ils ont vu qu'elle était en laisse.

— Ils doivent aussi savoir qu'elle n'aime pas se mouiller les pieds. Regarde comme elle se tient tout au bord de l'eau. Elle n'y risque même pas un petit orteil.

Ils firent le tour de la mare, à côté des courts de tennis, au-delà du terrain de golf verdoyant, et près de l'espace de jeux coloré. Elise regarda, fascinée, un garçon virevolter dangereusement sur son skateboard.

— Est-ce que je t'ai dit que tu étais superbe aujourd'hui ?

— Oui, mais je suis en jean et en tee-shirt. Comment ça peut me rendre superbe ? En plus, je crois que tout ce stress m'a fait pousser un bouton sur le menton.

Vincent lui prit le menton dans la main et l'inclina vers lui.

— Telle que je te vois, pourtant à peine maquillée et dans la lumière crue du soleil, je n'arrive pas à détecter la moindre imperfection. Sauf peut-être quelques taches de son sur ton petit nez parfait, mais ce ne sont pas des imperfections, elles sont mignonnes comme tout.

Brooke rougit, ce qui l'agaça profondément.

— Vous êtes tous des beaux parleurs en Californie ? Ils vous donnent un manuel de séduction en traversant la frontière ou quoi ?

— Non, répondit-il avec le plus grand sérieux.

Pas avant d'arriver sur la côte ouest et le badge officiel de play-boy coûte dix dollars.

Brooke le bouscula légèrement, en riant. Le soleil, la douce tiédeur de l'après-midi, le rire des enfants et des adultes, le spectacle d'Elise continuant à galoper à ses côtés en dépit de la laisse, la présence de Vincent Lockhart — Vincent Lockhart lui disant qu'elle était superbe. Tout cela contribuait presque à effacer l'horreur d'avoir reçu le vase de roses blanches aux funérailles de Mia. Presque.

Vincent leva les yeux sur un avion qui s'élevait au-dessus de leurs têtes, sa carlingue argentée brillant au soleil.

— Encore un avion à réaction qui décolle de l'aéroport Yeager, dit-il, puis il fronça les sourcils. L'aéroport Yeager, nommé en l'honneur du général Charles Yeager, le premier homme à franchir le mur du son. Ce n'est pas de ta famille, si ?

— Un cousin éloigné.

— Impossible !

— Si, possible.

— Tu l'as rencontré ?

— Bien sûr, Vincent.

— Quel genre d'homme est-il ?

— Sûr de lui.

— Sans blague. Ouah ! Si j'avais su que tu étais la cousine de Charles Yeager…

— Eh bien ?

— J'aurais été beaucoup plus gentil avec toi le jour où je t'ai rencontrée.

— Le jour où tu ne voulais pas que ton père me laisse entrer ?

— Une erreur de jugement.

— C'est le moins qu'on puisse dire. Grave erreur.

— Grave. Fatale. Dans un cas comme dans l'autre, je m'excuse.

Vincent regarda l'avion disparaître.

— L'aéroport Yeager est sur la colline voisine. Ça te dirait d'aller y faire un tour pour regarder quelques avions décoller ?

— Attends, je sais, tu voulais être pilote quand tu étais petit.

— Exactement. Comment le sais-tu ?

— Tu as le type.

— Et c'est quoi, ce type ?

— Quelqu'un qui n'ose pas s'avouer qu'il cherche des émotions fortes, répondit-elle en riant.

— Allons-y, Brooke. On tombera peut-être sur le général Yeager.

— Tu sais, on va épuiser ces pauvres flics de surveillance qui sont obligés de nous suivre partout.

— N'importe quoi ! Je suis sûr qu'ils s'amusent comme des fous.

— Comme tu veux, répondit-elle en tirant sur la laisse d'Elise. Allez, ma belle, en route pour de nouvelles aventures.

2

— Vincent, je te jure que je n'ai pas très faim, protesta Brooke en voyant Vincent commander le seau géant de morceaux de poulets Kentucky Fried Chicken.

— Tu n'as pas déjeuné et je parie que tu n'avais pas pris de petit déjeuner non plus.

— Non, c'est vrai, mais même…

— Un super-conteneur de salade *coleslaw*, dit-il à la fille qui servait, six parts de frites, au moins vingt petits beignets, deux plats d'ailes épicées…

Brooke se tourna vers Elise qui était assise sur les genoux d'un des flics de surveillance. Ses pattes de devant étaient fermement plantées sur le tableau de bord, le regard fixé sur Brooke, qui s'était placée bien en vue de sa chienne. Elise n'avait pas l'air très inquiète. Le flic qui la tenait avait un air très irrité, celui au volant riait.

— Vincent, on n'aurait pas dû obliger ce type à tenir Elise. Il va avoir des poils plein ses vêtements.

— Et une tarte aux noix de pécan et un cheesecake, termina Vincent.

La fille lui sourit :

— Un morceau chacun, monsieur ?

— Non, une tarte aux pécans entière et un cheesecake entier. Et mettez beaucoup de coulis de fraise pour le gâteau.

Il se tourna vers Brooke.

— Qu'est-ce que j'ai oublié ?

— C'est un dîner pour deux ou allons-nous nourrir un pays du tiers-monde ?

— Elle est mince, dit-il en s'adressant à la serveuse, mais croyez-moi, elle mange comme quatre.

La fille adressa un sourire hésitant à Brooke et s'en alla donner la commande en cuisine. Brooke fusilla Vincent du regard :

— Elle va croire que c'est presque tout pour moi.

— On en donnera un peu à Elise.

— Soit tu es fou, soit tu prépares quelque chose que j'ignore.

— On sera de retour à ton appartement dans une vingtaine de minutes. Tu pourras décider à ce moment-là.

Brooke se tourna, elle était gênée, mais elle devait reconnaître qu'elle était affamée. Vincent avait raison — elle n'avait rien mangé de la journée. Il n'était pas loin de sept heures du soir et elle s'attendait à ce que son estomac produise un gargouillis atroce d'une minute à l'autre.

Vingt minutes plus tard, ils descendirent de la voiture de Vincent, des sacs de nourriture plein les bras, Brooke tenant Elise en laisse. La chienne semblait toute guillerette après cette merveilleuse journée. Dès qu'ils entrèrent dans le hall, Harry Dormer leur fonça dessus.

— Hé. Je ne sais pas ce que vous avez, là-dedans, mais ça sent drôlement bon ! Vous faites la fête ? On est libres, Eunice et moi, ce soir, on n'a rien de prévu.

— On ne fait pas la fête, répondit aimablement Vincent. Nous sommes affamés, rien de plus.

— Merde alors, vous devez l'être, affamés ! On dirait que vous avez à manger pour dix, là-dedans. Ça sentirait pas le poulet, par hasard ? Je parie que c'est du Kentucky Fried. J'adore le Kentucky Fried Chicken !

Il était planté là, leur servant son plus beau sourire, ce qui se réduisait à pas grand-chose, mais ils l'ignorèrent.

— Est-ce que quelqu'un est venu me voir aujourd'hui, Harry ? demanda Brooke.

Voyant qu'il ne réussirait pas à se faire inviter à dîner, Harry devient immédiatement bourru.

— Comment je le saurais, moi ? Je suis pas le

portier, ici. J'ai des trucs plus importants à faire que de regarder qui entre et sort, ici.

— Je comprends bien, dit-elle en feignant de ne pas remarquer son changement d'humeur. Comment va Eunice, aujourd'hui ?

— Comme d'habitude, je pense.

Il lança un dernier regard envieux sur les sacs de nourriture.

— Je ferais mieux d'aller lui faire sa piqûre d'insuline. Après tant d'années, elle pourrait bien essayer de se débrouiller toute seule.

— Elle préfère sans doute que vous vous en occupiez, dit Vincent. Une main ferme, un regard qui ne faiblit pas à la vue du sang. Les femmes admirent toujours ce genre de chose.

— Ouais, consentit Harry, légèrement apaisé et soupçonnant à peine la condescendance de Vincent. Elle ne peut pas se débrouiller sans moi, mais elle peut être un véritable boulon.

— Boulet, rectifia Vincent.

Harry plissa les yeux.

— Quoi ?

— Elle peut être un boulet, c'est l'expression.

Harry haussa les épaules.

— Je m'occupe pas de faire de la littérature, moi, dit-il d'un ton méprisant. Bon, ben amusez-vous bien avec toute cette bouffe.

— Ne vous en faites pas pour nous, dit gaiement Vincent.

— Il va ronchonner toute la soirée, murmura-t-elle quand ils furent dans l'ascenseur.

— Ce n'est pas de notre faute. J'ai l'impression qu'Harry n'est pas très heureux avec sa femme.

— Eunice le soupçonne d'avoir une maîtresse.

Vincent éclata de rire.

— Naturellement, une femme avec le corps de Catherine Zeta-Jones et le cerveau d'Einstein. Eunice ne connaît pas sa chance, Harry aurait pu s'enfuir avec sa femme de rêve.

— Je ne sais pas si on peut vraiment parler de chance.

Ils montèrent au troisième étage et prirent le couloir. En passant devant la porte de chez Stacy et Jay, Vincent donna deux légers coups de pied, car il avait des sacs plein les bras et il cria :

— À table !

La porte s'ouvrit immédiatement sur Jay, un grand sourire aux lèvres.

— J'ai cru que vous n'arriveriez jamais, qu'on allait crever de faim.

— Qu'est-ce qui se passe ? demanda Brooke.

— Après l'aéroport, quand tu es allée voir ta grand-mère à l'hôpital, j'ai appelé Jay pour lui demander si Stacy et lui avaient envie de se lâcher complètement un samedi soir avec deux gros fêtards comme nous.

— Et il m'a fallu deux bonnes secondes pour répondre oui, ajouta Jay en riant. Hé, Stacy, ils sont arrivés ! Prends la Margarita.

Il se tourna vers Brooke.

— Elle en a fait un plein pichet.

« Une petite fête », pensa Brooke, émue. Vincent était vraiment décidé à la divertir toute la journée pour l'empêcher de penser à sa frayeur aux obsèques de Mia. C'était gentil. C'était romantique. C'était effrayant.

Dix minutes plus tard, Stacy et elle étaient occupées à déballer des quantités apparemment industrielles de nourriture et à les disposer sur des assiettes, pendant que les hommes regardaient un feuilleton policier à la télé, une Margarita à la main.

— Je ne me doutais pas qu'il avait organisé tout ça, confia Brooke à Stacy.

Cette dernière sourit, en ajoutant une aile de poulet sur l'assiette qu'elle réservait à Jay.

— Je crois qu'il est sous le charme.

— C'est ridicule. Il ne me connaît que depuis quelques jours.

— Jay et moi, on est tombés amoureux l'un de l'autre en l'espace de vingt-quatre heures. On est sortis ensemble, on a passé la nuit à parler, on n'a pas arrêté de se téléphoner le lendemain, et ce soir-là, mon sort était décidé. J'étais sûre que je deviendrais Mme Jay Corrigan d'ici un mois, et je ne me trompais pas.

— Oui, mais toi, tu es impulsive, moi non.

— Alors, il faudrait peut-être que tu te laisses un peu aller, lui conseilla Stacy en lui tendant un verre de Margarita d'une main et en prenant l'assiette de Jay de l'autre. La vertu n'est pas sa propre récompense, quoi qu'ils en disent.

— Mais Stacy, je viens juste de le rencontrer ! Et puis, je croyais qu'il ne t'inspirait pas trop confiance.

— Ce dîner m'a fait changer d'avis. Et il a une voiture vraiment cool.

— Tu es d'une profondeur, ça fait peur.

— Tu serais étonnée, répondit Stacy, d'un ton sérieux en dépit de son grand sourire. Franchement, il ne peut pas être un si mauvais choix pour une petite idylle, surtout après Robert. Mais je ferais attention, si j'étais toi, Brooke. Il est extrêmement séduisant pour un homme que tu as rencontré par hasard, le jour où on a essayé de t'abattre.

— Tu ne penses tout de même pas qu'il a essayé de me tuer !

— Non, bien sûr que non. Mais je ferais attention, si j'étais toi. Il est sacrément séduisant, tout lui réussit, il a du charme…

— Alors c'est louche qu'il s'intéresse à une fille comme moi ?

Stacy roula des yeux.

— Tu veux qu'on se dispute ?

— Non, mais je ne vois pas pourquoi tu trouves si incroyable qu'il soit attentionné envers moi, comme tu dis.

— Je ne trouve pas ça incroyable. Tu es une belle femme. Mais c'est juste le fait qu'il écrive sur des crimes célèbres. « Le crime des roses » n'a pas fait couler autant d'encre que l'affaire O. J. Simpson, mais maintenant que Zach Tavell est en cavale et apparemment à tes trousses, peut-être que tu deviens d'autant plus intéressante pour monsieur l'écrivain de crimes réels.

Stacy ferma les yeux :

— Oh, excuse-moi. Je m'explique très mal. Ça sort comme une insulte, alors que ce n'est pas du tout ce que je veux dire. Tout ce que je voulais te dire…

— De faire attention avec lui. Tu me l'as déjà dit.

— Je ne veux pas que tu te retrouves avec le cœur brisé.

— Ne t'en fais pas.

Brooke releva légèrement le menton et dit avec entrain :

— De toute façon, il ne me plaît pas plus que ça. Mais j'apprécie le changement après Robert. Il est plein de vie et amusant. En plus, comme tu l'as si bien observé, il a une voiture vraiment cool.

Stacy rit.

— Parfait ! Contente-toi de te payer du bon temps avec lui. Et quand il repartira en Californie…

— Je chercherai un homme aussi séduisant, charmant et à qui tout réussit. Il y en a à tous les coins de rue.

— Bien sûr que oui, et tu les rencontrerais si tu arrêtais de vivre comme un ermite. Après tout, j'en ai bien trouvé un, moi, lui dit Stacy avec un sourire affectueux. Mais t'occupe pas de moi, ma petite. Je veux ce qu'il y a de mieux pour toi. Et peut-être que ce mec est aussi sincère qu'il en a l'air. Je le souhaite de tout cœur. Tu mérites tout à fait une idylle, ce serait fantastique.

L'appartement de Brooke n'avait jamais été rempli de tant de bruit et de gaieté. Depuis qu'elle avait emménagé, elle vivait tranquillement. Même lorsqu'elle avait fréquenté des garçons, Stacy et Jay n'avaient jamais passé une soirée avec eux.

Ils donnèrent tant de bouts de poulet à Elise, qu'elle mangea dix fois trop et s'endormit sur sa couche, abrutie de nourriture, après sa journée pleine d'aventures. Elle donna quelques coups de pied en gémissant dans son sommeil.

— Elle rêve qu'elle chasse des lapins, décréta Jay avec assurance.

— Pourquoi les gens pensent-ils toujours que quand les chiens ont le sommeil agité, c'est parce qu'ils rêvent de chasser des lapins ? demanda Brooke. Je crois qu'elle n'a jamais vu de lapin de sa vie.

— C'est une mémoire génétique, répondit Vincent en feignant d'être sérieux. Un de ses ancêtres avait vu un lapin. C'était une vision tellement terrifiante qu'elle s'est transmise à Elise après plusieurs générations.

— Tu as trop bu de Margarita, dit Brooke en riant. Jay, il a eu son compte.

— N'importe quoi. Nous avons assez de tequila pour faire un autre pichet.

— Doux Seigneur, se lamenta Brooke. Nous allons être dans un sale état, demain.

— Ça ne peut pas être pire que ce matin, dit Stacy. J'ai entendu ce qui s'est passé aux funérailles.

— Stacy, s'interposa Jay d'un ton de reproche.

— Ce n'est pas en évitant d'en parler qu'elle va oublier. Pourquoi tu ne lui dis pas ce que tu as découvert aujourd'hui ?

Jay avait l'air d'hésiter, mais Brooke s'en mêla :

— Jay, s'il te plaît. Je te promets que je garderai le moral.

Jay respira profondément.

— D'accord. Je comprends que tu aies envie de savoir, mais j'ai bien peur que nous n'ayons pas trouvé grand-chose, et avec Myers en charge de l'affaire, ce n'est pas faute d'essayer. Le vase de fleurs venait de CITY FLEURS. Pas le même fleuriste qui avait envoyé la fleur chez Lockhart, mais la même technique. Quelqu'un a appelé et commandé les fleurs en utilisant une carte de crédit. Pas le même numéro qu'avant, évidemment, puisque la carte avait été annulée. La personne qui a pris la commande était une dame âgée, un peu dure d'oreille apparemment. Elle n'a pas su nous dire si c'était une voix aiguë d'homme ou une voix grave de femme.

— Super, dit Brooke d'un ton déçu.

— La femme a bien trouvé bizarre que le client insiste sur le choix d'un vase de roses blanches, plutôt qu'une couronne funéraire, et qu'il exige qu'il soit livré et donné au pasteur, et non pas placé avec les autres fleurs autour du cercueil.

— Et la jeune qui a apporté les fleurs à Brooke ? demanda Vincent.

Jay haussa les épaules.

— On ne sait rien d'elle. On a parlé à toutes les personnes présentes aux funérailles. Personne n'a amené ni ne connaît une fille de cet âge et répondant à cette description. Le pasteur ne l'a pas vue. Sa femme si, mais elle était occupée à accueillir les gens et elle ne lui a pas prêté beaucoup d'attention, mais elle a remarqué qu'elle était très jolie. Elle ne lui a pas demandé son nom.

— As-tu parlé aux parents de Mia ? demanda Brooke. Ils savent peut-être s'il s'agit d'une amie de Mia.

— Ses parents n'ont pas pu nous aider, non plus. Tu sais que Mia habitait encore chez eux, mais quand on leur a décrit la fille, ils ont dit qu'ils ne l'avaient jamais vue et qu'ils ne l'avaient pas remarquée à l'église.

— Elle a donc été envoyée exprès pour me donner ces fleurs, dit confusément Brooke avant d'ajouter : je dois parler aux parents de Mia après avoir fait cette horrible scène. Quel manque de respect.

— Ils étaient déjà installés dans l'église et vous étiez dans l'entrée, lui dit Jay. Ils ont entendu un bruit, mais entre l'orgue et les murmures des gens derrière eux, ils n'ont pas compris ce qui se passait. Mais ils se sont demandé pourquoi tu n'y étais pas. Mia parlait beaucoup de toi, apparemment.

— Elle m'avait invitée à aller dîner chez eux ce week-end. Pour les rencontrer. Ils doivent me trouver abominable.

Jay sourit.

— Bien sûr que non. Ils ont reçu ta couronne et ils sont au courant de ce que tu traverses.

— Ce qui veut dire qu'ils savent que leur fille a été tuée à ma place. Oui, ils doivent me trouver vraiment formidable, dit amèrement Brooke.

— Bon, ça suffit, ces histoires de fleurs, dit soudain Vincent. Tu avais promis à Jay de garder le moral et maintenant, on dirait que tu vas éclater en sanglots. Finis ton cheesecake.

— Je ne peux pas, dit Brooke d'une voix tremblotante.

— Alors, finis ça, lui dit Vincent en lui tendant son verre de Margarita.

Il se tourna vers Jay et Stacy, qui regardaient tous deux Brooke avec un mélange d'inquiétude et d'impuissance.

— Elle vous a raconté comment elle a descendu trois bières en un temps record, chez nous ? Je vais vous dire un truc : la bière fait roter cette nana. Et je parle de vrais rots. Si vous l'aviez entendue !

— Brooke rote ? demanda Stacy, jouant le jeu, avec ses grands yeux étonnés. Je croyais que c'était une dame.

— Bon sang, Stacy, je suis humaine.

— Je sais bien, mais de là à roter ? Alors que tu étais invitée ? Je n'arrive pas y croire !

— Vous feriez mieux d'y croire, dit Vincent. Elle

a terrorisé Elise. Les fenêtres vibraient. Je pense d'ailleurs qu'il y en a une qui s'est fêlée.

Ils la taquinèrent ainsi jusqu'à ce que les larmes imminentes de Brooke se soient évaporées, même si ses sentiments pour les parents de Mia étaient loin d'être oubliés. Voudraient-ils entendre parler d'elle dans ces circonstances ? Seraient-ils offensés si elle gardait ses distances, ou seraient-ils insultés, voire hostiles, si elle allait leur exprimer ses condoléances en personne ? Elle finit par décider d'y repenser plus tard. Il fut un temps où elle se serait adressée à sa grand-mère, qui avait toujours d'excellents conseils, mais à présent, elle était toute seule.

Le téléphone sonna et Brooke sursauta en renversant sa boisson sur ses genoux. Avec une serviette, elle se mit à éponger son jean tandis que le téléphone sonnait encore.

— Je vais répondre, dit Stacy.

Elle posa son verre et tendit le bras vers le téléphone sur la petite table à côté d'elle. Sans consulter le numéro affiché sur l'écran, elle décrocha avant que le message du répondeur s'enclenche.

— Résidence Yeager, dit-elle sèchement.

Brooke avait épongé le plus gros de la Margarita sur son jean quand elle remarqua le regard de Vincent et de Jay sur Stacy, dont le visage s'était durci et la main crispée sur le combiné. Ses lèvres s'affinèrent et elle raccrocha d'un coup sec. Puis elle respira profondément, regarda tous les visages tournés vers elle, essaya faiblement de sourire et annonça d'une voix forte :

— Mauvais numéro !

— Stacy, ce n'était pas un mauvais numéro, dit Brooke.

— Bien sûr que si.

La voix de Stacy avait pris une dureté anormale.

— Je n'arrête pas d'en recevoir. Une espèce de paumé qui veut parler à une certaine « Lila ». Il laisse de longs messages incohérents sur mon répondeur. Il y a un autre type, aussi. Et une vieille dame qui croit appeler son petit-fils et qui lui laisse des messages furieux.

Un sourire tout aussi faux apparut sur le visage de Jay, quand Stacy, assise à côté de lui sur le canapé, lui fit du coude.

— Oui, on n'arrête pas d'avoir des erreurs de numéro.

— Vous oui, mais moi non, observa Brooke.

— Ton numéro n'est pas dans l'annuaire.

— Stacy, dit Brooke d'une voix tendue, je sais quand quelque chose va de travers. Qui était-ce ?

Stacy soupira.

— Je n'en sais vraiment rien. Juste un mec.

— Juste un mec qui a dit quoi ?

Stacy but une gorgée de son verre.

— Stacy.

— Bon, d'accord, lança Stacy, en prenant une longue inspiration et en regardant Brooke à contrecœur. Il a dit : « Tu n'aurais pas dû casser un aussi beau vase, Brooke. »

CHAPITRE XV

1

— Quel était le numéro de cet appel ? demanda brusquement Jay, tandis que Brooke restait paralysée, la bouche bée.

— Je n'en sais rien, dit Stacy, je n'ai pas regardé.

Jay s'empara du téléphone.

— Je vais faire défiler les numéros des appels reçus, dit-il. Le dernier appel était du 555-4433. Il ne manque plus qu'à trouver un annuaire.

— Jay, l'annuaire de Charleston n'a pas de liste par numéros, lui rappela Stacy.

— Merde, grommela Jay en décrochant. Je vais téléphoner au poste. Ne t'en fais pas, Brooke. Dans quelques minutes, on saura d'où venait l'appel.

— Super, dit-elle d'une voix tendue.

— Mais oui c'est super, s'exclama Stacy. On le tient !

— Ne compte pas trop là-dessus, dit sombrement Brooke. Zach est trop malin pour se laisser cueillir dans un endroit où on peut le repérer en quelques minutes.

Vincent lui toucha la main.

— Tu ne peux pas en être certaine, Brooke.

Ils ne dirent pas grand-chose jusqu'à ce que le téléphone sonne une nouvelle fois, une dizaine de minutes plus tard. Cette fois-ci, Jay consulta le numéro d'appel avant de répondre. Brooke vit l'expression pleine d'espoir s'effacer de son visage. Il raccrocha, son regard fit le tour de la pièce et il dit :

— L'appel venait d'une cabine téléphonique à quelques centaines de mètres d'ici.

— Qu'est-ce que je vous avais dit, constata Brooke d'une voix blanche. Zach n'allait pas me téléphoner d'une petite chambre d'hôtel bien douillette où la police pouvait le localiser et le cueillir en vingt minutes.

Un moment plus tard, Stacy explosa :

— Jay, pourquoi vous n'arrivez pas à coincer ce taré ? Il a été blessé par balle, bon sang. Il s'est forcément fait soigner. Vous n'avez pas interrogé le personnel des urgences dans les hôpitaux et les centres médicaux privés ?

— Bien sûr que si, répondit Jay, un peu irrité. Tu nous prends pour des idiots ? Mais il est possible que Zach ait obtenu le silence par la terreur. Il existe aussi des docteurs sans scrupule, prêts à accepter une jolie somme pour réparer le vieux Zach en gardant le silence.

— Et où trouverait-il cette somme ? demanda Stacy.

— Le portefeuille de Robert Eads a été volé, mentionna Vincent. Apparemment, il avait toujours beaucoup de liquide sur lui. Il est possible que Zach se serve de cet argent.

Il se tourna vers Jay.

— Désolé. Mais Hal a raconté ça à papa et j'ai parfois du mal à la fermer.

— Ce n'est pas grave, répondit tranquillement Jay. La police n'avait pas l'intention de garder ces faits-là secrets.

Vincent fronça les sourcils :

— Mais j'ai déblatéré tout ça comme un monsieur je sais tout…

— Pour l'amour du ciel, dit impatiemment Stacy. Arrêtez donc d'être si polis et de ne pas vouloir vous froisser l'un l'autre ! On se fout bien de qui a dit quoi. Ce qui importe, c'est de connaître ce que la police sait, et ça n'a pas l'air d'être grand-chose, sauf que Tavell est très doué pour obtenir des numéros de cartes de crédit. J'aimerais bien savoir comment il fait ça.

— Les gens mettent leurs reçus de transaction à la poubelle, dit Jay. Ils devraient toujours les déchirer ou, mieux encore, les ramener chez eux et les détruire, mais ils manquent de prudence. Notre voleur passe par là, trouve le reçu et *voilà !* : il a le numéro. Et souvenez-vous que toutes les commandes ont été faites par téléphone, jamais en personne.

— On nous dit tout le temps de faire attention, que les fraudes par carte sont de plus en plus communes, dit Brooke. Moi non plus, je ne fais pas attention à mes reçus.

— C'est bon, d'accord, assez sur le sujet, dit Stacy d'un ton presque agacé. Avez-vous trouvé quoi que ce soit d'autre, Jay ?

— Non, rien d'autre, répondit-il en ignorant l'impatience de sa femme. Nous ne savons même pas comment il se déplace. Manifestement, c'est en voiture, mais aucun vol de véhicule n'a été signalé. Nous pensons qu'il connaît quelqu'un qui lui en prête une — peut-être un vieil ami —, la personne qui aurait gardé le coupe-papier de la mère de Brooke toutes ces années.

Brooke hocha négativement la tête :

— Zach n'avait pas d'amis.

— Pas que tu connaisses. Tu n'avais que onze ans quand il a été arrêté, fit remarquer Jay. Il est aussi possible qu'il ait volé une voiture et que personne ne l'ait signalé.

— Pourquoi ne le signalerait-on pas ? demanda Stacy.

— Parce qu'on ne s'en est pas aperçu, expliqua Jay. S'il en a volé une vieille dans un hangar ou un garage dans lequel les propriétaires vont rarement, par exemple. Le seul problème, avec cette théorie, c'est qu'on ne sait pas comment Tavell a pu chercher cette voiture. À moins qu'il ne soit tombé dessus par hasard…

— C'est possible, mais j'en doute, lança Vincent, soudain excité. Ça fait trop de coïncidences. Je pense à une affaire sur laquelle j'ai écrit il y a quatre ou cinq ans. Un type avait volé une voiture dans le parking longue durée d'un aéroport. Nous y étions aujourd'hui, et c'est ce qui m'y a fait penser. Dans l'affaire que j'avais étudiée, le propriétaire avait une clé de rechange dissimulée dans un de ces trucs aimantés placés au-dessus de la roue et le ticket de parking était dans la boîte à gants. Le voleur n'avait plus qu'à payer le ticket et s'en aller. Le propriétaire, qui était parti pour une quinzaine de jours, ne savait même pas que sa voiture avait été volée. Tavell a peut-être opéré de la même manière.

Le regard de Jay s'enfuit, il réfléchissait.

— Les parkings des aéroports ont une liste des plaques d'immatriculation. On pourrait vérifier si la liste correspond avec les voitures garées. S'il en manque une, même si le vol n'a pas été signalé…

— Et le tour est joué ! s'exclama Stacy, en se tournant vers son mari. Mais j'ai encore une question, Jay. La police est-elle toujours aussi lente que quand elle essaie d'attraper Zach Tavell ?

Brooke remarqua le rougissement de Jay. Il avait pris la remarque de Stacy comme un affront à l'efficacité de la police, et elle était à peu près sûre que c'était exactement l'intention de Stacy, même si elle critiquait rarement Jay. Stacy ne semblait pas s'apercevoir de l'interprétation possible de sa remarque. Elle garda le regard fixé sur Jay, sans le moindre soupçon d'excuses.

— Tavell est le premier prisonnier qui a réussi à s'évader du quartier de haute sécurité de Mount Olive, dit-il calmement. Il est très rusé, Stacy.

— Et très dangereux, insista-t-elle.

— J'en suis tout à fait conscient, renvoya Jay. Et le reste des forces de police de Charleston, ainsi que la police d'État ne l'ignorent pas non plus. Nous faisons de notre mieux, mais nous ne pouvons pas faire de miracle.

— Il me semble quand même…

Stacy fut interrompue par Vincent.

— Tout ce qui peut être fait est fait, Stacy. Je connais Hal Myers depuis toujours. Il est aussi bon, ou presque aussi bon flic que mon père. Au cours des dix dernières années, j'ai interviewé les meilleurs dans la profession, et Hal n'a rien à leur envier. Quant à Jay, il n'en serait pas où il en est maintenant, et ne ferait pas équipe avec Hal, s'il n'était pas parti sur la bonne voie.

Jay ne regardait pas Vincent, mais Brooke remarqua un petit éclat d'admiration dans les yeux bleus du policier.

Brooke détectait également une pointe d'animosité dans le ton de Vincent, quand il s'adressait à Stacy. Elle lui avait fait mauvaise impression le premier jour, pensa-t-elle. Il essayait de l'apprécier, mais il n'était pas encore sûr de lui, comme Stacy par rapport à lui d'ailleurs. Ils se méfiaient l'un de l'autre et une soirée à partager du poulet et des Margarita n'allait rien y changer.

— Je sais que tu te fais du souci pour Brooke, Stacy, poursuivit Vincent, comme nous tous. Mais il me semble que tout ce qu'il est possible d'entreprendre a été entrepris. Naturellement, si elle n'était pas têtue comme une mule et qu'elle accepte de quitter Charleston…

— Hors de question, coupa brusquement Brooke. Je reste, mais je serai prudente.

— Elle ne sera pas prudente si elle reste seule.

Un regard inflexible traversa les yeux sombres de Stacy.

— Je passe la nuit ici. Ce coup de téléphone m'a donné la chair de poule. J'ose à peine imaginer l'effet qu'il aurait eu sur Brooke.

Brooke haussa les sourcils.

— Et Elise ? On ne va pas la laisser chez toi, elle passerait la nuit à hurler et Jay ne pourrait pas fermer l'œil.

— Je prendrai des anti-histaminiques. Et puis, avec toute la tequila que j'ai dans le sang, je crois que je suis immunisée contre les allergies.

Jay sourit.

— Je ne crois pas que ce soit possible, chérie.

— On verra. Et si ça marche, j'écrirai un article et je le ferai publier par le *Journal de médecine de Nouvelle Angleterre*, et avec les droits d'auteur, nous pourrons enfin nous payer ce voyage en France.

Jay lança un regard désemparé à Brooke.

— Pas de doute, elle a bu trop de tequila.

— Je crois qu'on a tous trop bu, dit Vincent avec un sourire crispé en consultant sa montre. Dix heures. Je ferais mieux de rentrer et d'aller voir comment va papa. J'ai horreur de te laisser ici, Brooke.

— J'ai deux policiers qui montent la garde à l'arrière et deux autres devant. J'ai un inspecteur de police comme voisin et je vais passer la nuit avec ma meilleure amie qui, je dois l'ajouter, est en pleine forme physique.

— Quand elle n'est pas soûle, murmura Jay.

— Je ne suis pas soûle, répliqua Stacy. Je suis légèrement éméchée.

Brooke regarda Elise endormie dans son panier.

— Et j'ai un féroce chien de garde.

Vincent roula des yeux.

— Bien sûr, oui, c'est cela.

Brooke se leva.

— Je te raccompagne.

Jay et Stacy se mirent à parler à voix basse tandis que Brooke ouvrait la porte d'entrée.

— Assure-toi de bien verrouiller après mon départ.

— Vincent, tu me dis ça chaque fois que tu t'en vas. Mais tu sais, je verrouille toujours la nuit.

— Et n'oublie pas de fermer à clé la fenêtre près de l'escalier de secours.

— Oui, mon commandant. D'autres ordres ?

— Oui.

Il lui caressa doucement la joue, pencha légèrement sa tête brune comme pour l'embrasser, puis il leva les yeux sur Jay et Stacy. Il se contenta donc de lui tapoter les lèvres de ses doigts.

— Fais de beaux rêves, Fille Cannelle. Et à demain.

Une demi-heure plus tard, Stacy était allée chez elle chercher des affaires pour la nuit et elle s'était glissée dans le lit à côté de Brooke. Elles se sentirent assez mal à l'aise au début, et Brooke resta longtemps sur le dos, parfaitement immobile, au lieu de se rouler en son habituelle position fœtale. Elle écoutait les bruits venant de la rue. Elle écoutait la respiration de Stacy. Puis elle se rendit compte que Stacy ne bougeait pas non plus. Elles étaient allongées sur ce lit double comme deux mannequins dans une vitrine.

— Tu dors ? finit par murmurer Brooke.

— Non, je n'ai pas du tout sommeil.

— Moi non plus, mais je n'ai pas envie de me lever et de regarder la télé ni rien.

— Moi non plus.

Stacy se tourna, se posa le visage sur la main et regarda celui de Brooke.

— Faisons comme si nous étions deux copines ados qui restent chez l'une pour la nuit.

— D'accord, dit Brooke.

Elle se sentait un peu ridicule, mais ce jeu avait quelque chose de réconfortant, comme si elles dormaient ensemble pour respecter un amusant rituel de jeunesse, et non parce que l'une d'entre elles était terrorisée.

— Tu restais souvent dormir chez des copines quand tu étais petite ?

— Non, et toi ?

— Quelques fois. Mais je crois que Großmutter était exaspérée par les ricanements et les cris de gamines qui duraient toute la nuit. Avant que je vive avec elle après la mort de ma mère, c'était hors de question avec maman et Zach. Enfin, je ne pense pas que maman aurait été contre, mais Zach…

Sa voix s'éteignit, elle ne voulait même pas penser à la vie réglementée qu'ils avaient menée quand sa mère avait épousé Zach ; elle avait été aussi discrète que possible, car elle savait qu'elle le gênait.

— Tu ne parles pas souvent de ta famille, dit Brooke, comment a été ton enfance ?

Stacy resta silencieuse quelques instants, puis haussa les épaules, mais Brooke eut l'impression que sa nonchalance servait à couvrir un secret douloureux.

— Mon papa est parti quand j'étais petite. Il a disparu un beau jour, il en avait marre de ma mère et de moi. Peut-être avec une autre femme, je ne l'ai jamais su.

— Il n'est jamais venu te voir ?

— Non. Loin des yeux, loin du cœur, comme on dit. Bref, maman était terrassée, et elle ne s'en est jamais vraiment remise. Elle a fréquenté quelques hommes, mais sans s'engager. Au moins, ça m'a évité le genre d'expérience que tu as traversée, mais je l'ai perdue comme papa. Elle est devenue de plus en plus distante. Les docteurs ont fini par diagnostiquer une sérieuse déprime.

Stacy marqua une pause.

— Et puis elle est morte, dit-elle soudain. Pas à la suite d'une longue maladie — juste morte.

— Tu étais encore enfant ?

— Non, j'avais dix-huit ans.

— Je suis désolée, murmura Brooke.

On lui avait dit cela des centaines de fois, elle savait que ça paraissait vraiment creux, mais que dire d'autre ?

— Je crois qu'elle était heureuse de mourir et d'en finir. Au moins, elle n'avait plus à penser à papa.

— Et c'est pour ça que tu es devenue une dure.

Stacy la regarda un moment, puis sourit.

— Tu trouves que je suis une dure ?

— C'est l'impression que tu donnes.

— Oui. Ma foi, c'est sans doute la vérité. Ta grand-mère t'adorait, moi, je n'ai pas eu cette chance.

— Jusqu'à ce que tu rencontres Jay ?

Stacy rit un peu.

— Oui, jusqu'à ce que je rencontre Jay. Je suppose que j'ai eu de la chance, en fin de compte, non ?

— Vous avez tous les deux eu de la chance.

— Ça, c'est bien parlé, en amie loyale.

— C'est bien parlé en femme attentive qui voit à quel point il t'aime.

— Avec tous mes défauts, toutes mes verrues.

Brooke fit semblant de s'écarter d'elle, horrifiée.

— Tu as des verrues et tu es dans mon lit ?

Stacy rit de plaisir :

— Ne t'en fais pas. Tu ne les attrapes qu'en touchant les crapauds. Quand j'étais plus jeune…

— Je ne veux pas en entendre parler, grogna Brooke.

Elle changea de position, se sentant moins tendue

que quelques minutes auparavant, et elle demanda abruptement :

— Est-ce que tu as parfois l'impression que quelqu'un est entré dans ton appartement ?

— Tout à fait.

— C'est bizarre, hein ?

— Non, parce que quelqu'un entre vraiment dans nos appartements.

— Des crapauds, renvoya Brooke en pensant que Stacy la faisait toujours marcher.

— Presque pire. Eunice.

— Eunice ! Eunice Dormer ?

— La seule et unique.

— Pourquoi ? demanda Brooke.

— Pour fouiner.

— Stacy, je ne te crois pas, voyons.

Brooke avait toujours bien aimé Eunice, ou tout du moins elle avait pitié d'elle.

— Qu'est-ce qui te fait penser qu'elle fouine ?

— J'ai senti l'odeur de ses cigarettes dans mon appartement.

— Tu crois qu'elle vient fumer dans ton appartement ?

— Mais non, bécasse, elle empeste les cigarettes aux clous de girofle qu'elle fume à longueur de journée. Ses habits et ses cheveux sont saturés de cette odeur, et ce n'est pas facile de s'en débarrasser. Et puis, elle peut prendre le passe-partout d'Harry.

— Tu crois qu'elle vole ?

— Non, elle est trop maligne pour ça. Les gens se plaindraient et Harry lui tomberait dessus. Il ne cherche qu'une excuse pour se débarrasser d'elle. Je crois qu'il en a vraiment marre d'elle, qu'il ne souhaite que se libérer, et elle le sait.

— Ne me dis pas qu'elle t'a confié, à toi aussi, qu'elle pense qu'il voit quelqu'un d'autre.

— Oh non, elle ne me fait pas des confidences, mais elle n'a pas à me dire ce qu'elle pense. Elle le surveille comme un rapace dès qu'il parle à une femme. Comme elle t'aime bien, tu es hors compétition — elle pense que tu es trop morale pour être une maîtresse éventuelle et lui voler son homme. Mais moi, je reste une suspecte.

— Ben voyons, ricana Brooke. Comment pourrait-elle t'imaginer en train de tromper Jay avec Harry !

Elles éclatèrent de rire en pensant à Harry, son gros bide, ses habits sales, ses remarques idiotes et son allure générale répugnante.

— Je sais que tu aimes bien faire du charme, Stacy, mais je croyais que tu avais certaines limites.

Stacy lança avec un fort accent :

— J'te jure, Brooke, quand j'ai vu l'Harry dans son tee-shirt trempé de sueur avec ce beau médaillon araignée et sa casquette de base-ball toute tachée, et que j'ai entendu son bel esprit, j'me suis tout de suite sentie attirée. C'était plus fort qu'moi.

— Je pense que j'aurais dû m'en apercevoir avant, répondit Brooke avec sérieux. Vous avez tant de choses en commun. Vous êtes faits l'un pour l'autre, il n'y a aucun doute.

— Tu mériterais que je rentre chez moi et que je te laisse dormir ici toute seule, renvoya Stacy, qui reprit ensuite son sérieux. Mais je te jure qu'Eunice fouine. Si tu y fais attention, tu remarqueras que des choses changent de place — des petits objets, comme des bijoux ou des livres.

— À partir de maintenant, je vais être plus vigilante, répliqua Brooke, d'un ton soumis.

2

Brooke sentit un souffle chaud sur son visage. Elle écarta lentement les paupières sur une truffe ronde et noire et des yeux clairs, couleur madère, plongés dans les siens.

— Elise ? murmura-t-elle.

La chienne lui lécha le nez.

— Elise, où est Stacy ?

Elise n'avait rien à dire à ce sujet. Brooke se leva, elle vit un rayon de soleil brillant transpercer les rideaux et remarqua immédiatement la note sur la table de nuit. Elle la prit et la lut :

Je me suis réveillée à l'aube en reniflant (c'est râpé pour ma théorie sur la tequila comme anti-histaminique). Je ne pouvais pas me rendormir, alors je suis rentrée chez moi car c'était presque le matin, et tu étais en sécurité et dormais à poings fermés. À plus tard.

STACY

— Je te parie qu'elle ne reniflait pas du tout, dit Brooke à Elise. Jay devait lui manquer, c'est tout. On trouvera peut-être aussi le grand amour, nous, un jour.

Elise se précipita et la lécha trois fois sur le nez avec ferveur.

— Pas le grand amour l'une pour l'autre ! lui dit Brooke en riant et en repoussant les couvertures.

Elle se leva et ouvrit le rideau en grand. Le ciel était d'un beau bleu pervenche, le soleil d'un jaune souci étincelant. Elle regarda la pendule. Dix heures moins le quart. Elle n'avait pas fait la grasse matinée depuis des mois. Elle se sentait vraiment reposée, l'esprit clair, et mieux que tout, calme.

Le téléphone sonna et elle hésita. S'agissait-il encore d'un appel anonyme, pour lui faire peur, qui lui gâcherait cette belle matinée de dimanche ? Elle s'approcha doucement du téléphone et lut l'écran : 555-8988 SAMUEL LOCKHART. Elle ferma les yeux de soulagement. Vincent.

— Bonjour, monsieur Lockhart, dit-elle en décrochant.

— Tu as l'air en pleine forme ce matin. Vous avez passé une bonne nuit, toutes les deux ?

— Je ne révélerai rien ! répondit-elle en riant. En fait, quand je me suis réveillée, elle s'était enfuie. Elle m'a laissé un petit mot m'expliquant qu'elle était partie à l'aube à cause de son allergie aux chiens.

— Est-ce qu'Elise l'a mal pris ?

— À peine. Elle s'est contentée de prendre sa place dans le lit et elle m'a réveillée avec un baiser.

— C'est trop romantique, lança Vincent d'une voix langoureuse.

— Oh, tais-toi donc. Et qu'est-ce qui me vaut l'honneur de ce coup de fil matinal ?

— Il n'a pas grand-chose de matinal, du moins pour moi.

— Moi non plus. Je commence le travail à neuf heures, tu sais.

— Certes, mais comme tu ne travailles pas le

dimanche, j'ai eu une idée. Quand je n'étais qu'un petit jeune avide de connaissances, j'allais au planétarium du Musée Sunrise. Le musée a déménagé, il est maintenant au Clay Center, mais apparemment, le nouveau planétarium est fantastique. Tu y es déjà allée ?

— Non, ça n'intéressait pas Robert et Stacy dit qu'elle a la trouille des planètes qui lui tournent autour…

— Dans ce cas, elle doit avoir la trouille de la Terre, dit Vincent avec une pointe d'ironie.

— Je crois qu'elle voulait parler des planétariums, pas de la planète sur laquelle elle habite, renvoya Brooke d'un ton acerbe. Bref, en tout cas, je n'y suis jamais allée. Je n'ai jamais voulu y aller seule.

— Parfait. Et si on y allait cet après-midi ?

— Cet après-midi ?

— Tu avais autre chose de prévu ? Ça ne me regarde pas, mais la femme de notre voisin l'a quitté…

— Que c'est triste, l'interrompit-elle.

— Ne gaspille pas ta compassion. Le mari est un brave type, mais il ne comprend rien à sa femme. Elle lui fait ce coup régulièrement. Elle le quitte, soi-disant pour toujours, puis elle revient une quinzaine de jours plus tard, quand il lui a acheté un beau cadeau, et tout va bien pour une autre année. Bref, ce crétin tristounet doit venir regarder le baseball avec papa cet après-midi, ce qui me donne quelques heures de liberté, et je m'étais juste dit…

— J'ai très envie d'y aller.

— On déjeune d'abord ?

— Léger, alors. Nous avons bien trop mangé hier soir.

— Il est encore tôt. Le spectacle du planétarium ne commence pas avant deux heures. Nous verrons ce que nous disent nos estomacs vers une heure. Je viendrai te chercher à midi et demi. Allez, salut !

Il raccrocha immédiatement, comme s'il avait peur qu'elle change d'avis.

Brooke regarda Elise.

— Ça sera ma première visite au planétarium depuis dix-huit ans.

Elle fronça les sourcils, attacha ses cheveux en une queue-de-cheval, enfila des shorts de jogging, un débardeur, ses lunettes de soleil et mit Elise en laisse.

— Il est l'heure de notre jogging matinal. Et cette fois-ci, jeune dame, interdiction d'aller fouiner dans les allées, dit-elle en repensant au corps de Robert, abandonné misérablement à côté de la benne à ordures. Nous allons rester bien en vue de l'équipe de surveillance de la police et nous allons profiter de cette belle matinée. Après ça, nous irons au petit salon de thé au bout de la rue et je nous achèterai un croissant chacune.

Jay sortit sur le palier tandis qu'elle verrouillait sa porte.

— Tu vas courir ? demanda-t-il.

Il portait un survêt, mais il était pieds nus et ses cheveux roux clair se dressaient droit sur sa tête. Brooke lui trouva l'air fatigué, presque hagard.

— Oui, pas très loin, mais nous devons faire attention à notre ligne, Elise et moi. Tu es partant pour nous accompagner ?

— Dieu, non.

— Trop de tequila ?

— Figure-toi que non. J'ai eu du mal à dormir, c'est tout. J'ai passé la moitié de la nuit à regarder la télé et à tourner en rond. Stacy m'a accusé d'avoir dérangé les tiroirs du bureau.

— Je devrais la faire venir et lui faire ranger mon appart. C'est le vrai bazar, par rapport au vôtre. Mais je ne suis pas une maniaque du rangement comme elle.

— C'est bien de ne pas être trop maniaque, de temps en temps. Quand j'étais célibataire, au bon vieux temps, je vivais comme un dégueulasse. Enfin, ajouta-t-il en faisant une grimace, ce n'était peut-être pas le bon vieux temps. Je ne pouvais jamais rien retrouver, sauf des pizzas qui traînaient depuis une semaine sous une pile de journaux.

— Beurk.

— Oui. La vie de dégueulasse est surfaite, dit-il en souriant. Stacy est en train de préparer des pancakes aux myrtilles et des saucisses. Tu veux faire le plein avant de sortir ?

— Tout ce sucre et ce cholestérol annuleraient l'effet du jogging, Jay. Et puis, je suis un peu pressée ce matin. Je dois aller au planétarium avec Vincent.

— Vincent, hein ? demanda Jay avec un sourire canaille. Dis-moi, mais il ne te laisse pas un moment de répit ?

— Je crois qu'il essaie de me divertir pour m'éviter de me faire du souci à cause de Zach.

— Ah oui, je suis sûr que c'est pour cela qu'il t'invite tout le temps, dit Jay en riant. C'est un gentleman très altruiste.

— Gentleman ?

— Les Anglais le disent, et je me sens très vieille Europe. C'est pour ça que je plais à Stacy.

— Je crois qu'il n'y a pas que ton vocabulaire qui plaît à Stacy, répondit Brooke en riant. Allez, on y va. Déguste bien tes pancakes. Et remercie Stacy d'être restée avec moi la nuit dernière. Elle m'a aidée à me sentir plus à l'aise et moins seule. Je lui en suis vraiment reconnaissante, même si elle renifle.

Les fraîches odeurs du matin firent frétiller éperdument la truffe d'Elise. Elle détala comme un lièvre et Brooke eut du mal à la garder avec elle. Elle était consciente d'être suivie par la voiture de surveillance, mais elle essaya de l'ignorer, en espérant que les autres personnes qui profitaient de cette belle matinée ne la remarquaient pas non plus. Naturellement, si la voiture avait été mal intentionnée — conduite par des kidnappeurs potentiels, par exemple — elle n'aurait pas eu de chance. Personne ne semblait les remarquer. Les gens étaient soit naïfs, soit indifférents, soit peu disposés à intervenir. Malheureusement, aucun de ces adjectifs n'était très flatteur pour la race humaine.

Elise semblait particulièrement énergique. Mais Brooke se fatiguait et transpirait plus que d'habitude. « Trop à manger et trop d'alcool hier soir », se dit-elle. Heureusement qu'il était rare qu'elle boive ou qu'elle ne fasse pas attention à ce qu'elle mangeait, sinon elle perdrait vite la forme. Elle n'avait pas la chance de ces femmes telles que Stacy qui ne faisaient pas d'exercice et qui mangeaient tout ce qu'elles voulaient, tout en restant minces et musclées.

Comme prévu, Brooke s'arrêta avec Elise dans un petit salon de thé où elle acheta un cappuccino et deux croissants, un pour elle et un pour Elise. Elles se dirigèrent vers une petite table en terrasse, protégée d'un parasol de couleur vive. Elise, comme de coutume, dégusta son croissant délicatement et bien plus lentement que Brooke. Puis elle se lécha les pattes de devant pour s'assurer qu'elle ne perdait pas une miette de sa délicieuse gâterie.

— Désolée de ne pas être meilleure cuisinière, dit Brooke à sa chienne. Sinon je pourrais t'en faire à la maison. Mais après tout, ça ne serait pas la même chose que de sortir après être allées courir par une belle journée.

Elise était allongée tranquillement aux pieds de Brooke qui sirotait son cappuccino. C'était une journée particulièrement lumineuse. Les oiseaux s'appliquaient à sautiller de branche en branche sur un arbre de la terrasse. Dans le parc tout proche, deux petits garçons d'environ cinq ans jouaient au Frisbee, riant à gorge déployée dès que l'un d'entre eux parvenait à le rattraper. Puis un garçon rata le Frisbee, qu'il reçut en pleine tête ; le coup était léger, mais il se mit à crier comme s'il avait été attaqué à coups de hache.

Un instant plus tard, sa mère apparut : elle le cueillit sous le bras, l'embrassa avec passion, lui murmura des mots d'amour, puis ordonna aux deux garçons de rentrer à la maison en hurlant comme une poissonnière. Brooke ne put s'empêcher de rire, sachant que l'enfant n'avait pas été blessé, qu'il était surtout en colère d'avoir raté le Frisbee. Elle se baissa et caressa la tête d'Elise.

— Ne t'en fais pas, dit-elle. Je te garantis qu'il ira mieux dans quelques minutes.

La chienne eut l'air satisfait et reprit son observation des oiseaux. Quelle journée parfaite, pensa Brooke.

Puis elle « le » sentit. Un picotement le long des bras, un chatouillement sur la nuque, l'impression répugnante de sentir un regard sur elle. Ce n'était pas celui des flics de surveillance. Elle s'était habituée à leur regard. C'était complètement différent. Un regard curieux, oui, mais aussi prudent. Une évaluation secrète.

Brooke posa son cappuccino et, l'air de rien, jeta un regard autour d'elle. Aucun des enfants ne la regardait, mais elle savait que ce n'étaient pas des yeux d'enfants qu'elle avait sentis sur elle. Les quelques adultes dans la rue s'intéressaient aux enfants ou les uns aux autres. Elle se tourna et regarda la vitrine du petit salon de thé. Le propriétaire servait une femme bien habillée qui surveillait étroitement le nombre de pâtisseries qu'il mettait dans le sac, comme si elle craignait de se faire voler.

Elle examina ensuite les voitures garées devant la terrasse. Une SUV noire. Une Cavalier vert foncé. Une Taurus métallisée. Une Firebird rouge. Elles semblaient toutes inoccupées.

Elle ne vit personne l'observer, mais elle sentait que quelqu'un suivait chacun de ses mouvements. Elle remarqua le tremblement de sa main et se força à le maîtriser. Elle ne voulait pas montrer sa nervosité. Hors de question de montrer sa peur à la personne qui l'observait.

— Allez, ma belle, on a assez traîné, dit-elle à Elise. Il est l'heure de prendre une douche. Vincent va bientôt venir nous voir.

En rentrant, elle se demanda si elle n'aurait pas dû mentionner à l'équipe de surveillance qu'elle avait eu l'impression d'être observée. Puis elle se dit qu'il était de toute façon impossible de repérer qui que ce soit dans un quartier aussi peuplé. Elle ne voulait pas non plus leur donner l'impression qu'elle devenait nerveuse et criait au loup à la moindre petite chose. S'ils perdaient confiance en elle et sa capacité à juger, elle risquait d'y perdre la vie, car ils hésiteraient peut-être à la croire quand elle serait réellement en danger.

Eunice Dormer fonça sur Brooke et Elise dès qu'elles entrèrent dans le foyer de l'immeuble. Vêtue d'une de ses robes florales d'intérieur qui se ressemblaient toutes, et portant des pantoufles sur une paire de chaussettes blanches, elle se tordait les mains. Ses cheveux châtain terne formaient des boucles plates et fines autour de son visage humide et rouge. « Stacy a raison, se dit Brooke, elle sent vraiment les cigarettes aux clous de girofle. »

— Avez-vous vu Harry ? lui demanda Eunice.

— Non. Je suis allée faire un jogging avec Elise et nous venons juste de rentrer. Eunice, vous ne vous sentez pas bien ?

— Ma piqûre d'insuline est en retard. Deux heures de retard. Ça me rend nerveuse et Harry le sait.

— Vous ne pouvez pas la faire vous-même ?

Exceptionnellement, Eunice lui lança un regard noir.

— Non, je ne peux pas. J'imagine que vous me prenez pour une incapable.

— Mais non, c'est juste qu'il me semble que si vous en avez besoin et que vous n'arrivez pas à trouver Harry…

— Je ne peux pas me la faire. Je risque d'injecter

une bulle d'air dans un vaisseau sanguin. Vous savez ce que ça peut faire ?

— Il faudrait que ce soit un vaisseau important, Eunice, et quelles sont les chances…

— Je ne veux prendre aucun risque en ce qui concerne ma santé ! explosa Eunice. Et puis, l'idée d'une aiguille pénétrant dans ma peau — je ne peux même pas regarder, encore moins le faire moi-même. Et ce n'est pas la peine de me proposer de me le faire, parce que je sais que vous ne vous y connaissez pas plus que moi !

— Je n'en avais pas l'intention, Eunice. J'allais vous suggérer d'aller à l'hôpital.

— À l'hôpital ! cria-t-elle d'un air horrifié. Vous savez combien ils font payer pour faire une piqûre de rien du tout ? Et je serais avec tous ces malades, et leurs microbes d'angine et de Dieu sait quoi encore. Ils n'ont pas encore trouvé de remède pour le virus Ebola, vous savez !

— Je ne crois pas qu'il y ait beaucoup de cas d'Ebola dans le coin, dit Brooke à voix basse.

— J'ai besoin d'Harry !

Eunice semblait sur le point de pleurer.

— C'est le boulot d'Harry. Il sait le faire vite et sans mal. Où est-il ?

Brooke réfléchit. Elle pensa qu'Harry avait sans doute, miraculeusement, trouvé une maîtresse, qu'il passait tout simplement la matinée avec elle et qu'il avait oublié l'heure. Mais elle ne pouvait évidemment pas dire cela à Eunice.

— Je ne sais pas quoi vous dire, répondit-elle honnêtement. Sa voiture est-elle dans le parking ? Sinon, il est peut-être parti faire une course et il a crevé.

— Vous avez raison ! Je parie que c'est ce qui lui est arrivé, s'empressa de dire Eunice, comme si elle saisissait sa chance, mais Brooke vit le doute dans ses yeux.

Elle pensait aussi qu'il y avait une autre femme. Mais elle se précipita vers le parking avant que Brooke — heureusement — n'ait à trouver une autre explication à l'absence d'Harry.

— Elle a vraiment une peur bleue de le perdre, murmura Brooke à Elise, qui sembla y porter peu d'intérêt. Il a beau être un personnage répugnant, il doit en avoir marre qu'elle soit aussi dépendante de lui. J'ai presque pitié de lui. Presque.

Arrivée chez elle, Brooke décida de choisir une tenue appropriée, pour la visite au planétarium. Pantalon décontracté ou une petite robe d'été ? Elle se décida pour une robe bleu pâle avec des sandales blanches à talons hauts et un collier avec un pendentif de coquillages en forme de fleur. Elle releva ses cheveux au-dessus de ses oreilles pour que ses boucles assorties soient bien apparentes et elle tourbillonna devant Elise.

— Tu crois que c'est trop habillé ? Pas trop courte, la robe ? Y a-t-il des étiquettes qui dépassent ?

Elle interpréta le silence d'Elise comme une approbation et tandis qu'elle rassemblait quelques objets pour que la chienne puisse jouer pendant son absence — comme si Elise ne pouvait pas choisir ses propres jouets — on frappa à la porte.

— C'est moi, cria Vincent. Prête à te lancer dans l'Odyssée de l'espace ?

Brooke déverrouilla et poussa la porte. Vincent ouvrit grands les yeux.

— Ouah ! Si des extraterrestres te voyaient, ils te garderaient ! Tu es splendide.

— Merci, mais je ne savais pas que les extraterrestres s'intéressaient à la mode.

— Bien sûr que si, renvoya Vincent avec sérieux, en entrant dans l'appartement. C'est même pour ça qu'ils rendent beaucoup des gens qu'ils kidnappent. Les humains sont tellement mal habillés que les extraterrestres ne veulent pas les garder à bord de leurs vaisseaux.

— Vincent, tu devrais écrire des bouquins de science-fiction.

— J'y ai sérieusement songé, avec des idées aussi sophistiquées.

— À moins qu'il vaille mieux que tu continues à faire du vrai crime.

— C'était une insulte ?

— Seulement pour tes théories sophistiquées de science-fiction. Tu ne vas pas m'en servir des vaseuses comme ça au planétarium, si ?

— Je crains bien qu'il n'y ait que les semblables de Stephen Hawking pour me comprendre.

— Eh bien, continue de rêver si ça te rend heureux, monsieur Lockhart.

Elle remarqua son pantalon kaki et sa chemise de sport verte aux manches longues remontées jusqu'aux coudes.

— Tu es assez épatant, toi aussi, aujourd'hui.

Vincent roula des yeux.

— Mon père voulait me faire mettre un costume.

— Pour aller au planétarium ?

— C'est dimanche.

— Oh, je ne savais pas qu'il était aussi croyant.

— Lui non plus, il s'en est aperçu il y a environ

un mois. Il a semblé se rappeler qu'il y a une dizaine d'années, il était diacre dans son église. Je ne me souvenais même pas qu'il ait appartenu à une église.

Brooke sourit.

— Ma grand-mère était très religieuse ; je devais aller au catéchisme et à l'église tous les dimanches, et je chantais dans le chœur. Je me souviens du jour où j'ai chanté en solo. Großmutter était si fière que j'ai eu peur qu'elle se lève et me lance des fleurs.

— Tu dois bien chanter.

— Non, je chantais mieux que les autres, c'est tout, et encore il aurait été dur de faire pire.

Elle prit son sac.

— Tu es prêt ?

— Jay et Stacy ne viennent pas avec nous ?

— Non. Tu t'attendais à ce qu'ils viennent ?

— Je pensais que comme ils habitent juste à côté, tu te serais peut-être sentie obligée de les inviter.

— Pas du tout. En plus, Stacy est partie d'ici au petit matin, apparemment, elle ne pouvait pas dormir à cause de son allergie à Elise, et quand j'ai croisé Jay dans le couloir ce matin, il avait l'air épuisé.

— Tu crois qu'il y a du nouveau dans l'enquête ?

— Si c'est le cas, Jay ne tenait pas à m'en parler. Hal Myers n'a pas appelé ton père ?

— Pas que je sache, répondit Vincent en haussant les épaules. Peut-être qu'on a épuisé Jay et Stacy, hier soir. Les pauvres vieux ne sont pas de gros fêtards comme nous. Ou comme Elise.

Elle remua la queue.

— Désolé de t'abandonner, ma petite, mais…

— Elle est tout à fait au courant des problèmes de ségrégation envers les chiens dans les lieux publics, dit Brooke. Elle ne s'ennuiera pas avec ses jouets et ses os à ronger. Elle a déjà bien couru ce matin, elle va sans doute faire la sieste.

Il n'y avait pas trop de monde quand ils arrivèrent au musée Avampato, abrité dans le beau Clay Center, flambant neuf. Ils se promenèrent dans le musée, leurs talons claquant contre les superbes dalles bleu foncé, bordeaux, vert forêt et or. Ils commencèrent par se rendre au Musée d'art Juliet au premier étage. Le musée se déployait sur plus de huit cents mètres carrés, mais une galerie séparée était exclusivement consacrée à l'art du dix-neuvième et du vingtième siècle. Brooke fut particulièrement fascinée par les photos gigantesques d'Andy Warhol, d'Edie Sedgwick, de Natalie Wood et de Leonard Bernstein.

— Tu veux en ramener une chez toi, discrètement ? lui murmura Vincent à l'oreille. On dirait que tu es en train de comploter quelque chose et le guide t'a à l'œil.

— Mais non, il te lance un regard désapprobateur parce que tu ne portes pas de costard, renvoya-t-elle. Ceci dit, je ramènerais bien la photo de Natalie chez moi.

— Tu es fan de Natalie Wood ?

— Après avoir vu *La Fièvre dans le sang*, à quoi tu t'attends ? Elle était folle amoureuse de Warren Beatty, et plus tard, quand elle va le voir et qu'il est marié, elle porte cette superbe robe blanche, ce grand chapeau et ces gants blancs, et…

— C'est bon, si tu continues, tu vas te mettre à pleurer, dit Vincent en l'entraînant doucement un peu plus loin. Si tu m'avais dit que tu avais le béguin pour Andy Warhol, je t'aurais tout de suite abandonnée.

— Il était… différent.

— C'est le moins qu'on puisse dire.

— Je n'ai jamais eu le béguin pour lui.

— Et c'est tant mieux, parce que je ne lui ressemble pas du tout et les femmes ont tendance à toujours être attirées par le même type d'homme.

— Tiens donc, répondit Brooke, ignorant son allusion. Et ce n'est pas pareil pour les hommes ?

— Bien sûr que non. Nous acceptons les femmes telles qu'elles sont. Nous n'avons pas la moindre idée prédéfinie de ce que nous voulons. Ça se limite souvent à une femme au cœur tendre, bonne cuisinière et ménagère. On se fout complètement qu'elle soit mignonne ou non.

— Elle est pas mauvaise, celle-là, Vincent. Tu viens de l'inventer ou est-ce une théorie que tu as déjà testée ?

Brooke n'entendit pas ce que Vincent lui répondit. Du coin de l'œil, elle venait juste de repérer des cheveux ras, hérissés et d'un roux impossible.

— Mon Dieu, voilà Judith, dit-elle en se rapprochant de Vincent et en fourrant son nez dans le dépliant du musée.

— Qui est Judith ?

— Judith Lambert. Elle sortait avec mon patron, Aaron Townsend. Ne te retourne pas ; elle va te repérer !

— Je ne sais même pas à quoi elle ressemble.

— Une horrible coupe de cheveux rouge feu toute hérissée, murmura Brooke. Elle était très mignonne, avant. Elle est sortie avec Aaron pendant à peine un an, puis il l'a laissée tomber. Elle a dit à tout le monde que c'était le contraire, mais personne ne l'a crue, parce qu'Aaron a continué comme si de rien n'était, tandis que Judith s'est mise à perdre beaucoup de poids et à maltraiter ses cheveux. Je crois que sa coiffure est comme un pied de nez au monde entier.

— Ah, tu es psychiatre, en plus.

— C'est ma théorie, elle vaut ce qu'elle vaut. Bref, elle a fini par conclure qu'Aaron l'avait quittée pour moi. J'ai appris ça par les cancans de l'agence et j'étais abasourdie.

Elle abaissa légèrement le dépliant pour jeter un coup d'œil à Judith et son compagnon.

— Tu te souviens de ce que tu disais sur les gens qui sont toujours attirés par le même type ? Tu as peut-être bien raison, parce que l'homme qui est avec elle ressemble un peu à Aaron, mais en plus minable. Mauvaise coupe de cheveux et sa chemise devait être à la mode il y a une bonne dizaine d'années.

Le regard de Judith se dirigea soudain vers eux comme si elle avait entendu cette remarque et Brooke se dissimula vite derrière sa brochure.

— Pourvu qu'elle ne vienne pas nous parler, lança-t-elle.

— On lui répondra, voilà tout, répliqua calmement Vincent. Mais tu ne devrais pas te faire de souci.

Il consulta sa montre.

— Il est presque l'heure du spectacle du planétarium. Le type de l'entrée nous a bien dit de ne pas être en retard, parce que les gens commencent à faire la queue très tôt.

Brooke s'attendait à voir beaucoup d'enfants dans la file d'attente pour voir *Cielélectrique*. Elle se trompait. Il y avait deux fois plus d'adultes, mais ils semblaient tous excités comme des gamins, certains murmuraient, d'autres ricanaient et une vieille dame expliqua à son mari :

— Tout se met à bouger sur les murs et tu as l'impression d'être au beau milieu d'une énorme masse tournoyante. C'est ce que Mildred m'a dit. J'espère que je ne vais pas avoir le vertige.

— Mildred a le mal de mer à la piscine, renvoya sèchement le mari. Tu parles d'un énergumène, celle-là. Pour ne pas avoir le vertige, il suffit de se concentrer à ne pas avoir le vertige.

Elle le fusilla du regard.

— Toi et tes théories vaseuses sur la suprématie de la volonté ! Quelles foutaises !

— Ah les amours de jeunesse, murmura Vincent à l'oreille de Brooke, la forçant à dissimuler son sourire à la femme qui la regardait droit dans les yeux.

La porte à doubles battants du planétarium s'ouvrit et l'ambiance fut soudain silencieuse et solennelle, comme s'ils s'apprêtaient à embarquer dans un véritable vaisseau spatial pour Mars. Ils descendirent un long et sombre couloir bordé de minuscules lumières au sol, puis ils grimpèrent un escalier tournant et entrèrent dans un vaste amphithéâtre. Les yeux de Brooke avaient du mal à s'adapter à l'obscurité. Elle avança en trébuchant, enchantée par la musique obsédante qui les entourait et regardant les lumières rose corail qui semblaient miroiter partout. Vincent la guida dans une rangée et dut presque la pousser à s'asseoir dans un siège.

— J'adore ça ! lui murmura-t-elle.

— Je m'en suis aperçu, répliqua-t-il à voix basse

sans la moindre trace d'humour. Tu te comportes comme une gamine de trois ans. Ferme la bouche avant d'avaler quelque chose.

Le narrateur commença. Brooke apprit que le dôme faisait dix-huit mètres d'un côté à l'autre, que les projecteurs étaient en Dolby Surround Sound et que, par plaisanterie, on appelait celui du milieu l'« étoile de la mort ». Il avertit également que le dôme amplifiait tous les bruits et exigea que le public se taise, pas même un murmure, car tout était amplifié.

— Tu te souviens de la scène dans *La Fureur de vivre*, quand James Dean et Natalie Wood vont au planétarium ? murmura immédiatement Brooke.

Il se tourna vers elle et chuchota :

— Oui, mais qu'est-ce que c'est que cette fascination pour Natalie Wood aujourd'hui ?

— Chut ! siffla une femme derrière eux, en un bruit d'énorme vipère venimeuse et furieuse, prête à frapper.

Brooke se retourna pour lui lancer un regard meurtrier, étant donné que la femme avait fait encore plus de bruit qu'elle et Vincent.

C'est alors que Brooke vit la fille, juste en face d'elle. Une chevelure raide et blonde, tenue derrière les oreilles, des épaules étroites, et un long cou gracieux. Elle ressemblait à la fille qui avait donné le vase de roses blanches aux obsèques de Mia. Brooke ferma les yeux quelques instants, puis la regarda à nouveau.

Comme si elle sentait son regard, la fille se retourna et fixa Brooke. « Comment ai-je pu penser qu'il s'agissait de la même fille ? » se demanda Brooke. Ses yeux bleus étaient soulignés d'un épais trait noir et ses paupières étaient recouvertes d'une espèce de poudre à paillettes. Un rouge à lèvres rouge fraise faisait ressortir ses lèvres pulpeuses et quatre boucles d'oreilles de tailles variées pendouillaient à son lobe gauche. Elle portait un jean déchiré, un tee-shirt bariolé très décolleté et elle mâchait son chewing-gum comme si sa survie en dépendait. Elle paraissait avoir au moins dix-huit ans, pas seize comme la fille de l'enterrement. Et pourtant…

Elle eut l'air de s'ennuyer, détourna les yeux de Brooke et s'enfonça un peu plus dans son siège, en appuyant ses sandales sur le dos du siège devant elle. Les revers de son jean étaient effilochés et semblaient sales, même de loin. Son compagnon, un garçon négligé aux cheveux gras et noirs et au cou tatoué, paraissait avoir autour de dix-huit ans, lui aussi. Il rit très fort à ce que la fille lui murmura, s'attirant le regard foudroyant de la femme derrière Brooke et Vincent. Mais Brooke eut le sentiment que la femme n'allait pas essayer de faire taire ces deux-là. Ils avaient une allure de durs à cuire, et elle devait craindre qu'ils la maudissent, voire pire.

Brooke détourna son attention de la fille et repéra Judith et son compagnon. Judith s'efforçait de montrer qu'ils avaient une relation passionnelle, malheureusement, l'effet était saboté par l'attitude rigide de l'homme, tandis que les longs bras maigres de Judith semblaient se multiplier pour le couvrir. Brooke eut soudain l'image du pauvre homme capturé par une pieuvre.

— Qu'est-ce qui ne va pas ? murmura Vincent.

— Rien. Je regarde les gens, c'est tout.

— Tu ferais mieux de regarder ce qu'on est venu voir. J'ai cassé ma tirelire pour pouvoir t'amener dans un endroit vraiment classe et tu ne sais pas te tenir.

— Pour la énième fois, pourriez-vous vous taire, aboya la femme derrière eux.

Vincent et Brooke se retournèrent ensemble. Le visage du mari était rougi par l'embarras et la colère, mais il ne dit rien. Il avait sans doute rarement l'occasion d'en placer une, se dit Brooke. Vincent prit le relais :

— Écoutez, ma petite dame, calmez-vous, dit-il d'une voix basse et méchante. Parce que sinon…

La femme se rencogna dans son siège, les yeux ronds. Vincent serra la main de Brooke qui ne put s'empêcher d'arborer un large sourire. Puis elle se relaxa, immédiatement captivée par l'histoire de la galaxie. Tout autour d'elle, les images d'étoiles, de planètes, de météores et de feu défilaient. Le son l'enveloppait complètement, et elle comprit qu'il serait facile d'avoir le vertige dans une imitation de la réalité aussi théâtrale et colorée. Elle se surprit à agripper le bras de Vincent, comme elle s'était emparée du bras de son papa lorsqu'il l'avait amenée au planétarium quand elle était petite. Vincent couvrit sa main de la sienne, souriant sans la regarder. Il savait qu'elle s'amusait bien et l'expression de son visage indiquait qu'il appréciait son bonheur.

— Tout tourne, annonça la femme derrière eux d'une voix forte. Je crois que je vais vomir.

— Sors, alors, répondit le mari distraitement, fasciné par le spectacle.

— Toute seule ? Sans toi ?

Un chut vola de l'autre côté de la salle.

— Ça, par exemple ! hurla la femme comme si elle ne venait pas de faire la même chose.

Voyant que son mari n'avait pas l'intention de la suivre, la femme maîtrisa son envie de vomir et se tut, même si elle se cacha le visage dans ses mains en se faisant largement remarquer. « Le mari va se faire incendier en partant d'ici », se dit Brooke. La femme n'avait pas l'air d'être habituée à ce qu'il se rebelle.

Tout en étant fascinée par le spectacle et par la représentation grandiose de météores se désintégrant contre des planètes et de la lune avec des éclairs de merveilleux éclats de lumières, Brooke avait toujours le sentiment d'être observée. Elle crut d'abord qu'il s'agissait de la mégère derrière elle, qui devait mitrailler sa nuque du regard par pure jalousie, puisqu'elle n'était pas malade, elle, mais en se retournant, elle s'aperçut que la femme se couvrait toujours les yeux en poussant de temps à autre un petit gémissement occasionnel, tandis que son mari l'ignorait complètement. Brooke finit par regarder autour d'elle. Tous les yeux semblaient fixés sur un aspect de la représentation qui se jouait devant, dessus et à côté d'eux. Elle regarda même la fille blonde, qui avait la tête inclinée contre son petit copain *grunge* ; ils ricanaient tous deux, sans se préoccuper du spectacle. Ni de Brooke. « J'ai la trouille, se raisonna-t-elle. Je suis nerveuse parce que j'ai trouvé que cette pouffiasse ressemblait à la petite fille angélique aux funérailles de Mia — celle qui m'a donné le vase de roses de la part de Zach. »

Brooke eut l'impression que le spectacle n'avait pas duré plus de cinq minutes. Elle aurait facilement pu le regarder une nouvelle fois, mais Vincent lui fit du coude pour qu'elle se lève. Ils marchèrent en crabe jusqu'à un autre couloir sombre bordé de minuscules lumières blanches, montant vers la sortie cette fois-ci. Soudain, des gens que Brooke n'avait pas remarqués s'animèrent et se mirent à bavarder ; les hommes tenaient leurs femmes par la main et leur disaient de faire attention, les enfants couraient dans tous les sens, riant et bavardant. Ils s'étaient tus comme on le leur avait demandé pendant le spectacle, pensa Brooke en approuvant leur attitude. À part la femme derrière elle, elle n'avait pas entendu le moindre murmure de quiconque.

Brooke sentit soudain quelque chose d'humide, puis une petite piqûre sur ses reins, juste au-dessus des hanches. Avait-elle transpiré ? S'était-elle pincée avec sa fermeture ? Elle allait vérifier avec sa main quand elle sentit une autre piqûre, aiguë et brûlante.

— Aïe ! hurla-t-elle tandis que la douleur lui envahissait le bas du dos. Merde alors ! Qu'est-ce que…

La douleur s'intensifia. Comme la brûlure d'une allumette contre sa peau. Soit ça, soit on avait réussi à jeter de l'acide sur la peau tendre sous sa fine robe.

— Vincent…

Il la prit par le bras.

— Que se passe-t-il ?

— Mon dos.

La douleur s'enflamma, crue et cuisante.

— J'ai mal !

Brooke savait que personne ne l'avait frôlée et accidentellement blessée, la douleur était trop intense. Elle avait été attaquée, de manière mesquine et précise, avec préméditation. Mais avec quelle gravité ?

Brooke chercha instinctivement la fille blonde des yeux, dans le hall vide. Elle ne vit personne tout d'abord, si ce n'était quelques inconnus qui observaient avec curiosité ses efforts pour ne pas s'effondrer et ses yeux se remplissant de larmes de douleur. Puis elle repéra Judith Lambert qui sembla la regarder avant de s'en aller, en traînant son compagnon.

CHAPITRE XVI

1

La foule s'écarta autour d'eux et se réfugia contre les murs, aussi loin de Brooke que possible. « Ça, c'est typique, pensa Brooke, personne ne veut être impliqué. »

Vincent l'enlaça et la serra tout contre lui.

— Que se passe-t-il, Brooke ? Qu'est-ce qui ne va pas ?

— Je ne sais pas.

Les larmes coulaient sur son visage et la brûlure de son dos empirait.

— J'étais en train de marcher et j'ai senti quelque chose d'humide sur le dos de ma robe, puis une espèce de piqûre d'aiguille. Ça m'a brûlée. Ensuite j'ai senti une piqûre en plein milieu de l'humidité, et la brûlure me fait de plus en plus mal.

Vincent passa sa main droite le long de son dos et la retira brusquement, juste en dessous de la taille.

— Mince, mais ça brûle !

Brooke fut remplie d'appréhension.

— Qu'est-ce que c'est, Vincent ?

L'un des policiers qui la surveillaient arriva en courant et s'agenouilla à côté de Brooke.

— Qu'est-ce qui se passe ?

— Nous sortions et Brooke a senti quelque chose de piquant et d'humide sur ses reins. Dans le creux des reins. Qui brûlait. Puis une nouvelle piqûre. Je viens de poser la main dessus et j'ai la peau qui me brûle.

Le policier sortit immédiatement son portable et appela les secours, en donnant l'adresse du Clay Center et les symptômes de Brooke. Les deux hommes se penchèrent pour examiner la large tache sur le dos de sa fine petite robe. Un policier leva les yeux vers la main rougissante de Vincent.

— C'est une espèce de corrosif, lui dit ce dernier.

— Nous avons été séparés de vous par la foule en sortant, dit le flic. Qui était à côté de vous ?

— Je ne sais pas. As-tu vu quelqu'un ? demanda-t-il à Brooke.

— La personne était forcément derrière moi. La seule que je connaissais ici, c'était Judith Lambert. Mon Dieu, l'ambulance en a-t-elle pour longtemps ?

— Nous allons vous aider à sortir, dit l'un des flics. L'ambulance en a pour cinq minutes.

Cinq minutes qui se transformèrent en dix minutes. Tandis qu'ils attendaient, Vincent s'assit sur les marches du Clay Center, se plaça face au dos de Brooke, et descendit la fermeture éclair de la robe. Les gens regardaient la blonde à la robe baissée en dessous de la taille et seulement un petit soutien-gorge en dentelle sur le dos, mais elle souffrait tant qu'elle ne s'en souciait guère. Vincent examina ses reins.

— Il y a une tache de la taille d'une grosse pièce,

rouge comme le feu et qui commence à s'irriter. Elle saigne aussi.

— Oh super, encore du sang ? gémit Brooke.

— Il n'y a que peu de sang.

— Quel réconfort. Tu ne peux rien faire ?

Vincent fouilla dans les poches de son pantalon.

— J'ai une de ces lingettes humides — papa ne me laisse jamais quitter la maison sans en prendre, comme si j'avais six ans ou si j'étais ce détective à la télé —, mais j'ai peur que les produits chimiques ne te fassent plus de mal que de bien.

Un petit homme rond se précipita hors du musée, un mouchoir mouillé à la main.

— J'ai entendu ce qui vous est arrivé et j'ai trempé mon mouchoir dans la fontaine. Ça vous soulagera peut-être.

Vincent le posa immédiatement sur la brûlure et la douleur s'apaisa légèrement.

— Merci, merci, dit Brooke à l'homme, des larmes continuant à couler le long de son visage. Excusez-moi de faire le bébé, mais la douleur…

— Vous ne faites pas le bébé, madame, dit l'homme en souriant. Je suis content de pouvoir vous aider un peu. Est-ce que je peux faire autre chose pour vous ?

L'ambulance arriva à ce moment-là.

— Je crois que nous sommes en de bonnes mains, maintenant, répondit Vincent. Merci, monsieur.

Une heure plus tard, Brooke était assise sur le lit de la salle d'observation. Un docteur avait minutieusement nettoyé sa brûlure, lui avait donné un léger analgésique, l'avait enduite d'une épaisse couche de crème antibiotique et avait pansé la plaie pour la protéger contre toute friction.

— Le labo va isoler le produit chimique qui a été versé sur votre robe, dit-il avec un bel accent pakistanais.

Il lui avait déjà expliqué qu'il était venu du Cachemire aux États-Unis, dix-sept ans auparavant.

— Avec un peu de chance, nous serons rapidement fixés. Comment peut-on être aussi cruel envers une jolie fille comme vous ?

— Merci du compliment, mais ce serait cruel envers n'importe qui. Vous avez été très aimable.

Vincent entra dans la pièce, s'entretint brièvement avec le médecin, puis s'approcha lentement du lit.

— Ce n'était pas exactement ce que j'avais prévu de faire cet après-midi, Fille Cannelle, s'excusa-t-il.

— Je sais, dit-elle tendrement. Je sais aussi qui m'a fait ça. C'est la fille — celle qui était à l'enterrement de Mia.

— La fille à l'enterrement de Mia ? demanda-t-il en fronçant les sourcils. Qu'est-ce que tu racontes ?

— La jolie fille qui m'a donné le vase de roses était au planétarium, mais elle semblait très différente. Elle était trop maquillée, les cheveux tirés à l'arrière pour montrer quatre boucles dans une de ses oreilles, et des habits provocateurs et bon marché. On lui aurait donné dix-huit ans, pas seize comme elle faisait à l'enterrement.

— Tu ne m'en as pas parlé.

— Je n'étais pas sûre au départ. Je n'en étais pas sûre jusqu'à ce que tout ça arrive.

Vincent la regarda avec sérieux.

— Brooke, il faisait sombre là-dedans.

— Pas pendant le spectacle. C'était très lumineux à certains moments.

— Et tu l'as regardée ?

— Une ou deux fois.

— Elle t'a regardée, elle ?

— Une fois. Juste un regard et elle a fait celle qui ne m'avait jamais vue. Elle s'est tournée vers son petit copain…

— Elle était accompagnée ?

— Oui. Un gars du même âge. Des cheveux assez longs, gras et noirs. Un tatouage sur le cou. Il avait le même air destroy qu'elle. Ils n'arrêtaient pas de se tripoter.

— Tu es sûre que c'est la même fille que celle des obsèques ?

Brooke s'impatienta.

— Oui, Vincent. Sûre et certaine. Après tout, personne ne la connaissait, à l'enterrement, cette fille. Elle m'a donné les fleurs de la part de Zach. Tu ne comprends donc pas ? C'est lui qui l'a fait venir, simplement pour me donner les fleurs. Il l'a sans doute dénichée à un coin de rue et en dépit de son look et de son maquillage, il a remarqué qu'elle me ressemblait, et donc aussi à ma mère et à Mia. Il a élaboré tout ce plan avec les fleurs pour me foutre la trouille, et ça a marché. Il a simplement eu besoin qu'elle se nettoie un peu, puis il lui a acheté une belle petite robe innocente et…

Vincent leva le bras :

— Tu as peut-être raison.

— Tu ne me remets pas en question ?

— Je ne peux pas ignorer qu'il t'est arrivé quelque chose les deux fois où cette inconnue est apparue, dit-il en souriant. Tu prends ton petit copain pour un abruti total, ou quoi ?

Petit copain ? S'était-il appelé son petit copain ?

Ça semblait tellement ado. Présomptueux. Ridiculement merveilleux.

— Mais Brooke, n'oublie pas qu'il y avait aussi Judith Lambert, et tu m'as dit qu'elle ne te portait pas dans son cœur.

— Oui, mais depuis longtemps et elle ne m'a jamais rien fait.

— Peut-être qu'elle attendait le bon moment.

— Peut-être, admit Brooke à contrecœur. Mais je n'arrive pas à me sortir cette blonde de la tête.

— D'accord. La police va sans doute te proposer un dessinateur pour faire son portrait. Nous avons pu le faire ensemble après l'incident de l'église, mais cette fois-ci, tu seras toute seule, parce que je ne l'ai pas vue.

— Je la revois parfaitement. Mais je devrais faire ça le plus tôt possible, avant d'oublier des détails.

— Tu veux aller tout de suite au poste ?

— Pas tout de suite. Je vais profiter de notre passage à l'hôpital pour aller voir ma grand-mère.

— Tu vas lui raconter ce qui s'est passé ?

— Bien sûr que non ! Je ne veux absolument pas l'inquiéter. Comment est mon visage ? Je veux dire, je n'ai pas l'air d'avoir pleuré ou souffert ou eu peur ?

— Tu es ravissante, comme toujours.

— Oui, ben, ça se discute, dit-elle d'une voix tendue, mais seulement par l'embarras qu'avait causé le ton tendre et admiratif de Vincent. Tu veux m'accompagner ?

— Je préfère rester dans la salle d'attente, si tu n'y vois pas d'inconvénient. Je ne suis pas aussi doué que toi pour dissimuler mes sentiments. Ta grand-mère a encore l'esprit vif. Si tu ne veux pas qu'elle s'inquiète, ne la laisse pas te regarder dans les yeux. Elle te connaît trop bien.

— Mieux que personne. Eh bien, si tu veux bien quitter la chambre, je vais m'habiller.

Vincent sourit.

— La police a pris ta robe pour tenter d'identifier l'abrasif.

— Toute la robe ? s'exclama Brooke. Le docteur m'avait prévenue que le labo allait faire des analyses pour voir de quel liquide il s'agissait, mais je pensais qu'ils se seraient contentés de couper un petit morceau de la robe.

— Les flics ne font pas les choses à moitié, Brooke. Ils ont pris le tout.

— Dans ce cas, qu'est-ce que je suis censée faire ? Rentrer chez moi dans cette chemise d'hôpital ?

— On dirait de la haute couture, renvoya-t-il sérieusement. Ça m'étonnerait qu'ils te laissent partir avec.

Brooke baissa les yeux sur la finc chemise d'un bleu et blanc aussi moches que quelconques.

— Ben voyons, c'est de la haute couture. Ça a dû coûter au moins cinq dollars. Qu'est-ce que je dois faire ? Aller voir ma grand-mère en slip et soutien-gorge ?

— Et en chaussures. Ils te les ont laissées.

— Génial. Si au moins il faisait froid, j'aurais pu mettre mon manteau.

— S'il avait fait froid, ton dos n'aurait pas été exposé.

— Oh, arrête tes raisonnements, lâcha-t-elle sèchement.

Elle savait que ce n'était pas de sa faute, mais il

l'agaçait, tout simplement parce qu'il était la seule personne à proximité.

— Appelle Stacy, s'il te plaît, elle m'apportera des vêtements.

— Tout de suite, madame. Et si elle n'est pas chez elle ?

— Appelle-la. Si elle n'est pas chez elle, je trouverai autre chose.

— J'aimais bien l'idée du slip et soutien-gorge.

Brooke grinça des dents. Maintenant que Vincent était rassuré sur son état de santé, il s'amusait beaucoup trop de la situation.

— Appelle-la, merde !

Vingt minutes plus tard, Stacy arriva avec une robe évasée dans un sac en papier.

— Vincent m'a dit de prendre une robe qui ne serrait pas à la taille. Comme tu as surtout des tailleurs, j'ai fini par regarder dans mes placards. J'ai trouvé une robe, mais elle te sera plus longue qu'à moi, puisque je suis plus grande.

Elle jeta un regard inquiet à Brooke.

— Vincent m'a raconté une histoire de brûlure dans le dos. Fais-moi voir.

— C'est bandé.

— Oh. C'était grave, comme brûlure ? Comment as-tu fait ça ?

Brooke quitta sa charmante chemise d'hôpital et tendit la main vers la robe grise en soie shantoung.

— On est allés au planétarium. Et en sortant, dans l'obscurité du couloir, quelqu'un m'a piquée avec quelque chose.

— Piquée ?

— Oui.

Brooke lui donna plus de détails en enfilant la robe et en remontant la fermeture éclair.

— Une brûlure chimique, d'après le docteur. La police a pris ma robe pour la faire analyser par le labo.

Stacy avait raison. La robe était un peu flottante, mais l'ourlet lui arrivait à une dizaine de centimètres au-dessous des genoux, ce qui lui donna l'impression d'être une petite fille ayant revêtu les habits de sa mère. Elle se garda de le dire et se contenta d'enfiler ses sandales à talons hauts.

— Excuse-moi de t'avoir fait venir ici, mais comme la police a ma robe…

Stacy écarta ses excuses d'un geste de la main.

— Jay est devant un match de base-ball — j'ai horreur du base-ball — et je ne tenais pas en place. Quand Vincent m'a appelée, j'étais sur le point d'aller me promener. Mais je ne suis pas fan des promenades solitaires, avec mes pensées pour seule compagnie, alors finalement, je devrais te remercier de me donner l'occasion d'être utile.

— Tu es extrêmement utile. Tu as passé la nuit avec moi, et maintenant tu m'apportes mes habits à l'hôpital. Je ne sais pas ce que j'aurais fait sans toi.

— Tu aurais dormi toute seule et tu serais à poil.

— Tu acceptes toujours les remerciements avec grâce.

— Ça me rend un peu mal à l'aise. Tu es prête à rentrer à la maison ?

— Non. Je vais aller voir ma grand-mère d'abord. Mais rentre, toi. Tu n'as pas à nous attendre, Vincent et moi.

— Je préfère attendre.

Elle ajouta avec un clin d'œil.

— Je veux aussi m'assurer que vous allez rentrer sains et saufs, espèces de gamins fous, et je veux aussi récupérer ma robe.

— Alors, toi, tu es tordante, dit Brooke en souriant pour la première fois depuis leur départ du planétarium.

2

Vincent reconduisit Stacy et Brooke, puis il resta assez longtemps pour boire un thé glacé. Il n'aimait pas l'idée de laisser Brooke seule, mais elle semblait étrangement calme et fatiguée. Peut-être à cause des médicaments qu'on lui avait donnés, pensa-t-il. En tout cas, elle n'avait pas cherché à le retenir quand il avait parlé de partir, alors qu'il était encore tôt dans la soirée. Il avait eu l'impression qu'elle avait envie d'aller au lit, même si elle souhaitait seulement se reposer. Craignant qu'elle ne soit pas aussi attentive que d'habitude, il avait vérifié les verrous de toutes les fenêtres, puis s'était assuré qu'elle ferme à clé derrière lui. En espérant que Stacy lui propose de passer à nouveau la nuit avec elle, il rentra chez lui.

Quand il arriva, toutes les lumières étaient éteintes. Sam n'allait jamais se coucher si tôt et il laissait toujours une lampe allumée dans le séjour, une habitude que la mère de Vincent leur avait fait prendre quand elle était en vie. Inquiet, Vincent lança plusieurs « Papa ! », trébucha sur une lampe, l'alluma et se prépara à fouiller la maison.

L'ampoule de la lampe proche de la porte faillit l'aveugler, elle était trop brillante ; après avoir cligné des yeux une ou deux fois, Vincent vit Sam assis dans son fauteuil favori, un album sur les genoux, le regard perdu, ses yeux bleus fixés dans le lointain.

— Papa ? appela-t-il doucement, presque craintivement.

Sam était complètement immobile, le regard toujours perdu.

— Papa ?

Sam cligna brusquement des paupières, regarda Vincent et dit :

— Ah, te voilà enfin, mon fils. Je croyais t'avoir déjà dit de ne pas garder la voiture la nuit. Ta mère s'est fait un sang d'encre.

Vincent s'aperçut qu'il retenait sa respiration, il la relâcha lentement et répondit :

— Excuse-moi, papa. J'ai été retenu et…

— Toujours les mêmes excuses, renvoya Sam avec fermeté, tu devais rentrer avant onze heures.

— Mais papa, il n'est pas encore onze heures.

Vincent se rendit compte qu'il avait utilisé le ton de voix de ses seize ans. Il se ressaisit et dit d'une voix adulte :

— J'ai véritablement été retenu, tu sais, sinon je serais rentré plus tôt.

Sam eut soudain l'air inquiet.

— Un accident de voiture ?

— Non, non, pas d'accident de voiture.

— Y a-t-il des blessés ?

— Non, tout le monde va bien. Enfin, presque.

Les sourcils blancs de Sam se resserrèrent.

— Presque ? Qu'est-ce que ça veut dire ?

— C'était Brooke.

Sam se renfrogna davantage.

— Mais elle va bien. Je viens de la ramener à son appartement.

— Son appartement ? Elle n'habite pas ici ?

Vincent s'affola. Son père avait-il oublié presque tout ce qu'il savait sur Brooke ?

— Non, papa, Brooke a vingt-six ans maintenant et elle a un appartement.

Vincent examina son père attentivement. Il vit une sorte de mouvement derrière les yeux du vieil homme, qui eut soudain l'air plus éveillé.

— Mais bien sûr, elle a son appartement. Je ne sais pas ce qui m'arrive.

— Ta mémoire prend parfois… des vacances.

Sam se mit à rire.

— Des vacances ! Elle est pas mauvaise, celle-là. Mais tu as toujours su manier les mots, Vincent. Toujours les meilleures notes en anglais. Tu n'étais pas aussi fort en maths.

— Ça, non. Et ça n'a guère changé, c'est pour ça que je suis écrivain et pas physicien nucléaire.

— Et tu es un bon écrivain, c'est ce que tout le monde dit. Ta mère était fière comme Artaban.

— Oui, c'est ce que les éditeurs aiment que l'on écrive — des livres qui plaisent à nos mères. Ils se jettent dessus quand ils en trouvent un comme ça.

Sam fronça à nouveau les sourcils.

— Donc, tout va bien pour toi, mais pas pour Brooke.

— Non, tu as raison, papa. Elle devrait quitter Charleston, mais elle refuse à cause de sa grand-mère. On s'est arrêtés à l'hôpital ce soir. Après avoir vu sa grand-mère, Brooke avait vraiment sale mine. Elle a fini par m'avouer que d'après le docteur, Greta s'est affaiblie et elle n'en a sans doute plus que pour quelques jours. Je lui ai dit que sa grand-mère préférerait la savoir hors de danger. Après tout, elle a passé sa vie à essayer de la protéger. Mais Brooke est têtue. Je dois dire que d'un côté, j'admire son courage, mais en même temps, ça me rend fou.

Sam sourit.

— Elle avait du cran quand elle était petite. C'était une des choses que Laura et moi appréciions tant chez elle. Je crois que c'est aussi pour cela que tu l'aimes, dit-il en jetant un regard de côté à Vincent.

Vincent rougit.

— Que je l'aime ? Papa, j'ai rencontré Brooke il y a quelques jours. Elle me plaît. J'ai beaucoup de respect pour elle. Je m'amuse bien avec elle. Mais l'aimer ? C'est ridicule.

— Ouais, bon, comme tu veux, mon garçon.

Sam sourit, le genre de sourire qui donna envie à Vincent de protester encore davantage. Il lui était impossible d'« aimer » Brooke Yeager, mais il connaissait son père. Quand il avait une idée en tête, on pouvait s'évertuer à discuter, on ne risquait pas de la déloger. Qu'il pense ce qu'il veut. Mais « aimer », franchement !

— Il faut qu'on coince Tavell, reprit Sam, son sourire dissipé. Ce fils de pute a réussi à s'évader de prison et il en veut à ma Fille Cannelle. Après toutes ces années, c'est moi qu'elle est venue voir quand elle a eu des ennuis. Et qu'est-ce que j'ai fait ? Absolument rien, parce que je ne suis plus qu'un vieux bonhomme inutile, maintenant.

Il s'essuya les yeux.

— Excuse-moi, mon fils.

— Papa, tu n'es pas un vieil inutile, lui dit tendrement Vincent, la gorge nouée.

— Bien sûr que si. Plus ou moins. Je crois que le décès de ta mère m'a fini. Mentalement. Pas que je le lui reproche. C'était la meilleure femme du monde. Je n'ai jamais compris pourquoi elle m'avait choisi, moi, parmi tous les hommes qu'elle aurait pu épouser.

— Elle t'aimait.

Sam acquiesça, puis son regard se brouilla.

— C'est vrai, je ressentais son amour tous les jours. Et j'ai ressenti son absence chaque minute de ces trois dernières années.

— Elle me manque, à moi aussi, dit Vincent.

— Je n'arrive toujours pas à croire qu'elle soit partie, poursuivit Sam. J'étais sûr qu'elle me survivrait pendant plusieurs années. Ça m'inquiétait, même. Qui se serait occupé d'elle sans moi ?

— Je me serais occupé d'elle.

— Oui, tu es un brave garçon, dit Sam en lui tapotant la main. Tu as toujours été un brave garçon, sauf pendant tes quelques années de jeunesse folle. Je me suis fait du souci pour toi à l'époque.

— Parce que j'ai essayé de jouer dans un groupe de rock et que je conduisais la moto de mon copain ? demanda Vincent en souriant. Tu pensais que logiquement, j'allais finir par cambrioler des bijouteries ou vendre de l'héroïne ?

— Ah, j'étais badaud, hein ? dit Sam en souriant.

Mais on n'arrête jamais de s'inquiéter pour ses enfants.

— C'est bon à savoir. Certains ont besoin qu'on continue à s'inquiéter de leur sort.

— Pas toi. Le monde t'appartient. Mais Brooke, c'est autre chose. Raconte-moi ce qui lui est arrivé aujourd'hui.

— Tu es sûr de ne pas être trop fatigué pour rester debout à discuter ?

— Je ne suis pas un gamin. Il fait à peine nuit. Va nous chercher une bière et essaie donc de me la faire boucler !

Vincent alla chercher les bières, alluma une ou deux lumières plus tamisées, puis expliqua à son père les événements du planétarium.

— Brooke va bien ? demanda Sam.

— Oui, je crois qu'elle a une brûlure de premier degré, mais pas très étendue.

— Et tu crois à la responsabilité de cette fille qu'elle a repérée — celle qui ressemble à la petite qui lui a donné les roses à l'enterrement ?

Vincent acquiesça.

— Mais comment ?

— Le couloir était sombre et il y avait beaucoup de monde. Nous avons été séparés. La fille a très bien pu s'approcher et pulvériser une substance chimique, puis lui enfoncer une seringue dans le dos. Le labo nous dira de quelle substance il s'agit.

Vincent se pencha vers son père, faisant rouler la canette de bière entre ses mains.

— Moi, je me demande bien qui est cette fille et pourquoi elle travaille pour Zach.

— Le pourquoi est simple, dit Sam. L'argent. Qui

est-elle ? Ça, c'est une autre question. Mais tu m'as dit qu'elle avait dans les dix-huit ans.

— À l'église, je ne lui aurais pas donné plus de seize ans. Je ne l'ai pas vue au planétarium, mais d'après Brooke, elle en faisait dix-huit. Bien sûr, elle portait une robe blanche à l'enterrement, très petite fille, pas de maquillage, les cheveux raides, alors qu'au musée, elle était très maquillée, elle avait des vêtements étriqués et déchirés, et plein de bijoux bon marché.

— Mais Brooke est certaine qu'il s'agit de la même fille.

— À quatre-vingt-dix pour cent. C'est vrai que les habits et le maquillage peuvent facilement donner quelques années de plus. Et elle était avec un type. Je me demande si Zach les a embauchés tous les deux ? Il y a une offre de récompense pour sa capture. Alors je crois qu'il devrait se méfier d'utiliser un couple de gamins avides de fric, uniquement pour faire peur à Brooke. Après tout, toi comme Brooke m'avez dit que Zach était intelligent. Circonspect. Utiliser cette fille ne me paraît pas une décision intelligente.

— Quinze années en prison n'aiguisent pas forcément l'esprit, Vincent. Et puis, les services de prison ont dit qu'il perdait un peu la boule ces derniers temps. Quelque chose ne tourne pas rond, chez lui. Il n'est pas aussi intelligent qu'avant, d'après eux.

— Tavell ? Grands dieux ! Il s'est évadé du quartier de haute sécurité d'une prison, il a réussi à passer entre les mailles de filet d'une véritable chasse à l'homme, et en plus, il a tué Robert Eads à la barbe des équipes de surveillance.

— Peut-être pas Eads, dit lentement Sam.

— Qu'est-ce que tu veux dire ?

— Hal est passé dans l'après-midi. Il pense que le petit ami d'Eads a peut-être quelque chose à voir avec le meurtre. Son jeune coéquipier est d'accord avec lui.

— Jay Corrigan ?

— Oui. Hal pense qu'il est très bon flic. Bref, ils ont interrogé le type de l'agence immobilière…

— Aaron Townsend.

— Voilà, Townsend. Il avait l'air très nerveux, apparemment. Il a prétendu qu'il connaissait à peine Eads. Mais il a fait une ou deux erreurs.

Vincent se carra dans son fauteuil.

— Pourquoi Aaron Townsend voudrait-il du mal à Robert Eads ?

— Sa mère contrôle la fortune familiale et elle n'aime pas les homosexuels. Il pense qu'elle n'est pas au courant pour lui, alors il est bien décidé à ce qu'elle ne l'apprenne jamais, car si c'était le cas…

Sam s'interrompit pour boire une gorgée de bière.

— … eh bien, elle le déshériterait sans doute, voire pire. Apparemment, c'est Brooke qui a parlé de la mère au jeune Corrigan. Le fait qu'elle veuille tout contrôler, la nervosité de Townsend quand elle se rend à l'agence, ce genre de choses. Les employés de Townsend pensent qu'il a une peur bleue de sa mère.

— Ça n'explique pas pourquoi Townsend serait suspect dans le meurtre de Robert. Ce n'est pas lui qui risquait de courir vers Mme Townsend pour lui annoncer qu'il était l'amant de son fils.

— Il ne lui aurait peut-être pas dit délibérément, mais Robert Eads avait apparemment perdu la boule depuis que Brooke avait découvert sa relation avec Townsend. Eads n'arrêtait pas de la suivre, de faire des scènes — tu es au courant de tout ça. Il est possible que Townsend ait eu peur qu'Eads déraille complètement et finisse par dévoiler leur secret au grand jour, il aurait donc préféré le réduire au silence.

— Avec un coupe-papier appartenant à la mère de Brooke et qu'elle n'avait pas vu depuis quinze ans ?

— Oui, ça, c'est vrai qu'il y a un sacré hic avec cette théorie, lâcha Sam d'un ton dégoûté. Le coupe-papier ramène immédiatement les soupçons sur Tavell.

— Qui aurait gardé ce coupe-papier pendant quinze ans et, comme par hasard, l'aurait eu sous la main la nuit où Robert Eads traînait autour de l'immeuble de Brooke ?

— Tu sais, fiston, Tavell aurait pu cacher ce coupe-papier dans une centaine d'endroits différents après l'avoir volé à Anne. Rien ne prouve qu'il ait eu l'intention de l'utiliser sur Robert Eads.

Sam avait soudain retrouvé son ancienne forme, le ton de l'inspecteur admiré par tous.

— Tavell rôdait peut-être déjà autour de l'immeuble de Brooke et avait l'intention de la tuer avec le coupe-papier, quand il est tombé sur Robert qui fouillait dans le coin. Le visage de Tavell était dans tous les médias depuis des jours. Eads l'aurait donc reconnu, ce qui ne laissait plus de choix à Tavell. Il ne pouvait pas laisser Eads s'en aller…

— Non, répondit pensivement Vincent en buvant une autre gorgée de bière. Je me demande où il a gardé ce coupe-papier.

Sam haussa les épaules.

— Comme je te l'ai dit, il y a des centaines de possibilités.

— Mais il ne l'a pas laissé chez des amis. Que leur aurait-il dit il y a une quinzaine d'années ? « Le premier mari de ma femme le lui avait offert, et comme je suis jaloux, je le lui ai volé et j'aimerais que vous me le gardiez pendant Dieu sait combien d'années » ? Par ailleurs, Brooke dit que Tavell n'avait pas d'amis.

— Elle n'était qu'une gamine. Il aurait pu avoir tout un tas d'amis qu'elle ne connaissait pas.

— Elle ne les aurait peut-être pas connus, mais la police ? Surtout plus tard, après le crime, quand ils ont enquêté sur lui.

— C'est vrai. On avait trouvé beaucoup de trucs. Il y a les dossiers de police sur l'affaire, mais j'avais aussi mon propre carton de dossiers personnels. Je l'ai gardé ici à la maison pendant tout ce temps.

Il eut soudain l'air triomphant :

— J'ai fini par le retrouver à la cave aujourd'hui et quand notre abruti de voisin est rentré chez lui, j'ai passé toute la soirée à relire les dossiers.

— Il était censé attendre mon retour avant de retourner chez lui.

— Oui, mais il ne tenait plus en place, il avait peur de rater un coup de téléphone de ce qui lui sert de femme, alors il est parti.

— Crétin.

Vincent se relaxa dans son siège et sourit :

— En tout cas, bien joué, papa, c'est bien que tu aies retrouvé les dossiers. Y a-t-il beaucoup d'informations ?

Sam haussa les épaules :

— Plein, et je me souviens de presque tout ce que j'ai lu. Ce que je n'ai pas lu…

Il se baissa et tapota un carton à côté de lui.

— … est ici.

— Je suis complètement soufflé, papa. Tu vas me faire profiter de ce que tu as appris ?

— Tu ne me la ferais pas fermer pour tout l'or du monde, dit joyeusement Sam, avant de reprendre son sérieux.

Il resta quelques instants silencieux, puis se lança lentement :

— Le père de Tavell l'a abandonné quand il était jeune. Sa mère ne s'en est jamais bien occupée. D'anciens enseignants le décrivent comme « particulièrement intelligent, mais manquant de motivation ». Je ne sais pas pourquoi cette phrase m'a marqué, mais c'est comme ça. Tavell a quitté le lycée sans passer ses examens. Il a fait des petits boulots. Il est resté assez longtemps chez un carrossier, je ne me souviens plus de son nom. Il n'exerce sans doute plus aujourd'hui.

— A-t-il été marié ?

— Avant Anne ? Non. Ça, j'en étais sûr avant même de consulter mes dossiers.

— Mais Zach avait trente-huit ou trente-neuf ans quand il a épousé Anne. Il a bien dû avoir des petites amies avant elle.

— Plusieurs, me semble-t-il. Une en particulier. Je ne me souviens pas de son nom, comme ça. Elle a eu un ou deux enfants, il faudrait qu'on vérifie, je ne m'en souviens plus. Mais bon, il est resté assez longtemps avec elle. Puis il est parti, et elle a fini droguée, junkie.

Sam plissa des yeux comme s'il tentait de distinguer un visage dans l'ombre.

— Nadine ! Elle s'appelait Nadine ! Mais Nadine quoi ? Je ne me rappelle pas son nom de famille. Il faut qu'on regarde le dossier.

— Je ferai ça plus tard, dit Vincent.

— Bien. Elle était encore vivante à l'époque du crime et nous l'avions questionnée. Je m'en souviens. Elle faisait pitié, tiens, et elle ne nous avait guère aidés. Elle était partie trop loin dans la drogue…

— Qu'est-il advenu de l'enfant, ou des enfants, de Nadine ?

— Ce n'est pas dans mon dossier, mais je sais qu'ils lui ont été retirés.

— Nadine est-elle encore en vie ?

— Je n'en ai pas la moindre idée. Mais si oui, ne t'attends pas à pouvoir la retrouver trop facilement. Et elle ne te dira rien, Vincent. Je te l'ai déjà dit, elle était une vraie loque il y a quinze ans. Je ne vois pas comment elle pourrait être encore en vie, et encore moins tenir un discours cohérent.

Sam soupira.

— Bref, quelques années après avoir quitté Nadine, Tavell a commencé à travailler pour un photographe, puis il a ouvert son propre studio. C'est comme ça qu'il a rencontré Anne. Elle avait amené Brooke pour des photos — pour Noël ou une autre occasion. Deux ou trois mois plus tard, ils se sont mariés, à la grande surprise des amis d'Anne. Nous avions parlé à quelques-uns d'entre eux. Aucun n'aimait Tavell. Il était froid, distant — d'après eux, tout le contraire de son premier mari. Tavell n'aimait pas les fréquenter et petit à petit, il a coupé Anne de tous ses amis.

— Tu crois qu'il a fait ça par jalousie ?

— C'est ce qu'ils pensaient, dans l'ensemble. Ce serait logique, mais j'avais inscrit une petite note disant que Tavell ne tenait peut-être pas à ce qu'ils en apprennent trop sur lui.

— Ça serait logique. J'ai consulté cet album de coupures de journaux que tu avais à côté de ta chaise.

— Ah oui, répondit Sam honteusement. Je l'ai vu aujourd'hui aussi. J'ai dû le mélanger avec les albums de photos de famille. J'espère que Brooke n'est pas tombée dessus.

— Bien sûr que non, le rassura Vincent, tout en ayant le sentiment du contraire. Des choses s'égarent, ça fait partie de la vie. Mais l'un des articles mentionnait qu'une femme avait déposé plainte contre Zach pour violence, quand il avait une vingtaine d'années. Elle a retiré sa plainte, mais je me demande combien d'autres crimes il avait commis entre cette époque et le moment où il a tué la mère de Brooke, des crimes dont il n'a jamais eu à répondre ? Dieu sait à qui nous avons affaire dans cette histoire, dit Vincent en hochant la tête.

— Pas « nous », mon fils, dit tristement Sam. C'est la Fille Cannelle. Après tout, c'est elle qu'il veut tuer.

CHAPITRE XVII

1

— Je réalise que ça ne fait pas très professionnel, dit Jay à Hal Myers, mais j'appréhende vraiment d'interroger le père de Robert Eads.

— Parce qu'il est pasteur ?

— Parce que nous devons lui annoncer que son fils était gay.

— Peut-être qu'il le sait.

— Ça m'étonnerait, lui dit Jay alors qu'ils se dirigeaient tous deux vers la maison des Eads. Je connaissais Robert et il avait gardé son homosexualité secrète. J'ai déjà rencontré son père aussi. Y a pas plus chic type, mais c'est un traditionaliste et il avait beaucoup misé sur la relation entre Brooke et son fils.

Jay marqua une pause.

— Brooke avait beaucoup d'estime pour le révérend Eads. Elle le connaissait depuis des années. J'imagine qu'il a dû la soutenir après l'assassinat de sa mère. Bref, le connaissant un peu et d'après ce qu'elle m'a dit de lui, je ne crois pas que ce soit le genre d'homme à comprendre l'homosexualité. Je ne pense pas qu'il soit homophobe — juste un type qui aurait voulu que son fils se marie et aime sa femme comme il aimait la sienne pour lui donner tout un tas de petits-enfants.

Hal acquiesça tandis qu'ils passaient devant un parterre bariolé de pétunias jaunes, roses et lavande autour du porche.

— Crois-tu que Brooke se doutait de son homosexualité avant de le surprendre avec Townsend ?

— Je ne sais pas. Stacy en était à peu près sûre. Mais elle a vraiment de l'instinct pour ce genre de truc. Cela dit, je ne sais pas si elle avait fait part de ses doutes à Brooke ou si Brooke s'était fait sa propre idée. Je me souviens lui avoir demandé une fois si Brooke et Robert avaient l'intention de se marier et Stacy m'a répondu en riant « ça m'étonnerait ». Je lui ai demandé ce qu'elle voulait dire, mais elle m'a répondu quelque chose de vague pour éviter de s'expliquer.

— Elle a beaucoup de secrets ? lui demanda Hal.

— Ce n'est pas ce que je veux dire. Elle voulait peut-être simplement ne pas révéler une confidence de Brooke sur leurs relations amoureuses, tu sais, comme si elle lui avait dit, par exemple, que Robert était nul au plumard…

À cet instant, un homme grand et mince qui ressemblait à une version plus âgée de Robert ouvrit la porte en grand. Il avait manifestement entendu la dernière remarque de Jay, mais il choisit de l'ignorer en souriant et disant d'une voix tendue :

— Messieurs, en quoi puis-je vous être utile ?

Le visage de Jay s'enflamma. Comprenant que

l'embarras avait coupé la voix de son jeune collègue, Hal s'empressa de parler :

— Bonjour, révérend. Je suis l'inspecteur Myers et voici l'inspecteur Corrigan.

— Je me souviens de vous.

Hal lui tendit tout de même son badge.

— Auriez-vous le temps de répondre à quelques questions ?

— À propos de Bobby ?

Hal acquiesça.

— Naturellement, je vous en prie.

Il leur fit signe d'entrer. Myers entra d'un pas décidé, mais Jay ressemblait à un crabe fouillant la plage pour trouver une cachette, si toutefois les crabes pouvaient ressentir la honte. C'était peut-être le regard du révérend, ce regard indulgent, serein, presque irréel, qui menait Jay à se sentir petit et pitoyable.

Ils pénétrèrent dans un petit salon rempli de meubles qui semblaient appartenir aux années cinquante ; les chaises et le canapé recouverts de housses florales et bariolées, les tables encombrées de photos et de bibelots, les fenêtres couvertes de rideaux à volants et de draperies de satin. Jay n'était pas fou du choix décoratif ultra-minimal de Stacy, mais il savait qu'il ne pourrait jamais survivre dans une salle aussi étouffante et surchargée que celle-ci.

Le révérend les invita à s'asseoir sur un sofa rose pâle, puis leur offrit quelque chose à boire qu'ils refusèrent. Il installa alors son long corps dans un fauteuil géant recouvert d'une housse avec des motifs représentant des diligences, des chevaux, des fleurs, des oiseaux et des enfants. Jay eut l'impression que les enfants étaient censés s'amuser dans un parc, mais il était très difficile d'interpréter précisément quelque chose, dans tout ce bazar.

— Êtes-vous sur une piste importante, comme ils disent à la télé ? demanda le révérend Eads à Hal.

— Je crains bien que non.

Hal sortit son carnet. Jay aussi. Même s'il était inutile qu'ils prennent tous deux des notes, Jay ne savait pas quoi faire de ses mains et avait peur de renverser accidentellement l'un des quelque vingt bidules posés sur la table juste à côté de lui.

— Je voulais vous dire que le corps de votre fils sera probablement disponible après-demain. Vous aimeriez sans doute commencer à préparer les obsèques.

Le révérend acquiesça lentement.

— Il me semble que ce pauvre Bobby est resté bien longtemps dans cet endroit froid et stérile.

— Le service médico-légal.

— Oui. Je comprends que les circonstances de son décès appellent à un… examen de son corps.

Il déglutit avec difficulté.

— Mais l'attente est douloureuse, surtout pour ma femme. Elle se repose, en ce moment. Avant la mort de Bobby, elle était un tourbillon d'énergie du matin au soir. Maintenant…

Il haussa les épaules.

— On dirait qu'elle n'a qu'une envie : dormir.

— Elle prend des calmants, j'imagine, dit Hal.

— Oui. Personnellement, je les refuse, mais ma femme est plus fragile. Quand j'ai vu qu'elle ne pouvait pas s'arrêter de pleurer, j'ai insisté pour qu'elle en prenne. C'est le coup le plus dur de notre vie. Évidemment, pour des parents, il n'y a rien de pire que de perdre un enfant.

Jay songea à certains enfants qu'il avait vus, abandonnés, maltraités ou même tués par leurs géniteurs, et regretta que les paroles du révérend ne s'appliquent pas à tous les parents. Malheureusement, le monde était bien plus cruel qu'Eads ne se l'imaginait, ou acceptait de le voir.

Hal se rapprocha.

— Révérend, Robert avait-il des ennemis ? Je sais que nous vous avons déjà posé cette question avant, mais je me disais que vous vous êtes peut-être rappelé quelque chose ces deux derniers jours.

— Je crains bien que non. Bobby n'avait pas d'ennemis. C'était un bon garçon — pas particulièrement parlant, très secret — mais c'était quelqu'un de bien. Il était toujours très courtois et plein d'égards, pas du genre à se faire des ennemis.

— Robert et Brooke Yeager se connaissaient depuis longtemps, n'est-ce pas ? demanda Hal.

— Depuis tout petits. La famille de Brooke appartenait à cette paroisse. Robert avait quelques années de plus que Brooke, mais ils se sont rencontrés au catéchisme pendant des vacances et ils se sont liés d'amitié. Oh, pas proches comme ils l'avaient été ces derniers temps, bien sûr. Ils se sont fréquentés quelque temps, ce qui m'avait fait très plaisir, et la fin de leur relation m'a chagriné.

— Savez-vous pourquoi ils ont rompu ?

— Non, répondit le révérend en fronçant les sourcils. Bobby n'était pas loquace à ce sujet. J'ai vu Brooke une ou deux fois après leur rupture, mais je ne lui ai pas posé de question. Ç'aurait été déplacé.

— Je vois.

Hal n'inscrivit rien, mais Jay prenait consciencieusement des notes.

— Mme Yeager appartenait à votre église avec son premier mari, n'est-ce pas ?

— Anne et Karl ? demanda le révérend avec un bref sourire. Oui, ils formaient une famille si heureuse. Ils étaient tous beaux — d'une beauté que l'on trouve dans les magazines. Karl était comme un rayon de soleil. Un homme sûr de lui, joyeux, qui adorait sa femme et sa fille. Ça a été un tel choc d'apprendre qu'il avait un cancer et de le voir disparaître aussi rapidement. La pauvre Anne était profondément déprimée et elle en voulait à Dieu. C'est une réaction commune, naturellement, mais qui n'en reste pas moins injustifiée. Je me suis fait beaucoup de souci pour elle. Puis, elle s'est rétablie. De manière assez abrupte, d'ailleurs. Ça tenait du miracle.

— Je crois que le miracle était dû aux tranquillisants et aux antidépresseurs, souligna doucement Hal.

— C'est possible. Je ne savais pas qu'elle avait pris des médicaments. J'étais seulement soulagé de la voir revenir à la vie. Puis, tout à coup — il claqua ses longs doigts, faisant sursauter Jay dont le stylo dérapa — elle a épousé Zach Tavell. C'est moi qui les ai mariés.

— Est-ce que vous étiez d'accord avec cette union ?

— Mon rôle n'était pas d'être ou non d'accord.

— Mais que pensiez-vous de Tavell ? insista Hal.

Le pasteur resta silencieux au moins vingt secondes. Jay finit par le regarder, à moitié par curiosité, à moitié dans l'espoir que le révérend lui ait pardonné son faux pas devant la maison, sur les prouesses sexuelles de Robert. Le pasteur réfléchissait, la tête inclinée. Jay se souvint l'avoir vu trois mois auparavant, avec Stacy et Brooke. Il semblait avoir pris dix ans, ses cheveux bruns étaient striés de gris, ses pommettes saillaient tant qu'elles semblaient prêtes à transpercer ses joues jaunâtres. Même ses lèvres paraissaient plus fines. Seuls les yeux étaient restés les mêmes — grands, d'un gris plus foncé que ceux de Stacy et projetant un regard d'une stabilité déconcertante. L'homme était noble, pensa Jay. Droit et noble.

— Franchement, inspecteur, dit le révérend, je ne m'attendais pas à revoir Zachary après le mariage. J'avais été très surpris de le compter parmi les fidèles tous les dimanches des semaines suivantes.

— Pourquoi étiez-vous surpris ? demanda Hal.

— Parce qu'il ne m'avait pas paru particulièrement croyant. Il était mal à l'aise, même pendant la noce et pas parce qu'il souffrait de nervosité prénuptiale. J'ai vu ça des centaines de fois. Mais il regardait autour de lui — comment vous expliquer ? Presque comme s'il avait peur de quelque chose et qu'il ne pensait pas être à sa place dans la maison du Seigneur. Quand je l'ai repéré parmi les fidèles, au début, je me suis dit qu'il allait venir une fois ou deux, pour faire plaisir à Anne, puis qu'il disparaîtrait. Imaginez ma surprise quand il est venu à l'église un soir et a voulu me parler.

— Vous parler de quoi ?

— Inspecteur, je sais que je ne suis pas lié aux règles de la confidentialité comme un prêtre catholique lors d'une confession, mais je ne crois pas pouvoir répondre à cette question sans y être contraint. Zach m'a parlé en pensant que notre conversation était privée.

— Vous ne pouvez même pas nous donner une petite indication ? lâcha Jay, d'une voix forte.

Le révérend cligna trois fois des yeux, rapidement, interdit. Hal Myers prit un air légèrement amusé. Jay aurait pu se mordre la langue, mais il était trop tard, la question était sortie, infantile et crue.

— Zachary était tourmenté, répondit prudemment le pasteur. Il avait commis des erreurs de jeunesse qu'il regrettait. Quand il a épousé Anne, il avait l'impression d'être un nouvel homme, mais après un an de mariage, il a commencé à douter.

— Douter de lui ou du mariage ? demanda Jay.

— Des deux, mais surtout de lui.

— Pensait-il ne pas avoir assez changé ? demanda Hal. Ou ne pas avoir changé du tout ?

Le pasteur lui lança un regard absent.

— Révérend, avez-vous eu l'impression que Zachary Tavell avait peur de faire du mal à Anne ?

— Oh non. Si j'avais eu cette impression, j'aurais averti Anne. J'ai simplement pensé qu'il était perturbé, qu'il souffrait d'un sentiment de culpabilité à cause de son passé. Mais en aucun cas, qu'il avait peur de représenter un danger pour Anne ou pour Brooke.

— Mais après le crime, vous avez compris que vous vous étiez trompé.

Le révérend Eads sembla se réfugier derrière son regard grave et fixe.

— J'ai encore des difficultés à croire qu'il a assassiné Anne.

— Vous n'y croyez pas ? demanda Jay, incrédule.

— Je dis que j'ai du mal à y croire. C'est peut-être une forme de refus de ma part. Refuser d'admettre que je n'avais pas vu venir le danger, alors que j'aurais dû essayer de l'éviter.

Le pasteur baissa les yeux sur ses mains, qui, remarqua Hal, tremblaient légèrement.

— Comment Robert a-t-il réagi en apprenant le meurtre ? demanda Hal.

— Malheureusement, il était fasciné.

Hal haussa les sourcils.

— Fasciné ?

— Oui. Je n'aimais pas que mon fils soit intrigué par un assassinat. Ça ne me semblait pas très…

— Sain ?

— Productif. Bon pour lui. Je voulais un gamin heureux, pas un qui ressasse un crime. Mais le crime avait fait couler beaucoup d'encre. On ne parlait de rien d'autre dans le quartier. « Le crime des roses », on l'appelait. Je crois que ça venait des journaux. Et naturellement, Bobby connaissait la famille.

Jay arrêta de prendre des notes.

— Je sais que Robert connaissait Brooke et Anne, mais connaissait-il aussi Zach ?

Le révérend eut l'air étonné.

— Eh bien, oui. Bobby était adolescent et Zach avait une quarantaine d'années, mais il leur arrivait de discuter ensemble. J'avais l'impression que Zach aimait bien Bobby.

— Et Bobby — enfin, Robert —, quels étaient ses sentiments pour Zach ?

— Il appréciait Zach, peut-être parce qu'il ne le traitait pas comme un gamin comme certains autres paroissiens. Bobby m'a dit un jour que Zach avait promis de l'amener pêcher et je sais qu'il leur est arrivé de jouer au basket ensemble. Je n'ai jamais été très sportif. Mais Bobby ne m'a jamais parlé de

Zach, et je ne lui ai jamais demandé de quoi ils parlaient ensemble. Je le regrette, à présent.

Hal s'enfonça dans son siège et Jay prit la relève.

— Comment Robert a-t-il réagi en apprenant que Zach avait assassiné Anne ?

— Au début, il n'arrivait pas à y croire. Pendant plusieurs jours, il disait qu'il devait y avoir une erreur. Puis, quand les preuves se sont accumulées contre Zach, il a arrêté de le défendre. Mais il a suivi l'affaire de près pendant longtemps.

Le pasteur fronça les sourcils.

— Je ne vois pas ce que tout ça vient faire dans le meurtre de Bobby.

Jay ignora cette remarque.

— À votre avis, Robert a-t-il commencé à sortir avec Brooke à cause de l'intérêt qu'il portait au « crime des roses » ?

— Non ! Bien sûr que non !

— Pensez-vous que Zach Tavell pourrait être l'assassin de votre fils ?

— Quoi ? répondit le révérend, le visage blême. Zachary assassinant Bobby ? Mais pourquoi donc ?

— Parce qu'il pensait qu'il allait faire du mal à Brooke. Robert n'a pas arrêté de la suivre depuis leur rupture.

— Bobby n'a pas arrêté de suivre Brooke ? C'est ridicule !

— C'est la vérité, soutint Jay. Je suis son voisin, et j'ai entendu Robert frapper à sa porte et lui hurler d'ouvrir et de lui parler.

Le visage du révérend passa du blanc au rouge.

— N'importe quoi ! Enfin, je veux dire, vous devez faire erreur. Peut-être qu'il y avait un problème d'acoustique dans le couloir…

Le pasteur s'aperçut qu'il pataugeait, il prit une grande bouffée d'air et dit d'un ton assuré :

— Inspecteur Corrigan, leur rupture était une décision mutuelle. C'est ce que m'a dit Bobby et il ne mentait jamais.

— Dans ce cas, pourquoi Brooke envisageait-elle de signaler son comportement à la police ? demanda Jay.

— À la police ?

Les yeux du pasteur sillonnaient la pièce, comme s'il tentait d'y trouver une raison quelconque.

— Comme je l'ai dit, vous devez faire erreur. Bobby n'est pas du genre à harceler…

— C'était pourtant le cas.

Eads sembla soudain très agité.

— Pourquoi diable Bobby aurait-il voulu suivre Brooke ?

— Parce qu'il avait peur qu'elle explique — à vous, en particulier — la raison de leur rupture.

— Que voulez-vous dire ?

Jay hésita et Hal le remplaça.

— Révérend Eads, Brooke a rompu sa relation avec votre fils parce qu'elle s'est aperçue qu'il était gay, dit-il doucement. Vous étiez peut-être déjà au courant, mais…

— Gay ! faillit crier Eads, en se levant. Vous voulez dire homosexuel ? Je n'ai jamais rien entendu de plus ridicule, idiot…

Il s'arrêta tant il bégayait, puis reprit :

— Il sortait avec Brooke Yeager. Une femme. Ça ne vous donne pas certaines indications ?

— Ça nous dit qu'il essayait de dissimuler ses préférences sexuelles, répondit Hal. Il avait une relation amoureuse avec Aaron Townsend.

— Aaron Townsend ? répéta faiblement Eads. Son patron ? Ou plutôt son ancien patron ? Relation amoureuse ?

Hal acquiesça.

Eads avait l'air profondément choqué.

— Et comment avez-vous su cela, vous ?

— Brooke Yeager nous en a parlé. À contrecœur, il faut bien dire. Elle n'était pas au courant non plus, au début. Puis elle a surpris Robert et Townsend dans une situation compromettante. Elle était aussi choquée que vous. En tout cas, votre fils avait l'air décidé à dissimuler la vérité. Quand Brooke a découvert leur liaison, il a été terrifié à l'idée qu'elle en parle. Ce n'était manifestement pas son intention — même nous, nous avons été obligés de lui arracher la vérité — mais Robert a complètement dramatisé l'affaire, dès le départ. Il ne pouvait pas, ou n'arrivait pas, à croire qu'elle n'allait pas le dire au monde entier. À vous en particulier.

Le révérend avait le regard fixé sur eux. Puis il sembla imploser dans sa chaise, s'y effondra et parut avoir diminué de moitié. Il avait le regard terne, le visage terreux, les lèvres entrouvertes. Jay était prêt à suggérer qu'ils appellent les secours d'urgence quand Eads réussit enfin à dire :

— Eh bien, j'imagine que ça explique beaucoup de choses sur le comportement de Bobby au fil des ans. Je ne sais pas pourquoi je ne l'ai pas vu. Il avait sans doute besoin d'en parler à quelqu'un et je l'ai déçu.

— Je suis sûr que vous n'avez jamais déçu votre fils, dit Hal avec sincérité.

— Il n'a pas pu me dire la vérité.

— Il ne voulait peut-être pas risquer de perdre votre amour.

— Bobby n'aurait rien pu faire qui lui fasse perdre mon amour.

— Je suis heureux d'entendre ça, dit Myers.

Il marqua une pause avant d'ajouter :

— Pensez-vous que Tavell ait pu demander à Robert de garder quelque chose pour lui ?

— Garder quelque chose ? répéta Eads d'un ton creux. Comme quoi ?

— Un coupe-papier.

— Un quoi ?

— Un coupe-papier. Et une alliance, mais nous sommes plus intéressés par le coupe-papier. Révérend Eads, nous vous avons dit que votre fils avait été poignardé. Mais nous ne vous avons pas dit avec quoi. L'arme du crime était un coupe-papier en argent, il avait appartenu à Anne Yeager — un cadeau de son premier mari. Brooke l'a identifié avec certitude. Il avait disparu quelques jours avant la mort d'Anne, ainsi que l'alliance de son union avec Karl. Comme il est évident que Tavell n'a pas pu les garder en prison toutes ces années, nous sommes intrigués. Nous venons d'apprendre qu'il y avait un lien d'amitié entre Robert et Tavell, je me demandais donc si Tavell n'aurait pas confié le coupe-papier et l'alliance à votre fils.

— Pourquoi Zachary aurait-il pris le coupe-papier et l'alliance d'Anne ? s'étonna Eads.

— Tavell était jaloux de Karl Yeager. Il n'aimait pas le fait que sa femme chérisse les cadeaux de son premier mari. Par ailleurs, il aurait pu prendre ces objets et demander à Robert de les garder avec une excuse quelconque qu'un gamin de quatorze ans n'aurait pas pensé à remettre en question. Peut-être lui a-t-il dit qu'il pensait pouvoir les porter au clou en cas de besoin. L'alliance avait un diamant. Comme Robert aimait bien Zach, il a peut-être accepté de l'aider. Puis Zach a tué Anne, et Robert s'est retrouvé avec le coupe-papier et la bague.

— C'est impossible. Il m'en aurait parlé, releva le pasteur.

— Vous avez dit que Robert était fasciné par ce crime. Il est possible qu'il ait conservé les objets comme des souvenirs macabres.

Le révérend Eads lui jeta un regard noir.

— Ou, plus probablement, il les a simplement gardés parce qu'il avait peur d'être impliqué dans l'affaire. Il n'était qu'un gamin, révérend. Les jugements d'adolescents laissent parfois à désirer.

Le pasteur sembla réfléchir sur ce qu'Hal venait de dire.

— J'imagine que c'est possible. Mais si Tavell n'avait plus le coupe-papier, comment aurait-il pu l'utiliser pour tuer Bobby ?

— Robert l'avait peut-être sur lui. Il voulait peut-être l'offrir à Brooke en échange de son silence. « Je te donne le coupe-papier de ta mère si tu ne parles pas d'Aaron et moi. »

Le visage du révérend s'enflamma. Insulté, il était sur le point de protester, mais Hal enchaîna d'une voix plus douce :

— Je suis certain que ce genre de comportement ne correspond pas à Robert, mais il était désespéré, et le désespoir pousse les gens à des comportements qui ne leur ressemblent pas.

Le révérend sembla se recroqueviller et disparaître quelques secondes. Il finit par les regarder à nouveau en acquiesçant :

— Oui, la peur l'a peut-être poussé à faire quelque chose d'étrange. Ça expliquerait peut-être son comportement.

Il marqua une pause.

— Mais si c'était Bobby qui avait le coupe-papier, comment s'est-il fait poignarder avec ?

— Tavell l'a peut-être agressé dans l'allée, répondit Hal. Robert aurait senti qu'il était en danger et l'aurait sorti pour se défendre, mais Tavell était plus costaud et avait plus l'habitude de manier des armes. Il ne voulait certainement pas que Robert alerte la police de surveillance qui était stationnée devant et derrière l'immeuble.

— Donc, pour se protéger, Zachary lui aurait arraché le coupe-papier des mains, termina lentement le révérend. Et il aurait ensuite poignardé mon pauvre fils à mort.

Avec une profonde compassion, Jay observa le révérend enfouir son noble visage dans ses mains et se mettre à sangloter.

2

Madeleine Townsend fit irruption dans le bureau d'Aaron, les joues en feu, une lueur de colère brûlant derrière ses prunelles marron foncé. Aaron leva les yeux de son bureau en sursautant.

— Où étais-tu hier ? demanda Madeleine.

— Chez moi. Pourquoi ?

— Pourquoi ? Parce qu'hier, c'était la réception du Club des Jardins — la réception où les roses panachées blanches, roses et cerise ont été baptisées en l'honneur de mère. Et tu n'étais pas chez toi ! Je n'ai pas arrêté de t'appeler.

— J'avais débranché le téléphone. J'avais une migraine terrible et je suis resté au lit. J'ai complètement oublié cette fichue réception. J'imagine que mère était furieuse.

— C'est le moins qu'on puisse dire.

Aaron soupira et jeta son stylo.

— Et alors ? Quoi de neuf là-dedans. Elle est toujours furieuse contre moi. Cette fois-ci au moins, je lui ai donné une raison de m'en vouloir. Par contre, ce que je ne comprends pas, c'est la raison de « ta » colère contre moi.

— Non seulement tu n'es pas venu à la réception, mais je te signale que tu m'avais invitée au restaurant avant-hier soir et que tu ne t'es pas montré.

— Excuse-moi, j'ai oublié. Et puis je croyais que nous en avions parlé sans rien arrêter de définitif.

— Tu ne m'as même pas appelée !

— Maddy, s'il te plaît, parle moins fort, dit calmement Aaron. Ce n'est pas parce que ma porte est fermée que mes employés ne peuvent pas t'entendre quand tu hurles.

— Je me fiche qu'ils m'entendent. Je me fiche de ce qu'ils pensent de moi !

— C'est nouveau, ça, je croyais que l'opinion des autres était justement ton souci principal dans la vie.

Aaron respira profondément.

— Pardonne-moi. Je ne voulais pas dire ça. Honnêtement.

— Je ne te crois pas.

— Maddy, que s'est-il passé ? On dirait que tu es contrariée et que tu te défoules sur moi.

— C'est toi qui me contraries, toi et ton manque de considération pour moi !

— Qu'est-ce que tu veux dire ?

La voix de Madeleine perdit de sa douceur et s'éleva :

— Je veux dire que je m'ennuie à mourir à toutes les rencontres mondaines de mère quand tu ne viens pas et que ces derniers temps, tu ne viens qu'une fois sur deux ! Je veux dire que je compte sur toi pour sortir au restaurant une fois par semaine, pour aller au cinéma ou à un concert, pour recevoir une invitation chez toi quand tu ouvres une de ces bouteilles de vin au prix astronomique pour la siroter comme un élixir magique, alors qu'elle a un goût de merde, en réalité.

— Maddy !

— C'est vrai. Je fais seulement semblant de l'apprécier. Pour toi. Je fais semblant pour toi. J'essaie d'être de bonne humeur et charmante avec toi, même si je ne me sens pas bien. Tout ce que je fais, je le fais pour toi. Dans le temps, tu appréciais mes efforts, mais maintenant tu te rends à peine compte que j'existe !

— Madeleine, s'il te plaît…

— Et n'essaie pas de m'apaiser comme une gamine. Ça marche peut-être avec des gens qui te connaissent à peine, mais je te connais depuis toujours. Tu as toujours été un sale gosse égoïste, imprudent et inconséquent et tu ne t'es pas amélioré d'un poil en tant qu'adulte !

Aaron dévisagea un instant sa sœur et vit en son

beau visage un mélange de dureté et d'irascibilité qui lui rappela sa mère. Maddy était devenue le centre de sa vie depuis qu'il avait eu un accident de motoneige avec elle comme passagère et qu'elle s'était grièvement fracturé la jambe et la hanche. Il essayait de se racheter depuis et croyait y être parvenu. Après tout, elle avait semblé affectueuse et indulgente. Il comprenait maintenant que ce n'était qu'une comédie. Elle ne lui avait rien pardonné et au cours des vingt-quatre dernières années, elle s'était accrochée à lui avec la ténacité d'une sangsue.

Une sangsue ? Le mot le surprit. Comment osait-il avoir de telles pensées ? Confondu de honte, il s'apprêtait à lui dire quelque chose de réconfortant, de conciliatoire, voire de tendre lorsqu'elle gronda :

— Tu as commencé à m'ignorer quand il est entré dans ta vie. Tu m'as écartée pour ce flagorneur sans sophistication ni distinction de Robert Eads ! Parmi tous les hommes au monde que tu aurais pu choisir comme amants, pourquoi as-tu pris celui-là ?

Aaron était trop stupéfait pour répondre. Il ne s'était pas rendu compte que Madeleine était au courant de son homosexualité, et encore moins de sa liaison avec Robert. Depuis combien de temps savait-elle ? La dégoûtait-il ? À en croire l'expression de son visage, ça ne faisait aucun doute. Il ne supportait pas de voir cette expression.

— Je... Je ne comprends pas ce que tu veux dire, répondit-il faiblement. Veux-tu insinuer que je suis... gay ?

Madeleine éclata d'un rire amer.

— Mon Dieu, Aaron, tu crois que je viens juste de m'en apercevoir ? Je le sais depuis des années. Et je me fiche bien que tu choisisses d'avoir des relations sexuelles avec des femmes, des hommes ou des animaux !

Aaron était abasourdi, la bouche bée. Il n'avait jamais entendu sa douce sœur utiliser des termes aussi crus et aussi venimeux.

— Tout ce qui m'inquiète, Aaron, c'est que tu as arrêté de me donner une place prioritaire. Je suis la petite sœur que tu as estropiée, à qui tu as gâché la vie, que tu as transformée en objet de pitié pour certains et en monstre pour d'autres. C'est toi qui es responsable de tout ça, alors tu me dois bien cette considération. Mais au lieu de ça, tu m'as écartée pour la belle gueule d'un jeune crétin.

Madeleine s'arrêta, le visage légèrement humide et rose de rage, une lueur laide, presque sauvage dans les yeux. Puis elle finit par respirer à fond pour poursuivre :

— Je me suis dit que les choses allaient changer quand il est mort, mais ce n'est pas le cas. Tu es aussi loin de moi que quand il était vivant, et je ne le supporterai pas !

Aaron était stupéfait de découvrir la rancœur de sa sœur depuis l'accident. Il était dévoré de culpabilité depuis l'âge de seize ans et il avait couvert Madeleine d'amour et d'attentions, en espérant réparer son erreur. Il savait que c'était vain aux yeux de sa mère. Elle ne lui avait jamais pardonné et ne lui pardonnerait jamais d'avoir « ruiné » sa superbe fille qu'elle considérait presque comme une pièce précieuse de musée, pas comme une enfant bien aimée.

Mais Aaron avait cru que Maddy l'aimait assez pour lui pardonner. Elle le suivait comme une ombre depuis qu'elle avait réappris à marcher et elle semblait toujours heureuse en sa compagnie. En réalité, elle estimait qu'il lui devait tout. Elle devait être son univers tout entier, ne laissant pas de place pour qui que ce soit d'autre dans sa vie, homme ou femme.

— Mère est-elle au courant ? demanda-t-il enfin de la voix frêle et craintive qu'il haïssait tant.

— Tu crois peut-être que tu serais encore à l'agence, dans ce fauteuil en cuir, si elle était au courant ? Elle a eu quelques doutes à ton sujet une fois ou l'autre, mais je les ai dissipés. C'est moi qui t'ai maintenu dans ses bonnes grâces, dans la limite du possible, et ça n'a pas toujours été facile. Et elle n'est pas la seule. Brooke Yeager n'avait pas de doute. Elle savait. Je l'ai vu dans ses yeux quand elle vous a regardés, Robert et toi, avant de partir en toute hâte. As-tu la moindre idée de ce qu'elle pourrait te faire, Aaron ?

— Brooke n'a aucune intention de me faire du mal. Elle n'a pas fait de mal à Robert. Elle n'est pas vindicative. Elle est généreuse et…

— Oh, ta gueule, Aaron.

Madeleine se pencha sur le bureau et frappa du poing sur le bois brillant. Aaron avait oublié la force qu'elle avait dans le bras droit, due aux années où elle s'était servie de celui-ci pour hisser son corps sur la canne.

— Tu ne sais pas la moindre chose sur Brooke Yeager, si ce n'est qu'elle est un atout attrayant pour l'agence et qu'elle a un passé tragique. Tu ne me connais pas non plus, d'ailleurs. Pendant toutes ces années, tu m'as crue fragile, vulnérable et nécessitant une protection. Mais c'est toi qui avais besoin de protection, à cause de ton choix d'amants, en particulier Robert Eads. Tu l'aimais, lui, n'est-ce pas ? N'est-ce pas ?

— Je ne sais pas.

Aaron avait la nausée. Il ne savait pas ce qu'il avait ressenti pour Robert. Il ne savait plus rien si ce n'est qu'il voyait la vraie nature de sa sœur pour la première fois — une nature de parasite. Puis il comprit soudain. Elle était un parasite prêt à tout faire pour se débarrasser de ses « soi-disant » rivaux.

— Le coup de téléphone et la lettre menaçant de parler de Robert à mère, parvint-il à dire. Robert et moi, nous croyions qu'ils venaient de Brooke, mais c'était de toi, n'est-ce pas, Maddy ?

— Tu n'étais pas aussi prudent avec Robert qu'avec les autres. Je savais que mère allait finir par l'apprendre. Je voulais te faire redoubler de prudence.

Aaron lui lança un long regard sans expression.

— Non. Ce n'était pas pour cela. Tu as téléphoné et écrit par jalousie, parce que tu pensais que Robert était plus important pour moi que quiconque avant. Et tu espérais me faire soupçonner Brooke parce que tu voulais la faire disparaître de ma vie aussi.

Madeleine ne répondit pas et une pensée atroce s'immisça dans l'esprit d'Aaron. Jusqu'où était allée la jalousie de Madeleine envers Robert ? Elle n'était manifestement pas la femme calme et stable qu'il croyait. Elle avait un grave problème, qui allait bien au-delà de sa jambe handicapée. Mais grave à quel point ? De quoi était-elle capable ? Jusqu'où sa sœur bien-aimée était-elle allée pour faire disparaître Robert et Brooke de sa vie ?

3

Brooke leva les yeux de son dossier et vit Madeleine Townsend dans le bureau vitré de son frère. Elle avait le visage rouge, ses cheveux d'ordinaire impeccables étaient ébouriffés et elle se penchait si loin sur son bureau qu'on avait l'impression qu'elle allait s'effondrer. Brooke entendait des éclats de voix sans pouvoir discerner un mot. Depuis trois ans qu'elle travaillait à Townsend Immobilier, elle n'avait jamais vu Aaron et Madeleine se disputer.

— Je me demande de quoi il s'agit ? marmonna Judith Lambert, apparaissant soudain devant Brooke.

L'année passée, quand Judith avait fréquenté Aaron, tout le monde avait été surpris car personne n'arrivait à croire qu'elle était le type d'Aaron, même si personne n'avait une idée exacte de ce qu'était son type. Depuis leur rupture très attendue, Judith semblait consacrer la moitié de son temps à observer chaque mouvement d'Aaron. En ce moment, ses yeux bleus étaient brillants de curiosité. Avec son corps très mince et sa coiffure courte et hérissée, elle évoquait, aux yeux de Brooke, un chien miniature hypernerveux, toujours en train de trembloter d'anxiété ou d'excitation.

— Je n'en ai pas la moindre idée, répondit Brooke d'un air absent, en se replongeant dans son travail.

Elle n'aimait pas Judith, qui fourrait ouvertement son nez partout et cancanait continuellement. Elle savait aussi que plus d'une fois, elle avait été la cible de la curiosité vorace de Judith et des rumeurs qui circulaient, surtout à propos du « crime des roses ».

— Il arrive que les frères et sœurs se disputent, Judith. Ce n'est sans doute rien du tout.

— Ce frère-là et sa sœur ne se disputent jamais, s'entêta Judith, nullement découragée par le rejet de Brooke. En réalité, ils sont si proches que c'en est bizarre. Ça me rendait folle quand je sortais avec Aaron. Madeleine était toujours dans nos pieds. Elle arrivait juste quand on s'apprêtait à sortir ensemble et une fois sur deux, Aaron l'invitait à se joindre à nous. Et elle acceptait !

Judith souffla vigoureusement par le nez comme un cheval. Brooke s'attendait presque à la voir s'ébrouer et retrousser les babines.

— Elle ne pouvait pas se rendre compte qu'il ne l'invitait que par politesse ?

— Peut-être que ce n'était pas le cas. Qu'il avait vraiment envie qu'elle l'accompagne.

— Quand nous sortions ensemble ?

Judith était manifestement persuadée que l'idée d'un homme ne voulant pas être seul avec elle était absurde.

— Non, il y a quelque chose de louche entre ces deux-là.

— Ah bon.

— Franchement, je sais de quoi je parle.

— Hum... D'accord.

— C'est moi qui te le dis. Louche. Étrange. Contre nature.

Judith n'était pas découragée par le manque d'intérêt de Brooke, elle n'avait aucune envie de lâcher le morceau.

— Comme quoi, par exemple, Judith ? finit par lui demander carrément Brooke. Tu penses qu'ils ne sont pas vraiment frère et sœur ? Qu'ils sont mariés et essaient de tous nous bluffer ?

Judith fit marche arrière.

— Tu n'as pas besoin d'être aussi impolie et de te moquer de moi !

— Tu dis qu'ils ont un comportement étrange. Je t'ai suggéré une explication possible. En quoi je me moque de toi ?

Les yeux bleu laser de Judith se plissèrent.

— Tu te crois supérieure à tout le monde, ici, n'est-ce pas, Brooke ?

Prise de court, Brooke lui demanda :

— Pourquoi donc penserais-je une chose pareille ?

— Parce que tu es moitié célèbre. Tristement célèbre, peut-être… mais tu étais l'un des acteurs dans la fameuse affaire du « crime des roses ». Tu as témoigné au procès d'un assassin et tu avais ta photo dans tous les journaux quand tu n'étais qu'une gosse. On s'étonne que tu ne fasses pas payer pour signer des autographes.

Brooke jeta son stylo, tremblante de colère :

— Mais naturellement, tu as tout à fait raison, Judith. Avoir une mère assassinée confère toujours un sens de supériorité. Personne d'autre dans cette agence n'a eu le privilège de vivre cette expérience merveilleuse et magique. Il n'y a que moi. Je suis le sujet de tant de spéculations, de papotages et d'inventions. Ah, ça me donne vraiment le sentiment d'être au-dessus du lot, surtout par rapport à toi, Judith, qui as eu une enfance tellement routinière et d'une normalité aussi assommante. Maintenant, espèce de fouineuse, méchante et destructive, je te prie de t'éloigner de mon bureau avant que j'enfonce mon stylo dans ce bec qui te sert de nez !

Judith recula, bouche bée. Toute l'agence les regardait, certains semblaient choqués, d'autres prêts à éclater de rire. Les joues creuses presque aussi rouges que ses cheveux, Judith accusa d'une voix perçante :

— Je crois que tu es aussi folle que ton beau-père !

Elle se précipita ensuite dans les toilettes. Dès qu'elle eut claqué la porte, les applaudissements fusèrent dans la salle commune. En dépit de son embarras, Brooke ne put s'empêcher de sourire quand Charlie, un de ses collègues, s'exclama :

— Ça lui pendait au nez depuis longtemps. Bien joué, Brooke !

Le raffut attira l'attention d'Aaron et de Madeleine. Il se leva rapidement, passa devant Madeleine et ouvrit la porte :

— Qu'est-ce qui se passe, ici ?

— Judith a mal choisi son jour pour s'en prendre à Brooke, répondit Hannah d'un air radieux. Mais n'en voulez pas à Brooke. Elle essayait seulement de faire son boulot. Judith a refusé de la laisser en paix.

Aaron promena son regard sur ses employés sans la moindre trace d'émotion. En temps normal, il aurait soit réprimandé tout le monde, soit insisté pour s'entretenir en privé avec les deux belligérantes. Mais aujourd'hui il se contenta de regarder Brooke et demanda :

— Ça va ?

— Mais oui. Je me suis défoulée et j'aurais dû garder tout ça pour moi.

— Ça m'étonnerait, dit Aaron en regardant ses employés. Après le départ de ma sœur, et quand

Mlle Lambert sera sortie du sanctuaire des toilettes, quelqu'un peut-il lui demander de venir dans mon bureau ?

Il semblait prêt à dire autre chose, puis il changea d'avis, retourna dans son bureau et ferma la porte. Ils observèrent tous discrètement Madeleine se remettre à parler, crier même, tandis qu'Aaron l'ignorait. À peine trois minutes plus tard, elle quitta son bureau, s'arrêta pour fusiller du regard tous les employés, avant de faire une sortie aussi grandiose que le lui permettait sa patte folle.

— Du rififi au paradis, murmura Hannah.

Charlie fit une grimace comique.

— Ce n'est pas trop tôt. Je commençais à en avoir ras le bol de leur vénération mutuelle. Hé, Hannah, jouons à pile ou face. Face c'est moi qui dis à Dame Judith qu'elle est attendue dans le bureau du dirlo ; pile, c'est toi.

— D'accord, répondit Hannah d'un ton hésitant, avant de pousser un soupir de soulagement en voyant face apparaître. On dirait que c'est toi qui t'y colles, Charlie.

Elle se tourna vers Brooke.

— Je dois avouer qu'Aaron m'intimide.

— Ne te laisse pas impressionner, répondit Brooke, c'est du vent.

— J'aimerais être aussi courageuse que toi, dit Hannah en souriant. Je crois que tu n'as peur de personne.

Brooke lança un regard vers le bureau vide de Mia et pensa à l'homme qui avait brutalement tué Anne, sa mère, et Mia. « Si seulement ce que disait Hannah pouvait être vrai, se dit Brooke. Mon Dieu, si seulement ça pouvait être vrai. »

4

Quatre heures, lut Brooke sur sa montre en descendant de voiture. Elle venait juste de faire visiter une maison à un jeune couple charmant, dont la femme était enceinte. C'était la maison de leurs rêves : idéale pour eux et pour le bébé attendu dans deux mois, mais elle était bien au-dessus de leurs moyens. Ces situations arrivaient tous les jours, mais ce couple-là avait ému Brooke, peut-être parce qu'ils ressemblaient à une version plus jeune de ses propres parents. Elle promit de demander au propriétaire de baisser son prix et vit l'espoir enflammer leurs tendres et innocents visages, ce qui la déprima encore plus car elle savait que le propriétaire n'était pas disposé à perdre un seul dollar.

Fatiguée et découragée après son premier jour de travail depuis le meurtre de Mia, elle se traîna jusqu'à l'agence, s'arrêta pour boire un peu d'eau, passa devant le bureau de Judith Lambert, qui lui lança un regard vraiment mauvais, puis s'affala sur sa chaise avec un petit grognement. Elle ouvrit un tiroir et prit un ou deux chocolats Hershey's Kiss pour se donner de l'énergie. Elle savait qu'Aaron comprendrait si elle partait une heure plus tôt ce jour-là, mais elle était décidée à rester jusqu'au bout, même exténuée et gênée par la brûlure de son dos.

Elle allait avaler son second Hershey's Kiss, quand une dame âgée et frêle s'approcha de son bureau, serrant son sac entre ses mains comme si elle craignait que quelqu'un le lui arrache. Brooke essaya de lui lancer un sourire rassurant, ayant le sentiment qu'elle connaissait déjà le mobile de sa visite. Elle avait raison. La dame dit s'appeler Amanda Gracen ; elle avait quatre-vingt-six ans, avait été mariée pendant soixante-cinq de ces quatre-vingt-six ans et elle vivait dans la belle maison victorienne au coin de Shaw Street et Clifton Street, une maison dont Brooke connaissait l'histoire.

Puis Mme Gracen fondit en larmes en relatant le décès de son mari, quatre mois auparavant. Il avait apparemment décidé de monter sur le toit et d'ajuster lui-même la parabole du satellite.

— Sale abruti ! commenta Mme Gracen en éclatant en sanglots bruyants qu'elle tenta de dissimuler dans un fin mouchoir bordé de dentelle. Notre petit-fils nous avait offert cette parabole pour notre anniversaire de mariage et dès que je l'ai vue, j'ai su qu'elle allait nous attirer des ennuis. Ces choses-là ne sont pas naturelles. Les antennes de télévision sont naturelles, mais pas ces machins fous et futuristes. Je m'attendais à ce qu'il se mette à tourner et nous envoie sur la lune, mais Orville — c'était mon mari — était fasciné par ce bidule et il est monté une vingtaine de fois sur le toit pour le régler, comme il disait. En tout cas, il l'a réglé une fois de trop. Il a glissé du toit et s'est écrabouillé sur le trottoir. Oh mon Dieu, il n'était pas beau à voir, le vieil idiot !

Elle sanglota encore dans son mouchoir.

— Je suis vraiment navrée d'apprendre ça, murmura Brooke, incapable de trouver des paroles véritablement réconfortantes au sujet d'un accident aussi abominable.

— C'est bien fait pour lui. Je n'ai jamais vu un homme plus cabochard. On ne pouvait rien lui dire, surtout pas moi. Mais cette fois-ci, je crois que ça lui aura servi de leçon.

Elle sanglota encore un peu et faillit faire un trou dans le fin tissu de son mouchoir.

— Enfin bref, je ne peux pas me permettre de rester seule dans cette grande maison. Je n'en ai même pas envie. Oh, il y a des souvenirs merveilleux à l'intérieur — nous y avons vécu quarante ans — mais dès que je sors de la maison…

Elle frissonna.

— Grand Dieu, on voit encore les traces de sang sur le trottoir. Pour un petit bonhomme, il avait plus de sang en lui qu'un grizzly. Et je vous jure qu'il y a un trou dans le trottoir là où sa dure caboche a frappé.

— Ça doit être horrible pour vous, bafouilla Brooke, pleine de compassion tout en étant au bord d'un rire macabre.

— Et figurez-vous que mon amie Inez, qui habite dans une belle petite maison de retraite pas très loin du centre, m'a dit qu'elle s'y plaisait beaucoup. Ils ont des soirées canasta, des soirées charades mimées et de merveilleux chanteurs de gospel qui viennent le dimanche après-midi. Alors, je me suis dit que j'allais mettre la maison en vente et m'y installer. Croyez-vous que ce soit horrible ?

— Bien sûr que non, la rassura Brooke. Je suis sûre que votre mari aimerait vous savoir heureuse.

— Sans doute, mais je ne sais pas si je devrais aller chanter et jouer aux cartes pendant qu'il est dans sa tombe, tout seul et tout froid. Mais si seulement cette tête de mule avait voulu m'écouter une fois dans sa vie…

— Et vous aimeriez donc nous confier la vente de votre maison ? demanda Brooke avant que Mme Gracen se remettre à parler de la tête de son mari.

— Oui, c'est cela, si ça ne vous dérange pas.

— Mais ce sera avec plaisir.

Brooke lui sourit, lui offrit un verre d'eau et lui tendit quelques Hershey's Kiss.

— Oh, j'adore ces chocolats ! dit Mme Gracen en déchirant le papier aluminium. Orville aussi les aimait. On pouvait finir un gros paquet à nous deux en une soirée.

Puis elle se remit à pleurer.

Quand Brooke en eut terminé avec Mme Gracen, elle était si fatiguée qu'elle aurait pu tomber de sa chaise. « Encore un quart d'heure, pensa-t-elle. Encore un quart d'heure et j'aurai accompli ma journée de travail la tête haute. »

Elle avait commencé à ranger son bureau quand un jeune homme à la mine sympathique, qui devait avoir autour de dix-neuf ans, entra dans l'agence. Il appela de l'entrée, un colis à la main :

— Brooke Yeager ? Y a-t-il une Brooke Yeager ici ?

— Oui, c'est moi, répondit Brooke.

— Dans ce cas, ce colis-là est pour vous, annonça-t-il d'un ton majestueux.

Brooke fut amusée par l'assurance excessive du jeune homme. Il se comportait comme si elle venait juste de gagner à la loterie. Il lui tendit en fait une petite boîte de dix centimètres sur cinq, enveloppée de papier kraft. Elle vit son nom et l'adresse de l'agence inscrits au feutre, en lettres majuscules. Puis elle fut frappée par l'adresse de l'expéditeur : Parc Mémorial Sunset, Charleston, WV.

Le cœur de Brooke se mit à battre rapidement. Le parc Mémorial de Sunset — c'était le cimetière où reposaient ses parents. Elle avait nettoyé leurs tombes lors de la journée du souvenir.

Le livreur lui tendit une planchette porte-papier.

— Signez à la ligne vingt-cinq et le colis est à vous, dit-il d'un ton joyeux.

— Pour quelle entreprise travaillez-vous ?

— Livraisons Archway. Voilà presque un an que je suis avec eux.

— Qui a envoyé ce colis ? demanda Brooke d'une voix faible.

Le gars pencha la tête et sourit :

— Eh bien, soit c'est une blague, soit c'est un habitant du cimetière.

Brooke le dévisagea longuement et son sourire disparut.

— Sérieusement, je veux parler de la personne qui vous a confié ce colis et payé pour le faire livrer ?

— Oh, je ne sais pas, dit-il avec un sourire incertain. Franchement, madame, je n'en sais rien du tout. Les gens passent, laissent un colis et règlent le patron ou sa femme, et ce sont eux qui nous distribuent les tournées. Parfois, ils donnent un horaire de livraison précis. C'était le cas pour vous, d'ailleurs. Mon patron m'a dit de le livrer entre cinq heures moins le quart et moins dix.

Il la regarda longuement.

— Quelque chose ne va pas, madame ?

— Je n’arrive pas à comprendre qui aurait pu me l’envoyer.

— Vous devriez peut-être l’ouvrir, dans ce cas.

Le jeune sautillait impatiemment d’un pied sur l’autre, l’air inquiet.

— Si vous voulez bien signer cette feuille, madame Yeager. Je ne veux pas vous précipiter, mais j’ai une autre livraison à effectuer avant cinq heures et si je suis en retard, je vais avoir des ennuis.

— Ça serait dommage, répondit Brooke en signant comme un automate.

Le type attendit une minute de plus, espérant un pourboire, puis il renonça, c’était une cause perdue avec cette femme au comportement bizarre derrière le bureau. Elle était perdue dans ses pensées, elle ne réalisait même pas que les pourboires comptaient pour lui. Il lui dit amèrement :

— J’espère que vous apprécierez — ou non — ce qu’il y a dedans…

Brooke fixa le colis sur son bureau pendant une éternité. Hannah finit par se tourner vers elle et lui demanda :

— Qu’est-ce qui se passe ? Tu as peur qu’il y ait un serpent à l’intérieur ?

— J’ai peur que ce soit pire, répondit Brooke, la gorge sèche.

— Quoi par exemple ?

Cette fois-ci, Brooke ne répondit pas. Elle ne pouvait pas regarder ce truc indéfiniment. Elle devait l’ouvrir et voir ce qu’il y avait dedans, même si elle sentait de tout son corps qu’elle n’allait pas aimer ce qu’elle allait trouver. Surtout avec cette adresse d’expédition.

Les doigts tremblants, elle décolla le scotch et

enleva le papier marron aussi délicatement qu'elle l'aurait fait avec un joli papier d'emballage. Elle découvrit une petite boîte blanche. Il n'y avait aucune inscription, pourtant Brooke savait instinctivement qu'elle venait d'une bijouterie. Mais elle n'était pas neuve. Les coins étaient légèrement arrondis et un des côtés avait été jauni par le soleil.

Sa respiration se ralentit et s'approfondit ; elle souleva délicatement le couvercle et là, sur un lit de coton blanc, elle trouva une petite alliance en or au diamant minuscule. Elle n'avait pas besoin de regarder pour savoir ce qui était gravé à l'intérieur, mais elle prit tout de même la bague et l'inclina pour lire les noms en petites lettres : *Anne & Karl*.

CHAPITRE XVIII

1

Brooke fut incapable de se lever. Elle envoya Charlie chercher les flics de surveillance et resta à son bureau, le regard fixé sur l'épaisse alliance et son diamant d'un tiers de carat. Elle parvenait à lire les noms en inclinant légèrement l'écrin, mais elle ne toucha pas la bague.

C'était l'heure de la fermeture à Townsend Immobilier, mais naturellement, l'arrivée de la bague avait chamboulé la routine. Charlie tint à rester avec Aaron et Brooke en attendant Hal Myers et Jay Corrigan. Hannah, par sollicitude, avait offert de rester ; Judith aussi, par curiosité malsaine. Aaron avait renvoyé les deux femmes chez elles.

— J'ai du cognac dans mon bureau, Brooke. Un petit verre vous ferait peut-être du bien ?

Le ton plein de sollicitude d'Aaron la surprit. Elle ne s'attendait pas à cela de sa part.

Elle refusa d'un hochement de tête.

— Je crois que j'aurais besoin de siffler toute la bouteille pour me faire du bien, et ça ferait mauvaise impression devant les flics. Mais merci d'y avoir pensé, monsieur Townsend.

— Appelez-moi Aaron, je vous en prie, dit-il comme s'il était sur le point d'ajouter : « juste pour aujourd'hui ».

— Je prendrais volontiers un verre de cognac, plaisanta Charlie pour alléger l'atmosphère.

— Si Brooke n'en a pas besoin, répondit Aaron d'un ton sec, vous non plus. Nous ne sommes pas à une réception.

— Bon, bon, excusez-moi d'être en vie, répondit Charlie en tapotant Brooke sur l'épaule.

Voilà dix minutes qu'il la tapotait sur l'épaule et Brooke se dit que s'il n'arrêtait pas, elle allait se mettre à hurler.

Heureusement, Hal et Jay entrèrent et Charlie se tint immédiatement en retrait, comme s'il risquait de se faire réprimander d'avoir posé la main sur elle. Hal sourit dès qu'il vit Brooke. Jay semblait tendu et furieux.

— Que personne ne touche à cette bague ! hurla-t-il.

Brooke, Aaron et Charlie furent paralysés de culpabilité, puis Brooke dit :

— Désolée, je l'ai déjà touchée.

— Du calme, Jay, dit doucement Hal, puis il se tourna vers Brooke : De toute façon, je suis certain qu'il n'y a aucune empreinte sur la bague. Tavell est trop rusé pour en avoir laissé.

— C'est ce que je me suis dit dès que j'ai vu l'adresse de l'expéditeur.

Même Brooke réalisait à quel point sa voix semblait plate et fatiguée.

— C'est dans ce cimetière que mes parents sont enterrés.

Hal acquiesça.

— Le livreur travaillait pour les livraisons Archway. Et j'ai déjà mené ma petite enquête. Il m'a dit que quelqu'un avait donné le colis à son patron ou à sa femme et demandé qu'il soit livré juste avant cinq heures. Le jeune n'a pas vu la personne qui l'a apporté, mais peut-être que le patron s'en souviendra.

— À quoi ressemblait le livreur ? demanda Jay.

— Dans les dix-neuf ans. Cheveux raides, châtain. Un peu d'acné. Il me semble qu'il avait les yeux bleus.

— Rien de suspect ?

— Non, il était seulement impatient. Et en colère.

Brooke parvint à sourire faiblement :

— J'ai oublié de lui donner un pourboire.

Hal fronça les sourcils.

— Oh, le pauvre chéri. Mais au moins, on le retrouvera facilement dans la boîte de livraison, c'est celui qui râlera contre vous.

Brooke esquissa un sourire.

— Par ailleurs, la brûlure de mes reins me fait penser à vous demander les résultats du labo, savent-ils ce qu'on m'a pulvérisé dessus au planétarium ?

Hal la regarda droit dans les yeux.

— Du bon vieux déboucheur d'égout. Un truc très fort, comme un fond de bouteille qui n'a pas été secouée. Ce genre de produit est extrêmement corrosif, surtout sur une peau délicate.

Hal marqua une pause :

— Êtes-vous sûre qu'il s'agissait de la jeune fille blonde ?

— À quatre-vingt-quinze pour cent, répondit tristement Brooke. Ce que je ne sais pas, c'est qui elle est, ni pourquoi elle travaille pour Zach Tavell. Je sais ce que vous allez me répondre, sans doute pour de l'argent, mais j'ai du mal à croire qu'une adolescente, même durcie par le monde, soit assez idiote pour faire confiance à un homme à moitié fou comme Zach, surtout qu'elle peut difficilement ignorer que c'est un assassin.

Hal lui coula un regard affligé.

— Ah Brooke, si vous saviez ce que certains sont prêts à faire pour quelques dollars. Elle fait sans doute partie de cette catégorie de gens.

2

Brooke n'aurait pas pu dire précisément quand Vincent arriva. Avachie sur sa chaise, à son bureau, elle répondait aux questions d'Hal et de Jay tandis qu'Aaron et Charlie leur tournaient autour, essayant de se donner l'air utile, lorsqu'elle le remarqua soudain, à quelques centimètres d'elle. Il lui sourit lentement et longuement, se pencha et posa un baiser léger sur sa joue, puis lui dit :

— Salut, Fille Cannelle.

— Salut toi-même, répondit-elle. T'as une alarme qui sonne chez toi chaque fois que j'ai des ennuis ?

— Oui, c'est un gyrophare rouge avec une sirène comme celles des matchs de foot.

Il se tourna vers les inspecteurs :

— Salut Hal, salut Jay.

Ils lui firent un petit signe de tête tandis qu'Aaron s'approchait, l'air important.

— Je suis Aaron Townsend, propriétaire de l'agence. Vous êtes ?

— Vincent Lockhart.

— Vous êtes un ami de Mlle Yeager.

— Manifestement.

Aaron rosit légèrement de la stupidité de sa question.

— Je voulais juste m'en assurer. On n'est jamais trop prudent, vous savez.

Charlie regarda Brooke en roulant les yeux.

— Êtes-vous impliqué dans cette affaire, monsieur Lockhart ? poursuivit Aaron.

— Pas directement.

— Son père a mené l'enquête sur le meurtre de la mère de Mlle Yeager, annonça Hal. C'est un ami de Brooke. Et un écrivain célèbre.

— Un écrivain célèbre ?

Aaron fronça les sourcils, puis son visage s'illumina d'une vénération quasi écœurante étant donné l'hostilité qu'il avait manifestée auparavant.

— Mais oui, j'ai entendu parler de vous. Vous avez figuré plusieurs fois sur la liste des best-sellers du *New York Times*.

— Ça m'est arrivé, dit modestement Vincent.

— Eh bien, c'est tout à fait passionnant.

S'apercevant que les policiers étudiaient son visage radieux, Aaron reprit rapidement une expression plus soucieuse.

— Naturellement, c'est Brooke qui nous préoccupe en ce moment. Ce fou qui semble la poursuivre… eh bien… c'est inimaginable. Allez-vous écrire sur cette affaire, monsieur Lockhart ? ne put-il s'empêcher de demander.

— Ça m'étonnerait, répondit laconiquement Vincent. Je suis seulement ici en tant qu'ami de Brooke.

Il se tourna vers Hal.

— Lui avez-vous demandé tout ce que vous vouliez ? Car Brooke semble avoir besoin de prendre un bon repas et de se détendre un peu, avec moi, j'espère.

Hal lui fit un large sourire.

— Nous avons terminé. C'est à elle de décider si elle a envie d'aller galvauder avec vous.

Tout le monde se tourna vers Brooke, attendant sa réponse. Elle avait une seule envie à ce moment : sauter de sa chaise, prendre Vincent par le bras, et passer la soirée à ses côtés sans un regard en arrière. Mais au lieu de ça, elle força un sourire, contrôla les mouvements de son corps et dit calmement :

— J'irais volontiers dîner, Vincent. Merci.

En sortant du parking de Townsend Immobilier pour s'engouffrer dans les bouchons de six heures, Vincent lui demanda :

— Tu as une préférence pour le restaurant ?

— Un endroit isolé. Simple. Tranquille.

— J'ai exactement ce qu'il te faut. Musique ?

Elle acquiesça et il alluma le lecteur de CD.

— Relaxe-toi, maintenant. Oubliez les fleurs et les bagues, ma belle dame, et laissez-vous porter par le doux chant des Eagles, dans les années soixante-dix.

— On croirait entendre un DJ.

— Mais tu as souri, dit Vincent. Ça marche déjà.

Ils prirent la direction de l'ouest et le visage de Brooke fut inondé par les rayons du soleil couchant. Elle mit ses lunettes de soleil, rejeta la tête en arrière pour écouter *Peaceful, easy feeling*, et tenta d'oublier ses soucis en se laissant aller dans le monde merveilleux de la chanson.

Elle se rendit compte qu'elle était à moitié endormie quand Vincent annonça :

— Nous y voilà enfin.

Elle ouvrit les yeux et vit un chalet en rondins surplombant une rivière et abritant un restaurant accueillant.

— Tu veux aller manger ou tu préfères te recroqueviller et faire une petite sieste sur la banquette arrière ?

— Tu n'as pas de banquette arrière, dit-elle d'un ton groggy.

— On n'a plus qu'à aller manger, dans ce cas.

Il pencha la tête en lui souriant :

— Tu es la seule femme que je connaisse qui puisse faire la sieste après avoir eu une telle frayeur.

— C'est vrai, y en a pas deux comme moi. Tu devrais peut-être me mettre dans un livre, un jour.

Elle se tourna vers lui :

— Un livre de fiction, pas un livre sur le « crime des roses ».

— Je n'ai aucune intention d'écrire sur le « crime des roses », renvoya Vincent d'un ton grave. C'est la vérité et je tiens à ce que ce soit bien clair pour toi, Brooke. Mon intérêt pour toi a toujours été…

Il semblait chercher un mot, détourna les yeux, puis dit d'un ton léger :

— … pur comme la neige vierge.

— Oh, mince, c'est ce qu'ils disent tous, renvoya Brooke, affectant d'être déçue.

Il la taquinait et ça lui convenait pour le moment. Mais elle avait conscience d'espérer une relation allant au-delà de l'amitié généreuse. Malgré tout, ça la rendait heureuse.

— Entrons, je meurs de faim.

L'intérieur en pin noueux et l'ambiance décontractée du restaurant plurent immédiatement à Brooke. Ils passèrent devant un comptoir d'où un homme dodu leur lança un amical « bien le bonsoir, m'sieur dame », puis ils entrèrent dans une salle plus vaste avec des tables rondes et des tableaux de scènes champêtres accrochés aux murs. Un juke-box jouait doucement en fond, et une dizaine de personnes semblaient si bien installées qu'un ouragan aurait eu du mal à les déloger.

— Mon Dieu, c'est vraiment tranquille, ici, lança Brooke en s'asseyant.

— Je ne pense pas que les clients d'ici recherchent l'atmosphère bruyante d'un restau de bord de route, dit-il. Mes parents m'amenaient ici jusqu'à ce que j'aie une quinzaine d'années et décide d'être bien trop cool pour sortir avec eux.

— Ils ont donc arrêté de venir et ta mère est restée à la maison pour mijoter de fabuleux petits plats au gamin gâté que tu étais.

— Oh, non. Ils ont continué à venir en me laissant à la maison avec un dîner surgelé. Un dîner surgelé particulièrement infect. Ils m'ont appris que ce n'était pas moi qui faisais la loi, même si je n'ai jamais cédé. J'étais aussi têtu qu'eux.

— Et pourtant tu t'en es bien sorti, dit Brooke en souriant. La vie de famille avait l'air d'être amusante.

— Je crois que c'est plus amusant avec le recul que sur le coup. Quand on est jeune, surtout adolescent, on se sent complètement incompris et accablé.

Cinq minutes plus tard, Brooke commanda la salade du chef et un thé glacé, que Vincent la convainquit de remplacer par un verre de chablis.

— Je crois que j'ai bu plus d'alcool en une semaine que pendant toute l'année dernière.

— Je suis heureux de l'apprendre, répondit Vincent d'un ton solennel. Je commençais à te prendre pour une poivrote.

Elle lui fit une grimace.

— Ne sois pas si sévère, Brooke. Tu n'as pas eu une semaine des plus tranquilles. Un ou deux verres pour te relaxer ne vont pas te rendre alcoolique.

— C'est plus qu'un ou deux. Großmutter interdisait complètement l'alcool. Je crois que son oncle et son grand-père étaient alcooliques, ou alors son père et son frère. Je ne sais plus. Bref, il n'y avait jamais d'alcool à la maison et si elle me surprenait avec un verre de vin, soit elle me l'arrachait des mains, soit elle me le laissait boire, puis me faisait la morale sur les effets néfastes de l'alcool.

— Certes, mais tu es une grande fille, maintenant, dit tendrement Vincent. Tu peux prendre tes propres décisions.

— Je vais bien être obligée de prendre mes propres décisions à partir de maintenant. Ce n'est pas que ma grand-mère ait dicté ma conduite à l'âge adulte, mais elle n'hésitait pas à me conseiller et ses conseils étaient souvent bons. Ça va me manquer, conclut Brooke en soupirant.

— Elle n'est pas encore partie, dit doucement Vincent.

— Mais elle le sera bientôt.

Brooke but une gorgée de vin, puis dit :

— Eh bien, quelle compagne agréable je fais !

Raconte-moi quelque chose de rigolo pour me redonner le moral.

— Quelque chose de rigolo ?

Vincent fronça les sourcils et sourit.

— Tu te souviens de notre voisin que son épouse abandonne régulièrement pour une quinzaine de jours, en menaçant à chaque fois de ne jamais revenir, affolant ainsi son mari trop niais pour voir qu'elle le fait marcher, puis il lui achète un beau truc comme un diamant ou une voiture et, hop, elle revient au galop ? Eh bien, il semblerait qu'il ait fini par comprendre. Il l'a appelée hier soir et lui a dit que ce n'était pas la peine de revenir cette fois-ci. Aujourd'hui elle lui a envoyé un télégramme — diable, je ne savais même pas qu'ils existaient encore, de nos jours — pour lui dire qu'elle rentrerait demain et qu'elle était folle amoureuse de lui.

— Pourquoi par télégramme ? demanda Brooke en riant.

— J'imagine que si elle avait appelé, il aurait pu lui dire de ne pas revenir ou il aurait pu écouter son message sur le répondeur et ne pas y répondre. Alors que comme ça, elle va simplement réapparaître sur le pas de la porte, le mener au lit et espérer que tout aille pour le mieux.

— Peut-être que ça lui coupera l'envie de jouer à son jeu idiot. Qu'est-ce qui lui a donné le courage de tenir tête à sa femme ?

— Papa. Le jour où ils ont regardé le base-ball ensemble. Il avait toujours pensé que son voisin était bête de se laisser faire, mais il était trop poli pour le lui dire. Son Alzheimer a mis un terme à cette époque pleine de tact. Maintenant il dit exactement ce qu'il pense.

— Et avec de bons résultats, pour le coup. Je parie qu'elle ne va pas s'amuser à lui jouer le même tour l'an prochain.

— Non, et je lui donne deux ans avant qu'elle se remette de son choc. Mais vous souriez, mademoiselle Yeager, dit Vincent d'un ton approbateur.

— Tu as réussi. Tu m'as remonté le moral quand je n'y croyais plus.

— Je peux faire des miracles.

— On dirait bien.

Elle regarda la salade qu'elle avait à peine touchée et lui dit :

— Dans ce cas, tu peux peut-être retrouver Zach.

— Je me suis peut-être surestimé. Je ne crois pas pouvoir le trouver, et je commence à me demander si la police en sera capable, et c'est pour cela que je dois te demander une nouvelle fois de quitter Charleston. Brooke, il t'a envoyé l'alliance de ta mère.

— Je ne l'ai pas oublié, Vincent. La bague qui avait disparu en même temps que le coupe-papier. Zach a au moins eu la politesse de me rendre toutes les affaires de maman.

— Je ne pense pas qu'il t'ait rendu la bague par politesse, renvoya sèchement Vincent.

— Je sais. J'étais sarcastique. Ou alors sardonique. Peu importe — c'est toi l'as des mots.

— Ne change pas de sujet, Brooke. Tu dois absolument quitter Charleston.

Elle lui lança un regard dur.

— D'accord, dit-il, je vais prendre un risque et te demander si ça ferait la moindre différence si je te pressais de le faire pour moi ?

— Pourquoi dis-tu prendre un risque ?

— Parce que ça présuppose que tu te soucies de

ce que je veux, du fait que ta sécurité m'importe beaucoup.

Il souffla et ronchonna avant d'ajouter :

— Et tu as de nouveau changé de sujet !

Brooke baissa les yeux. Vincent avait dit qu'elle comptait pour lui, pas en ces termes exacts, mais c'est manifestement ce qu'il cherchait à dire. Et elle voulait compter pour lui. Elle le voulait tant qu'elle en était effrayée. Mais elle ne pouvait pas exprimer ce que représentait sa sollicitude à ses yeux. Elle avait passé trop de temps renfermée sur elle-même, à cacher ses sentiments, à ne pas laisser s'approcher les gens, surtout un homme qui allait probablement s'en aller et l'oublier dès que toute cette agitation serait terminée. C'était en tout cas ce qu'elle se disait, même si dans les yeux de Vincent elle voyait que ce n'était pas du tout ce qu'il avait l'intention de faire. Mais elle savait que si elle abaissait ses défenses, elle risquait d'avoir de gros soucis.

— Écoute, Vincent, je ne veux pas être insensible, mais il me semble que j'ai été claire à ce sujet. Je ne veux pas abandonner ma grand-mère. Un point c'est tout. J'apprécie que tu aies la courtoisie de me consacrer autant de temps et de t'inquiéter de ma situation…

— Courtoisie ! M'inquiéter ! explosa Vincent, les yeux brillants de rage. Si t'étais un mec, je crois que je t'aurais déjà fichu mon poing sur la gueule !

— Eh bien, dans ce cas, j'ai bien de la chance de ne pas être un mec, renvoya Brooke d'un ton remarquablement calme en dépit de sa surprise. À quoi dois-je ce débordement ?

— À ta condescendance. Je ne te traite pas avec courtoisie et je ne suis pas inquiet pour toi. Bon Dieu,

Brooke, pourquoi as-tu tant de mal à croire que tu puisses vraiment compter aux yeux de quelqu'un ? Est-ce parce que ton père est mort et que ta mère a été assassinée ?

Elle grimaça, mais il poursuivit avec acharnement.

— C'est vrai, mince, je suis franchement navré que tu aies dû traverser tout cela, mais ça ne veut pas dire que tu doives te fermer à tous, sauf à ta grand-mère ! Merde alors, tu es ridicule !

Une jeune serveuse s'approcha de leur table, les joues rouges, et demanda doucement :

— Monsieur, est-ce que ça vous dérangerait de baisser un peu la voix ?

— Oui, ça me dérangerait, lança Vincent.

La fille rougit encore davantage.

— Dans ce cas, je crains devoir vous demander de partir. C'est un restaurant familial ici, et le patron est…

— … trop lâche pour venir ici lui-même me dire de la fermer.

Vincent prit une grosse bouffée d'air.

— Je vous présente mes excuses, je suis un vrai mufle.

Il se tourna vers Brooke :

— Quant à toi, je n'ai aucune excuse à te présenter.

— Je suis effondrée, renvoya Brooke.

Vincent jeta un billet de cinquante dollars sur la table.

— Gardez la monnaie, dit-il à la serveuse au visage cramoisi et grimaçant, puis à Brooke : Retournons à la voiture.

— Non merci. Je rentrerai avec l'escorte de police.

— L'escorte de police ? répéta la serveuse d'une voix tremblante.

— Tu lui as fait peur, maintenant, reprocha-t-il à Brooke. Si tu ne reviens pas avec moi, les flics vont croire que nous avons eu une querelle d'amoureux et la nouvelle fera le tour du poste. Tu préfères ça à ma compagnie ?

Exaspérée, Brooke prit son sac, quitta la salle d'un pas décidé, la tête haute, sous les regards des autres clients, puis sortit dans la nuit tiède et monta dans la Mercedes. « Eh bien, je ne risque pas de revenir dans ce restaurant », se dit-elle, bouillonnante de rage. Vincent se mit au volant un instant plus tard et ils quittèrent le parking dans un grincement de pneus.

Il ne mit pas de musique. Il conduisait trop vite. Il respirait bruyamment. Puis il finit par dire avec sévérité :

— Brooke Yeager, tu es la femme la plus têtue que j'aie jamais connue.

— Tu t'es comporté comme un petit merdeux, là-bas.

— On ne m'a pas traité de petit merdeux depuis l'école primaire.

— Tu t'es comporté comme un gamin de primaire.

Vincent garda le silence quelques minutes, puis il dit d'une voix presque docile.

— Excuse-moi.

— Bon.

— Bon ? Pas « d'accord, j'accepte tes excuses ».

— Je ne suis pas encore sûre de les accepter. Donne-moi le temps d'y penser.

Brooke s'attendait à ce qu'il continue à faire pression, mais il se contenta de regarder la route, le visage figé, les mains crispées sur le volant. Elle n'était pas sûre de la raison de sa colère contre lui. Il avait fait une scène au restaurant, c'est vrai, mais la scène n'était pas si grave ; elle n'était jamais allée dans cet endroit et n'y connaissait personne.

Une pensée la traversa. Était-elle en colère parce qu'elle savait qu'il avait raison ? Et s'il était parfaitement raisonnable et qu'elle se comportait presque comme une chipie inconséquente et entêtée ?

Elle retint sa respiration quelques instants. Presque comme une chipie ? Non. Exactement. Elle sentit une bouffée de chaleur lui monter au visage. Elle l'imita, regarda droit devant et dit à contrecœur :

— Tu dois te dire que je suis une abrutie finie.

— Pas finie.

— Oh. Merci.

— Écoute, est-ce que tu veux que je raconte des conneries pour mériter de rentrer à nouveau dans tes bonnes grâces ou préfères-tu entendre la vérité ?

Elle attendit, puis finit par dire :

— Plutôt la vérité.

— Je ne te prends pas pour une abrutie. Je crois que ton jugement est erroné parce que cette expérience bizarre survient juste au moment où tu penses que ta grand-mère est en train de mourir.

— Au moment où je sais qu'elle est en train de mourir.

— D'accord. Tu as probablement raison. Mais Brooke, songe que cette femme a passé le meilleur de sa vie à essayer de te protéger. Tu penses qu'elle y a consacré toutes ces années pour que tu puisses t'en soucier si peu à la fin ? Je sais que ça paraît froid, mais si elle t'aime autant que je le pense, elle ne pourrait sans doute pas imaginer une pire fin pour vous deux. Ne te laisse pas aveugler par tes sentiments et tente d'examiner la situation de manière rationnelle. Quel serait le souhait de ta grand-mère ? Que tu vives, ou que tu restes sans défense à ses côtés pendant qu'elle meurt, au risque de finir assassinée dans les prochains jours comme ta mère l'a été ?

— Tu ne mâches pas tes mots, Vincent.

— Je ne les enrobe pas de sucre, si c'est ce que tu veux dire. Je dis ce que je pense. Je ne veux pas t'offenser, mais je ne vais pas m'excuser pour ce que je viens de dire.

Brooke voulut répondre quelque chose de percutant, pour remettre ce pédant à sa place, mais elle ne trouva rien. Elle ne savait pas si elle était trop fatiguée pour se disputer ou si sa colère s'était simplement évaporée. Il avait dit des paroles sensées. Elle commençait à penser que c'étaient ses propres actions qui étaient ridicules.

Ils roulèrent en silence pendant des kilomètres. Elle n'avait pas remarqué que le restaurant était aussi loin de son appartement, mais le retour semblait interminable en dépit de la chaleur veloutée de la nuit. Puis sa colère contre Vincent s'envola. Il avait raison. Et elle comptait à ses yeux.

Ils arrivèrent devant l'immeuble de Brooke et Vincent se tourna vers elle :

— Tu veux que je t'accompagne ou préfères-tu que je te laisse ici ?

— J'aimerais que tu m'accompagnes et que tu restes un peu, dit doucement Brooke. Si tu en as envie, bien sûr.

Vincent cligna des yeux :

— Je pensais que tu languissais de te débarrasser de moi.

— Tu as très souvent raison, lui répondit sérieusement Brooke avant de sourire, mais pas toujours.

Il la dévisagea un moment, puis lui rendit son sourire.

— Je préfère ne pas avoir toujours raison. J'aimerais beaucoup monter et je te promets de ne plus te faire la leçon.

— Très bien. Parce qu'une leçon de plus et tu pourrais descendre les escaliers sur les fesses.

— J'essaierai de ne pas l'oublier, madame.

Dès qu'ils posèrent le pied dans l'entrée, Vincent eut l'impression qu'un énorme cacatoès fonçait sur eux. Il s'agissait d'Eunice qui flottait dans une tenue inattendue de mousseline et de tulle verts, apparemment censée ressembler à un négligé.

— Vous avez pas vu Harry ? hurla-t-elle d'une voix stridente et tendue. Il est pas dehors ?

Vincent, pas encore remis de cette apparition de volatile, fit un pas en arrière et laissa Brooke gérer la situation.

— Non, Eunice, nous n'avons pas vu Harry dehors, répondit-elle calmement. Quand est-il parti ?

— Il y a longtemps. Trop longtemps. Je dois lui parler !

— A-t-il encore oublié votre piqûre d'insuline ?

— Euh… oui. L'insuline.

Brooke ne se risqua pas à suggérer que quelqu'un d'autre lui administre sa piqûre.

— Il avait peut-être quelque chose à faire dans l'allée.

Eunice hocha violemment la tête.

— Il ne sort pas la nuit depuis que cet Eads s'est fait poignarder.

Eunice se frotta les bras et Brooke remarqua qu'elle avait un début de rougeur, sans doute nerveuse. Brooke sentit aussi une odeur de scotch et de cigarettes aux clous de girofle.

— Il est peut-être au sous-sol.

Eunice regarda Brooke comme si elle était folle.

— Je viens de remarquer une ampoule qui vacillait derrière vous.

C'était un mensonge, mais elle ne voulait pas rester plantée vingt minutes ici avec une Eunice Dormer proche de l'hystérie.

— Il y a peut-être un problème de circuit électrique, et le disjoncteur est au sous-sol.

— Oh Brooke, quelle bonne idée ! lâcha Eunice. Il n'a pas peur au sous-sol. Je vais aller voir si je le trouve.

Dans un nuage de vert vif, Eunice s'engouffra par la porte qui menait au sous-sol. Brooke se tourna vers Vincent qui haussa un sourcil en lui disant :

— Je n'ai pas remarqué d'ampoule défectueuse.

— Moi non plus, mais on s'est débarrassé d'elle, non ? Nous avons juste le temps de monter chez moi avant son retour.

— Ça alors, mademoiselle Yeager, vous êtes une sacrée petite rusée !

— Qu'est-ce qu'elle a fait, cette fois-ci ? demanda Stacy qui arrivait à l'entrée par l'escalier.

— Elle a réussi à détourner Eunice Dormer, dit-il. Elle l'a envoyée au sous-sol chercher Harry.

— Au sous-sol ?

Brooke acquiesça.

— Elle a besoin de son insuline.

— Et d'une idylle, si l'on en croit son costume, ajouta-t-il en riant.

Stacy hocha la tête.

— Ces deux-là sont complètement tarés. Tout ce que je souhaite, c'est qu'Harry fasse vraiment une grosse connerie et qu'on nous donne un nouveau concierge.

— Fais attention à ce que tu souhaites, dit Brooke. Le prochain risque d'être encore pire.

— Je ne vois pas comment.

Le regard de Stacy passa de l'un à l'autre, puis un petit sourire, presque narquois, se dessina sur son visage pâle et tendu.

— Passez une bonne soirée, tous les deux. Jay fait des heures supplémentaires, alors si vous avez besoin de moi, je serai juste à côté.

— On y pensera, dit Vincent en se précipitant vers l'ascenseur, espérant ainsi éviter Eunice quand elle reviendrait, avec ou sans Harry.

Brooke avait déjà ses clés à la main en arrivant devant chez elle. Elise se précipita vers eux, toujours aussi ravie d'accueillir sa maîtresse en fin de journée.

— Elle a besoin d'aller faire un tour, dit Brooke. Je crois qu'il y a un peu de vin dans le frigo, et aussi du Pepsi et du Sprite. Sers-toi.

— Non, tu nous sers à boire, et c'est moi qui vais promener Elise. Après tout, il fait nuit et tu ne veux pas courir le risque de retomber sur Eunice, si ?

Brooke grogna.

— Je ne crois pas.

Il s'agenouilla à côté de la chienne.

— Tu veux bien venir te promener avec moi pour changer ?

La chienne lui léchait la main avant qu'il n'ait eu le temps de prendre la laisse.

— Nous n'en avons pas pour longtemps. Je te promets de ne pas m'enfuir avec elle.

— Tu veux passer par l'escalier de secours pour éviter Eunice ?

— Non, on va tenter notre chance, n'est-ce pas, Elise ? Tu ne veux pas mettre un peu de musique ?

Vincent avait commandé du chablis au restaurant, elle aussi, mais ils n'avaient ni l'un ni l'autre fini leur verre. Quand il fut parti avec Elise, elle leur servit un verre chacun, trouva quelques noix de cajou relativement fraîches et les disposa dans un bol en verre. « On voit bien que je ne reçois pas souvent », pensa Brooke d'un air désabusé. Elle n'avait rien d'autre à offrir.

Enfin, elle n'avait peut-être pas beaucoup d'amuse-gueules, mais elle ne manquait pas de bougies. Elles créeraient une ambiance festive, non ? Festive ou romantique. Mais elle ne tenait pas à créer une ambiance trop romantique. En était-elle sûre ? Elle n'en savait plus rien soudain ; elle était perplexe. Une heure plus tôt, elle était furieuse contre Vincent Elle pensait ne plus souhaiter le revoir. Et maintenant... Elle alluma cinq bougies parfumées et éteignit toutes les lampes, sauf une à la lumière tamisée par un abat-jour rose. La lumière vacillante plongeait la pièce dans un relief tout en douceur et le parfum des bougies aidait à masquer une vague et étrange odeur que Brooke avait sentie dès qu'elle était entrée chez elle — une odeur qu'elle connaissait. De clous de girofle ? Stacy avait-elle raison ? Eunice était-elle vraiment venue fouiner dans son appartement ce soir ? Si oui, elle n'y avait pas trouvé Harry l'infidèle.

Elle chassa Eunice de son esprit et se concentra sur Vincent. Il lui avait demandé de la musique. Elle savait qu'il aimait le rock — il en écoutait dans sa voiture —, elle parcourut sa collection et sortit d'abord Los Lonely Boys. « Impossible de ne pas être de bonne humeur en les écoutant », pensa-t-elle en entendant *Señorita*. Elle savait que le seul autre appartement occupé au troisième étage était celui de Stacy et qu'elle n'aurait aucune objection à ce que la musique soit forte, si ce n'était pas du classique. Brooke monta le son, se débarrassa de ses talons hauts, détacha ses cheveux et les laissa glisser le long de son dos. Elle sirotait du vin et dansait seule quand Vincent revint avec Elise.

Il pénétra dans l'appartement et s'arrêta net pour observer ses mouvements gracieux sur la musique, au milieu du salon, un verre de vin à la main. Il entrouvrit la bouche de surprise. Elise aboya, manifestement choquée par un tel laisser-aller. Vincent lâcha la laisse, s'avança vers Brooke et la prit doucement dans ses bras en accordant ses pas sur la musique sensuelle. Il approcha ses lèvres de son oreille :

— Est-ce que ça veut dire que je ne suis plus un petit merdeux ?

— Peut-être. Ça dépend si t'es bon danseur.

— Ma mère m'a fait prendre des leçons de danse chez Mlle Lucille quand j'avais cinq ans et je dois dire, non sans fierté, que j'étais un de ses meilleurs élèves et la star du gala. Bon. À l'époque, je pensais que mon image virile était foutue à jamais. Je crois que j'ai tour à tour boudé et pleuré dans ma chambre pendant presque une semaine après le gala. Puis il y a eu dans ma vie une période de disco tout à fait regrettable, quand j'étais ado, suivie d'une époque grunge quand je suis arrivé en Californie. Et il y a trois ans, j'ai appris la salsa.

— Dans ce cas, c'est réglé. À moins que tu ne me racontes des histoires.

— Bien sûr que non, dit-il en posant la main droite contre son cœur. Croix de bois…

— D'accord, répondit-elle en riant. Je me suis trompée. Tu n'es pas un petit merdeux, et tu ne l'as jamais été.

— Quel soulagement. Mais je dois avouer que j'ai du mal à m'habituer à tes changements d'humeur, Brooke.

— Oui, moi aussi. C'est un fait que j'ai souvent tort, mais je suis capable de le reconnaître après coup.

— Tu penses que tu as eu tort ce soir ?

— Je crois que je gère très mal la situation. J'aurais dû partir de Charleston depuis longtemps. J'ai du mal à faire entrer les choses dans ma caboche.

Le mot caboche la fit penser à la dernière cliente qu'elle avait vue avant la livraison de l'alliance — Mme Amanda Gracen. Celle-ci avait affirmé que son mari Orville était l'homme le plus cabochard du monde, mais c'était l'homme qu'elle aimerait jusqu'à la fin de ses jours. Brooke rit doucement, elle trouvait ironique que cette femme ait tant aimé un homme auquel elle trouvait un tel défaut, et aussi qu'elle ait trouvé tant de bonheur auprès de lui pendant toutes ces années.

— On peut savoir pourquoi tu ris ?

— C'est juste dû à ma nature excentrique.

— Je ne te trouve pas excentrique.

— Vraiment ?

— Vraiment. Je te trouve naturellement joyeuse et optimiste, mais tu as gardé cette joie et cet espoir enfouis en toi trop longtemps.

— Joyeuse et optimiste, peut-être. Hédoniste — bof, ne te fais pas trop d'illusions. Bois ton vin, lui dit-elle en souriant.

Il la regarda droit dans les yeux, ses bras l'enlaçant avec un peu plus de force.

— Je préfère continuer à danser avec toi.

— Tu peux boire en dansant. C'est bien ce que je fais. Et ça ne devrait te poser aucun problème, puisque tu es un des maîtres de danse du monde.

— Je n'ai jamais dit ça !

— Pas loin. Va chercher ton vin.

Vincent obéit. Elise resta sur le divan, la langue joyeusement sortie en les regardant danser sur *Nobody else*. Dans la lumière vacillante des bougies, Vincent passa la main droite dans la longue chevelure de Brooke, la repoussa tendrement et l'embrassa passionnément. Elle ne se retira pas, mais à la fin du baiser, elle lui murmura :

— Tu as trop bu.

— Pas une goutte.

— Tu embrasses toutes les filles avec qui tu danses ?

— Pas dernièrement.

— Et ça remonte à quand, dernièrement ?

— Qu'est-ce que ça peut faire ? lui demanda-t-il d'une voix rauque. Je n'embrasserai aucune autre fille ce soir.

— Et demain soir ?

— Demain soir, pareil.

— Et après-demain et le jour suivant ?

Ses yeux verts plongèrent dans les siens, puis il se pencha pour l'embrasser du cou jusqu'à l'oreille en murmurant :

— J'aimerais ne plus embrasser personne après toi.

Brooke rejeta la tête en arrière et lui lança un regard brûlant.

— Je crois que ça ne me déplairait pas.

Juste avant de l'embrasser à nouveau, il murmura :

— Ma Fille Cannelle.

3

Eunice n'aimait pas aller au sous-sol. Elle disait toujours à Harry qu'elle ne pouvait pas supporter les endroits sombres et humides, ce à quoi il répondait toujours, et à juste titre, que le sous-sol n'était pas humide et qu'il ne serait pas sombre si elle pensait seulement à allumer la rampe de lumières fluorescentes en haut des escaliers et celle qui longeait le couloir. On devait toutefois reconnaître que, la nuit, il fallait traverser un passage moins éclairé avant d'atteindre la seconde rampe. Et puis, le sous-sol était encombré d'outils, de réserves en tous genres, de la chaudière, du système de déshumidification et de toutes les petites caves verrouillées des locataires. Toutefois, si Harry pouvait se promener dans le sous-sol à trois heures du matin, avec une seule rampe allumée, pour aller réparer la chaudière ou le chauffe-eau, Eunice ne devrait avoir aucun problème à le faire avec les deux rampes allumées quand il faisait à peine noir.

Mais Brooke avait parlé d'un problème de disjoncteur. Si c'était le cas, il n'y aurait peut-être plus du tout de lumière. Ni le murmure réconfortant du déshumidificateur et du chauffe-eau. Car Eunice pensait que les chauffe-eau murmuraient. Elle les confondait peut-être avec la chaudière.

« Et merde ! » pesta Eunice en descendant les escaliers dans son plus beau négligé, qu'elle avait acheté en solde pour le tiers de son prix car elle trouvait la mousseline et le tulle tout ce qu'il y avait de plus séduisant et féminin, même si le vert était un peu vif en contraste avec son teint terreux. Elle n'avait pas eu l'intention de se promener dans le foyer ainsi vêtue — les gens l'auraient prise pour une m'as-tu-vu — mais elle ne pouvait pas se résoudre à enfiler sa robe de chambre en chenille décolorée sur son beau négligé, et elle n'avait pas réussi à retrouver le manteau d'hiver qu'elle rangeait pendant les mois d'été. Ainsi, bien résolue à trouver Harry pour lui annoncer ce qu'elle savait, elle s'était précipitée dans le foyer vêtue de tulle et de mousseline. Elle espérait que Brooke ne s'était pas sentie jalouse. Elle aimait bien Brooke.

Elle avait enfilé ses pantoufles fourrées et chaudes, et elle était au moins sûre de ne pas se geler les pieds. Bien sûr, en été, le sol n'était peut-être pas froid, mais avec les sous-sols, on ne sait jamais. Après tout, quand elle n'avait pas été sage, Liz l'avait plus d'une fois enfermée dans leur sous-sol et il y faisait toujours froid, été comme hiver. Froid et humide. Et c'était plein d'ombres, même à midi. Le souvenir fit frémir Eunice. Dieu, qu'elle avait détesté cet endroit, et qu'elle s'était efforcée d'être sage pour ne plus jamais être punie dans le sous-sol.

Et voilà qu'elle y était à nouveau, à la recherche de son mari. Pour Eunice, cela prouvait clairement que l'univers était injuste et que s'il y avait vraiment un Dieu, il ne l'aimait pas. En tout cas, elle était très en colère contre Dieu, contre l'univers et contre Harry à cet instant précis.

Eunice alluma l'interrupteur en haut de l'escalier et les trois rangées d'ampoules fluorescentes projetèrent leur lumière aveuglante, mais réconfortante. Dieu merci, songea-t-elle.

— Harry ! appela-t-elle du haut de l'escalier. Harry, j'ai besoin de toi.

Qu'il aurait été merveilleux d'entendre « j'arrive tout de suite, ma chérie ! ».

Mais elle n'entendit rien. Sa colère monta d'un cran.

— Harry Dormer, si tu es en train de jouer à un petit jeu, je te conseille d'arrêter immédiatement.

Toujours rien. Il n'était pas là-bas et il n'y était sans doute jamais allé. Eunice s'apprêtait à faire demi-tour lorsqu'elle remarqua quelque chose sur la cinquième marche. C'était une chaîne en argent avec un pendentif circulaire. Elle sut immédiatement de quoi il s'agissait. Elle s'empressa de descendre et ramassa le collier adoré d'Harry — la chaîne avec le pendentif de l'araignée dans un rond en plastique. Eunice le prit précautionneusement par la chaîne, regardant l'araignée écartelée et figée à tout jamais dans une espèce de résine. Quel truc horrible. Harry disait l'avoir gagné aux cartes, mais elle avait toujours soupçonné qu'une de ses minables petites amies le lui avait offert quand elle souffrait de déprime après la mort de leur enfant. C'est à ce moment-là qu'il avait commencé à le porter et il refusait de le quitter.

Cette fois-ci, pourtant, il l'a bien enlevé, pensa-t-elle en le fourrant triomphalement dans une de ses grosses pantoufles fourrées. S'il s'était aperçu qu'il l'avait perdu, il l'aurait immédiatement ramassé et l'aurait remis. Il ne le retrouverait jamais plus maintenant, car Eunice avait bien l'intention de détruire cette création hideuse. Mais sa présence prouvait une chose — Harry était venu au sous-sol et récemment car quand elle l'avait vu pour la dernière fois, à peu près une heure auparavant, il portait fièrement le collier sur un tee-shirt blanc moulant.

— Harry, je sais que tu es là ! hurla Eunice.

Elle n'entendit rien de plus que le doux murmure du déshumidificateur. Il n'y avait rien d'effrayant dans cette machine qui assurait un sous-sol sec et sans mauvaises odeurs. Il n'y avait rien d'effrayant au sous-sol en général, d'ailleurs, pensa-t-elle pour se donner du courage.

— Harry, si tu veux jouer à un jeu idiot et que tu te caches en pensant que je ne viendrai pas te chercher ici, détrompe-toi. J'arrive !

Elle attendit quelques instants, le temps qu'il réalise qu'il était piégé, puis elle abandonna. Il pensait qu'elle n'oserait pas descendre le chercher, qu'il s'agissait de menaces en l'air, eh bien, elle allait lui montrer !

Eunice descendit l'escalier sans hésiter. Elle aurait voulu porter des semelles dures pour qu'Harry entende bien son pas résolu. Quand elle arriva en bas, elle vit des étagères de boîtes à outils, d'autres étagères avec des rallonges et des perceuses et d'autres encore avec des outils plus gros, comme des haches. Plusieurs pelles étaient adossées contre un mur. Elle n'avait jamais vu Harry se servir de la moitié de ces outils et pensa qu'ils avaient été laissés par ses prédécesseurs, sans doute plus énergiques. En fait, à part pour la boîte à outils qu'il traînait partout, pour faire semblant de travailler, elle l'avait seulement vu utiliser la pelle à déneiger, sur les marches à l'entrée de l'immeuble et ce, seulement après les plaintes de plusieurs locataires. Quant aux résidents, ils ne descendaient ici que quand ils avaient besoin de prendre quelque chose dans leurs petites caves.

Manifestement, Harry n'était pas en train de dépoussiérer, huiler ou cirer ses outils. Il n'avait probablement jamais touché la plupart d'entre eux. Il n'avait rien à faire sur la chaudière en plein mois d'août. Elle n'avait entendu personne se plaindre de l'eau chaude, il n'était donc pas en train de tripoter le chauffe-eau. La climatisation était à l'extérieur. Que pouvait-il bien fabriquer ?

Au mi-chemin dans le couloir, il y avait un petit espace fermé avec un w.-c. sommaire et un évier. Peut-être était-il là, se dit Eunice, même si avec l'épaisseur des murs, il l'aurait forcément entendue et il n'était pas prude — même sur le trône, il se serait bien moqué qu'elle soit à côté de lui. Mais il s'y cachait peut-être. Eunice se le représentait, planté là, l'ignorant et savourant sa ruse.

Furieuse à l'idée de ce scénario, Eunice se hâta d'aller vers les w.-c. et ouvrit grand la porte, la bouche déjà ouverte pour se lancer dans une tirade de reproches. Mais la petite pièce était vide. Pas de

Harry. Pas d'ampoule au-dessus de l'évier. Rien qu'une petite pièce sombre et poussiéreuse qui avait grand besoin d'être nettoyée.

Elle fit demi-tour et jeta un regard moins assuré autour d'elle. Elle avait dépassé la lumière aveuglante de la première rampe fluorescente. Il ne restait plus qu'une lueur. Elle pouvait remonter l'escalier ou se forcer à aller allumer l'interrupteur de la seconde rampe, sur le mur d'en face. Est-ce que ça valait la peine ?

Puis elle l'entendit. Une espèce de bruit furtif de l'autre côté du sous-sol, pas une souris ou un rat — quelque chose de bien plus gros. « Un homme ! » pensa triomphalement Eunice. Un homme se déplaçant sur la pointe des pieds pour qu'elle ne l'entende pas. Harry, ce saligaud ! Non seulement il essayait de l'éviter, mais il voulait aussi l'effrayer. Eh bien, ça ne marcherait pas, parce qu'elle avait dépassé le stade de peur où ses petits tours pouvaient faire une différence. C'était pour cela qu'elle était descendue, d'ailleurs — pas pour son insuline, mais pour l'avertir d'un danger terrible. Elle avait entendu quelque chose qui lui avait semblé simplement étrange sur le coup, mais qui avait soudain révélé sa nature effrayante quand elle avait enfilé son beau négligé — quelque chose de si effrayant, qu'elle ne pensait pas pouvoir remonter sans Harry, même avec tous ses défauts. Mais s'il n'était pas ici… eh bien, elle ne remonterait pas seule, même si elle devait se résoudre à dormir dans cet endroit horrible.

Eunice se lança d'un pas décidé, en un sillon de frou-frous et elle sentit la plaque métallisée de l'interrupteur. Elle l'alluma en fermant les yeux pour éviter l'éclat fluorescent qu'elle attendait. Mais il ne se passa rien. Elle garda les yeux fermés et alluma et éteignit plusieurs fois le bouton. Il ne marchait pas. Brooke avait eu raison. Il y avait un problème de disjoncteur qui affectait les lumières au fond du sous-sol. Qu'à cela ne tienne, elle pouvait très bien réenclencher le disjoncteur. Son seul souci était de se rappeler où il était.

— Oh merde, dit-elle fort, en espérant qu'Harry l'entende et comprenne l'étendue de sa colère.

Harry aimait la taquiner, il aimait qu'elle soit légèrement irritée, mais il redoutait sa furie, car elle claquait les portes pendant des jours et refusait de lui cuisiner quoi que ce soit de mangeable. Il devait comprendre qu'il aurait tout avantage à mettre un terme à son petit jeu.

Elle resta un moment immobile, essayant de décider si elle devait continuer à chercher Harry, ou rejoindre le côté éclairé du sous-sol. Il y avait un vieux canapé. D'accord, il sentait le moisi, mais elle arriverait peut-être à dormir dessus. Elle ne serait plus aussi effrayée le matin et elle pourrait regagner son appartement, faire ses valises et partir si Harry n'était pas rentré.

Soudain, toutes les lumières s'éteignirent. Eunice resta parfaitement immobile, trop interdite pour avoir immédiatement peur. Elle fit demi-tour et fit deux pas, puis se rendit compte qu'elle se dirigeait vers le fond du sous-sol, pas vers l'escalier. Elle fit à nouveau demi-tour et entendit une voix profonde murmurer :

— Eunice ?

Elle se figea à nouveau. Puis elle se dit que la voix devait être celle d'Harry. Quelqu'un devait lui avoir dit qu'elle était ici et il avait décidé de lui donner la trouille de sa vie. Eh bien, elle allait le lui faire regretter.

— Harry Dormer, rallume immédiatement les lumières, dit-elle d'un ton rude.

Elle resta dans le noir.

— Harry, tu n'es pas drôle.

Harry aurait dû commencer à ricaner de son bon tour. Mais Harry ne riait pas. Et il faisait toujours aussi noir.

Et Eunice comprit qu'elle était dans le pétrin.

Un jour, un des « petits amis » de Liz avait tenu Eunice de force et lui avait appuyé un glaçon contre le cou. Elle se souvint de la douleur qui lui avait traversé la nuque puis était descendue le long de sa colonne. Elle ressentit la même chose tout de suite. Elle respira par petites bouffées rapides, car elles étaient moins douloureuses. Puis elle se tint parfaitement immobile, comme si son prédateur risquait de ne pas la voir si elle ne bougeait pas. Elle aurait voulu fermer les yeux, mais n'osait pas le faire. La vue était peut-être la seule arme dont elle disposait. Pendant près de dix secondes, elle resta dans le noir, immobile et aveugle comme une statue. Puis elle entendit un petit frottement, comme du métal contre du béton et, lentement, ses yeux s'adaptèrent un peu et elle aperçut un mouvement, quelque chose s'approchant d'elle et lui bouchant l'accès de l'escalier.

Elle déglutit et dit d'une petite voix tremblotante :

— Laissez-moi partir. Je ne dirai rien. Je ne pourrai rien dire puisque je ne sais pas qui vous êtes. Et je n'ai aucune envie de vous trouver. Je veux juste m'en aller. Je vous en prie.

Rien, mais le mouvement semblait s'approcher, et elle ne pouvait toujours pas bouger. Son corps refusait absolument de coopérer avec les commandes de son cerveau, qui lui disaient de courir, ou même d'ouvrir la bouche et de crier.

— Je vous en prie, répéta-t-elle en un murmure cette fois-ci, sa gorge trop nouée pour laisser passer plus qu'un filet d'air. Je vous en prie, ne me faites pas de mal. Je ne dirai pas un mot. Je le promets…

Eunice eut vaguement conscience que des bras se levaient au-dessus d'elle avant que son monde explose en un cauchemar de couleurs vives et d'os écrasés. Quelque chose de chaud et aveuglant lui dégoulina sur la face et elle tomba à genoux, portant instinctivement ses mains à son visage. Une seconde lui suffit pour réaliser que sa tête n'était plus en un seul morceau. Elle semblait s'être séparée en deux sections saillantes, avec un bassin de liquide chaud au milieu.

Le visage d'Eunice Dormer s'écrasa par terre, l'arrière de sa tête grand ouvert, le sang inondant les plis de tulle et de mousseline de son horrible négligé.

CHAPITRE XIX

1

Brooke soupira, se retourna et tendit le bras vers Vincent. Un museau humide se pressa dans la paume de sa main. Elle ouvrit brusquement les yeux sur ceux d'Elise.

— Explique-moi pourquoi je m'endors avec des humains, et que je me réveille toujours avec toi ? demanda-t-elle en caressant la tête de la chienne. Est-ce que je donne des coups de pieds ? Est-ce que je ronfle ? Est-ce que j'ai une haleine fétide ?

La chienne se rapprocha d'elle et elle aperçut un petit mot sur l'oreiller :

Très chère Fille Cannelle,

C'est embarrassant à avouer, mais j'ai dû rentrer à la maison à trois heures. Papa a tendance à aller se promener dans la nuit, ou à prendre la voiture — il arrive toujours à dénicher les clés — et le voisin refuse de s'éloigner de sa précieuse épouse.

Je t'appellerai dans quelques heures.

VL

La première chose que remarqua Brooke était que Vincent n'avait pas terminé par le conventionnel *Love* de signature. Mais qu'aurait-elle ressenti s'il avait écrit *Love, Vincent* ? L'aurait-elle cru sincère ? Ou aurait-elle pensé qu'il l'avait écrit par automatisme ?

— Je réfléchis bien trop avant le café, dit-elle à voix haute. J'ai besoin de café et de quelque chose de délicieusement sucré. Si on avait le temps, Elise, on irait manger quelques croissants au café, mais je dois être au boulot dans une heure. J'ai juste le temps de me préparer.

Elle rejetait le drap et la couette quand le téléphone sonna. Vincent, pensa-t-elle, en souriant. Elle regarda l'écran. Hôpital central de Charleston. Son cœur se glaça en répondant et après ce qui sembla prendre des heures, mais n'avait pas pu durer plus de quelques secondes, elle avait appris que sa grand-mère venait d'avoir une nouvelle attaque, très violente. Elle était encore en vie, mais tout juste. En un quart d'heure, Brooke s'était levée, avait enfilé un jean et un chemisier et roulait en direction de l'hôpital.

Elle était proche de l'hyperventilation après s'être garée dans le parking, avoir évité les ascenseurs qui étaient tous à d'autres étages et avoir atteint la chambre de sa grand-mère. Elle s'était attendue à voir toute une tripotée de docteurs et d'infirmières autour de Greta, les docteurs donnant des ordres et les infirmières courant dans tous les sens comme dans les feuilletons télévisés. Mais il y avait une seule infirmière au chevet de Greta, elle fronçait les sourcils en portant ses observations sur la feuille de soins. Brooke s'approcha sur la pointe des pieds et murmura :

— Comment va-t-elle ?

L'infirmière sursauta.

— Mon Dieu, vous m'avez fait peur. Êtes-vous de la famille ?

— Je suis sa petite-fille.

— Oh. Écoutez, je crains que ce soit au docteur de vous expliquer son état. Je vais essayer de le trouver et de vous l'envoyer le plus tôt possible. Il a vu votre grand-mère il y a à peine dix minutes.

L'infirmière partit si silencieusement que Brooke n'entendit même pas ses semelles en crêpe sur le sol. Elle s'approcha du lit de Greta, qui lui sembla d'abord vide. Puis elle vit sa grand-mère sur le dos, son corps semblait peser cinq kilos de moins que deux jours avant, et sa peau était fine comme du parchemin. Le côté gauche de son visage était encore figé, mais moins que la dernière fois. Ses paupières étaient closes. Elle semblait à peine respirer.

Brooke prit la main froide de sa grand-mère et ne sentit que la peau sur les os. Sa grand-mère se plaignait toujours d'avoir de grandes mains.

« On dirait des mains d'homme comparées à celles de ta mère, disait-elle à Brooke. Mais elles sont fortes. »

« Plus maintenant », songea Brooke en sentant les larmes lui monter aux yeux.

— Großmutter, dit-elle doucement. C'est Brooke. Peux-tu ouvrir les yeux ?

Elle ne remarqua pas le moindre battement de paupière. Brooke lui serra la main.

— Großmutter, je t'aime. Fais-moi un signe pour me dire que tu m'entends.

Brooke remarqua un léger tressaillement de ses lèvres et elle entendit un mot qu'elle interpréta comme BAnI. Bunny. Le petit nom que Greta avait donné à son unique petit-enfant.

— Mademoiselle Yeager ?

Brooke remarqua soudain la présence du docteur à ses côtés. Elle ne l'avait même pas entendu entrer.

— Voudriez-vous me suivre pour parler de l'état de votre grand-mère ?

Dix minutes plus tard, Brooke était de retour au chevet de sa grand-mère. Le docteur avait débité toutes ses terminologies médicales, la voix calme, le visage sans expression, dans une langue quasi incompréhensible. Mais Brooke avait compris. Sa grand-mère était mourante. Il lui restait peut-être un jour à vivre. Peut-être une heure. Mais elle n'en avait plus pour longtemps.

Brooke tira une chaise à côté du lit et prit à nouveau la main de Greta. Elle lui parla des bons moments qu'ils avaient passés ensemble quand Greta, papa, maman et elle étaient jeunes.

À la fin de son histoire, Brooke se mit à rire comme si elle n'avait pas le moindre souci au monde. La bouche de Greta se tordit en un rictus qui ressemblait à un sourire et elle serra légèrement la main de Brooke. Encouragée, Brooke lui raconta une autre histoire de son enfance, puis plusieurs autres. Elle revint sur toutes les fêtes familiales, les anniversaires, ses premières tentatives sur un vélo, son premier jour à l'école primaire. Après trois heures, elle s'aperçut que Greta réagissait de moins en moins. Une infirmière passait toutes les demi-heures, prenait le pouls de Greta et lançait un sourire encourageant à Brooke.

— Laissez-moi vous apporter un café ou autre chose à boire. On a des échos de toutes vos histoires dans le bureau et elles sont charmantes, mais maintenant, vous devez être sèche comme une allumette.

Brooke n'y avait pas pensé, mais elle n'avait pas encore bu de café, ce matin. Elle tendit de l'argent à l'infirmière, que celle-ci essaya de refuser, mais Brooke insista et demanda une cannette de Coca et une barre chocolatée Snickers du distributeur. « Très sain, comme petit déjeuner », pensa-t-elle. Mais elle avait la gorge sèche et elle avait besoin de sucre pour retrouver son énergie.

Après avoir descendu le Coca et croqué le chocolat, Brooke finit par aller aux toilettes. Sous la lumière loin d'être flatteuse, elle se trouva l'air hagard et pâle, des cernes mauves soulignaient ses yeux et ses lèvres desséchées avaient perdu toute couleur. Elle se mit du rouge à lèvres, puis en frotta un peu sur chaque joue pour leur redonner de la couleur. Elle avait appelé Aaron sur son portable en allant à l'hôpital pour le prévenir de son absence, et après le drame de la veille, il avait semblé soulagé de l'apprendre. Elle composa maintenant le numéro de Vincent.

Il répondit à la deuxième sonnerie.

— Brooke ! s'exclama-t-il en même temps qu'elle disait son nom. Je t'ai appelée au boulot, mais ils m'ont dit que l'état de ta grand-mère avait empiré et que tu étais à l'hôpital. Je ne voulais pas te déranger. Je me suis dit que tu m'appellerais dès que tu aurais un moment.

— J'aurais pu appeler plus tôt, mais honnêtement, ça ne m'a même pas traversé l'esprit. Elle a eu une autre attaque, Vincent, et elle ne va pas s'en sortir, cette fois-ci. Je ne pense pas qu'elle passe la journée.

— Je suis vraiment navré, ma biche, dit-il, l'étonnant avec ses mots tendres. Je serais venu te tenir compagnie, mais papa a rendez-vous chez le docteur cet après-midi. Ils doivent faire des analyses et je dois l'accompagner…

— Je conduis depuis l'âge de seize ans ! cria Sam en arrière-fond, assez fort pour que Brooke l'entende. Je crois que je peux faire une quinzaine de bornes pour aller chez le docteur ! Tu me traites comme un gamin, Vincent, et j'en ai soupé, tu m'entends ?

— Il a eu une dure matinée, murmura Vincent. Sinon, je serais tout de même venu à l'hôpital.

— Tu es encore en train de parler de moi ! Je le sais ! tonna Sam.

— Ne t'inquiète pas, Vincent, dit calmement Brooke. Tu ne peux rien faire. Personne ne peut rien faire, il ne reste qu'à attendre. Je voulais juste te dire où j'étais et que ça allait et… euh… te remercier pour la nuit dernière.

— Me remercier, moi ? Grands dieux, c'était une des plus belles nuits de ma vie.

— Qu'est-ce qui était une des plus belles nuits de ta vie ? demanda Sam, fort et d'un ton plaintif, manifestement à côté de Vincent. Raccroche, maintenant. Je dois vérifier avec le commissariat que je peux prendre ma journée pour aller voir le docteur. Ils risquent d'avoir besoin de moi.

— Tu as du pain sur la planche, dit Brooke avec compassion. Nous en avons tous les deux. Amène ton père chez le médecin pendant que je suis au chevet de Großmutter. Nous nous reparlerons dans la soirée.

Elle éteignit le téléphone, le glissa dans son sac et se pencha à nouveau sur la table pour se voir dans la glace.

« Comment vais-je supporter cette journée ? » se demanda-t-elle tristement. Puis elle enleva ses mains de la table et se redressa. « Comme j'ai vécu la journée de la mort de maman. Une minute à la fois. »

Des minutes interminables, tout l'après-midi, pour Brooke au chevet de sa grand-mère. Puis, vers les cinq heures, Greta prononça encore un mot qui ressemblait à BAnI, poussa un soupir et s'immobilisa. Prise de panique, Brooke appela le docteur, mais avant même qu'il le lui dise, elle savait.

Greta Yeager était morte.

2

L'heure qui suivit la mort de Greta passa comme dans un brouillard. Brooke embrassa une dernière fois le visage immobile de sa grand-mère, écouta le docteur l'assurer qu'il avait fait tout son possible pour sa grand-mère et lui communiquer ses condoléances, sans faire preuve de la moindre émotion. Elle remplit des formulaires et contacta une entreprise de pompes funèbres. À six heures et demie, elle partit chez elle, contente d'avoir échappé de justesse aux embouteillages du soir. Elle n'avait pas encore versé une larme, mais elle sentait que la moindre contrariété risquait de la faire éclater en sanglots. « Je ne peux pas sangloter en voiture », se raisonna-t-elle. Elle devait se concentrer sur la route et être prudente, car c'est ce que Greta aurait souhaité.

Elle se gara dans le parking de l'immeuble et entendit le moteur rassurant d'une des voitures de surveillance à côté d'elle. Une vitre se baissa et l'un des policiers demanda :

— Vous voulez que je vous accompagne à votre porte ?

Brooke hocha négativement la tête.

— Je ne suis qu'à quelques mètres et nous sommes sous une lampe. Tout ira bien, je vous remercie.

Elle avait appelé Stacy de l'hôpital et lui avait annoncé la mort de Greta. Stacy avait offert de la rejoindre pour l'épauler, mais Brooke lui avait dit qu'elle préférait qu'elle aille promener Elise, qui n'était pas sortie de la journée, et mette un peu de vin au frais.

Quand elle entra dans le foyer, Stacy l'attendait. Elle l'enlaça et la serra fort en lui disant :

— Je suis vraiment navrée pour ta grand-mère, ma douce.

— On s'y attendait tous, dit Brooke, d'une voix qu'elle voulait forte, luttant pour retenir ses larmes.

— S'y attendre et le vivre sont deux choses très différentes, Brooke.

Stacy recula et l'observa :

— Tu sembles complètement lessivée. J'ai fait faire un tour à Elise et je l'ai nourrie. Elle t'attend dans notre appartement, avec du vin et des sandwichs. Tu as l'air vraiment crevée. Montons ensemble.

Brooke jeta un regard dans le foyer. Mme Kelso la dévisageait à une certaine distance. Brooke ne lut aucune compassion sur son visage — seulement de la curiosité. Quelques autres locataires tournaient en rond, et un homme âgé demanda d'un ton grognon où était Harry. Mais Brooke, au moins, était soulagée de ne pas avoir à le croiser.

— Est-ce que tu as averti Vincent ? demanda-t-elle à Stacy.

— Je suis désolée. J'ai oublié. Tu peux l'appeler de chez nous.

— J'ai essayé de l'hôpital, mais ça ne répondait pas, ni chez lui ni sur son portable.

Stacy haussa les épaules.

— Savoir où il est… Allons, Brooke. Viens manger un morceau, sinon tu vas tomber dans les pommes.

— Une minute, je veux prendre mon courrier.

Elle tira sa clé de son sac, alla aux boîtes aux lettres et ouvrit la sienne. Elle n'avait que quatre lettres. La facture de téléphone, celle de la banque, une pub pour un abonnement à un magazine et une petite enveloppe blanche adressée à elle, mais sans nom d'expéditeur. Elle l'ouvrit sans réfléchir et tira une carte représentant une fillette aux longs cheveux blonds qui jouait avec un petit chien doré. Elle ouvrit la carte et lut le bref message :

Brooke,

Le jour du Seigneur viendra comme un voleur dans la nuit…

C'est ton tour.

ZACH

— Il a toujours eu une belle écriture pour un homme, dit-elle faiblement, prise de vertige. C'est ce que disait toujours maman.

Par-dessus son épaule, Stacy lut la carte entre ses mains tremblantes et elle retint son souffle.

— Mon Dieu ! Je n'arrive pas à y croire.

— Il n'a pas écrit en majuscules comme pour les autres lettres. Et il a signé, cette fois-ci. Il est prêt à sortir de sa cachette, Stacy. Il est prêt à m'attaquer, quoi que ça lui coûte. Mais pas sans m'avertir auparavant, pour me donner une trouille bleue.

— Oui. C'est un… avertissement.

Stacy respira profondément.

— Viens chez nous.

Brooke était toute raide, des frissons la traversaient comme du courant électrique.

— Jay est à la maison. Nous devons lui montrer la carte. Allez, Brooke, viens, dit-elle en la poussant vers l'ascenseur. Ne reste pas plantée comme ça.

Abasourdie, Brooke monta au troisième et se laissa guider par Stacy. Dès qu'elle ouvrit la porte, Elise se précipita vers elle, la queue en l'air et Brooke s'agenouilla et la serra si fort que la chienne poussa un petit aboiement de surprise. Brooke sentit monter des larmes, mais elle refusa de les laisser couler et de se laisser aller. Elle ne s'était jamais sentie aussi fatiguée ou seule de toute sa vie.

Jay regardait la télévision, étalé sur le canapé, mais il bondit immédiatement sur ses pieds, comme s'il avait senti autre chose que la mort de Greta.

— Qu'est-ce que c'est ?

— Un autre message de Zach, dit Stacy d'une voix tendue. Mais il est passé par la poste et cette fois-ci, il est rédigé à la main et même signé. Regarde un peu.

Brooke ouvrit l'enveloppe d'une main tremblante.

— J'ai dû mettre mes empreintes sur l'extérieur, mais je n'ai pas touché l'intérieur. Dès que j'ai vu la photo d'une blonde avec un chien jaune, j'ai su de qui ça venait.

Jay prit un mouchoir en papier sur une petite table, puis la carte. Il la lut, le visage impassible, et la remit dans l'enveloppe, qu'il entoura du mouchoir en papier.

— Je dois la prendre et la ranger avec les autres preuves. Je vais appeler Hal, aussi.

— Jay, penses-tu que Zach se réfugie à la maison d'Holt Street où il a tué ma mère ? demanda Brooke. Après le crime, la maison est restée longtemps vide. Puis un ou deux ans plus tard, 542 Holt Street a été remis sur le marché. J'ai suivi ça. Mais voilà plus de deux ans qu'elle est inhabitée.

Jay était assis dans un beau fauteuil et enfilait ses chaussures sur ses chaussettes foncées.

— Ce quartier a vraiment périclité depuis ton enfance. C'est un quartier difficile, maintenant. C'est peut-être pour ça qu'il y a eu beaucoup de locataires différents et qu'il n'y a plus personne aujourd'hui. Mais nous avons fouillé la maison quand Tavell s'est évadé et à nouveau deux ou trois jours plus tard. Il n'y avait aucun signe de son passage.

Jay se leva.

— Par contre, nous pensons avoir identifié la voiture qu'il utilise. L'aéroport nous a dit qu'une Taurus gris métallisé, immatriculée 3R-1615, avait été garée dans le parking longue durée la semaine dernière. Les propriétaires sont à Paris et ne doivent pas rentrer avant cinq jours, mais la voiture a disparu.

— Comme l'avait suggéré Vincent, dit Brooke. Comme le scénario qu'il avait utilisé dans son livre. Je me demande si Zach l'a lu ?

Jay ouvrit la porte d'entrée.

— Nous sommes certains que la voiture a disparu, pas que Zach l'ait prise.

— Ça ne fait aucun doute, affirma-t-elle d'un ton assuré, se rappelant le jour au salon de thé où elle s'était sentie observée et avait remarqué une Taurus vide, gris métallisé, garée en face.

— Je suis sûre et certaine que c'est la voiture dont il se sert.

3

Après le départ de Jay, Stacy alla dans la cuisine et prépara un verre de vin et un sandwich au poulet pour Brooke, qui avait envie du vin, pas du sandwich ; mais Stacy insista et en entendant son estomac gronder, Brooke lui obéit et mangea. Elle eut l'impression de manger du carton. Elle n'arrivait pas à trouver de goût au vin non plus, mais elle en ressentait les effets. En vidant son verre, elle eut l'impression que les muscles tendus de son cou commençaient à se relaxer.

— Je vais t'en servir un autre verre, dit Stacy.

— Je ne devrais pas en boire deux.

— Pourquoi pas ? Tu ne vas pas me faire une crise ? Tu ne vas pas exploser ?

Brooke lui adressa un faible sourire.

— Encore un verre et tu réussiras à te relaxer suffisamment pour pouvoir dormir cette nuit.

« Dormir », pensa Brooke tandis que son amie s'activait dans la cuisine. Greta dormait enfin en paix.

Brooke espérait que c'était en paix. Elle n'avait pas eu une vie facile.

« Moi non plus », se dit Brooke. Elle n'était pas du genre à se morfondre sur son sort, mais elle connaissait tellement de gens qui avaient eu des enfances heureuses et des entrées paisibles dans la vie adulte.

— Bois-le doucement, lui conseilla Stacy en lui tendant un verre. Tu as envie de musique ?

— Pour une fois, non.

— C'est inhabituel pour toi. Tu veux qu'on parle ?

— Eh bien, si ça ne te dérange pas…

— Je la fermerai, avec plaisir. En fait, je vais me plonger dans un nouveau magazine que j'ai acheté aujourd'hui, qui s'appelle *In Style* et qui est plein de choses trop chères pour moi. Si l'envie te prend de parler, n'hésite pas à me tirer de la splendeur des pages.

L'appartement était d'un calme presque éprouvant sans la musique ou la télévision que Brooke allumait souvent en bruit de fond. Elise était allongée à côté d'elle, respirant en rythme et frappant la queue contre le sol quand Brooke se penchait pour la toucher. Sur un guéridon, coiffée de son dôme de verre, la pendule que Brooke avait toujours admirée produisait un doux tic-tac, et de temps en temps, Stacy tournait une page en soupirant.

Brooke finit par dire :

— Je partirai demain.

Stacy leva les yeux.

— Je quitterai Charleston demain. Großmutter voulait être incinérée, sans cérémonie, et ses cendres placées dans un mausolée aux côtés de celles de son mari. Elle est partie. Tout a été arrangé comme elle le souhaitait. Et pendant ce temps, on essaie de me tuer. Il m'a même prévenue ce soir qu'il ne me restait pas beaucoup de temps. Je n'ai plus le choix, je dois quitter la ville, je n'ai plus de raison de rester.

Stacy posa un long regard réfléchi sur elle, avant de dire :

— Dieu merci, tu vas finalement faire ce que tu aurais dû faire il y a une semaine.

— Si je l'avais fait il y a une semaine, peut-être que Robert ne se serait pas fait tuer…

— Ne dis pas de sottise, dit Stacy en posant son verre de vin. Je t'aiderai à préparer tes affaires demain.

— Non, je vais aller à la cave, chercher mes valises, je vais les boucler et partir ce soir.

— Ce soir ?

— Je n'aime pas l'avouer, mais j'ai peur de rester jusqu'à demain. De toute façon, je sais que je ne fermerai pas l'œil de la nuit.

— Tu ne veux pas essayer de faire un petit somme maintenant, ou… ou de parler à Vincent ?

— Un somme ? Je viens de te dire que je ne pouvais pas dormir. Et je parlerai à Vincent un peu plus tard. Ou demain matin. Mais qu'est-ce que tu as, Stacy ? Tu crois que j'ai besoin de sa permission ?

Stacy fit marche arrière, l'air soudain sévère et offensé.

— Sa permission ? Je ne pense pas du tout que tu aies besoin de la permission de Vincent Lockhart pour quoi que ce soit. En réalité, je pense qu'un peu d'espace te fera du bien. Je n'ai jamais aimé sa manière de débouler juste au moment où tes ennuis ont commencé. Mais tu sembles si…

— Si quoi ?

— Attachée à lui. J'avais l'impression que tu ne ferais rien sans lui demander avant.

— Tu penses que je ne ferais rien sans lui demander avant ? renvoya Brooke, piquée. Grands dieux, Stacy, tu me traites comme une gamine. Je n'ai aucune explication à fournir à Vincent et je n'ai certainement pas besoin de sa permission !

— Bon, d'accord ! dit Stacy, les mains en l'air. Excuse-moi. J'ai mal interprété les événements.

Elle baissa les mains.

— Si tu veux vraiment aller chercher tes valises ce soir, je t'aiderai. Si Harry était dans le coin, on l'enverrait les chercher, mais on ne l'a pas vu de la journée.

— Oh non, ne me dis pas qu'il a fini par s'enfuir avec cette maîtresse qui obsédait Eunice.

— C'est sans doute exactement ce qui s'est passé. Ils sont ensemble sur une île des Caraïbes en ce moment même, elle en bikini et lui dans son maillot Speedo, en train de siroter des Mai Tai.

— Harry Dormer en Speedo avec ses épaules et son dos velus, sa grosse panse de buveur de bière et son pendentif d'araignée ! dit Brooke en fermant les yeux. Je crois que je préfère encore être poursuivie par un assassin que d'avoir à me représenter ça !

Elle se leva.

— Avec ton aide, je n'aurai besoin de faire qu'un seul voyage au sous-sol. Merci, Stacy.

Brooke passa rapidement dans son appartement pour prendre la clé de sa cave. Elle la gardait dans une boîte de bonbons vide pour éviter d'alourdir son porte-clés.

— J'espère qu'on ne va pas trouver Harry en bas,

dit Brooke dans l'ascenseur pour le sous-sol. Je crois que je n'aurais jamais la force de l'affronter ce soir.

Stacy se couvrit les yeux et grogna :

— Ça, je te comprends. Surtout en allant chercher tes valises. Il aurait des milliers de questions.

Elle marqua une pause.

— D'ailleurs, en parlant de ça, j'en ai une, moi aussi. Où vas-tu, demain ?

— Je ne me suis pas encore décidée. Je n'ai pas de famille chez qui je peux aller et de toute façon, ça ne serait pas prudent. Quand Zach va s'apercevoir de mon départ, il va essayer de me retrouver. Je pourrais aller à New York, mais ça risque d'être cher si je reste trop longtemps. Peut-être en Nouvelle Angleterre. Je ne sais pas pourquoi, mais j'ai toujours eu envie d'y aller.

— Tu peux aller dans le Vermont voir comment ils font le sirop d'érable.

— Je ne crois pas que ce soit la saison. Et puis, ce serait trop palpitant pour moi, ironisa Brooke, même si, ces derniers temps, je crois que j'ai eu mon compte d'aventures palpitantes.

L'ascenseur s'arrêta brutalement.

— Tu parles d'un arrêt en douceur, dit Stacy. Je crois que ce vieux truc est sur la fin. C'est pour ça que je préfère prendre les escaliers.

Les portes s'ouvrirent lentement sur une obscurité complète.

— Oh non, grommela Brooke, j'avais oublié que les interrupteurs étaient si loin de l'ascenseur.

— Pas moi, dit Stacy triomphalement en sortant une lampe électrique. Toujours vigilante.

Stacy s'enfonça dans le noir avec la lumière, qu'elle

projeta sur le mur de béton, puis promena sur les murs à moitié chemin dans le couloir.

— Attention les yeux, dit-elle en activant les tubes fluorescents qui allumaient le fond du sous-sol.

— Je me demande bien quel génie a oublié de placer un interrupteur à la sortie de l'ascenseur, grommela Brooke en sortant de la cage pour regagner la sécurité des lumières. Un interrupteur en haut des escaliers, un à mi-chemin du couloir, mais rien à côté de l'ascenseur. Génial.

— C'est peut-être Harry qui a conçu l'immeuble.

— Ça m'étonnerait, à moins qu'il n'ait été architecte en 1922 quand il a été construit.

Chaque appartement avait une petite cave qui consistait en une cage grillagée, d'environ trois mètres sur cinq, avec une porte fermant à clé. La plupart des caves étaient pleines à craquer. Dans celle de Brooke, il n'y avait que ses valises, le carton de son sapin de Noël en plastique, un autre avec les guirlandes et autres décorations et un coffre vieux comme Hérode que Greta avait donné à Brooke, quand elle avait vendu ses biens pour aller à l'hospice.

Brooke avait essayé de refuser, mais Greta avait insisté.

— Tu en auras peut-être besoin pour un voyage.

— Un voyage ! Mais quel genre de voyage ? Une croisière sur le *Titanic* ?

Greta avait froncé les sourcils en affectant de réfléchir.

— Le *Titanic* est au fond de l'océan. Insubmersible, qu'ils disaient. Ha ! Trouve quelque chose de mieux comme le *Love Boat*. Tu y rencontreras un bel homme que tu épouseras.

— Pas s'il voit la malle qui accompagne sa promise. Sinon il se demandera sur quel énergumène il est tombé.

Greta avait ri en rejetant la tête en arrière, mais elle avait continué à insister pour que Brooke prenne le coffre, qui avait appartenu à l'origine à la grand-mère de Greta.

Brooke glissa la clé dans la serrure de sa cave. Elles entrèrent toutes les deux et examinèrent les lieux.

— Je te jure, Brooke, ta cave est la mieux rangée de toutes.

— C'est parce que je n'ai pas grand-chose à y mettre.

Elle regarda la valise rouge qu'elle s'était offerte l'an dernier dans un moment de folie.

— Voyons voir. Je vais prendre la valise verticale Pullman, le petit sac de voyage et un bagage à main.

— Tu ne prends qu'une grande valise ?

— Je dois aussi porter le panier d'Elise. Je ne veux pas trop m'encombrer.

Stacy s'empara de la plus grande des valises.

— Comment Elise se comporte-t-elle en avion ?

— Aucune idée, répondit Brooke en soulevant les deux autres petits sacs. Elle n'a jamais pris l'avion.

— J'ai entendu dire que certains chiens ont besoin de prendre un calmant. Aïe !

Stacy s'était frottée à la vieille malle de voyage et un morceau de cuivre tranchant s'était accroché à l'arrière de son pantalon beige, au niveau de la cuisse.

— Mince, alors. Je crois que je l'ai déchiré.

— Oh non.

Brooke se mit à genoux et constata les faits, l'acier avait déchiré le pantalon et elle vit une goutte de sang rouge vif commencer à se répandre sur le lin.

— Je crois que tu t'es coupée, aussi.

— La jambe cicatrisera, mais pas le lin.

— Ne dis pas n'importe quoi. Ta jambe est plus importante que ton pantalon. Tu as peut-être besoin d'une piqûre antitétanique. Je n'ai pas la moindre idée de l'âge de ce morceau de cuivre…

Elle s'interrompit et Stacy s'étira pour se retourner, essayant de regarder sa cuisse.

— Qu'est-ce que c'est, maintenant ?

— Des taches, dit lentement Brooke. Il y a des taches de rouille là où tu as accroché la malle.

— Des taches ! lança Stacy, horrifiée. Tu veux dire que je me suis promenée avec un pantalon taché toute la journée ?

— Non. Les taches n'y étaient pas avant.

— De la rouille. Mince.

— C'est peut-être de la rouille.

C'était probablement de la rouille, c'était le plus plausible, mais la peur se mit à papillonner dans le ventre de Brooke comme une aile froide et sombre. Elle toucha l'une des taches de son index. Elle n'était ni humide, ni complètement sèche. Le bout de son doigt semblait plus foncé que les autres. Elle le renifla et sentit une vague odeur de cuivre.

— Bon, peut-être que le teinturier arrivera à nettoyer la rouille, poursuivit Stacy sur le ton de la conversation. Si la déchirure n'est pas trop grande, je pourrai peut-être la repriser. Ce n'est pas mon pantalon préféré, mais il est presque neuf.

Brooke, qui était à genoux, s'assit par terre. En

dépit des lumières fluorescentes, elle avait l'impression que le sous-sol était plus sombre qu'avant.

— Stacy, je ne crois pas que ce soit de la rouille sur ton pantalon. Je pense que c'est du sang.

— Je saigne tant que ça ? Tu crois que j'ai besoin de points de suture ?

— Pas ton sang, répondit Brooke d'une voix tremblante. Du sang plus ancien, mais pas assez ancien pour avoir séché.

— Qu'est-ce que tu racontes ?

Stacy lâcha la valise et regarda Brooke, puis son pantalon, puis le coffre.

— Ouvrons-le, finit-elle par dire.

— Non, c'est verrouillé et je ne sais pas ce que j'ai fait de la clé…

Stacy se pencha et examina les verrous en cuivre.

— Le verrou a été forcé.

Elle posa les deux mains sur le couvercle et entreprit de le soulever.

— Non, Stacy ! cria Brooke. N'ouvre pas ce truc !

Trop tard. D'un bras musclé, Stacy avait poussé le couvercle avec tant de force qu'il avait presque percuté le côté de la cage. Elle dirigea sa lampe vers la malle, respira profondément en tremblant, puis murmura :

— Brooke, on doit appeler la police. Ne regarde pas.

Mais il était trop tard. Remise sur pied, Brooke s'empara de la lampe. Elle était maintenant plantée au-dessus du coffre, le regard fixé sur ce qui semblait être des mètres de mousseline et de tulle verts, sur le visage blanc d'Eunice Dormer, allongée dans une flaque de sang semblable à de la vase rouge foncé.

CHAPITRE XX

1

Après un silence abasourdi et horrifié, Brooke et Stacy partirent en courant vers la cage d'escalier. En y arrivant, Brooke souffrait d'hyperventilation. Stacy passa la première, prit son amie par la main, et la tira dans l'escalier. En haut, elle fit claquer la porte du sous-sol, poussa Brooke sur une chaise et lui força la tête entre les jambes.

— Respire profondément, sinon tu vas t'évanouir, ordonna-t-elle.

Mme Kelso, qui passait le plus clair de son temps dans le foyer, les dévisagea. Cette femme hautaine, persuadée d'être supérieure à tout le monde, ne leur adressait que rarement la parole, mais elle ne put résister.

— Avez-vous des difficultés ?

— Mais non, c'est notre comportement habituel, lâcha Stacy. Où est Harry ?

— Je ne l'ai pas vu de la journée, ce paresseux…

Mme Kelso comprit enfin le sarcasme de Stacy, leur tourna le dos et s'éloigna.

— Et voilà, on vient de saper le commencement d'une belle histoire d'amitié. Tu te sens mieux ?

— Je crois que j'arrive à respirer, si c'est ce que tu veux dire, répondit Brooke en levant la tête. La police.

— Reste assise. Je vais aller chercher l'équipe de surveillance. Ça ira plus vite que de téléphoner. Ne t'avise pas de bouger.

— Ne t'inquiète pas, murmura Brooke, j'en suis incapable.

Stacy se précipita vers la porte d'entrée, et Brooke resta, raide, les mains agrippées à ses bras. Elle ferma les yeux. L'image d'Eunice surgit sous ses paupières : le corps enfoui sous les plis d'un vert criard, le visage blanc et le sang séché dans ses cheveux châtain terne. Elle sursauta et faillit tomber de sa chaise. Elle eut l'impression d'être bloquée dans un cauchemar où elle découvrait sans arrêt un corps de femme dans un coffre, le visage taché de sang. D'abord sa mère, ensuite Mia, puis Robert et maintenant Eunice. Combien Zach Tavell ferait-il de victimes avant d'être arrêté ?

Stacy revint en courant, les deux policiers à ses trousses.

— Ils ont déjà appelé le poste, dit-elle à Brooke.

Elle désigna la porte du sous-sol aux flics :

— Elle est en bas. La porte de la cave est ouverte. Vous ne voulez pas que je vous accompagne, j'espère ?

— Non, madame. Plus il y a de monde, plus on risque de perdre d'indices. Pourriez-vous empêcher les autres locataires de descendre ?

— J'aurais préféré ramener Brooke chez moi le plus tôt possible…

— Les inspecteurs seront ici dans cinq minutes, dit l'autre flic. Vous monterez quand ils arriveront, d'accord ?

— D'accord, répondit Stacy à contrecœur.

Puis elle se tourna vers Brooke.

— Tu peux tenir quelques minutes de plus ?

Une fois le choc initial passé, Brooke ne sentit plus que la fatigue. Une fatigue inouïe.

— Ça va aller, Stacy. Je ne suis plus une gamine, tu sais, dit-elle avec une intonation de gamine capricieuse.

Elle soupira en se frottant le front.

— Je suis désolée. Tu es forte, pleine de sang-froid, et je suis affalée sur cette chaise comme un sac de patates. J'ai honte.

— Je ne suis pas aussi calme que j'en ai l'air. Et puis, je n'ai pas subi autant de chocs que toi, ces derniers jours, lui répondit gentiment Stacy. Et tu fais un très joli sac de patates. Si Harry pouvait te voir…

Leurs regards se rencontrèrent :

— Harry ! lancèrent-elles ensemble.

— Où est-il ? demanda Brooke, tout en sachant que Stacy n'en savait rien.

— Je ne l'ai pas vu de la journée. Mme Kelso non plus.

Stacy marqua une pause.

— Les caves du sous-sol, Brooke. Harry a un passe pour les ouvrir, comme pour les appartements. Ta clé n'a pas été volée. La porte n'avait pas été forcée…

— Mais le verrou du coffre l'avait été, dit lentement Brooke. Tu ne penses pas qu'Harry…

— Harry quoi ? Qu'il a tué Eunice ? Tu crois que c'est Harry, pas Zach, qui a tué Eunice ?

— Non. C'était une idée idiote.

— Peut-être que non. Harry voulait se débarrasser d'Eunice. En étant assassinée dans le sous-sol de cet immeuble, celui où tu habites, et où Zach traîne, quelle conclusion va tirer la police ? Qu'Eunice est partie chercher Harry au sous-sol…

— C'est vrai. Hier soir. Elle avait l'air dans tous ses états…

— Bon, d'accord. Elle descend chercher Harry et au lieu de ça, elle tombe sur Zach. C'est ce qu'ils vont penser.

Stacy se tordait les mains.

— C'est dommage que Jay ne soit pas ici. J'aimerais bien lui dire.

— Me dire quoi ?

Stacy se retourna brusquement sur Jay, qui était juste derrière elle. Elle l'enlaça.

— Dieu merci, te voilà. Au sous-sol. Brooke et moi, nous sommes descendues et nous avons trouvé Eunice. Elle est dans un vieux coffre dans la cave de Brooke. La cave était fermée à clé, mais il y avait un vieux coffre au verrou forcé et Eunice était dedans et il y avait plein de sang…

Jay la serra fort dans ses bras, puis l'écarta de lui.

— Nous allons vous interroger, mais tout d'abord, essayez de vous calmer un peu. Tu parles comme une mitraillette et on dirait que Brooke va tomber dans les pommes d'une minute à l'autre. Nous avons besoin d'un peu de temps pour établir un périmètre de sécurité, alors Stacy, remonte avec Brooke. Ne buvez pas pour essayer de vous calmer. Je vais avoir besoin de réponses claires et précises dans peu de temps. Hal ne va pas tarder.

Brooke se souvint de gyrophares rouges et crus dans la nuit, puis les allées et venues d'hommes et femmes en uniforme ; ils semblaient tous parler en même temps. « Zut, Harry aurait adoré une telle agitation », pensa-t-elle vaguement, puis elle se demanda où Harry pouvait bien être. Avait-il tué Eunice, en espérant que Zach porte la responsabilité du crime ? Harry se préparait-il à s'enfuir avec cette maîtresse qu'Eunice redoutait tant ? Ou Zach l'avait-il eu, lui aussi, tout comme il avait eu sa mère, Mia, Robert et peut-être Eunice ? Brooke sentit son cœur se soulever et pria de ne pas vomir. Elle refusait de se laisser aller à un comportement de petite faiblarde nerveuse et malade. Elle devait être forte. C'est ce que Greta avait toujours voulu. C'est ce qu'elle devait garder à l'esprit : c'est ce que sa chère Großmutter aurait souhaité.

En rentrant à l'appartement de Stacy, Brooke décida d'appeler Vincent pour lui annoncer la mort de Greta et l'horreur de la découverte d'Eunice. En prenant son portable, elle vit qu'elle avait un message. Il était de Vincent, qui semblait tendu et pressé :

— Salut Brooke. Excuse-moi, je n'ai pas pu te contacter. Papa fait la sieste dans l'après-midi pendant que j'écris. Mais aujourd'hui, il s'est échappé. Il n'a pas pris la voiture, Dieu merci, même si les clés sont sur la banquette et qu'il a donc essayé d'aller quelque part. J'ai passé l'après-midi à le chercher. Prends soin de toi. J'ai un mauvais pressentiment, aujourd'hui. Désolé de ne pas être venu avec toi à l'hôpital. Euh… Je t'ai…

Il s'interrompit.

— À bientôt, Fille Cannelle.

Stacy qui tournait autour de Brooke pour entendre le message, la regarda en haussant un sourcil.

— Tu ne crois pas qu'il a failli dire « je t'aime » à la fin ?

— Non, je ne crois pas, répondit-elle vivement, espérant éperdument que oui, mais craignant aussi ce oui, et étant finalement déprimée car elle était sûre que non.

— Il avait l'air de se faire du souci pour son père. Même lui ne savait sans doute pas ce qu'il allait dire.

— Ben voyons, dit Stacy en traînant la voix. Je ne vois qu'une raison à ce qu'un homme s'exprimant aussi bien que Vincent soit à court de mots : c'est parce qu'il ne sait pas comment sa déclaration va être reçue.

— Je ne te connaissais pas ce côté guimauve, renvoya Brooke, en remettant le portable dans son sac.

— Ça m'arrive, dit Stacy avec un large sourire. Bon, on nous a ordonné de ne pas prendre la cuite du siècle pour pouvoir être à peu près cohérentes quand on parlera à la police, pourtant la cuite du siècle semble une idée merveilleuse après ce qu'on vient de traverser.

— Je suis d'accord, dit son amie en frissonnant.

— Mais comme je ne veux pas humilier mon mari devant ses collègues, surtout Hal Myers, je vais préparer un café. Tu veux un déca ou quelque chose de plus fort ?

— La caféine va me rendre encore plus tendue,

mais en même temps, j'ai l'impression d'avoir des os en caoutchouc. Peut-être que ça me ravigotera.

Stacy disparut dans la cuisine, Brooke descendit de son siège et s'assit en tailleur par terre, en prenant Elise sur ses jambes. Elle enfonça son visage dans la fourrure épaisse autour du cou d'Elise, une fourrure qui avait encore la fraîcheur du bain qu'elle lui avait donné il y avait moins d'une semaine, et elle résista à l'envie de pleurer. Elle ne pouvait pas dire qu'elle aimait vraiment Eunice. Elle n'avait jamais eu de vraie conversation avec elle. C'était une femme perpétuellement agitée, méfiante, hypocondriaque et indiscrète, mais Brooke l'avait prise en pitié. Eunice était quelconque, pas loin d'être moche, et pas du type à dissimuler ses déficiences physiques derrière une âme de toute beauté, et Brooke avait le sentiment qu'une vie rude l'avait démunie de tout charme ou attrait potentiel. Et sa mort n'était pas moins rude. Pas seulement rude. Horrible. Brooke ne voulait pas y penser.

Mais elle ne pouvait pas arrêter d'y penser. Comment Eunice avait-elle été assassinée ? Tout ce qu'elles avaient vu, c'était le corps et une tonne de sang séché. Mais elles seraient bientôt fixées, dès qu'elles auraient parlé à Jay. Une chose était sûre : quelle qu'eût été la méthode, Eunice avait eu l'air effrayée jusque dans la mort. L'attaque avait dû être rapide. Elles n'avaient pas remarqué de sang par terre. Quelqu'un avait minutieusement nettoyé, mais le luminol et les ultraviolets dévoileraient sans doute l'emplacement de l'agression et la trace menant à la cave de Brooke.

Elle se demanda quand Eunice avait été tuée. On ne l'avait pas aperçue de la journée, mais Vincent et elle l'avaient vue la nuit dernière. Elle semblait effrayée. Elle cherchait Harry. Et elle portait cet exécrable négligé vert — celui qu'elle avait encore dans la malle de Brooke.

Brooke sursauta en réalisant ceci : Eunice leur était tombée dessus dans le foyer dans son négligé vert quelque vingt-quatre heures auparavant. Voulant se débarrasser d'elle, Brooke l'avait envoyée chercher Harry au sous-sol. Quand elle était descendue, son assassin devait l'attendre.

Brooke se raidit tandis que ses pensées tissaient une masse d'horreur, de stupéfaction et de regret. Elle était responsable de la mort d'Eunice !

— C'est de ma faute, cria-t-elle. C'est de ma faute !

Stacy accourut.

— Que se passe-t-il ?

— Mon Dieu, Stacy, je viens juste de me rendre compte que je suis responsable de la mort d'Eunice. Ça a dû se passer hier soir, parce qu'elle avait cet atroce négligé, et c'est moi qui l'ai envoyée au sous-sol pour pouvoir être seule avec Vincent et elle s'est fait assassiner…

Stacy leva la main pour la faire taire :

— Stop, Brooke ! Tu racontes n'importe quoi.

— Mais non, c'est tout à fait logique. C'est juste une histoire de minutage, tu ne comprends pas ? Zach m'attendait au sous-sol quand Eunice est arrivée en trombe et l'a vu, il a été obligé de l'éliminer…

Stacy s'était agenouillée devant elle et lui avait posé les mains sur les épaules.

— Tu racontes n'importe quoi. Pourquoi Zach t'aurait-il attendue au sous-sol ? Devais-tu y aller ?

— Non, mais il comptait peut-être monter plus tard. Ou alors, il était déjà monté, il avait failli se faire prendre en quittant l'immeuble et s'était précipité au sous-sol pour se cacher. Oh, mon Dieu !

Stacy se rapprocha encore et la secoua.

— Arrête ! On ne sait même pas si c'est Tavell qui l'a tuée.

— Qui d'autre ?

— Harry.

— Cet imbécile d'Harry ! Je n'y crois pas une minute. C'est une grande gueule, mais il est lâche. Il est bien incapable d'avoir tué Eunice, de l'avoir fourrée dans mon coffre, de s'être nettoyé et d'être tranquillement sorti. Même s'il s'était risqué à quelque chose de si… osé, il aurait fait une connerie. Tu le sais bien, Stacy. Tu connais Harry !

Stacy resta silencieuse quelques instants. Ses paupières se fermèrent sur ses yeux gris tandis qu'elle regardait par terre, réfléchissant à ce que Brooke venait de dire. Puis elle reprit lentement :

— Tu as peut-être bien raison, Brooke. Pas en ce qui concerne la mort d'Eunice — si c'est bien Zach qui l'a tuée, tu ne pouvais pas savoir qu'il était dans le sous-sol et tu n'es donc pas responsable — mais tu as raison, Harry ne l'a pas assassinée. Il est incapable d'avoir organisé un tel acte.

— Donc une autre personne est morte à cause de moi, murmura Brooke, trop humiliée pour parler à voix haute. Mia, Robert, et maintenant Eunice. À qui le tour ?

— Si l'on en croit la carte que tu as reçue, c'est le tien. Oh, excuse-moi, dit Stacy d'un air consterné.

— Tu as raison, c'est ce que disait la carte. Mais

si quelqu'un se trouve sur son passage ? Quelqu'un comme toi, ou Jay, ou…

— Vincent ?

Brooke regarda son amie et acquiesça.

— Je ne dis pas que je veux mourir, mais je ne veux pas que d'autres meurent non plus, surtout à cause de moi. Je ne peux pas le supporter. Je ne peux pas.

Brooke se détacha d'Elise et se leva.

— Je vais partir tout de suite, Stacy.

— Et la police, alors ? Ils veulent te parler.

— Ils me téléphoneront. Et tu peux leur en dire autant que moi.

— Où iras-tu ?

— Là où le prochain avion m'amènera.

— Avion ? Tu vas partir en avion ?

— C'est le plus rapide, tu ne crois pas ?

— Bien sûr que si, mais…

Stacy se leva.

— Brooke, tu n'as pas de billet.

— Mais il y a toujours des vols.

Stacy fronça les sourcils.

— Tu ne peux pas partir immédiatement, Brooke.

— Pourquoi pas ? Qu'est-ce que je dois donc faire ? Rester ici des heures pendant que la police fait ce qu'elle a à faire au sous-sol, rester tranquille pendant qu'ils me posent des questions pour lesquelles je n'ai pas de réponse, attendre d'être tuée ou que quelqu'un d'autre soit tué à ma place ?

Elle hocha la tête.

— Je pars tout de suite à l'aéroport.

— Non !

Stacy eut l'air choqué, puis impassible.

— Non, ce n'est pas prudent, ce n'est pas le bon moment. Attends demain.

Brooke prit son sac.

— Je vais aller chez moi chercher la cage de voyage d'Elise. Je ne veux pas l'abandonner. Puis je sortirai par l'escalier de secours et j'essaierai de passer sans que la surveillance me voie. Peut-être qu'ils n'y seront même pas, qu'ils seront avec les autres flics dans le sous-sol.

— Attends !

Stacy s'enfouit le visage dans les mains quelques instants, puis elle regarda droit dans les yeux décidés de Brooke.

— Tu ne peux pas partir avec seulement ce que tu as sur le dos. Tu n'as pas assez d'argent pour refaire complètement ta garde-robe. J'ai une valise et un sac de voyage dans ma chambre. Je vais les chercher pour que tu puisses prendre quelques trucs. Puis je t'aiderai à descendre à ta voiture.

Brooke fut aussi proche de sourire qu'elle pouvait l'être à cet instant.

— Merci, Stacy. Je ne sais pas ce que je ferais sans toi.

— Arrête, tu vas me faire pleurer, sourit Stacy. Arrête d'être sentimentale. En route.

2

Pour aller plus vite, Brooke ne prit que la grande valise de Stacy et un sac de cabine. Elles se hâtèrent d'aller chez Brooke, et essayèrent de trouver des habits qui aillent ensemble, mais vu son état, elle était sûre d'arriver à destination avec un assemblage de vêtements froissés, qui ne s'accorderaient jamais. Elle lança quelques produits de maquillage dans un sac en plastique avec une fermeture, au cas où quelque chose se renverse, avant de fourrer le tout dans son sac. Elle ouvrit un tiroir et prit les deux cartes de crédit qu'elle ne portait jamais sur elle d'ordinaire — elle ne savait pas de combien elle aurait besoin — et elle encouragea une Elise réticente à rentrer dans son panier de voyage. Après un coup d'œil autour de son appartement, elle annonça :

— Je suis prête.

— Tu es sûre ? demanda Stacy. Tu ne veux pas jeter un dernier coup d'œil pour t'assurer que tu n'as rien oublié d'essentiel ?

— Je l'achèterai à l'aéroport. Tout ce que je veux, pour le moment, c'est partir d'ici.

— D'accord. Prends Elise, elle se sentira plus en sécurité, et le sac de voyage. Je porterai la grande valise.

Brooke eut la gorge sèche de peur quand elles se faufilèrent dans l'escalier — loin d'être propre malgré les plaintes d'Harry sur le boulot que ça représentait. Stacy éteignit les lumières avant d'ouvrir la porte et elles arrivèrent au-dessus de l'allée noire, derrière l'immeuble en brique. Après avoir fermé la porte, elles s'arrêtèrent et étudièrent leur position.

— Je vois la voiture de surveillance, murmura Brooke.

— Il n'y a qu'un seul type et il n'a pas l'air de nous avoir vues.

— Je n'aurais jamais pensé à éteindre la lumière avant d'ouvrir la porte.

— Mais si, répondit distraitement Stacy, qui examinait la voiture de surveillance. L'autre flic doit aider au sous-sol.

— Qu'ils soient un ou deux dans la voiture, on ne peut pas traverser le parking.

Stacy réfléchit en silence, puis dit :

— On ne le peut pas toutes les deux en même temps. Mais l'une peut passer pendant que l'autre s'occupe de le distraire. Je vais aller vers sa portière et lui parler. Toi, tu passes de l'autre côté. Tu vas devoir faire deux voyages pour transporter tous les bagages et Elise, mais je pense que je peux lui tenir la jambe assez longtemps.

— Tu es sûre ?

— Tu m'as déjà vue à court de mots ?

— Eh bien…

— Que ça te serve de réponse, dit-elle en souriant avant de reprendre son sérieux. Je veux que tu mettes toutes tes affaires dans ma voiture.

— Pourquoi la tienne ?

— Parce que s'ils s'aperçoivent que tu es partie, ils chercheront ta voiture, pas la mienne. Et puis, ce n'est même pas la tienne, d'ailleurs. C'est une voiture de location.

« C'est vrai », pensa Brooke. La sienne était toujours au garage, depuis la mort de Mia.

— Je vais te conduire à l'aéroport et j'irai rendre ta voiture demain.

— Tu vas me conduire ! Mais Stacy, Jay va te tuer !

— Jay va m'engueuler. Mais comme tu le dis toujours, il m'adore.

Elle lui fit un clin d'œil appuyé en concluant :

— Ne sous-estime pas ma capacité à adoucir l'humeur de mon mari.

« Ça, je ne risque pas de te sous-estimer », pensa Brooke tandis que Stacy se dirigeait vers la voiture de police. La vitre devait déjà être baissée, car Stacy posa immédiatement les coudes sur la portière et se pencha légèrement en avant. Brooke entendit le grondement d'une voix d'homme, puis le ricanement de son amie. Il était temps de faire le premier voyage.

Brooke se faufila jusqu'à la voiture de Stacy avec la grosse valise et le sac de voyage, ouvrit la portière, empila les bagages sur le siège arrière, puis ferma doucement la portière. En repassant dans le parking, elle vit Stacy, toujours accoudée à la vitre et entendit le carillon de son rire. Brooke s'empara du panier d'Elise et se hâta de rejoindre la voiture en essayant au passage de faire un signe discret à Stacy. Elle se glissa sur le siège passager et posa la cage d'Elise sur ses genoux.

— C'est bon, ma douce. Dans quelques heures, j'espère qu'on sera loin d'ici.

La chienne émit un léger murmure, puis lécha les doigts de Brooke à travers la grille de la cage.

Le cœur de Brooke battait fort en attendant Stacy. Était-ce une bonne décision, de s'enfuir ainsi ? Serait-il mieux d'attendre demain, de réserver…

Et de donner à Zach vingt-quatre heures de plus pour parvenir jusqu'à elle ou pour tuer quelqu'un d'autre en la poursuivant ? Et si, pour une raison quelconque, la police décidait de la faire attendre encore un jour ? Et s'ils exigeaient de connaître sa destination ou s'ils apprenaient qu'elle avait l'intention d'aller dans le Vermont ?

Elise poussa un petit aboiement et Brooke sursauta quand Stacy grimpa dans la voiture en lançant :

— Qu'est-ce que je t'avais dit ?

— Le flic t'a forcément vue monter dans cette voiture.

— J'étais sur le point de lui dire que je devais juste aller au drugstore en vitesse — « je reviens de suite, laissez-moi passer s'il vous plaît, mon mari ne s'apercevra même pas que j'étais partie, etc. ». Il me baratinait, mais je suis sûre qu'il aurait refusé. Puis le ciel s'est mis de mon côté.

Brooke attendit.

— Les flics à l'intérieur ont lancé un appel radio pour lui demander de l'aide. Je n'arrivais pas à y croire. Je lui ai dit que je n'avais pas l'intention de m'en aller. Je suis rentrée avec lui ; il s'est dirigé vers le sous-sol et moi ici. Tu ne m'as pas vue ?

— Je ne regardais pas, admit piteusement Brooke. J'étais perdue dans mes pensées.

— Je n'y crois pas. Tu as raté un de mes exploits les plus audacieux !

— Excuse-moi.

— Ne sois pas ridicule, dit Stacy en démarrant. Je rigole. Je crois que toute cette histoire finit par me monter à la tête.

— Tu ne devrais peut-être pas t'impliquer autant dans cette affaire, Stacy, dit Brooke avec sincérité. Je peux conduire ma voiture et Jay pourrait venir la chercher et la ramener…

— La chercher dans le parking de longue durée où on vient juste de leur en voler une ? Ils ne laisseront jamais Jay partir avec.

— Il est inspecteur de police, Stacy. Il leur expliquera. Il va être furieux contre toi.

— Ça prendra peut-être des jours pour sortir ta voiture et ça va te coûter cher. Et puis, je te l'ai déjà dit, je peux m'occuper de Jay.

— Il te pardonne peut-être les broutilles, mais cette fois-ci, c'est grave.

Stacy lui coula un regard sévère.

— Non, ce n'est pas une broutille. C'est ta vie qui est en jeu, et peut-être d'autres vies. S'il n'arrive pas à comprendre ça, il ne comprendra jamais rien et je me fiche bien de sa colère.

Brooke soupira.

— D'accord. Je suis trop fatiguée pour me disputer. En fait, j'ai trop peur pour rester plus longtemps dans cette ville et je suis trop énervée pour conduire. Alors, si tu es prête à risquer ta chance…

— Je suis prête.

Stacy sortit discrètement du parking, tous feux éteints.

— Relax, je m'occupe de tout, Brooke. Je t'amènerai où tu dois aller.

À deux ou trois cents mètres de l'immeuble, Stacy alluma les phares. « Nous sommes libres », pensa Brooke. Elle se dirigeait enfin vers la liberté et la sécurité.

— Nous sommes à une vingtaine de kilomètres de l'aéroport, dit Stacy. Tu as envie de musique ?

Brooke acquiesça et Stacy mit un CD de chansons celtes, de belles ballades lyriques et oniriques. Après la tension de la journée, les dix heures passées au chevet de sa grand-mère, à parler, puis le choc de la découverte du cadavre d'Eunice, Brooke sentit ses paupières s'alourdir. Elle s'assoupit sur les notes du *Moonlight Piper* de Carlos Nùñez.

Brooke rêvait qu'elle était dans son lit, dans la

maison de Holt Street, les yeux fixés sur les étoiles que sa mère avait peintes au plafond, quand elle eut vaguement l'impression que la voiture s'arrêtait. Stacy descendit immédiatement et ouvrit la portière de Brooke.

— On est arrivées, dit-elle.

Brooke cligna deux fois des yeux et vit son amie, dans une posture droite et sinistre au clair de lune. Elle était enveloppée de silence.

— Stacy, nous ne sommes pas à l'aéroport, dit Brooke d'une voix groggy.

— Non, tu as raison.

Brooke se redressa sur son siège et essaya de comprendre ce qui se passait. Elle tint la cage d'Elise serrée contre son cœur, comme un bouclier, sentant le danger de manière instinctive.

— Où est-on ?

Stacy se poussa et fit un signe grandiloquent en direction d'une petite maison blanche, la maison dont Brooke venait de rêver, celle où Zachary Tavell avait assassiné sa mère.

— Je t'ai ramenée chez toi, Brooke, annonça triomphalement Stacy. Je t'ai ramenée là où tu aurais dû mourir il y a quinze ans.

CHAPITRE XXI

1

— Chez moi ? demanda Brooke, interdite.

— Oui. Je te l'ai déjà dit. À l'endroit où tu aurais dû mourir à l'époque.

Bizarrement, Brooke eut l'impression que son cœur s'était mis à fonctionner au ralenti, plutôt que d'accélérer son rythme. Le scénario semblait irréel et pendant quelquc temps, elle crut qu'elle rêvait encore. Elle avait rêvé des étoiles sur le plafond de sa chambre. Elle rêvait maintenant de la maison tout entière. Sauf que Stacy paraissait tout à fait réelle ct qu'elle n'avait pas le flou des images de son rêve précédent. Ellc n'arrivait toujours pas à croire que Stacy ait pu la conduire à ce qui avait été appelé « la maison du crime des roses », mais d'un autre côté, des éclairs de compréhension et de crainte avaient commencé à percer son brouillard de confusion.

— Stacy, mais que fais-tu ?

Le calme de sa propre voix la surprit. Pas de tremblement, pas d'altération.

— Pourquoi m'as-tu amenée ici ?

— Pour te faire entrer.

— Pourquoi ?

Stacy sembla soudain à court de patience.

— Pourquoi ? Pourquoi ? Pourquoi ? Je te l'ai déjà dit, pour que tu entres. Ça ne te suffit pas ?

— Non, ça ne me suffit pas.

— Et avec ça, ça te suffira ?

Stacy avait gardé sa main droite derrière son dos. Elle brandit soudain le bras qu'elle tendit devant elle. Elle tenait un revolver dans la main.

— C'est un Smith & Wesson modèle 36-LS. Je sais que tu n'y connais rien en armes à feu, mais tu es assez maligne pour savoir que ça peut te tuer. Toi et ton sac à puces de chien. Alors sors de la voiture et dirige-toi vers la maison. N'essaie pas de partir en courant, ni de tenter un acte de bravoure, parce que je suis juste derrière toi et le revolver est braqué contre ta tête.

« C'est impossible », pensa Brooke en descendant de la voiture, la cage d'Elise serrée tout contre elle. En sortant, elle ne reposa pas la cage sur la banquette. Elle eut le sentiment que Stacy allait immédiatement abattre la chienne si elle la laissait. Elise serait plus en sécurité avec elle. En sécurité. Quelle blague. Personne n'était en sécurité avec elle. Personne n'avait jamais été en sécurité avec elle, pas même se mère.

Brooke s'approcha lentement de la maison, regardant discrètement autour d'elle pour que Stacy ne s'imagine pas qu'elle allait filer. Elle savait que le quartier avait dégénéré ces dernières années, mais elle n'avait pas imaginé que ce fût à ce point. Ça n'avait jamais été l'une des meilleures banlieues de la ville, mais elle avait été modestement propre et présentable. Maintenant, sous la lueur de la lune et des quelques lampadaires qui n'avaient pas brûlé ou été brisés, le quartier faisait carrément minable.

En s'approchant du seuil, Brooke remarqua les fêlures et craquelures de la peinture de la petite maison blanche, les pots vides garnis autrefois de géraniums rouges et gais, l'ampoule brisée de la lumière du porche, une lumière jadis toujours allumée pour accueillir les invités. Brooke se demanda quand une ampoule neuve avait été vissée dans la douille pour la dernière fois.

— Ça a changé, non ? dit soudain Stacy. Ce n'était pas un palais, mais ça avait meilleure gueule que ça. Je veux parler d'il y a quinze ans.

— Comment peux-tu savoir à quoi ressemblait cette maison il y a quinze ans ? aboya Brooke. Tu m'as dit que tu avais grandi dans l'Ohio. Tu as vu des photos dans les journaux ?

— Je l'ai vue de mes propres yeux.

— Oh, renvoya Brooke d'un ton cinglant. Tu faisais partie des touristes titillés par le « crime des roses » ?

— Non, répondit Stacy avec un petit rire. J'étais loin d'être venue en touriste. Entre.

Brooke hésita, elle avait l'impression qu'elle n'arriverait pas à faire un pas à l'intérieur, avec ses souvenirs abominables. Mais elle sentit le canon du revolver contre sa nuque.

— Je t'ai déjà dit d'entrer. Tout de suite.

Brooke ouvrit la porte et fit un pas dans une obscurité quasi totale. Quasi. Il y avait assez de lumière extérieure pour qu'elle puisse distinguer l'escalier — l'escalier qu'elle avait descendu et d'où elle avait vu Zach Tavell penché sur le corps de sa mère, un revolver à la main.

La maison sentait le renfermé. Brooke savait qu'elle avait accumulé pendant des années les odeurs de poussière, de moisi et de bois pourri, à cause des fuites qui n'avaient jamais été réparées, mais elle pouvait également sentir quelque chose d'autre. La mort. « Cette maison sent la mort », pensa-t-elle avec une conviction qu'elle tenta d'étouffer. Anne Yeager Tavell avait été assassinée dans cette maison quinze ans auparavant. Il ne devrait plus y avoir d'odeur de mort.

Pourtant Brooke la sentait.

— J'ai fait quelques préparatifs ici aujourd'hui quand j'ai appris que ta grand-mère était mourante et qu'on allait en arriver là, expliqua tranquillement Stacy. Nous ne pouvons pas rester ici à parler dans le noir.

Une lumière s'alluma près de Brooke et elle s'aperçut que Stacy s'était baissée et avait allumé une lanterne à piles.

— Voilà, c'est mieux comme ça, tu ne crois pas ?

Brooke garda le silence et la voix de Stacy se durcit.

— Je t'ai demandé si tu pensais que c'était mieux comme ça ?

— Beaucoup mieux.

— C'est aussi mon avis. Maintenant passons aux autres.

Stacy lui passa devant en souriant.

— Et ne va pas t'imaginer que c'est le moment de saisir ta chance, que tu vas pouvoir t'enfuir pendant que j'allume les lanternes ! Ça ne marchera jamais.

— Je n'ai pas… Je ne veux pas…

— Bien sûr que si, tu le ferais. N'importe qui essaierait. C'est juste qu'il se retrouverait mort. Et notre Brooke est bien trop rusée pour ça. Alors, tiens-toi parfaitement tranquille pendant que j'allume une autre lampe.

Stacy recula, et, le revolver toujours braqué sur la tête de Brooke, elle se baissa et alluma une lampe près de l'escalier, puis fit la même chose avec une troisième à l'entrée du salon.

— Jay dit toujours que j'ai des yeux dans le dos. Je viens de t'en donner un bon exemple, tu ne crois pas ?

— Si, sans doute…

Brooke promena sa langue sèche sur ses lèvres tout aussi desséchées.

— Stacy, qu'est-ce que c'est que cette histoire ?

— On dit que certaines sœurs arrivent à lire l'esprit des autres. Mais pas nous. C'est peut-être parce que nous ne sommes que pratiquement demi-sœurs.

— Demi-sœurs ?

— Oui. Sur mon extrait de naissance, je m'appelle Lila Stacy Cox. Je devrais m'appeler Lila Stacy Tavell, mais Zach a dit à ma mère — Nadine — qu'il refusait de me reconnaître. Elle a bien essayé de me dire plus tard qu'il était gêné parce qu'ils n'étaient pas mariés, mais je connaissais la vraie raison. Il ne voulait avoir aucun lien avec nous — aucun lien entre lui, et Nadine et moi. Il avait toujours su qu'il allait partir un beau jour et nous abandonner sans laisser de coordonnées ni même un petit mot. Et c'est exactement ce qu'il a fait.

— Zach… Zachary Tavell est ton père ?

— Oui. Il sortait avec ma mère quand elle était

très jeune. Elle semblait stupide aux yeux de certains, mais elle ne l'était pas, elle était naïve, voilà tout.

Stacy se plaça à côté d'une lanterne. La lumière amplifiait sa taille, ses pommettes saillantes, les creux où ses yeux gris granit brûlaient de haine pour Brooke. Cette dernière eut l'impression d'être une petite fille recroquevillée sur elle-même, tandis qu'elle s'agrippait de plus en plus à la cage d'Elise, même si elle devenait lourde et si la chienne craintive tremblait à l'intérieur. « Tu trembles pour nous deux, Elise, pensa Brooke, parce que je suis trop effrayée pour bouger. »

Elle ne pouvait pas bouger, mais elle arrivait encore à parler. Si elle parlait assez longtemps, peut-être que quelque chose se passerait. Peut-être que les forces de police de toute la ville finiraient par débarquer et…

— J'ai l'impression que tu n'es pas attentive, aboya Stacy.

— Excuse-moi. Je suis tellement surprise. Je ne sais pas quoi te dire, ni quoi te demander. Tu devrais tout me raconter à ta manière. Je ne t'interromprai pas.

— Bien sûr que non. Tu es bien trop polie pour interrompre, n'est-ce pas ?

La voix de Stacy devint aiguë et doucereuse.

— Brooke Yeager, une vraie petite dame. Une fille charmante. Très bien élevée. Et la pauvre petite a pourtant eu la vie si dure. Quel dommage !

La voix de Stacy passa dans les graves.

— Eh bien, je peux te dire que ta vie était une partie de plaisir absolu comparée à la mienne.

— Est-ce que je peux poser Elise dans sa cage ? Après tu me raconteras ta vie.

— Comme si tu te souciais de ma vie.

— Bien sûr, dit Brooke, ne sachant si elle s'en souciait vraiment, si elle était curieuse ou si elle essayait juste de gagner du temps.

Peu importait. Tout ce qu'elle voulait, c'était de faire traîner ce moment qui précédait forcément la violence.

— Très bien, pose ton précieux chien. Sans mentir, je te jure que tu traites ce chien mieux que je l'ai été.

— Comment as-tu été traitée ? demanda Brooke, posant la cage par terre d'un geste lent.

— Pas mal au début. Du moins je le crois, mais enfin, quels souvenirs garde-t-on du temps où l'on était bébé ? Mais j'ai vu des photos de Zach avec ma mère. Elle n'avait que dix-sept ans quand je suis née. C'était une gamine, elle aussi, même si elle avait déjà un bébé. Il est mort, juste après ma naissance. Zach avait une vingtaine d'années et avait déjà eu des ennuis. Mais d'après maman, il essayait de s'en sortir, avec son aide.

Elle éclata d'un rire mauvais.

— C'est juste qu'il ne voulait pas l'épouser, même si elle lui avait donné un enfant. Mais il me traitait gentiment, poursuivit Stacy. Maman disait qu'il m'adorait. J'étais sans doute un divertissement, quelque chose de nouveau dans sa vie. Et ma mère était une femme superbe. Il était toujours fier d'être vu avec elle, fier de dire que c'était sa copine.

Elle marqua une pause et son visage se durcit.

— Mais quand j'avais quatre ou cinq ans, la situation a commencé à changer. Il ne tenait plus en place. Il y avait toujours des mecs à la maison qui buvaient et jouaient aux cartes. Zach se saoulait et il lui arrivait de frapper maman. Elle pleurait et elle saignait…

Stacy s'arrêta et une horreur ancienne réapparut sur son visage. Puis elle poursuivit :

— Mais il ne m'a jamais touchée, moi. Jamais. Maman disait qu'il la frappait parce qu'elle l'énervait et qu'elle le méritait, mais qu'il ne me toucherait jamais parce qu'il m'aimait trop. Et puis un beau jour, il est parti. Pas un mot, pas une note, rien. Il est parti comme ça. Maman l'a cherché partout, mais c'était comme s'il s'était volatilisé. Et nous nous sommes retrouvées toutes seules.

Les yeux de Stacy devinrent flous — comme dans un rêve, perdus dans le passé.

— Les parents de maman ont refusé de nous accueillir. Elle n'avait aucun ami — Zach l'interdisait. On réussissait à survivre avec ce qu'elle gagnait en travaillant dans une épicerie, mais elle n'arrêtait pas de tomber malade. Elle avait toujours eu une petite santé. Alors, bien sûr, elle a perdu son boulot. Puis le suivant, et celui d'après. Finalement, en désespoir de cause, elle s'est acoquinée avec un *loser* qui lui avait promis de s'occuper de nous. Elle se fichait bien de lui, elle voulait simplement un peu de sécurité financière pour moi. Et lui, tout ce qui l'intéressait, c'était son beau visage et son beau corps. Il a eu ce qu'il voulait. Et en plus de ça, il a réussi à l'accrocher à l'héroïne.

Brooke ouvrit la bouche, mais Stacy lâcha :

— Si tu oses me dire « je suis désolée », je te fais immédiatement sauter la tête.

Brooke s'empressa de fermer la bouche.

— Donc, le sauveur de maman est resté deux ans avec nous. Puis la santé de maman s'est encore détériorée, avec toutes les belles choses que l'héroïne peut faire au système. Le type a donc décidé de s'en aller. Et encore une fois, pas d'adieu, pas la moindre pensée, si ce n'était pour l'autre femme qu'il avait commencé à fréquenter. J'avais sept ans à l'époque. Maman a essayé de s'occuper de moi en dépit de tout, mais elle était tombée trop bas. L'héroïne lui dictait sa vie et elle n'avait jamais réussi à remonter la pente après le départ de Zach. C'était l'amour de sa vie.

Un sourire amer se dessina sur le visage de Stacy.

— Et tu sais quoi ? Zach était aussi l'amour de ma vie. N'est-ce pas le comble du ridicule ? Mais c'était mon papa. Je l'adorais. J'étais sûre que s'il revenait, nous pourrions reformer une famille. Il aurait pu guérir maman. Il aurait pu tout arranger. Mais je n'avais pas la moindre chance de le trouver. Puis c'est le gouvernement qui l'a retrouvé. Zach a confirmé qu'il avait effectivement fréquenté une Nadine Cox des années auparavant, mais qu'il n'avait jamais entendu parler de Lila Cox. Il a même demandé si Lila Cox était la sœur de Nadine ! Ils n'avaient pas de test d'ADN à l'époque. Alors ils ont placé ma mère en cure de désintoxication et lui ont retiré ma garde. Tu sais ce qui arrive à une mignonne petite fille dans une mauvaise famille d'accueil ? Oh, je sais, tu as été placée dans une famille d'accueil pendant — quoi ? Deux mois. Mais je suis sûre que le père ne t'a pas trouvée, comment dire, attirante, d'un point de vue sexuel. J'ai eu deux familles comme ça avant d'avoir dix ans. Et quand les épouses s'en sont aperçues, c'est moi qu'elles ont tenue pour responsable, et c'est moi qu'elles ont frappée.

Brooke et Stacy sursautèrent ensemble quand le portable de Brooke se mit à sonner. On aurait dit une alarme dans cette petite maison sombre et moisie. Brooke grimaça, craignant que le choc effraie Stacy et qu'elle lui tire dessus, mais après la première sonnerie, elle retrouva son sang-froid. Elle resta immobile tandis que le téléphone continuait de sonner. Après cinq sonneries, il s'arrêta.

— Je parie que c'est Vincent, dit Stacy en grimaçant. Vincent Lockhart, qui recherche… comment t'appelle-t-il déjà ?… ah oui, sa Fille Cannelle. Mais tu es la seule fille disponible en ce moment, ma douce. Il t'oubliera dès qu'il sera rentré en Californie.

— Je le sais bien, dit docilement Brooke.

— Tu en es sûre ? Pas moi. Tu n'as pas l'habitude qu'on t'oublie, si ? Oh, je sais, tu as eu des petits drames dans ta vie, mais tu t'en es toujours sortie avec plus d'amour et d'attention qu'avant. Mais être oubliée… je crois que c'est encore pire que ce qui m'est arrivé au fil des ans dans ces familles d'accueil. Les familles n'étaient pas toutes mauvaises, bien sûr, mais j'ai réussi à me faire jeter des bonnes. J'imagine que j'ai commencé par les mauvaises et elles m'avaient… changée. Quand je suis arrivée aux bonnes, je ne savais plus comment me comporter en gentille petite fille. Mais pendant toutes ces années, où ma mère ne s'est jamais assez rétablie pour pouvoir s'occuper de moi, j'ai continué à penser à Zach. Je pensais à la petite famille heureuse que nous avions constituée. Je suis sûre que j'ai embelli un peu mes souvenirs, je les ai rendus plus tendres, pleins d'amour, plus chaleureux qu'ils n'avaient jamais été, mais j'y croyais à l'époque. Je me suis donc dit que si je trouvais Zach, si je pouvais lui raconter tout ce qui nous était arrivé, à moi et à maman, il allait nous aider. Il ferait sortir maman de cet endroit plein de junkies sans espoir. Il me ferait oublier toutes les agressions sexuelles et les tabassages que j'avais subis et nous reformerions une famille heureuse. Il fallait que je le trouve, c'était tout. Alors à quinze ans, j'ai fugué de ma dernière famille d'accueil et je me suis mise à le chercher.

Elle marqua une pause.

— Ça m'a pris un an, mais j'y suis arrivée. J'ai trouvé Zach.

— Tu l'as retrouvé quand tu avais seize ans ? demanda Brooke en effectuant rapidement quelques calculs. C'était donc à l'époque où il était avec ma mère.

— Exact. Il était devenu un homme respectable, avec son propre petit studio de photographie — il avait toujours été bon photographe. Il avait épousé une belle veuve avec une mignonne petite fille. Il avait un beau foyer. Et pendant ce temps, maman et moi…

La voix de Stacy se brisa, tandis qu'elle baissait légèrement la tête. Puis elle la releva et fusilla Brooke du regard.

— Tu sais ce que ça m'a fait de découvrir tout ça ?

— Je peux l'imaginer, dit faiblement Brooke.

— Non, tu ne le peux pas. Ton père ne t'a pas consciemment abandonnée, puis reniée, pour se lancer dans une vie toute nouvelle. Il est mort. Puis

Zach est arrivé pour sauver la mise : maman et moi, on pouvait bien aller au diable.

Elle soupira.

— Mais en dépit de ma colère, j'ai persisté à croire qu'il pouvait encore nous sauver. Je me disais que s'il me voyait, s'il entendait ce qu'on avait dû traverser, moi et maman, il se sentirait assez coupable pour vous quitter Anne et toi et revenir dans sa vraie famille, auprès de sa vraie fille.

Elle se tut et son regard se perdit au-delà de Brooke.

— Mais j'avais tort, n'est-ce pas, Zach ?

2

Brooke se retourna et vit un homme grand, extrêmement mince, à moins d'un mètre d'elle. Ses cheveux étaient plus blancs que noirs, son visage marqué de rides profondes, ses paupières cachaient à moitié ses yeux noirs, ses lèvres étaient plus fines, mais à part cela, c'était bien le Zachary Tavell dont elle se souvenait.

Zach avait les yeux fixés sur Stacy, pas sur Brooke.

— Tu savais que tu allais me trouver ici, n'est-ce pas ?

— Oui, répondit-elle simplement. La police a fouillé la maison après ton évasion de prison, mais ils ont abandonné ces derniers jours. Je suis revenue un soir et je t'ai vu par la fenêtre.

Ses yeux gris se plissèrent en dévisageant le long corps de l'homme de la tête aux pieds.

— Tu es souffrant, n'est-ce pas ?

Dans l'étrange lumière que diffusaient les lampes à kérosène, Brooke découvrit le visage blême de Zach couvert de sueur et ses grandes mains tremblantes.

— Je crois que j'ai une infection, dit-il.

— C'est la blessure par balle. Quelle idée ridicule d'essayer d'aller chercher Brooke dans la maison Lockhart.

— C'est toi qui y es allée la première, souviens-toi, dit Zach à Stacy. J'essayais de t'empêcher de lui faire quelque chose.

— Comme c'est touchant. Tu voulais la protéger ?

— C'est toi que je voulais protéger, Lila, dit Zach. Si je ne m'étais pas interposé, ils t'auraient peut-être tiré dessus. Peut-être tuée.

Stacy eut l'air surprise, presque attendrie, mais elle se durcit à nouveau.

— Tu t'es fait soigner ?

— Je croyais que je pouvais me débrouiller tout seul.

— Visiblement, tu t'en es mal tiré, répliqua-t-elle d'un ton acide.

« C'est vrai, mais il vivra assez longtemps pour m'éliminer avant de mourir », pensa Brooke. Sauf que quelque chose clochait dans cette scène, surtout quand Zach racontait qu'il avait voulu protéger « Lila » de la maison Lockhart.

— Je ne comprends pas, s'aventura Brooke, qu'est-ce que c'est que cette histoire ?

Stacy regarda Zach.

— Tu lui dis ou je lui dis ?

Zach resta silencieux.

— Bon, je vois que c'est à moi de mener la danse. Où en étais-je ? Ah oui. J'ai fini par retrouver Zach. Pour tout dire, j'avais espéré une réception plus chaleureuse. Il était horrifié de me voir. Même après lui avoir dit que je n'avais pas l'intention de lui attirer des ennuis : je voulais juste qu'il fasse sortir maman de cette espèce de centre de cure et qu'il vienne vivre avec nous deux. Mais il a refusé.

— J'étais marié, dit Zach d'une voix faible et éraillée.

— C'était un point de détail. Tu étais responsable de maman et moi. Nadine et Lila. Mais il ne voulait même pas en parler, Brooke. Comment peut-on se laver ainsi les mains de son enfant, sa chair et son sang, et de la mère de son enfant ? Alors j'ai commencé à faire pression. Je lui ai dit que si je n'obtenais pas ce que je voulais, je dirais tout à ta mère. Ça l'a rendu nerveux.

C'est à ce moment-là que les choses avaient commencé à changer, songea Brooke. Zach n'avait jamais été particulièrement chaleureux avec elle, mais au moins, leur vie de famille avait été calme. Puis il s'était mis à répondre sèchement à Anne, à boire et à se disputer à propos de rien. Il était à bout de nerfs, comprenait-elle maintenant, terrifié des saccages que « Lila » pouvait faire dans sa vie.

— Je t'ai proposé de l'argent, dit Zach. Je t'ai proposé tout ce que je possédais pour que tu me laisses en paix. Mais tu as refusé. Tu t'es même mise à entrer en douce dans la maison quand Anne était absente, à lui voler des objets.

« Le coupe-papier, pensa Brooke, l'alliance. »

— J'avais honte de ce que j'avais fait, à toi et à ta

mère. Dieu, tu nc peux pas savoir à quel point j'avais honte.

— Pas au point de nous aider.

Zach baissa la tête.

— Je n'étais pas assez fort. Je n'ai jamais eu beaucoup de volonté. Mais je voulais être bon, et j'avais juré devant Dieu de m'occuper d'Anne et de Brooke.

— Quel acte honorable après ce que tu avais fait à maman et à moi, renvoya Stacy d'un ton sarcastique, en se tournant vers Brooke. Je me suis donc dit que si vous deux n'existiez pas, mon faiblard de père ferait peut-être son devoir. J'ai attendu un soir, où il était censé être à Columbus, car je voulais qu'il ait un alibi, et je suis entrée dans cette maison, armée, décidée à vous éliminer toutes les deux.

Brooke se sentit mal. Stacy était plantée devant elle — cette femme drôle, sarcastique, charmeuse et souvent sympathique, son amie depuis plus d'un an — en train de lui raconter qu'elle avait voulu l'assassiner, ainsi qu'Anne. Elle avait l'impression de rêver.

— C'est toi qui as tué ma mère ? demanda Brooke en un murmure.

Le sourire de Stacy était sinistre.

— Oui, c'est moi. J'aurais voulu que tu voies la tête qu'elle a fait quand elle m'a vue dans son salon avec un pistolet. Zach est entré juste à ce moment-là. Il a essayé de me désarmer, mais j'ai réussi à tirer trois coups. Puis tu as descendu l'escalier. J'aurais pu t'avoir, toi aussi, mais on a entendu des bruits à l'extérieur. Je suis partie en courant.

Elle se tourna brusquement vers Zach.

— Il a essayé de s'enfuir, lui aussi, mais tes voisins l'ont eu.

Brooke regarda Zach.

— Tu n'as donc pas tué maman ? C'est elle qui l'a tuée ?

Il acquiesça d'un signe de tête.

— Mais tu les as laissés te condamner pour assassinat.

— Il y a une part d'égoïsme en moi. J'ai essayé de m'en sortir avec cette histoire de cambrioleurs entrés par effraction que j'aurais poursuivis. Mais mon histoire ne se tenait pas. Il me restait une chance : parler de Lila à la police. Et je dois reconnaître que j'y ai longuement réfléchi. Mais je ne dois pas être complètement mauvais, j'ai décidé que j'avais causé assez de mal. À Lila. À Nadine.

Sa voix s'étrangla.

— À Anne. Ma vie était finie et pour ce que j'en avais fait, si je passais le restant de mes jours derrière les barreaux, ça n'avait guère d'importance.

Le portable de Brooke se remit à sonner dans son sac. Stacy sourit.

— L'amant tenace, à tous les coups. Avais-tu rendez-vous avec lui ce soir ?

— Non.

— J'imagine qu'il a juste envie d'entendre le son de ta voix.

Son sourire disparut.

— Ce truc commence à m'énerver.

— Je peux l'arrêter si tu veux, proposa Brooke dans un moment d'inspiration. Sinon, il va sonner toutes les cinq minutes.

Stacy sembla y réfléchir. Le téléphone continuait à sonner. Elle finit par dire :

— Vas-y. Ça me rend folle.

Rapidement, avant qu'il arrête de sonner, Brooke sortit le téléphone de son sac et poussa le bouton pour répondre. Puis avant que Vincent ne lance un bonjour bruyant, elle dit d'une voix aiguë :

— Ça va mieux comme ça, Stacy ? Est-ce que tu peux arrêter de braquer ton arme sur moi ?

— Bon sang, Brooke, je ne suis pas sourde, pas la peine de hurler comme ça.

— Excuse-moi. Je me sens nerveuse. Terrifiée.

— Alors aujourd'hui, c'est ton jour.

« Dieu merci, Stacy parle toujours fort », pensa Brooke. Elle était sûre que Vincent pouvait l'entendre. Et elle se félicitait qu'il n'ait pas dit mot, même si elle était sûre qu'il écoutait. En tout cas, elle priait pour qu'il soit à l'écoute et qu'il n'ait pas raccroché avant qu'elle ait pris la communication.

Brooke dit lentement.

— Stacy, qu'est-ce que tu as fait cette nuit-là, après avoir tué maman ici ?

Brooke ne savait pas s'ils étaient capables de situer l'emplacement de téléphones portables, mais elle avait réussi à dire ici. Ils se trouvaient dans la maison où Anne avait été assassinée. Vincent ignorait où elle était, mais la police le saurait.

Stacy resta silencieuse quelques instants et Brooke craignit qu'elle n'ait compris son manège avec son téléphone. Elle se retint même de respirer de peur qu'elle lui tire dessus immédiatement. Mais quand Stacy reprit la parole, c'était avec cette intonation lointaine de quelqu'un qui va fouiller dans sa mémoire.

— Mon instinct me soufflait de m'éloigner le plus possible avant que Zach me dénonce. Mais comme il ne disait rien, j'ai suivi avec une étrange fascination ce qu'il allait faire quand les choses tourneraient mal pour lui. Je voulais voir combien de temps il prendrait pour craquer. Mais il n'a pas craqué. Jamais. Je n'arrivais pas à y croire. Après sa condamnation, je suis restée ici. Je m'étais fait quelques amies parmi les « filles de joie », ce joli euphémisme pour les prostituées. C'est comme ça que je gagnais ma vie, tu sais. Je faisais le trottoir. Et je peux te dire que j'y ai croisé des femmes qui avaient des cœurs deux fois plus charitables et généreux que les femmes soi-disant respectables du monde. Mais après, j'ai rencontré un mec qui voulait me garder pour lui tout seul et il m'a fait travailler dans son magasin.

— Chez Chantal ?

— Non, un autre. J'ai perdu ce premier boulot après avoir rencontré Jay. Je suis vraiment tombée amoureuse de lui, et ça n'a pas plu à mon « parrain ». Dieu merci, Jay ne s'est jamais penché sur mon passé. Il peut être tellement naïf et plein de confiance parfois. C'est une des choses que j'adore chez lui. En moins d'un an, nous étions mariés.

Son ton se fit acerbe.

— J'avais le type d'existence que ma mère avait toujours voulu, toujours mérité, mais jamais connu. Je lui rendais tout le temps visite, mais les drogues et la déprime avaient laissé leurs traces. Elle m'appelait par mon nom et il nous arrivait même d'avoir un semblant de conversation de temps en temps. Je reprenais alors espoir. Je pensais pouvoir l'aider à se rétablir ; je l'avais tant aimée.

Elle avait progressivement baissé et adouci sa voix, mais elle la rehaussa pour crier :

— Je l'aimais autant que tu aimais la tienne, Brooke, même si tout le monde pensait qu'Anne méritait cet amour et que Nadine ne valait rien. Elle ne valait rien aux yeux de personne, sauf aux miens. Elle ne valait rien aux tiens, ça, c'est certain !

Stacy dirigea le revolver vers Zach. Il grimaça, mais ne bougea pas. Il était gris, il suait à grosses gouttes et il tremblait. « Il est vraiment mal en point, pensa Brooke. Et ça n'est pas récent. Voilà des jours qu'il se cache dans cette maison et se laisse mourir — dans cette maison qui n'a pas de téléphone. »

— Stacy, les fleurs, les petits mots, les colis. C'est toi qui me les as envoyés ? demanda Brooke.

Stacy ricana.

— Évidemment. Sauf la carte que tu as reçue par courrier, répondit-elle en se tournant vers Zach. Tu avais écrit « c'est ton tour » et tu l'avais postée dans la boîte au coin de la rue, n'est-ce pas ?

Il acquiesça.

— C'est la seule fois où Zach t'a personnellement contactée, pour t'avertir.

Stacy émit un son dégoûté, puis regarda Brooke droit dans les yeux et finit par dire :

— Tu vois, ce n'est pas Zach qui essaie de te tuer, Brooke. C'est moi.

— Depuis combien de temps mijotes-tu ça ? parvint à demander Brooke en sentant des soubresauts parcourir son corps.

— Ma mère n'est pas morte quand j'avais dix-huit ans comme je te l'avais dit. À Noël il y a deux ans, un fainéant d'infirmier a laissé maman s'emparer d'un objet tranchant et elle s'est ouvert les poignets. C'est là que j'ai décidé que je devais te tuer. Je voulais le faire depuis quinze ans, quand je pensais pouvoir reconstruire ma famille et tout arranger. C'est à cause d'Anne et toi que je n'y suis pas arrivée. J'avais fait payer Anne, mais tu m'avais échappé. Après le suicide de maman, j'ai décidé que tu ne t'en tirerais pas comme la première fois. Heureusement que je t'avais épiée toutes ces années. J'avais même réussi à convaincre Jay de louer l'appartement voisin du tien. Je pense à tout, Brooke, dit-elle en grimaçant. Et je suis très intelligente.

— Elle m'écrit en prison depuis des années, souffla Zach de sa voix éraillée. Après la mort de Nadine, ses lettres ont changé de ton. Elles étaient pleines de haine pour moi, mais surtout pour toi, Brooke. Je la savais dangereuse. C'est à ce moment-là que j'ai commencé à préparer mon évasion. Je devais la sauver.

— Me sauver ? s'exclama Stacy. Tu veux dire que tu voulais sauver Brooke !

— Elle aussi, mais je voulais surtout te sauver toi, te protéger contre toi-même. Tu es ma fille.

Stacy éclata de rire.

— Oh ! Ta fille ! Et tu m'aimes plus que tout, hein ? Bon Dieu, Zach, on m'avait prévenue que tu étais devenu bizarre en prison, mais t'as vraiment pété un câble cette fois.

— Lila, je t'aime, vraiment. J'imagine que je t'ai toujours aimée, mais j'étais trop bête pour le comprendre quand j'étais jeune.

Il fut secoué d'une violente quinte de toux. Brooke pensa à la toux sèche et saccadée d'une pneumonie. Il se remit et essuya la transpiration de son front.

— Au fil des ans, j'ai eu le temps de penser à ce

que j'avais fait à Nadine, et à ce que je t'ai fait à toi, ma petite fille.

— Ta gueule ! lança Stacy en lui jetant un regard haineux. Je ne peux plus supporter de t'entendre.

Brooke — terrifiée par Zach pendant des jours — avait à présent peur que Stacy lui tire dessus. Elle ne prit pas le temps d'analyser ses émotions, elle passa à l'action.

— Zach, est-ce que tu es allé voir Großmutter à l'hospice ?

Il acquiesça :

— Lila m'avait dit où elle était, dans une de ses lettres. Je n'allais pas si mal à ce moment-là. J'y suis arrivé, mais Greta a eu trop peur pour pouvoir m'écouter.

Stacy étouffa un rire.

— Ce n'était pas la décision la plus rusée de sa vie, mais les flics t'ont bien dit qu'il était devenu taré.

— Je voulais que Greta avertisse Brooke, dit Zach d'une voix pitoyable.

— Pas sans te ménager, comme d'habitude, aboya Brooke. Pourquoi n'as-tu prévenu personne d'autre sur les intentions de Stacy ?

Le visage fatigué de Zach se rida davantage.

— Je t'ai dit que j'essayais de la protéger. Je pensais que si je t'en avais parlé, tu l'aurais tenue à l'écart et que ça aurait suffi. Alors que si j'en avais parlé aux flics, ils auraient fouillé dans son passé et elle aurait tout perdu.

— Je vois.

Brooke se tourna vers Stacy.

— Et les roses ?

— C'est moi qui les ai envoyées, en utilisant les

numéros de cartes de crédit des clientes de chez Chantal.

— Et la fille à l'église avec le vase de fleurs ?

Stacy sourit.

— Une jeune fille de joie. Je l'avais vue faire le trottoir un soir dans une jupe qui lui couvrait à peine le slip, avec une tonne de maquillage, et pourtant elle te ressemblait. Elle était contente de se faire quelques dollars supplémentaires. Et elle a trouvé le tour de passe-passe — excusez le jeu de mots — plutôt amusant.

— Et le planétarium ?

— Même fille. Je lui ai dit que le truc dans la bouteille ne ferait qu'esquinter ta robe et te picoter un peu.

Stacy avait dit tout cela avec le sourire, mais elle le perdit.

— Mais quand elle a vu tout ton cinéma de souffrante sur les marches du Clay Center et l'arrivée de l'ambulance, elle a pris peur. Elle n'a plus voulu me rendre de services, puis elle a mis sa petite cervelle au boulot. Elle a voulu un peu d'argent pour la fermer. Elle est venue à mon appartement. Dieu merci, Jay n'était pas là, mais nous avons eu une sacrée engueulade. Si j'avais pu la faire entrer, je l'aurais tuée, mais elle était trop rusée pour ça. Elle s'est contentée de rester dans le couloir, à hurler qu'elle avait obéi à mes ordres et à exiger plus d'argent. Juste après son départ, j'ai vu Eunice sortir de ton appartement. Elle était allée fouiner — je t'avais bien dit qu'elle fouinait — et je savais qu'elle avait entendu tout ce que cette petite traînée avait dit. Alors, il fallait me débarrasser d'elle.

Elle se remit à sourire.

— Merci de me l'avoir envoyée au sous-sol, Brooke. Je t'avais entendue lui dire qu'Harry y était peut-être, en arrivant dans le vestibule. Elle se dirigeait déjà vers les caves quand Vincent et toi avez couru vers l'ascenseur. Vous ne m'avez même pas vue partir au sous-sol.

— Et Harry ?

— Je ne lui ai rien fait. Je n'avais pas la moindre idée de là où il était. Désolée, Brooke, mais je ne suis pour rien dans cette histoire d'Harry.

— Seulement celle de Robert, Mia et Eunice.

— Oui. Pour Mia, c'était un accident plutôt embarrassant. Et Robert, aussi ridicule que ça puisse paraître, était devenu trop imprévisible. Je suis sortie de ma voiture ce soir-là et je l'ai surpris en train d'escalader l'escalier de secours. Il allait pénétrer dans ton appartement. Il était si désespéré que j'ai eu peur qu'il te tue, et je ne voulais pas qu'on m'enlève ce plaisir-là. Heureusement que j'avais le coupe-papier de ta mère sur moi. J'avais eu l'intention de l'utiliser pour te ficher la trouille avec une autre tactique, mais je crois que, finalement, c'était mieux comme ça.

— Et qu'est-ce que tu comptes faire, maintenant ? lui demanda Brooke. Tu veux me tuer et disparaître, abandonner ton ancienne vie, quitter Jay ?

Stacy eut l'air surprise pour la première fois.

— Je n'ai jamais eu la moindre intention de quitter Jay. Ni d'abandonner mon ancienne vie. Je vais me contenter de rentrer à l'immeuble, de dire à Jay que je t'ai vue sur le parking, en train de parler à un homme, puis que tu es montée dans sa voiture. J'ai essayé de te suivre. J'avais peur de perdre trop de temps si je rentrais pour avertir la police. Il me sermonnera d'avoir fait quelque chose d'aussi imprudent, mais je pleurerai et me fondrai en excuses et il me pardonnera. Dans un ou deux jours, la police décidera de fouiller à nouveau cette maison et y retrouvera ton corps.

Un petit gémissement s'échappa d'Elise, comme si elle avait compris, ce qui fit rire Stacy.

— Et ils trouveront ton chien loyal, mort à tes côtés. Je n'ai jamais pu supporter ce chien, tu sais.

— Maintenant, je le sais, dit Brooke avec une pointe d'ironie. Et Zach ? Tu n'as pas peur qu'il dise la vérité à la police ?

— Qui le croirait ? demanda Stacy. Et puis, les policiers ne risquent pas de le retrouver.

— Ne risquent pas de me retrouver ? répéta Zach, d'une voix encore affaiblie. Où crois-tu que je vais aller ?

— Je n'ai pas encore décidé, mais ne t'attends pas à beaucoup de pitié de ma part. Tu as perdu ce droit depuis longtemps.

Stacy inclina la tête et regarda Brooke avec des yeux de la couleur d'un étang gelé.

— Bon, je suis partie de l'appartement depuis longtemps. Je crois qu'il est temps de mettre un terme à notre petit drame.

Stacy fit quatre pas en direction de Brooke, puis, arrivée à un mètre, elle lui braqua le revolver sur le front. Leurs regards se croisèrent et se soutinrent pour des secondes que Brooke trouva interminables. Stacy ne cilla pas. Brooke essayait désespérément de dissimuler de violents frissons. La fin était venue, elle le savait, mais pour une raison idiote, elle refusait de faire voir sa peur à Stacy.

Brooke crut entendre une portière claquer dans

le lointain et elle reprit espoir. Puis elle se souvint qu'elle était dans un quartier comme les autres, une voiture s'était simplement garée devant une autre maison et quelqu'un en était sorti.

Mais Stacy avait elle aussi entendu la portière et elle s'était raidie. Sans trembler, avec des gestes délibérés, complètement imperturbable, elle tenait le revolver et l'arma de sa main droite. Brooke garda les yeux ouverts, mais réussit tout de même à en chasser l'image de Stacy pour la remplacer par une autre : le souvenir de sa danse avec Vincent, chez elle, dans la lueur des bougies.

Le coup partit avec une intensité effroyable. Brooke entendit Elise hurler de peur et de désespoir. Brooke attendit la douleur. La perte de conscience. Son effondrement pratiquement au même endroit que sa mère quinze ans avant.

Puis elle entendit un grognement. Mais elle ne sentit rien. Elle écarta brutalement le souvenir de sa danse avec Vincent pour revenir à la réalité de la scène se déroulant devant ses yeux et dans laquelle Zach, planté devant Stacy, tomba sur elle, son corps raide et droit comme une planche. Stacy leva les bras quand la tête heurta sa poitrine. Elle recula et Zach s'effondra. Le regard de Stacy se fixa sur lui, puis sur son tee-shirt couvert de sang puis à nouveau sur lui, comme hypnotisée.

— Il t'a sauvé la vie, dit-elle, stupéfiée.

Puis elle se tourna vers Brooke avec le genre de venin que celle-ci n'avait jamais vu dans un œil humain.

— Il m'a abandonnée, mais pour toi, il a donné sa vie. Pour toi, espèce de petite salope pleurnicheuse, gâtée et faible.

Stacy leva à nouveau son arme. « J'ai eu de la chance la première fois, se dit Brooke. Impossible d'en avoir deux fois de suite. » C'était fini. Elle se tint droite, refusant de fermer les yeux, pensant à sa mère cette fois-ci — à sa mère jeune et belle, en train de rire comme elle le faisait quand papa était encore en vie.

Elle entendit à nouveau Stacy armer le revolver. Brooke se raidit. Puis la porte d'entrée s'ouvrit en grand et un homme cria :

— Jette ton arme !

En y réfléchissant plus tard, Brooke sut avec certitude qu'à ce moment-là, son instinct avait pris le dessus. Sans réfléchir, elle se jeta par terre, les mains sur la nuque, puis le coup partit et elle sentit des échardes tranchantes lui tomber dessus. Elle pensa que la balle avait touché la fenêtre derrière elle. Puis elle entendit encore une voix d'homme :

— Jette-la immédiatement !

Un tir. Un autre. Un bruit aigu, une lamentation qui provenait d'une femme, puis un coup sourd contre un mur.

— Elle est à terre !

Brooke entendit des pas lourds entrant dans la maison. Pas ceux d'une seule personne. Ni de deux. Un homme ordonnant :

— Ne vous approchez pas, monsieur.

Quelqu'un courut vers elle. Elle eut peur. Puis de forts bras l'enlacèrent et ses mains et sa tête furent couvertes de baisers.

— Brooke, c'est Vincent. Tout va bien, maintenant.

Lentement, Brooke se dégagea et leva le regard sur Stacy, effondrée contre un mur, son épaule gauche et le mur couverts de sang, le revolver encore dans sa main flasque. Puis il s'échappa de ses doigts et tomba dans un claquement. Hal Myers tendit la main vers le revolver. Jay Corrigan tendit la sienne vers sa femme.

Brooke détourna immédiatement son regard de Stacy et regarda droit dans les beaux yeux verts de Vincent.

— Ça va ? demanda-t-il.

— Je… oui. Sans doute, marmonna Brooke.

— Dieu soit loué, dit Vincent en la serrant contre son corps tiède et musclé.

Brooke perdit toute notion de temps. Une ambulance arriva. Puis une autre. Zachary Tavell fut reconnu mort sur place. L'épaule de Stacy avait été endommagée par un tir de calibre .44 et elle avait perdu beaucoup de sang, mais aucune partie vitale n'avait été touchée.

— Elle s'en tirera, avait dit l'ambulancier à Hal.

— Tant mieux, avait-il répondu en essayant d'adresser un sourire à Jay. Tu as entendu ça, Corrigan. Elle va s'en sortir.

Jay ne répondit rien. Il n'exprimait pas la moindre émotion, il avait l'air abasourdi. Mais Brooke comprenait ce manque d'expression. Il était sous le choc. Elle avait levé les yeux sur lui : c'est lui qui avait tiré sur Stacy.

Une infirmière s'était approchée de Brooke pour prendre sa tension.

— D'où sors-tu ? demanda Brooke à Vincent.

— Évitez de parler, madame, lui dit l'infirmière en lui plaçant le stéthoscope dans le creux du coude.

Vincent lui parla doucement.

— Papa avait disparu. Je l'ai cherché pendant des heures et j'ai fini par le retrouver à trois ou quatre kilomètres de la maison. Il s'était cassé une jambe en tombant dans un fossé. Il souffrait beaucoup et était complètement paumé, mais il va s'en tirer sans problème. Après l'avoir accompagné à l'hôpital, je suis allé chez toi pour te raconter tout ça, je suis tombé sur tous ces flics et j'ai appris la mort d'Eunice. Harry est arrivé de Dieu sait où et s'est évanoui en la voyant. Il s'est cassé le nez sur le béton. J'étais dans le vestibule en train de regarder les flics l'interroger pendant que les infirmiers essayaient d'arrêter son saignement de nez quand je t'ai appelée. Tu as répondu, mais j'ai eu du mal à croire ce que tu disais à Stacy. J'ai fait écouter la conversation aux flics. Et nous voilà.

— Juste à temps, dit Brooke faiblement.

L'infirmière enleva le tensiomètre puis lui palpa la gorge en lui demandant si ça lui faisait mal, mais elle n'avait aucune douleur.

Elle regarda à nouveau Vincent.

— Stacy. C'était la fille de Zach. Elle avait prévu ça depuis plus d'un an. Je ne peux pas croire…

Vincent posa un doigt sur ses lèvres.

— N'y pense pas pour le moment.

Elle vit qu'on hissait Stacy sur un brancard. La blessée était toujours consciente et la regarda de son regard fixe et gris.

— Tu as bousillé ma vie, dit-elle d'un ton glacé. Tu as bousillé ma vie, celle de Mia, celle de Robert, celle d'Eunice et…

— La ferme, lui dit enfin Jay d'une voix blanche. Pour une fois dans ta vie, ferme-la.

Tandis qu'ils transportaient Stacy, elle garda son

regard déconcertant fixé sur Brooke, qui finit par baisser la tête, incapable de supporter le spectacle de cette femme qu'elle avait cru son amie.

— Elle a raison, murmura-t-elle, sans moi…

Vincent lui prit le menton et le leva jusqu'à ce qu'elle le regarde dans les yeux.

— Tu n'as rien fait à personne, Brooke. C'est Stacy qui a fait du mal. Tu es une femme douce, généreuse et forte.

Elle l'observa quelques instants, puis ses yeux s'emplirent de larmes.

— Et je ne suis pas drôle ?

— Tu es tordante.

— Mignonne ?

— Pas mignonne, superbe.

— Intelligente.

— Tu es la nouvelle Einstein.

Brooke renifla.

Elle jeta un regard interrogateur à Vincent. Il lui sourit, ses dents blanches se détachant sur sa peau hâlée, son visage à quelques centimètres du sien, si proche qu'elle pouvait sentir son souffle doux et sucré.

— Tu es la femme la plus fantastique que j'aie jamais connue et je t'aime.

De sa cage, Elise se mit à aboyer.

— Toi aussi, je t'aime, lui dit Vincent en renversant la cage pour ouvrir la porte et poser une Elise ravie sur les genoux de Brooke. Les deux plus belles blondes du monde. Quel homme pourrait résister ?

Épilogue

Brooke sortit de chez elle au moment même où Jay entrait dans le couloir, un carton entre les mains. Elle ne l'avait croisé qu'une ou deux fois la semaine passée et ils s'étaient évités. Elle était maintenant juste en face de lui et le regardait droit dans les yeux, qu'il avait fatigués et injectés de sang. On aurait dit qu'il n'avait pas dormi de plusieurs nuits.

— Salut Brooke, dit-il d'une voix plate, sans un soupçon de son vieux sourire facile.

— Salut.

Elle déglutit et paniqua quelques secondes pour ce qu'elle allait dire ensuite.

— J'ai entendu dire que tu allais déménager.

— Oui. C'est trop grand pour une personne seule, ici.

Il haussa les épaules et dit en poussant un rire bref et pénétrant :

— Ce n'est pas vrai. J'essaie seulement de fuir mes souvenirs.

— Je comprends, répondit-elle en hochant la tête.

Le regard de Jay s'échappa dans le couloir, puis revint et lui fit face :

— Je t'ai évitée parce que je ne savais pas comment m'excuser pour toutes les atrocités que ma femme t'a fait subir. Je voulais juste…

— Ne t'excuse pas, l'interrompit Brooke, ce n'est pas la peine. Stacy a eu une vie abominable. Elle était malade. Elle ne savait pas ce qu'elle faisait.

— J'essaie de m'en convaincre, mais ça ressemble à des excuses. Je n'arrive pas à croire que j'ai vécu des années avec elle sans avoir le moindre soupçon. Jusqu'à la dernière semaine, en tout cas, où il m'a bien semblé qu'elle avait un comportement étrange. Mais j'étais tellement préoccupé par ce qu'il t'était arrivé que je n'ai pas pris le temps d'analyser ses actions comme je l'aurais dû. Je croyais qu'elle m'aimait. Et au lieu de ça…

— Mais Jay, elle t'aimait vraiment, s'empressa de dire Brooke d'un ton sans appel. Elle n'était pas incapable d'aimer. Elle aimait sa mère, et elle t'aimait profondément. Je n'essaie pas d'être gentille. Stacy est la dernière personne avec qui j'ai envie d'être gentille. Mais tu dois me croire. Elle m'a trompée sur beaucoup de choses, mais elle n'aurait pas pu me tromper sur ses sentiments pour toi.

Jay observa quelques instants le carton dans ses bras, puis il la regarda à nouveau, les yeux un peu plus brillants, peut-être un reflet de larme.

— Je vais essayer de te croire sur parole.

— Bien.

Brooke hésita.

— Comment va-t-elle ?

— Son épaule ne guérit pas si mal pour avoir été brisée en plusieurs morceaux, et il n'y a pas d'infection. Elle devrait pouvoir sortir de l'hôpital dans quelques jours pour aller directement en prison. Je ne sais pas quand elle va être jugée, mais elle n'a aucune chance. En tant que flic, je pense qu'elle le mérite, mais en tant que mari…

— Elle est vivante, Jay, c'est déjà ça.

— Oui, dit-il distraitement. Elle est vivante, c'est déjà ça. Si seulement c'était le cas pour ta mère, pour Mia, pour Eunice et pour Robert.

Il fit brusquement demi-tour et s'en alla.

Brooke resta dans le couloir, regrettant de ne rien avoir de réconfortant à lui crier, mais elle ne trouvait vraiment rien. Peut-être que rien ne pourrait le réconforter, pensa-t-elle, affligée par le sort de ce bon Jay Corrigan.

Elle le regarda disparaître dans l'ascenseur, puis revint dans son appartement. Vincent était près de la fenêtre du séjour, qui donnait sur la rue, Elise à ses côtés.

— Belle journée, dit-il sans se retourner.

— Très belle. On ne croirait pas que dans quelques mois, ce sera la grisaille et les jours raccourcis à l'approche de l'hiver.

Elle en frissonna.

— J'ai horreur de l'hiver, j'en ai toujours eu horreur.

Vincent se retourna.

— Moi aussi. C'est pour cela que je suis allé en Californie.

Il jeta un œil à Elise, qui semblait s'être fortement attachée à lui.

— J'ai une idée. Ne gaspillons pas une si belle journée. Allons nous promener.

— Dans ta décapotable ?

— Bien sûr.

— On emmène Elise ?

— Comment peux-tu envisager de la laisser en

connaissant sa passion pour les promenades en décapotable ?

Elise le regarda, puis Brooke d'un air qui semblait un appel désespéré.

— Je n'y songe même pas. Je prends sa laisse, mon sac et on y va.

Vingt minutes plus tard, ils arrivèrent sur le boulevard Kanawha. Elise, les oreilles au vent, était assise sur les genoux de Brooke avec une expression que sa maîtresse interpréta comme du plaisir à l'état pur. Un soleil éclatant de fin août se reflétait sur la rivière Kanawha, parallèle au boulevard. Quelques grands bateaux naviguaient avec grâce jusqu'à ce qu'un hors-bord bouleverse l'image en projetant de l'eau, et en vrombissant, suivi de skieurs.

— On dirait qu'Elise a aussi envie d'aller skier, dit Vincent en souriant, le regard sur la chienne dont les oreilles étaient dressées d'excitation.

— Elle joue la comédie. Elle aurait la trouille de sa vie si on la mettait sur une paire de skis.

Vincent fit une grimace.

— Il me semble qu'on m'a déjà averti qu'elle aurait la trouille de sa vie dans une décapotable.

— D'accord, je m'étais trompée pour la décapotable. Mais j'ai raison pour le ski.

— Il faudrait que je voie la réaction d'Elise sur des skis pour te croire. Tu ne connais pas ta chienne aussi bien que tu le penses, mademoiselle Yeager.

Elle lui tira la langue et serra Elise un peu plus fort contre elle, craignant soudain qu'elle saute de voiture et se dirige vers la rivière pour tenter d'aller faire du ski nautique. Puis un vieux souvenir lui revint à l'esprit.

— Mes parents avaient loué un hors-bord un

jour, et papa avait fait du ski. Je n'avais que cinq ou six ans et j'étais terrifiée au début, mais papa m'avait rassurée. Puis maman avait skié et au bout d'une heure, je riais, applaudissais et ne voulais plus rendre le bateau.

— C'est un beau souvenir, dit-il. Et un jour, quand tu auras une fille — une qui n'aura que deux pattes —, elle adorera sans doute aussi le ski. Sans parler que si elle ressemble à sa mère, ce sera un ange.

Légèrement embarrassée par le compliment, Brooke se mit à caresser vigoureusement Elise et demanda :

— Comment va ton père ?

— Il se plaint, il râle, il grommelle sans arrêt, il essaie en vain de me rendre la vie impossible, mais je suis heureux qu'il soit en vie après cette chute dans le fossé. Je crois qu'il est impossible qu'il me tape sur les nerfs après ça. Pendant au moins une semaine.

Brooke rit.

— Il a maîtrisé ses béquilles en un temps record. Ça ne m'étonne pas, d'ailleurs. Chaque fois qu'il décide de faire quelque chose, il le fait toujours plus vite et mieux que n'importe qui d'autre.

Brooke attendit un moment, puis elle décida d'aborder un sujet qui risquait d'ôter le sourire du visage de Vincent.

— Ces derniers jours, nous n'avons parlé que de moi, de Stacy et de toute cette histoire. Nous n'avons pas parlé de ton dilemme à toi.

Vincent lui lança un regard perplexe.

— Que vas-tu faire de ton père ? Vas-tu le mettre à l'hospice de Charleston ?

— Il refuse et j'ai renoncé à le convaincre.

— Tu vas donc trouver quelqu'un pour vivre avec lui et le surveiller en permanence ?

— Non. Il refuse aussi cette solution. Tu vois un peu comment il est.

— Vincent, tu ne peux pas rentrer à Monterey juste comme ça !

— Bien sûr que si. Et c'est exactement ce que je compte faire.

Choquée, Brooke le regarda, la bouche bée, avant de réussir à dire :

— Mais tu ne peux pas faire ça ! Pense à ce qui lui est arrivé la semaine dernière. S'il avait passé la nuit dans le fossé, il aurait pu y mourir.

Elle réalisa soudain qu'elle n'était plus choquée, mais en colère.

— Comment oses-tu penser à t'en aller et à le laisser ?

Vincent lui lança un regard innocent.

— Qui a parlé de ça ?

— Tu viens de me dire que tu rentrais à Monterey.

— Est-ce que j'ai dit que je rentrais seul ?

Brooke le fixa.

— Papa sait qu'il ne peut pas continuer à vivre seul dans cette maison, mais il ne veut pas rester seul dans un hospice de Charleston.

Vincent lui fit un grand sourire.

— Brooke, il rentre avec moi à Monterey. Ils ont des hospices, là-bas aussi. Figure-toi qu'il y en a justement un à dix minutes de chez moi.

Brooke se rendit compte qu'elle avait retenu son souffle. Elle respira à nouveau.

— Dieu merci. Pendant une minute, j'ai eu vraiment peur pour Sam et j'ai aussi pensé que tu étais le dernier des imbéciles irresponsables.

— Et que penses-tu maintenant ?

— Je suis ravie pour Sam. Je crois que le changement lui fera le plus grand bien. En ce moment, il ne fait rien d'autre qu'errer dans cette maison qu'il avait partagée avec ta mère. Il y a trop de souvenirs. Il a besoin de changer.

— Le même raisonnement pourrait s'appliquer à quelqu'un d'autre, tu sais.

— J'imagine que c'est ta manière subtile de te référer à moi ?

— Oui. Charleston a des endroits charmants et je sais que tu y as vécu toute ta vie, mais tu dois admettre que pour toi, ça ne déborde pas de souvenirs heureux.

— Sans doute que non, répondit Brooke avec réticence. Mais je pense que j'ai encore le temps de me créer de nouveaux souvenirs.

— Ici. Toute seule. Sans famille. Sans amis…

— Ça suffit, Vincent ! aboya-t-elle. Ce n'est pas la peine de me rappeler que je ne suis pas entourée de ceux qui me sont chers.

— Tu ne crois pas que tu te sentirais mieux si tu avais au moins deux êtres chers près de toi ?

— Deux ? Et qui ça ?

— Papa. Tu l'aimes, Sam, non ?

Elle resta un instant silencieuse.

— Oui. Sans doute. Depuis l'âge de onze ans quand je voulais être sa fille.

— Quant à moi, je ne veux pas être ton père, mais que penses-tu de moi ?

— Toi ?

— Éprouves-tu de la tendresse pour moi ? Peut-être que la tendresse, c'est trop fort. Crois-tu pouvoir passer un peu de temps avec moi dans l'avenir ?

— Passer du temps avec toi ?

— Brooke, on dirait un perroquet, tu répètes tout ce que je dis.

— Quel beau compliment.

— J'imagine que ça n'aide pas mes affaires…

— Et quelles sont tes affaires ?

— Essayer de te convaincre de venir aussi en Californie. À Monterey, plus précisément.

Brooke lui lança un regard surpris.

— Tu veux que je vienne à Monterey ?

— Tu recommences. Le coup du perroquet.

— C'est juste que… enfin… pourquoi ?

— Pourquoi je veux que tu viennes à Monterey ? Pour repartir du bon pied.

— Ah.

— Et parce que je t'aime et que je pense que tu m'aimes aussi.

— Tu m'aimes…

— Brooke !

— Excuse-moi. Le disque est rayé. Le perroquet. Peu importe.

Ils roulèrent en silence quelques instants, puis Vincent dit :

— Je t'aime vraiment, Brooke. Ai-je raison de penser que tu partages mes sentiments ?

Elle le regarda, sa chevelure brune luisant au soleil, ses yeux vert sylvestre fixés sur elle, leur intensité trahissant la nonchalance de son sourire. Elle fut saisie de nervosité, comme si elle essayait de se contenir. Pendant quinze ans, elle avait été tellement prudente, distante, fermant son cœur à tous sauf à Greta. Était-il trop tard pour changer ?

Vincent alluma le lecteur de CD. L'air de *Cinnamon Girl*, la Fille Cannelle de Neil Young emplit la voiture. Vincent accéléra. Ils semblaient voguer au-dessus de la route, le long de la rivière étincelante, sous un ciel plus bleu que jamais. Le vent dans ses cheveux et la tiédeur du soleil sur ses joues, Brooke se sentit libre. Elle n'avait pas à être esclave de son passé. Il ne lui était pas impossible de tenir une main d'homme, de fuir dans la nuit et de chasser le clair de lune, comme le couple dans la chanson. Il s'agissait simplement de trouver un homme, le bon. Et en regardant Vincent, elle sentit ce cœur, qu'elle essayait de fermer depuis si longtemps, s'ouvrir enfin en grand et dans la joie.

Vincent lui lança un nouveau regard et demanda avec un mélange d'espoir et d'incertitude :

— Alors ?

Le sourire de Brooke s'élargit, elle n'avait pas souri aussi librement depuis des années. Elle joua avec ses longs cheveux défaits, opina de la tête pour lui lancer un regard aguichant et cria joyeusement :

— C'est vrai ! Je t'aime, Vincent Lockhart ! Alors maintenant, monte le volume. Elise et moi sommes prêtes à aller à Monterey !

DU MÊME AUTEUR

Aux Éditions de La Table Ronde

MORTEL SECRET, 2009.

PERDUES DE VUE, 2008, Folio Policier nº 554.

LE CRIME DES ROSES, 2006, Folio Policier nº 522.

LES SECRETS SONT ÉTERNELS, 2005, Folio Policier nº 475.

SI ELLE DEVAIT MOURIR, 2004, Folio Policier nº 424.

DEPUIS QUE TU ES PARTIE, 2003, Folio Policier nº 348.

NE FERME PAS LES YEUX, 2002, Folio Policier, nº 320.

SIX DE CŒUR, 2001, J'ai Lu 2003 et Folio Policier nº 534.

PAPA EST MORT, TOURTERELLE, 2000, Éditions de La Seine, 2002, Folio Policier nº 483.

TU ES SI JOLIE CE SOIR, 1999, J'ai Lu, 2000 et Éditions de La Seine, 2002, Folio Policier nº 494.

PRÉSUMÉE COUPABLE, 1993, Folio Policier nº 386.

NOIR COMME LE SOUVENIR, 1991, J'ai Lu, 2000 et Folio Policier nº 535.

COLLECTION FOLIO POLICIER

Dernières parutions

423.	Caryl Férey	*Plutôt crever*
424.	Carlene Thompson	*Si elle devait mourir*
425.	Laurent Martin	*L'ivresse des dieux*
426.	Georges Simenon	*Quartier nègre*
427.	Jean Vautrin	*À bulletins rouges*
428.	René Fregni	*Lettre à mes tueurs*
429.	Lalie Walker	*Portées disparues*
430.	John Farris	*Pouvoir*
431.	Graham Hurley	*Les anges brisés de Somerstown*
432.	Christopher Moore	*Le lézard lubrique de Melancholy Cove*
433.	Dan Simmons	*Une balle dans la tête*
434.	Franz Bartelt	*Le jardin du Bossu*
435.	Reiner Sowa	*L'ombre de la Napola*
436.	Giorgio Todde	*La peur et la chair*
437.	Boston Teran	*Discovery Bay*
438.	Bernhard Schlink	*Le nœud gordien*
439.	Joseph Bialot	*Route Story*
440.	Martina Cole	*Sans visage*
441.	Thomas Sanchez	*American Zazou*
442.	Georges Simenon	*Les clients d'Avrenos*
443.	Georges Simenon	*La maison des sept jeunes filles*
444.	J.-P. Manchette & B.-J. Sussman	*L'homme au boulet rouge*
445.	Gerald Petievich	*La sentinelle*
446.	Didier Daeninckx	*Nazis dans le métro*
447.	Batya Gour	*Le meurtre du samedi matin*
448.	Gunnar Staalesen	*La nuit, tous les loups sont gris*
449.	Matilde Asensi	*Le salon d'ambre*
450.	Jo Nesbø	*Rouge-gorge*
451.	Olen Steinhauer	*Cher camarade*
452.	Pete Dexter	*Deadwood*
454.	Keith Ablow	*Psychopathe*

455.	Batya Gour	*Meurtre à l'université*
456.	Adrian McKinty	*À l'automne, je serai peut-être mort*
457.	Chuck Palahniuk	*Monstres invisibles*
458.	Bernard Mathieu	*Otelo*
459.	James Crumley	*Folie douce*
460.	Henry Porter	*Empire State*
461.	James Hadley Chase	*Pas d'orchidées pour Miss Blandish*
462.	James Hadley Chase	*La chair de l'orchidée*
463.	James Hadley Chase	*Eva*
464.	Arkadi et Gueorgui Vaïner	*38, rue Petrovka*
465.	Ken Bruen	*Toxic Blues*
466.	Larry Beinhart	*Le bibliothécaire*
467.	Caryl Férey	*La jambe gauche de Joe Strummer*
468.	Jim Thompson	*Deuil dans le coton*
469.	Jim Thompson	*Monsieur Zéro*
470.	Jim Thompson	*Éliminatoires*
471.	Jim Thompson	*Un chouette petit lot*
472.	Lalie Walker	*N'oublie pas*
473.	Joe R. Lansdale	*Juillet de sang*
474.	Batya Gour	*Meurtre au Philharmonique*
475.	Carlene Thompson	*Les secrets sont éternels*
476.	Harry Crews	*Le Roi du K.O.*
477.	Georges Simenon	*Malempin*
478.	Georges Simenon	*Les rescapés du Télémaque*
479.	Thomas Sanchez	*King Bongo*
480.	Jo Nesbo	*Rue sans-souci*
481.	Ken Bruen	*R&B Le Mutant apprivoisé*
482.	Chistopher Moore	*L'agneau*
483.	Carlene Thompson	*Papa est mort, tourterelle*
484.	Leif Davidsen	*La danois serbe*
485.	Graham Hurley	*La nuit du naufrage*
486.	John Burdett	*Typhon sur Hong Kong*
487.	Mark Henshaw / John Clanchy	*Si dieu dort*
488.	William Lashner	*Dette de sang*
489.	Patrick Pécherot	*Belleville-Barcelone*
490.	James Hadley Chase	*Méfiez-vous, fillettes !*
491.	James Hadley Chase	*Miss Shumway jette un sort*

492.	Joachim Sebastiano Valdez	*Celui qui sait lire le sang*
493.	Joe R. Lansdale	*Un froid d'enfer*
494.	Carlene Thompson	*Tu es si jolie ce soir*
495.	Alessandro Perissinotto	*Train 8017*
496.	James Hadley Chase	*Il fait ce qu'il peut*
497.	Thierry Bourcy	*La cote 512*
498.	Boston Teran	*Trois femmes*
499.	Keith Ablow	*Suicidaire*
500.	Caryl Férey	*Utu*
501.	Thierry Maugenest	*La poudre des rois*
502.	Chuck Palahniuk	*À l'estomac*
503.	Olen Steinhauer	*Niet camarade*
504.	Christine Adamo	*Noir austral*
505.	Arkadi Vaïner / Gueorgui Vaïner	*La corde et la pierre*
506.	Marcus Malte	*Carnage, constellation*
507.	Joe R. Lansdale	*Sur la ligne noire*
508.	Matilde Asensi	*Le dernier Caton*
509.	Gunnar Staalesen	*Anges déchus*
510.	Yasmina Khadra	*Le quatuor algérien*
511.	Hervé Claude	*Riches, cruels et fardés*
512.	Lalie Walker	*La stratégie du fou*
513.	Leif Davidsen	*L'ennemi dans le miroir*
514.	James Hadley Chase	*Pochette surprise*
515.	Ned Crabb	*La Bouffe est chouette à Fatchakulla !*
516.	Larry Brown	*L'usine à lapins*
517.	James Hadley Chase	*Une Manche et la belle*
518.	Graham Hurley	*Les quais de la blanche*
519.	Marcus Malte	*La part des chiens*
520.	Abasse Ndione	*Ramata*
521.	Chantal Pelletier	*More is less*
522.	Carlene Thompson	*Le crime des roses*
523.	Ken Bruen	*Le martyre des Magdalènes*
524.	Raymond Chanler	*The long Good-bye*
525.	James Hadley Chase	*Vipère au sein*
526.	James Hadley Chase	*Alerte aux croque-morts*
527.	Jo Nesbo	*L'étoile du diable*
528.	Thierry Bourcy	*L'arme secrète de Louis Renault*
529.	Béatrice Joyaud	*Plaisir en bouche*

Composition Interligne
Impression Novoprint
le 13 août 2009
Dépôt légal : août 2009
1er dépôt légal dans la collection: août 2008

ISBN 978-2-07-034418-5./Imprimé en Espagne.

171763